Báire na Fola

Séamus Ó Grianna

BÁIRE NA FOLA

Nollaig Mac Congáil
Eagarthóir

Báire na Fola

Foilsithe in 2022 ag
ARLEN HOUSE
42 Grange Abbey Road
Baldoyle
Baile Átha Cliath 13
Éire
Fón: 00 353 86 8360236
Ríomhphost: arlenhouse@gmail.com
www.arlenhouse.ie

Dáileoirí Idirnáisiúnta
SYRACUSE UNIVERSITY PRESS
621 Skytop Road, Suite 110
Syracuse, NY 13244–5290
USA
Fón: 315–443–5534/Facs: 315–443–5545
Ríomhphost: supress@syr.edu

978–1–85132–255–8, bog

Clóchur ¦ Arlen House

Saothar ealaíne na gclúdach ¦ Royal Museums Greenwich (clúdach tosaigh) agus Maitiú Ó Murchú (clúdach cúil)

Tá Arlen House buíoch de Chlár na Leabhar Gaeilge agus d'Fhoras na Gaeilge

CLÁR

RÉAMHRÁ

An tréimhse a chaith Máire ag freastal ar Choláiste Uladh sa bhliain 1910, an t-eolas a chuir sé ar Ghluaiseacht na Gaeilge agus ar na daoine a bhí sáite inti a chuir i gceann pinn é an chéad lá riamh. Ó shin i leith tháinig maoiseoga scríbhneoireachta den uile chineál óna pheann go lá a bháis, chóir a bheith, sa bhliain 1969. Síleadh go raibh na leabhair uilig a scríobh sé am éigin i rith a shaoil i gcló ach bhí ceann amháin maíte air nár foilsíodh i bhfoirm ar bith agus nach bhfacthas riamh. Tugadh le fios go raibh leabhar faoi Pharnell agus na *Invincibles* idir lámha nó scríofa aige nuair a foilsíodh an chéad chaibidil de faoin teideal 'An Seanduine Beag Ainniseach' ar *An Iris*[1] sa bhliain 1945.[2] Thug Pádraig Mac Coiligh[3] le fios dúinn in 1977 go raibh leabhar idir lámha in am amháin ag Máire faoi Pharnell agus na Fíníní ach gur dhóigh leis nár chríochnaigh sé riamh é.[4] Luadh an saothar sin fosta i nóta báis ar Mháire ar an *Derry People*:[5] '*Previous to his death, [he was] engaged in writing the story of Pat O'Donnell and the Invincibles.*'[6]

Sa nóta seo a leanas ar *The Derry People and Donegal News* sa bhliain 1951 maíodh go raibh an leabhar seo críochnaithe faoi lár na haoise seo caite.[7] Thuigfeá ón nóta fosta go raibh an leabhar léite ag an té a scríobh an cuntas sin:

> *It was a pleasure to meet Seamus O'Grianna, the distinguished Gaelic author, when he was on holidays recently in his native Rann na Feirste. There is no writer of Irish today to approach him in his mastery of idiom and expression. The best work which he has yet produced, an historical romance dealing with a stirring period of Irish history, that of Pat O'Donnell, of Gweedore, and the 'Invincibles,' is awaiting publication. From his local knowledge of the adjoining parish of Gweedore and from coming in contact with people who knew Pat O'Donnell intimately, 'Máire' has produced a story of sustained dramatic power from the opening chapter to the close. All the leading political figures of the period move through the pages of the story.*

Bhí spéis i gcónaí ag Máire i stair na hÉireann agus is féidir lorg na spéise sin a aithint ina chuid scríbhneoireachta i rith a shaoil agus, gan amhras, ina bhaint le cogadh na saoirse agus leis an chogadh chathartha ar thaobh na Poblachta.[8] Níorbh annamh an manadh seo a leanas aige: 'Is iomaí buille trom a bhuail Sasain orainn. Rinne sí creach agus slad orainn le tine is le harm, le gadaíocht is le gorta is le géarleanúint.'[9] D'fhéadfá an cheist a chur cá bhfuair sé a chuid eolais ar stair na hÉireann a chuaigh i bhfeidhm chomh mór sin air. Is cinnte nach bhfuair sé aon eolas ar stair na hÉireann ar an Scoil Náisiúnta óir, d'aonturas coinníodh páistí na hÉireann dall ar a leithéid, mar a deirtear sa leabhar seo: 'ar eagla go mbeadh cuimhne againn ar éifeacht ár sinsear agus go mbeimis ag smaoineamh gur chóir dúinn an éifeacht sin a thabhairt ar ais. Agus ar eagla go mbeadh fios ár n-éagóra againn agus go bhféachfaimis le héiric a bhaint amach.'

Ar a theallach féin a fuair sé an chéad léaró ar stair na hÉireann mar a thugann sé le fios i litir leis: '*An Open Letter to J.M. O'Sullivan*' sa bhliain 1930:[10]

I had a grandmother who was illiterate according to the census returns of that period and to her principally I owe what I claim in the way of education. She never spoke a word of English ... but she knew far more about Irish history than you seem to know. At her knee I learned not only Gaelic ranns *and songs and stories about Cú Chulainn and Deirdre, but about Godfrey O'Donnell and Manus and Hugh. The schoolbooks sought to make of me a 'happy English child,' but I was enabled to overcome their influence like most people whose good fortune it is to have been born in the Gaeltacht.*

Is cinnte agus Máire ina ghasúr i Rann na Feirste go raibh fuath ag an phobal ansin ar Rialtas Shasana. Bhí cuimhne mhaith ag na daoine céanna ar dhíshealbhú na ndaoine in iarthuaisceart Thír Chonaill, ar mharú an Mháirtínigh i nGaoth Dobhair, ar mharú *Lord* Leitrim, ar chrochadh Pat O'Donnell ó Ghaoth Dobhair as James Carey a mharú (ábhar an leabhair seo) srl. Chuir bunadh Rann na Feirste an-spéis fosta i gCogadh na mBórach agus, gan amhras, iad ar thaobh na mBórach in éadan na Sasanach sa troid sin. Bhí na nuachtáin náisiúnaíocha á léamh amach dóibh, ina measc, an *United Irishman*, nuachtáin a chuir lena n-eolas ar an stair a ceileadh orthu agus a spreag spiorad tírghrách iontu.

Blianta ina dhiaidh sin agus é ina stócach ag obair thall in Albain, bhuail Máire le Mac Comhail as Leitir Catha a thug eolas dó ar scríbhinní John Mitchel, fear a d'fhág lorg mór ar Mháire ó thaobh na polaitíochta agus na scríbhneoireachta de.[11] Ag éirí as sin chuir Máire spéis i scríbhneoireacht pholaitiúil Michael Davitt, Wolf Tone, Fintan Lalor, Phádraig Mhic Phiarais srl. agus ba mhinic é ag aithris a gcuid focal agus fealsúnachta ina chuid scríbhneoireachta féin.

Chuir Máire spéis ar leith i scéal Patrick O'Donnell nó Phádraig Mhicheáil Airt mar ab fhearr aithne air i dTír Chonaill de thairbhe go raibh cáil mhór ar Phádraig sa taobh sin tíre, gur chuala sé cuid mhór seanchais fá dtaobh de sa bhaile agus go raibh sé muinteartha dó. Níl aon duine i dTír Chonaill go dtí an lá inniu nach bhfuil an stair seo ar eolas acu agus is minic a scríobhadh faoin stair sin ar fad.[12]

Maidir le lámhscríbhinn an leabhair seo, is cosúil gur bhronn Séamus í ar Bhreandán Ó Miacháin, cara leis, sula bhfuair sé bás agus d'fhág a cúram air. Tuigtear nach ndearnadh rud ar bith leis an lámhscríbhinn agus fuair Breandán bás i gceann na haimsire. Bhí lámhscríbhinn *Báire na Fola*, chomh maith le lámhscríbhinní eile le Máire, i seilbh bhaintreach Bhreandáin as sin amach. Nuair a fógraíodh go tráthúil go mbeadh ceiliúradh ann i Rann na Feirste ar shaol agus ar shaothar Mháire i mí Dheireadh Fómhair 2019, bronnadh lámhscríbhinní sin Mháire ar Áislann Rann na Feirste agus is ansin atá siad i dtaisce.

BUÍOCHAS

Ba mhaith liom buíochas a ghabháil le Coiste na hÁislainne i Rann na Feirste agus le Damien Ó Dónaill go speisialta as cuireadh a thabhairt domh lámhscríbhinn *Báire na Fola* a chur in eagar sa dóigh go mbeidh an saothar tábhachtach seo ar fáil don tsaol mhór fá dheireadh thiar thall. Tá mé buíoch fosta d'Fheilimidh Ó Grianna a bhí sásta i dtólamh saothar a athar a rann le pobal na Gaeilge. Tá buíochas speisialta tuillte ag Alan Hayes, Arlen House, as an tslacht is dual dó a chur ar an leabhar seo.

Báire na Fola

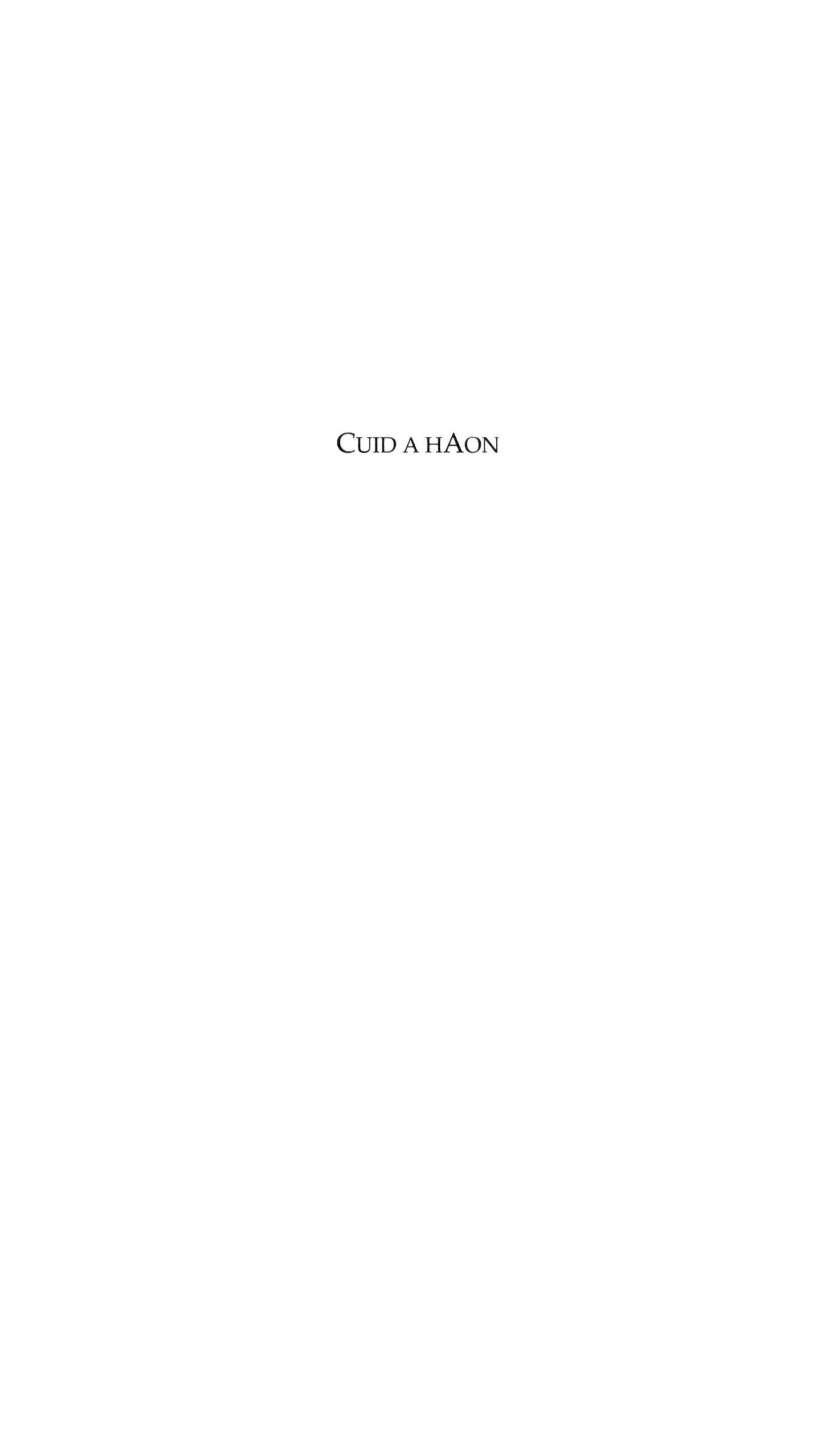

Cuid a hAon

I

Seo mar a tharlaigh. Ní raibh mé ach 'mo stócach san am agus mé i ndiaidh a theacht go Baile Átha Cliath. Tráthnóna amháin Sathairn bhí mé ag teacht aníos Sráid Uí Chonaill agus mé ag déanamh iontais den uile rud dá raibh ar m'amharc. D'aithneodh duine ar bith a bheadh eolach gur glas-stócach as an chearn ab iargúlta den tír a bhí ionam. Bhí mé ag amharc go huascánta ar gach aon rud mar a ní fear na tuaithe nuair a bíos sé ina strainséir sa chathair agus saol na cathrach ainchleachtaithe aige.

Sa deireadh tháinig mé a fhad le leacht mór, ard a bhí déanta ar thrí sleasa. Bhí deilbh fir ar thaoibh de agus scríbhinn i litreacha óir os a chionn. Nuair a bhí mé tamall ag breathnú an leachta thoisigh mé a léamh an scríbhinn – á léamh go fadálach mar a dhéanfadh tachrán scoile.

> *No man has a right to fix the boundary to the march of a nation. No man has a right to say to his country – 'thus far shalt thou go and no further.' We have never attempted …*[13]

'Tá sé dothuigthe,' arsa an duine taobh thiar díom. D'amharc mé thar mo ghualainn agus fuair mé seanduine beag ina sheasamh fá chupla slat domh. Airíoch a bhí ann. Bhí bothán beag taobh thall de agus dornán piocóid is sluaiste ann agus lampanna dearga a bhí réidh le lasadh nuair a thiocfadh an oíche.

Seanduine beag, crom, casta a bhí ann agus craiceann ruicneach air mar a bheadh ar sheanphreáta i ndeireadh an tsamhraidh. Bhí seanéadach bratógach, bealaithe air agus stoc a bhí dearg lá den tsaol fána mhuineál. Bhí dreach bocht, anróiteach air, agus dhéanfá amach, an lá ab fhearr a bhí sé, nach raibh ann ach marla beag nach dtáinig riamh i gcrann. Marla beag, feoite den chineál a gcuireann fear na tuaithe sonrú iontu an chéad uair a thig sé chun na cathrach.

D'amharc mé air agus mé idir dhá chomhairle cé acu a bhéarfainn freagar air nó nach dtabharfainn. Bhí, ar ndóigh, an scríbhinn a bhí ar an leacht dothuigthe aige agus, má bhí féin, cárbh ionadh? Cad é mar a thuigfeadh seisean é? Seanduine beag, ainniseach de thógáil na gcúlsráideann nach raibh léann ná agra chinn aige. Créatúr nár fhaibhir neart coirp ná neart inchinne riamh ann. Cad chuige a dtabharfainnse iarraidh an scríbhinn a mhíniú dó? Cad é an mhaith a bheadh domh ann? Ní thiocfadh liom a mhíniú dó. Ní thuigfeadh sé mé. Ach, nár chuma? Níorbh fhiú a bheith ag caint leis. Ní thearn sé féin ná aon duine dá chineál a dhath riamh ar shon tíre ar bith. Ní raibh ann ach díorfach a rugadh faoi chinniúint nach dtiocfadh a thabhairt in éifeacht.

'Tá sé dothuigthe,' ar seisean an dara huair.

Dar liom féin, damnú ort nach bhfanann uaim, a sheanduine bhig, shalaigh! Ach chaithfinn freagar a thabhairt air, sin nó siúl liom uaidh. Agus ní raibh mé réidh le himeacht. Ní raibh an leacht breathnaithe in mo shásamh agam.

'Cá bhfuil an chuid de nach dtuigeann tú?' arsa mise. '*Ne plus ultra*, an ea?'

'Ar an scríbhinn atá tusa ag smaoineamh,' ar seisean go stuama. 'An fear atá mise a mhaíomh.'

'Bhí aithne agat air?' arsa mé féin.

'Bhí, neart,' ar seisean. 'Cá bhfuil an fear nó an bhean dár mhair i mBaile Átha Cliath lena linn nach raibh aithne acu air? Is iomaí uair a chonaic mise é. Is iomaí uair a chuala mé ag caint é. Fear iontach a bhí ann. Ní raibh le déanamh aige ach amharc ort agus chuirfeadh an tsúil a bhí aige draíocht ort dá mbeadh sé gan focal ar bith a labhairt. Fear a bhí ann a raibh dóchas ag muintir na hÉireann as aon uair amháin. Fear aistíoch a bhí ann. Fear éifeachtach a bheadh ann murab é an chinniúint, b'fhéidir.'

D'amharc mé féin ar mo sheanduine chranda agus mo sháith iontais orm.

'Bhí spéis agat ann?' arsa mise.

'Spéis as cuimse,' ar seisean. 'Ar feadh fada go leor shíl mé gurbh é an ceann feadhna é a bhí geallta dúinn sa tarngaireacht. An fear a bhéarfadh orainn ár gcluiche a imirt dh'aon taoibh agus a scaoilfeadh na geimhle dínn.'

Dar liom féin, a sheanduine, bhí an bharúil chontráilte agam díot. Tógadh i mboichtíneacht thú agus tá tú cloíte, creapalta ag cruatan an tsaoil. Ach tá stuaim agus agra chinn agat agus an croí san áit cheart agat, bocht is eile mar atá tú.

'Is cosúil nach raibh ár saoirse i ndán dúinn,' arsa mise. 'Bhí sí ag tarraingt orainn an uair sin murab é gur casadh ina shlí an bhean udaí a chuir cor ina chinniúint agus i gcinniúint na hÉireann ... Deir siad gurb é rud a cuireadh ina bhealach í dh'aon ghnoithe nuair nach dtiocfadh leo lámh an uachtair a fháil air ar dhóigh ar bith eile.'

'An bhean,' ar seisean, 'níl a fhios agam ar cuireadh ina bhealach í nó tharraing sé uirthi dá lóntaí féin. Níl suim ar bith agam sa chuid sin den scéal agus ní raibh riamh. Níl mé ag maíomh anois go raibh an rud a rinne sé indéanta ná go bhfuil sé inchosanta is cuma cad é an creideamh atá agat. Ach, ina dhiaidh sin, ba chloíte an mhaise do mhuintir na hÉireann a theilgean chuig conairt chíocrach Sasanach gur stróc siad an croí as.'

'Is cosúil nach raibh neart air,' arsa mise.

'Ní abórainn nach raibh,' ar seisean. 'B'fhearr i bhfad an dearcadh a bhí ag na sean-Ghaeil fada ó shin ná a bhí againn. Ins an tseanaimsir d'fhéadfadh beirt bhan a bheith ag Ardrí Éireann. Ach dá mhéad a ghoillfeadh sin ar na daoine, idir chléir is tuata, ní bhainfeadh siad an choróin dá cheann agus an claíomh as a láimh nuair a bhí na Lochlannaigh ag tarraingt ar chuan Bhinn Éadair. Ní chaithfinn aon chloch choíche ar Pharnell as sin. Ach níl ach amaidí a ghabháil ar chúl scéithe leis an fhírinne: d'fheall sé féin agus a Pháirtí ar na fir a chuaigh sa bhearna baoil ar a gcomhairle.'

'Is tú an chéad duine riamh a chuala mé á rá sin,' arsa mise.

'Is dóiche gur mé,' ar seisean. 'Chuala tú daoine ag beannachtaigh leis as an méid a rinne sé d'Éirinn agus daoine ag mallachtaigh air as an tsaoirse a bhaint di. Ach is fíorannamh duine a chluinfeas tú ag caint mar atá mise … Dá mba fear cloíte é bheadh sé intuigthe agus, b'fhéidir, inleithscéil. Tá na mílte den chineál sin fear ar an tsaol. Fir a mbíonn focal mór acu agus droch-chur leis. Ach níorbh é sin do Pharnell é. Fear dána, neamheaglach a bhí ann. Fear d'aicme saighdiúr. Fear a raibh intleacht ar leith aige. Fear a bhí ina cheann feadhna ó nádúir agus ó dhúchas. Sin an chuid is goilliúnaí den scéal.'

'Ní thuigim mar is ceart thú,' arsa mé féin.

'Ní thuigeann, creidim,' ar seisean. 'Ach is cuma. Tá sé uilig thart.' Agus thug sé a chúl liom mar a bheadh sé ag brath deireadh a chur leis an chomhrá. Ach nuair a bhí sé cupla coiscéim uaim thiontóigh sé thart ar ais, agus, ar seisean: 'Ar mhiste leat a theacht isteach sa bhothán seo go suí mé tamall beag? Tá na cnámha ag éirí creapalta agam.'

Chuaigh an bheirt againn isteach sa bhothán agus shuigh sé ar sheanstól a bhí ann, agus mé féin ag a thaoibh. Dhearg sé seanphíopa créafóige a bhí aige agus shuigh ansin tamall ag caitheamh tobaca agus gan é ag labhairt.

Sa deireadh, ar seisean, 'Ar chuala tú riamh iomrá ar na h*Invincibles*?'

'Go minic,' arsa mise.

'Chuala,' ar seisean. 'Má léigh tú na leabhair agus na páipéir tá an t-eolas uilig agat. Tá a fhios agat gur diabhail shaolta a bhí iontu nach raibh ar a n-aird ach an tír a choinneáil faoi chrann smola. hInseadh duit go dtearn siad gníomh uafásach amuigh sa Pháirc agus murab é sin bheadh ár saoirse againn fada ó shin. Ach cuirfidh mé geall nár hinseadh riamh duit gurbh iad Páirtí Pharnell a chuir cumann na n*Invincibles* ar bun.'

Dar liom féin, tá tú fada go leor leis an scéal amaideach sin agus tá an t-am agam do chur 'do thost le cupla focal. Bhí mé cinnte go raibh sé sa dol agam agus nach raibh le déanamh agam ach teannadh air.

'Sin rud a sháirigh ar na Sasanaigh a dhéanamh i ndiaidh chomh cruaidh is a d'fhéach siad leis,' arsa mise. 'Ar léigh tú riamh tuairisc an *Times Commission*?'

D'amharc sé go tarcaisneach orm agus rinne sé draothadh gáire. 'Mo thruaigh do chiall, a stócaigh bhoicht,' ar seisean. 'Tú féin is do chuid *Times Commission*! Ní raibh aon fhear ar an *Commission* sin nach raibh a fhios aige go raibh baint ag Páirtí Pharnell leis na h*Invincibles*. Bhí a fhios ag fir stáit na Sasana é. Thiocfadh leo a chruthú lá ar bith ar mhian leo é. Ach sin an rud deireanach a dhéanfadh siad.'

'Agus cad chuige nár chruthaigh siad é?' arsa mise.

'Nár inis mé duit nach raibh siad ag iarraidh a chruthú,' ar seisean. 'Bhí eagla orthu roimh na h*Invincibles*. Bhí a fhios acu go raibh siad fada leitheadach ar fud na hÉireann. Ní raibh rud ar bith de dhíobháil orthu ach aon rud amháin – tabhairt ar Pharnell agus ar chuid eile acu a theacht i láthair na cúirte sin i Londún agus a rá nach raibh baint ar bith riamh acu leis na h*Invincibles*. Sin a raibh siad a iarraidh. Sin an fáth ar scríobhadh cuid litreach Phigott. Bhí an t-iomlán de tomhaiste ag Gladstone agus d'éirigh leis mar a d'iarrfadh a bhéal a bheith.'

Bhí mothú feirge ag teacht orm féin leis nó chonacthas domh nach raibh ciall ná réasún ina chuid cainte. 'Ar léigh tú an tuairisc ar chor ar bith?' arsa mise.

'Níor léigh ná a dhath eile,' ar seisean. 'Níl léann ar bith agam. Agus is minic a smaoiním gur mé féin is fearr atá leis. B'fhéidir dá dtigeadh liom léamh go gcuirfeadh páipéir na Sasana dallamullóg orm mar a chuir siad ar an mhórchuid de mhuintir na hÉireann ... Ar scor ar bith dá mbeadh léann féin agam ní raibh gléas orm a dhath a léamh na blianta sin. Bhí mé i bpríosún san am.'

'I bpríosún!' arsa mise.

'Bhí,' ar seisean. 'Chaith mé seal i bpríosún. Cúig bliana déag i Dartmoor. Is iomaí lá marfach agus oíche uaigneach a bhí ins na cúig bliana déag sin. An bhfeiceann tú sin?' ar seisean, agus shín sé amach a dhá láimh. Bhí siad garbh, gágach agus na hingne caite de na méara. 'Sin,' ar seisean, 'bail a tugadh ormsa ag baint chloch i gcoracha Dartmoor. Ach dá bhfeicfeá na coilmeacha atá in mo dhroim an áit ar buaileadh le laisc mé agus ar strócadh an fheoil de na cnámha agam. Is iomaí lá léanmhar a chuir mé isteach i Dartmoor. Agus ba mheasa arís an oíche ná an lá. A Dhia na Glóire, níl léamh ná scríobh ná inse béil air. Smaoinigh féin air má thig leat. Oíche mhór, fhada, gheimhridh. An chill chúng, phlúchtach agus an leabaidh chruaidh agus na ballaí fuara, cadránta, agus tú ansin leat féin agus eagla ort go raibh tú ag gabháil ar mire. Agus má b'fhearr tráthnóna samhraidh é. Is iomaí uair a shíl mé go mbrisfeadh mo chroí nuair a smaoinínn ar Bhinn Éadair agus ar dhealramh na gréine ar na beanna agus ar bholadh chumhra an fhraoich ar an chnoc os cionn na farraige. Ifreann ar an tsaol seo a bhí ann má bhí a leithéid riamh ann … Sin an rud a fuair mise as aird a thabhairt ar an mhuintir a d'iarr orainn troid ar son na hÉireann.'

Bhí mé cinnte san am sin gur in aimsir na bhFíníní a cuireadh chun an phríosúin é agus, arsa mise: 'Ní feasach mé gur chomhairligh Parnell ná aon duine dá dhream daoibh a ghabháil i gceann an chineál sin troda.'

'Agus,' ar seisean go tintrí, 'cad é an chiall a bhí le '*keep a firm grip on your homesteads*'? Shíl cuid againn nach raibh le baint as ach aon chiall amháin. Agus, ar ndóigh, ní raibh. Ní thiocfadh greim a choinneáil orthu le hóráidí is le bratacha glasa. Ná ar dhóigh ar bith eile ach ar aon dóigh amháin – troid leis an mhuintir a bhí ár gcur as an tseilbh, iad a bhualadh agus a loit, agus a mharbhadh má bhí sé riachtanach. Sin an chiall a bhain mise agus mórán eile as an chomhairle sin, agus fealladh orainn nuair a tháinig báire na fola.'

'Ní raibh a fhios agam gur fheall an *Land League* ar aon duine dá dtearn a dhícheall lena ghabháltas a chosnamh.'

'D'fheall an *Land League* ar na h*Invincibles*,' ar seisean.

'Ach sin scéal eile,' arsa mise. 'Ní raibh baint ar bith ag an *Land League* leis na h*Invincibles*, agus cad chuige a mbeadh siad freagrach ina ngníomharthaí?'

'Sin go díreach an áit a bhfuil tú meallta,' arsa an seanduine. 'Ba iad fir ceannais an *Land League* a chuir na h*Invincibles* ar bun. Ba iad a thug airgead is airm dóibh agus a d'ordaigh dóibh lucht ceannais an daorsmaicht a mharbhadh. Rinneadh sin an chéad áiméar a fuarthas. Agus d'fheall Parnell agus a Pháirtí ar na saighdiúirí ar ordaigh siad féin dóibh a ghabháil chun catha.'

'Is doiligh liom do chreidbheáil,' arsa mé féin. Agus ba doiligh liom. Ní raibh mé cinnte nach raibh mo sheanduine as a chéill agus nach raibh ina chuid cainte ach samhlaíocht.

'Is dóiche gur doiligh,' ar seisean go stuama. 'Ní chreideann aon duine den dream óg an scéal sin anois. Tá barraíocht greim ag an bhréig ar intinn na ndaoine. Cad chuige nach mbeadh? Bréag chliste a bhí inti. Na Sasanaigh, má b'fhíor, ag iarraidh Parnell agus a Pháirtí a scrios le cuid litreach Phigott agus é ag sárú orthu. Parnell ag cruthú don tsaol (ach do na Sasanaigh) nach raibh baint ar bith riamh aige leis na dúnmharfóirí mallaithe seo, nach raibh baint ar bith ag an chuid eile de mhuintir na hÉireann leo. Agus nár cheart é a aifirt ar Éirinn ach *Home Rule* a thabhairt di mar nach mbeadh *Invincibles* ar bith riamh ann. Sin an scéal a chuaigh amach ar fud an domhain. Agus níl aon uair a gcastar do mhacasamhailse de stócach orm agus a chluinim an amaidí a bíos agaibh in ainm staire, nach dtugann sé orm a rá liom féin gur maith a d'éirigh leis na Sasanaigh a gcleas a imirt an uair udaí … Ní chreideann tú mé. Aithním ort é. Ach ní scéal scéil atá agamsa air. Bhí mé sa Pháirc an lá sin. Bhí lámh agam sa dúnmharbhadh – más dúnmharbhadh a bhí ann.'

'Bhí tú sna h*Invincibles*?' arsa mise agus mo sháith iontais orm.

'Bhí,' ar seisean. 'Bhí mé chomh ciontach i mbás Bhurke is Chavendish is a bhí an mhuintir a sháith na miodóga iontu ... Cuireadh go Dartmoor mé agus chaith mé cúig bliana déag ann. Thiocfadh liom an pionós sin a sheachnadh dá mba mhian liom é. Ní raibh le déanamh agam ach an focal a rá. Ach ní abórainn é. Chaithfinn seacht saol i bpríosún agus d'fhuilgheonainn seacht mbás dá mba dual domh é sula bhfeallainn ar mo thír. Ní dhéanfainn é.'

Thost sé tamall agus thoisigh sé a réitiú a phíopa le sifín. Sa deireadh, ar seisean, 'Deir an seanfhocal go dtiocfaidh an fhírinne ina háit féin. Ach is fada atá fírinne an scéil seo gan teacht ina háit féin.'

Thost sé ansin agus tháinig smúid air. Agus nuair ab fhada liom féin a bhí sé gan labhairt, d'éirigh mé 'mo sheasamh. 'Caithfidh mé imeacht,' arsa mise.

'Nach mór do dheifre?' ar seisean ag teacht chuige féin.

'Tá mé mall go leor mar atá mé,' arsa mise. 'Tá sé fá cheathrú don sé, agus beidh geaftaí na coláiste druidte orm má fhanaim anseo i bhfad eile.'

'Bhí mé ag déanamh gur fear coláiste a bhí ionat,' ar seisean go tarcaisneach, dar liom. 'Sin an dearcadh a bíos ag do mhacasamhail. Bhal, imigh leat anois mar a bheadh gasúr maith ann agus ná bí mall.'

'Ach, sula n-imí mé,' arsa mise, 'tá ceist amháin ba mhaith liom a chur ort. Ar mhiste leat a inse domh c'ainm thú?'

'Maise, is cuma,' ar seisean.

'Ní cuma ar chor ar bith,' arsa mé féin. 'Dúirt tú caint liom anseo inniu a chuir mo sháith iontais orm, caint nach ligim chun dearmaid le mo sholas. Agus ar an ábhar sin ba mhaith liom fios d'ainm a bheith agam.'

'Bhal,' ar seisean, 'ó tharlaigh gur fhiafraigh tú é, tá dhá ainm orm, m'ainm baiste agus leasainm. Ach is fada an lá is is cian ó thug aon duine m'ainm féin orm. Níor tugadh orm le mo chuimhne ach Skin the Goat.'

JAMES FITZHARRIS ("Skin-the-Goat"). (*Sentenced to penal servitude for life.*)

'Chuala mé an t-ainm,' arsa mise.

'Agus anois,' ar seisean, 'c'ainm thú féin nó aithním ar do chuid cainte nach de thógáil an bhaile seo thú?'

D'inis mé féin dó, ar ndóigh, go fonnmhar.

'As Dún na nGall,' ar seisean agus tháinig coinnle ar a shúile. ''Raibh tú riamh i nGaoth Dobhair?'

'Céad uair. Thiocfadh liom méaróg a chaitheamh ón áit ar tógadh mé trasna go cladach Ghaoth Dobhair.'

'Ní bheadh, ar ndóigh, cuimhne agat air. Á, ní bheadh. Bhí sé marbh sular rugadh thú. Ach cuirfidh mé geall gur minic a chuala tú iomrá air.'

'Cé?' arsa mise agus an dubhiontas orm.

'Patrick O'Donnell,' ar seisean.

'Patrick O'Donnell,' arsa mise. 'Pádraig Mhicheáil Airt. Bhí sé muinteartha do mo mháthair.'

'Fear muinteartha do Phatrick O'Donnell!' ar seisean ag éirí ina sheasamh agus ag breith greim dhá láimh orm. Agus nuair a mhothaigh mé an craiceann garbh a bhí ar a bhosa agus d'amharc mé ar na méara caite, giortacha a bhí air, tháinig urraim in mo chroí dó. Smaoinigh mé ar Tone agus ar Emmet agus ar Mitchel agus ar Aodh Rua Ó Dónaill. Chonacthas domh go raibh greim dhá láimh ag laoch orm. Ag fear daingean, dochloíte a d'fhulaing a chéasadh 'mhaithe le haisling.

'Ó, a dhuine,' ar seisean, 'ba é sin an fear.'

'An raibh aithne agat air?'

'Cá bhfuil mar a bheadh?' ar seisean. 'Ní fhaca mé riamh é. Ach nuair a chuala mé go raibh a leithéid ann agus gur mharbh sé Carey, thóg sé an ghruaim de mo chroí. An bhliain ina dhiaidh sin a chuala mé é. Tháinig an scéala isteach fríd bhallaí an phríosúin chugainn ar dhóigh inteacht.'

'Bhí aithne ar Charey agat?'

PATRICK O'DONNELL,

Executed in London, December 17, 1883.

THE LATE
PATRICK O'DONNELL.

(WORDS BY A. A. WALLS.)

Long, Long shall his name in our memory remain,
And the words that he uttered, our hearts will inflame.
The shot that he fired, caused traitors to shake;
He dearly loved Ireland, and died for her sake.

While they pinioned his arms, he smiled on the slave,
And his cruel executors admitted him brave.
Oh! had we ten thousand such heroes as he,
Our country no longer in bondage would be.

Cursed be the Saxon! how could they deny,
The remains of our hero in Ireland to lie.
And in the grave of his Fathers, why not let him rest,
In the land of the Shamrock, with those he loved best.

But O'Donnell has gone! he has died for our cause!
He was brutally murdered by England's vile laws.
May his soul rest in Heaven with the Angels of Light,
Is the prayer that we offer up, morning and night.

Copies of the above may be procured of the Author, 373 Furman Street, Brooklyn, and C. W. Simpson, 69 Centre Street, N. Y.

Copies sent to any part of the United States or Canada on receipt of 15c.

'Cad chuige nach mbeadh? Nach raibh sé ina chaiftín ar an chomplacht s'againn ar feadh tamaill. Bhí mé féin is é féin sa Pháirc an lá udaí. D'fheall sé orainn nuair a tháinig air. Ach ní theachaigh leis. Tháinig do dhuine muinteartha as an chearn ab fhaide ar shiúl ar an domhan agus bhain sé éiric as an spíodóir. Bhéarfaidh sin féin le fios duit go raibh na h*Invincibles* fada leitheadach. Sin an rud ba mhaith le Sasain a cheilt. Agus, mar a dúirt mé, is maith a d'éirigh léi … Ach is fearr duit do choláiste a bhaint amach ar eagla dá mbeifeá mall gur achasán a thabhódh sé duit. Agus, ar ndóigh, ba bheag an cosnamh agat a rá gurbh é Skin the Goat a bhain moill asat … 'Choimrí Dhia thú.'

Agus d'imigh mise.

Ba mhinic roimhe sin a chuala mé iomrá ar Phádraig Mhicheáil Airt. Bhí aithne mhaith ag m'athair air agus bhí mo mháthair ag maíomh gaoil air. Bhí bród ar mhuintir Ghaoth Dobhair as agus tá go dtí an lá inniu. Is minic a chuala mé iad ag seanchas air. Ach ní raibh agam ach coirnéal beag den scéal. B'éigean domh an chuid eile de a chuartú in áiteacha a bhí i bhfad ó Ghaoth Dobhair. Ach ní dóiche go rachainn ina cheann choíche murab é gur casadh orm Skin the Goat.

II

Tráthnóna samhraidh a bhí ann agus aoibhneas ar muir agus ar tír. Dá mbeifeá 'do sheasamh ar ghualainn Chnoc na Naomh an lá sin déarfá leat féin go raibh Gaoth Dobhair ar áit chomh deas is a bhí in Éirinn nó, b'fhéidir, ar an domhan. Bhí an fharraige amach romhat agus í breacaithe le hoileáin ó Thoraigh go hÁrainn. Agus istigh ar do chúl bhí an tEaragal agus míle dealramh ina ghnúis ag grian an tráthnóna. Agus, ina dhiaidh sin, bheadh brón ort. Nó, giota beag síos uait tífeá teach agus gan fágtha de ach na ceithre ballaí. Inné roimhe sin tháinig an sirriam agus a chuid fear anoir as Dún Fionnachaidh agus garda píléirí leo. Bhain siad an ceann den teach i ndiaidh an mhuintir a bhí ann a chur amach. Bhí bean an tí ina luí agus naíonán thrí lá lena taoibh. Caitheadh í féin agus an naíonán amuigh ar shop cocháin taobh thall den doras. Bhí siad ansin gur iomchair na comharsanaigh ar shiúl ar comhlaidh í le coim na hoíche.

Thuas ar léana bheag, ghlas ar thaoibh na malacha bhí seanbhean ina suí agus í ag amharc amach ar an fharraige. Bhí gasúr beag ar a glúine ag a taoibh agus é ag cur seoil ar bhád bheag a bhí aige. Mac mic don tseanmhnaoi a bhí ann. Ba mhinic le cupla bliain anall a bhíodh an tseanbhean ina suí ar an léana seo agus í ag inse scéaltach don ghasúr. Agus bhí sin aici, seanchas agus ábhar seanchais. Bhí Toraigh le feiceáil aici soir uaithi, amuigh idir thú is bun na spéire. Thoir ansin a bhí Balor ina chónaí. Anoir ag Sruth Deilg a bhí sé ag teacht lena churach nuair a báitheadh na páistí uilig ach an leanbh ar dhual do Bhalor titim leis. Isteach ag an ghob sin thíos a tháinig an Ghlas Ghaibhleann i dtír nuair a d'éalaigh sí as Toraigh agus tháinig ar ais go tír mór. Thuas ar mhullach an chnoic sin thuas a bhí Colm Cille an lá udaí a chaith sé a throstán go Toraigh. Ach ní raibh seanchas ar bith den chineál sin ag Nóra Ní Dhónaill an lá seo. Bhí sí faoi smúid agus í ag smaoineamh ar an dóigh a rabhthar ag creach a cinidh le hansmacht agus le hocras. Bhí sí ag amharc ar an teach a bhí ina bhallóig thíos i Mín an Chladaigh agus í ag cur ceist uirthi féin go critheaglach cén dara teaghlach a dtiocfadh tubaiste den chineál chéanna orthu. Ach ní raibh brón ar bith ar an ghasúr. Cad chuige a mbeadh? Ní raibh ocras air an lá sin agus is annamh a chuireas an lá amárach buaireamh ar a mhacasamhail. Bhí bád beag aige, ceann a rinne sé féin as bloc maide a tháinig fá thír agus é ag cur seoltach uirthi.

Sa deireadh arsa an mháthair mhór mar a bheadh sí ag caint léi féin: 'Mo thrí thruaigh na créatúir a cuireadh as a bhfáras beag agus gan áit acu lena gceann a thabhairt isteach ann ach mar a dhéanfas na comharsanaigh grá Dia orthu.'

'Agus, a mháthair mhór,' arsa an gasúr, 'cad chuige ar cuireadh amach iad?'

'Tá, a thaiscidh,' arsa an tseanbhean, 'cionn is nach raibh siad ábalta an cíos a dhíol.'

'Agus c'aige a bhfuil cíos orthu? Nár shíl mise gur leo féin an talamh?'

'Ní leo, a thaiscidh. Le Caiftín Hill é.'

'Agus, a mháthair mhór, cad é an ceart atá ag Caiftín Hill ar Ghaoth Dobhair?'

'Níl ceart ar bith aige air. Ar scor ar bith níl ceart ar bith aige ar an méid cíosa atá sé a éileamh ar an áit nach raibh ach carraigeacha is túrtóga go dtí go dtearn muintir Ghaoth Dobhair talamh oibeartha de as allas a malacha.'

'A mháthair mhór, cad chuige nach mbuaileann duine inteacht é agus múineadh a chur air?'

'Mo thruaigh do chiall, a leanbh,' arsa an tseanbhean agus thost sí tamall. Sa deireadh ar sise mar a bheadh sí ag caint léi féin: 'Is iomaí uair a shíl muintir na hÉireann go raibh siad ar shéala buaidh a fháil ar an daorsmacht. Ach, mar a deir an seanscéal, nuair ba deise dúinn é is ann ab fhaide uainn é. Nuair a bhí an mhórchuid den tír bainte amach acu briseadh an cath orthu i gCionn tSáile. Nuair a shíl siad go bhfaigheadh siad buaidh Chromail fuair Eoghan Rua bás. Tamall ina dhiaidh sin shíl siad arís go raibh an lá leo ach, mar a dúirt an file, Eachroim is an Bhóinn gur fheall. Agus le mo linn féin síleadh go raibh cabhair ag tarraingt orainn. Dá bhfeicfeá an lúcháir a bhí ar mhuintir Ghaoth Dobhair an lá sin agus iad cruinn ar na hairde ag amharc ar an chath.'

A fhad is a bhí an tseanbhean ag caint ar an tsaol a bhí in Éirinn in aimsir Chionn tSáile agus in aimsir na Bóinne is Eachroma, ní raibh mórán airde ag an ghasúr ar a cuid seanchais. Bhí sí ag caint ar rudaí a bhí coimhthíoch aige, saol agus daoine a raibh sé aineolach orthu. Ach chomh luath is a thrácht sí ar chath a chonaic sí féin agus an chuid eile de mhuintir Ghaoth Dobhair, d'fhág sé uaidh an bád beag agus na seoltaí agus dhruid sé anall léi.

'Cad é an cath a chonaic tú, a mháthair mhór?' arsa an gasúr.

'Tá,' ar sise, 'lá an Bhriste Mhóir ar an fharraige. Bhí mé 'mo sheasamh ar an ard sin thuas i rith an lae. Chuala muid tormán na ngunnaí móra i bhfad sular nocht siad chugainn. Agus bhí muid ag guí Dé go dúthrachtach le buaidh na teangmhála a thabhairt don mhuintir a tháinig a thabhairt tarrthála orainn. Idir sin is tráthas nocht siad chugainn anoir ag Ceann Thoraí. Agus ansin ba ghairid gur léir dúinn nach raibh ann ach aon soitheach amháin agus í ag coinneáil troda le cabhlach iomlán a bhí sa tóir uirthi. Soitheach de chuid na Fraince a bhí inti agus bhí Wolfe Tone ar bord uirthi. Bhí sí ag teitheadh agus ag scaoileadh san am chéanna. Tháinig sí anoir go raibh sí díreach amach os ár gcoinne. Nuair a bhí sí ag tarraingt siar ar Ghabhla tháinig aon rois amháin uirthi agus fágadh a cuid crann is seoltach ar bharr na farraige. Ach throid sí léi go dtí go dteachaigh sí ar thinidh idir sin is tráthnóna. Bhí muid ag amharc uirthi ar scoite lasrach thiar idir thú is Ceann Áranna.

'Tháinig an oíche agus stad na hurchair. Ní raibh a dhath le feiceáil ná le cluinstean againn. Ach bhí eagla orainn nárbh é an dea-scéala a thiocfadh. Bhí muid chóir a bheith cinnte gur soitheach Francach an ceann a bhí léi féin sa chomhrac agus gurbh é cabhlach na Sasana a bhí sa tóir uirthi. An lá arna mhárach fuair muid cinntiú an scéil. Nuair a chuaigh *La Hoche* ar thinidh b'éigean don méid den fhoirinn a bhí beo géillstean. Tugadh ar bord ar loing de chuid na Sasana iad, agus soir go Loch Súilí an oíche sin. Ar maidin tugadh isteach go Leitir Ceanainn iad agus Tone ina measc.

'Ní raibh aithne ar bith ar Tone ag na Sasanaigh. Ní raibh a fhios acu go raibh sé ansin ar chor ar bith. Shíl siad gur Francach a bhí ann. Agus ba dóiche go ligfí a cheann leis i gceann na haimsire i gcuideachta na codach eile murab é go dtearnadh spíodóireacht air.'

'Spíodóireacht,' arsa an gasúr, agus d'amharc sé ar an tseanmhnaoi agus iontas air. 'An raibh aithne ag muintir Leitir Ceanainn air?'

'Ní raibh, ná ag aon duine eile as an taoibh seo den tír,' arsa an tseanbhean. 'Isteach tigh Sheáin Uí Éigeartaigh a tugadh iad. Agus cé a bhí ansin rompu ach fear darbh ainm George Hill. Bhí aithne aige ar Tone. Casadh ar a chéile i mBaile Átha Cliath iad cupla bliain roimhe sin. Chomh luath is a chonaic sé Tone, d'aithin sé é agus d'inis sé do na Sasanaigh cé a bhí acu.'

'George Hill,' arsa an gasúr. 'Hill! Sin an sloinneadh atá ar an fhear atá ag cur mhuintir Ghaoth Dobhair amach agus ag leagan a gcuid titheach orthu.'

'An sloinneadh ceannann céanna,' arsa an tseanbhean. 'Athair Chaiftín Hill a bhraith Tone i Leitir Ceanainn an lá udaí.'

'A mháthair mhór, nárbh iontach nach raibh fear ar bith le fáil a bhainfeadh éiric as an spíodóir?'

'Cad é mar a bhainfí éiric as?'

'É a mharbhadh.'

'Cé a bhí lena mharbhadh?' arsa an tseanbhean. 'Faraor,' ar sise go brónach, 'd'imigh an lá sin. D'imigh an t-am a mbainfí éiric as an spíodóir. Lá an Chorrshléibhe iar gcloí na nGall! Á, faraor.'

'Cad chuige nach dteachaigh m'athair mór soir agus a mharbhadh?' arsa an gasúr. 'Nárbh é Art Óg Ó Dónaill an fear ba láidre agus ab fhearr i gceann bata sa chontae? Nach minic a dúirt tú féin go mbuailfeadh sé lucht aonaigh lena bhata draighin? Cad chuige nach dteachaigh sé soir go Leitir Ceanainn agus an spíodóir a mharbhadh?'

'Bíodh ciall agat, a thaiscidh. Cad é an mhaith a dhéanfadh bata draighin in éadan gunnaí is baignéidí?'

'Nach dtiocfadh leis a theacht ar an spíodóir nuair nach mbeadh aon duine lena chosnamh?'

'Bhéarfaí ansin air agus chrochfaí é.'

'Cad é mar a chrochtar duine, a mháthair mhór?'

'As a mhuineál.'

'An bhfaca tú aon duine riamh á chrochadh?'

'Maise, ní fhaca, chan á éileamh.'

'Cad é a rinne siad le Tone ansin?'

'Thug siad leo go Baile Átha Cliath é,' arsa an tseanbhean. 'Cuireadh cúirt air agus teilgeadh chun báis é. D'iarr sé mar achaine orthu bás saighdiúra a thabhairt dó ach dhiúltaigh siad é fá sin. Ní chrochfadh siad féin é. Tháinig siad air san oíche agus ghearr siad a sceadamán. Ansin dúirt siad gur chuir sé lámh ina bhás féin. Níor leor leo mar dhíoltas a mharbhadh gan míchliú a chur air ina dhiaidh sin.'

Níor labhair ceachtar acu ar feadh tamaill ansin. Sa deireadh arsa an gasúr: 'Dá mbeinnse i Leitir Ceanainn an lá sin, mhuirfinn an spíodóir.'

'Bíodh ciall agat, a leanbh,' arsa an tseanbhean.

'Siúd an fhírinne,' arsa an gasúr. 'Dá mbeinn ann agus mé mór ní fhágfadh George Hill teach ósta Sheáin Uí Éigeartaigh go bhfágadh sé ina chorp é. Mhuirfinn é. Bhéarfainn liom piostal agus chuirfinn urchar fríd an chroí aige.'

'Imigh leat anois,' arsa an tseanbhean, 'agus cuir seol ar do bhád bheag.' Agus shuigh sí féin ansin agus í ag smaoineamh is ag meabhrú ar an chomhrá a bhí acu le tamall roimhe sin. Dar léi féin: 'Nach beag mo chiall ag caint le tachrán ar rudaí mar sin agus gur leor a luas a thiocfaidh buaireamh an tsaoil air ... Nach iontach an chiall agus an dearcadh a bíos ag páistí. Sílidh sé nach raibh aon fhear ar an tsaol riamh inchurtha lena athair mór. Agus ansin an dóigh ar dhúirt sé dá mbeadh sé féin ann le linn Tone go mbainfeadh sé éiric as an spíodóir. Níor cheart a bheith ag caint ar chor ar bith ar na rudaí seo le páistí. Níl ciall ag na créatúir ... Agus níl a fhios agam nach acu atá.'

'Siúil leat chun an bhaile anois, a leanbh. Tá bearradh fuar ag teacht ar an tráthnóna.'

Cupla bliain ina dhiaidh sin bhí an Ghorta ar fud na hÉireann agus a gcuid féin den anás ar mhuintir Ghaoth Dobhair. Dá mbeifeá 'do sheasamh ar mhullach Chnoc na Naomh lá de na laetha sin gheofá dreach uaigneach ar Ghaoth Dobhair ó Dhún Lúiche go Mín an Chladaigh. Ní raibh ceol ban ná gleo páistí le cluinstean. Ní raibh na fir le feiceáil ag obair ins na cuibhrinn. Ní raibh toit ar bith as na tithe. Bhí na doirse druidte agus na daoine istigh, cuid acu ag fáil bháis agus cuid marbh. Bhí dreach brónach ar an fharraige agus ar na hoileáin, agus bhí smúid ar an Earagal mar a bheadh truaigh aige do na créatúir a bhí fá léan is fá leatrom.

Chuaigh an scéala amach ar fud an domhain go raibh Gorta léanmhar in Éirinn. Sasain a reic an scéal agus, ar ndóigh, thug sí a hinse féin air. Mar a rinne sí riamh agus ar feadh tamaill gan aon duine lena bréagnú. Le toil Dé a mheath barr na bpreátaí. Ní raibh neart ag aon duine ar an tubaiste sin. Ní thiocfadh le duine ar bith ná le Rialtas ar bith an aicíd a choinneáil ó na preátaí. Ach ba mhór an truaigh muintir na hÉireann. Ar ndóigh, dream fiáin gan chreideamh gan choinsias gan uaisleacht a bhí iontu. Ach, mar sin féin, daoine a bhí iontu. Bhí cruth agus deilbh daoine orthu (cé go bhfaca Giraldus Cambrensis fada ó shin cuid acu a raibh ruible orthu) agus ba mhór an truaigh iad. Ghoillfeadh an t-ocras orthu agus bhéarfadh an fiabhras a mbás go díreach mar a dhéanfadh sé le Sasanaigh.

Rinneadh an scéal seo a reic fada leitheadach agus creideadh é. Thoisigh daoine as gach cearn den domhan a chur déirce go hÉirinn. Cuireadh déirce chugainn as an Tuirc agus as an tSín agus as an Rúis, gan trácht ar na tíortha a bhí chóir baile. Agus gan fiú Sasain féin nár dhearc orainn.

Tráthnóna amháin i lár an gheimhridh bhí capall agus carr ag tarraingt isteach ag Loch an Ghainimh ar an bhealach go Gaoth Dobhair. Bhí sé ag plúchadh shneachta agus an síon ina n-aghaidh. Ní raibh ar an charr ach an tiománaí agus aon phasantóir amháin. Ag tarraingt ar an 'Chúirt' a bhí siad – an t-ainm a bheireadh muintir Ghaoth Dobhair ar an teach mhór a raibh Caiftín Hill ina chónaí ann.

Agus cérbh é an pasantóir a bhí á phréachadh ar bhóithre loma Thír Chonaill an tráthnóna anróiteach seo? Sasanach a bhí ann agus Sasanach cásúil. An bhliain roimhe sin tháinig sé go Connachta le tarrtháil a thabhairt ar an mhuintir ba troime a raibh an Ghorta ag goilleadh orthu. Bhí neart airgid aige agus ní tháinig sé go hÉirinn de lámha folmha. Bhí truaigh mhillteanach aige do mhuintir na hÉireann, agus nuair a chuala sé go raibh siad i gcruachás tháinig sé anall le tarrtháil a thabhairt orthu. Bhí creideamh láidir ag an fhear seo. Bhí sé creidte aige gur ar mhaithe le Sasain a chruthaigh Dia an chuid eile den domhan. Ach, *noblesse oblige*, dar leis. Nuair a thug Dia ceart is cumhacht do Shasain ar an chuid eile den domhan, d'fhág sé oibleagáid ar na Sasanaigh fosta, agus chaithfí an oibleagáid seo a chomhlíonadh. Ba deacair a dhéanamh corruair. Ach níorbh ionann sin is nárbh fhéidir a dhéanamh. Bhí obair mhór déanta ag Sasain cheana féin ag comhlíonadh aitheanta Dé. Bhí páirt mhór den domhan slánaithe aici. Ach bhí cuid mhaith le déanamh go fóill agus, ar ndóigh, bhí Dia ag cuidiú leo. Le toil Dé a tháinig an Ghorta ar Éirinn … Ach ba mhór an truaigh iad. Daoine fiáine, garbha gan chéill gan chreideamh a bhí iontu. Bhí seacht gcéad bliain caillte acu ag diúltadh don tsolas agus don fhírinne. Ach c'aige a raibh a fhios nach lena leas agus le leas na Sasana a tháinig an Ghorta mhillteanach seo? Nuair a tífeadh siad nach raibh Sasain ag aifirt a ndrochghníomharthaí orthu, ach go dtearn siad déirce orthu in aimsir géibhinn, b'fhéidir go dtiocfadh siad chucu féin lena linn agus sa deireadh thiar thall go dtiontódh siad ar staid na ngrásta.

Sin an dearcadh a bhí ag W.E. Forster[14] ag teacht go hÉirinn dó an chéad bhliain de bhlianta na Gorta. Sin an dearcadh agus an manadh a bhí aige an dara bliain, oíche shneachta agus é ag tarraingt isteach bun an Earagail le tarrtháil a thabhairt ar mhuintir Ghaoth Dobhair is na Rosann.

Bhí sé i bhfad i ndiaidh na hoíche nuair a shroich sé 'Cúirt' Chaiftín Hill. Tugadh isteach i seomra bhreá, mhaiseach, sheascair é agus cuireadh ina shuí os coinne na tineadh é. Bhí fear eile ar cuairt ag an Chaiftín an oíche seo. Fear óg, scafánta agus b'fhuras a aithne ar a theangaidh gur Sasanach a bhí ann. D'aithin Forster sin chomh luath is a bheannaigh siad dá chéile. Chuir an Caiftín in aithne dá chéile iad.

'Seo Mr. Forster, an fear uasal as do thír féin ar chuala tú mé ag caint air go minic. Mr. Hamilton, an *County Inspector* s'againn.'

Shuigh an triúr thart fán tinidh i ndiaidh a suipéara agus thoisigh an comhrá.

'Is millteanach an sceoin a tháinig ar an tír seo,' arsa Forster. 'Ach tá mé ag déanamh gur taispeánadh atá ann a tháinig ó neamh le tabhairt ar mhuintir na hÉireann aghaidh a thabhairt ar a leas agus cúl a thabhairt lena n-aimhleas. Agus tá dóchas agam go dtabharfaidh an fhéacháil seo chun céille agus chun creidimh iad.'

Rinne an t-oifigeach draothadh gáire agus d'amharc sé ar Chaiftín Hill. Bhí a fhios aige go raibh a fhios ag an Chaiftín gur tugadh iarraidh cupla oíche roimhe sin airm a ghoid as beairic Mhín na Cuinge agus gurbh é sin an rud a thug é féin anuas go Gaoth Dobhair cupla lá roimhe sin. Ach ní ligfeadh sé a rún le strainséir má ba Shasanach féin é.

'Tá eagla orm,' ar seisean sa deireadh, 'nach dtig siad chun céille ná chun creidimh choíche. Tá seacht gcéad bliain caite againn leo ag iarraidh Críostaithe a dhéanamh díobh agus cad é atá ar a shon againn? Tá siad chomh dubh dúinn inniu agus a bhí siad an chéad lá a tháinig muid anall. In áit buíochas a bheith acu orainn is é rud atá fuath an diabhail acu orainn ina gcroí.'

'Ní chreidim sin, i gcead duitse,' arsa Forster. 'Fuair mise aithne ar chuid mhóir de mhuintir na hÉireann anois le bliain, gach aon áit ó seo go híochtar Chonamara agus chonacthas domh go raibh siad iontach buíoch de gach duine dá dtearn déirce orthu.'

'Buíochas bacaigh a dtabharfá pingin dó,' arsa an t-oifigeach. 'Ach is fada sin óna gcroí. Tá an nimh san fheoil acu dúinn ar fad agus tá eagla orm go mbeidh a fhad is a bheas aon duine acu beo.'

'Ní mheasaim féin go bhfuil *Roman Catholics* na tíre seo chomh dubh sin do Shasain. Ach daoine fiáine iad a bhfuil sé sa nádúir acu gan géillstean do rialú ar bith. Sin an fáth a bhfuil siad in éadan na Sasana. Bheadh siad mar an gcéanna dá mbeadh Rialtas dá gcuid féin acu. Is minic a smaoiním féin go dtearnadh éagóir orthu,' arsa Forster.

'Cad é an éagóir a rinneadh orthu?' arsa an t-oifigeach agus tháinig cuil air. 'Nach bhfuil an Rialtas acu is fearr ar an domhan? Cad é a thiocfadh linn a dhéanamh dóibh nach dtearn muid? Cad é eile a thig linn a dhéanamh mura nglanaimid linn ar fad amach as an tír agus ligean dóibh a chéile a ithe?'

'Bhain tú an chiall chontráilte as mo chuid cainte, a oifigigh,' arsa Forster. 'Níl an Rialtas ag déanamh éagóra ar bith orthu agus ní thearn riamh. Na tiarnaí talún atá mé a mhaíomh. Tá an talamh breathnaithe agam ó seo go híochtar Chonnacht agus 'sé mo bharúil go bhfuil cíos ró-throm ar an mhórchuid de. Cíos nach bhfuil acmhainn ag an tionóntaí air ar an ábhar nach féidir a bhaint as barr an talaimh má thig drochbhliain den chineál atá anois againn.'

'Agus,' arsa Caiftín Hill go confach, 'an bhfuil tú ag ordú an talamh a cheannaigh muid ar ár gcuid airgid a chaitheamh chucu gan cíos ar bith agus imeacht linn go teach na mbocht?'

'Níl ar chor ar bith,' arsa Forster. 'Ach títhear domh go rachadh sé ar sochar dóibh féin is do na tiarnaí féacháil le laigse bheag a thabhairt dóibh in am riachtanais.'

'Mura mbeadh siad a iarraidh ach laigse sa chíos leithéid na bliana seo,' arsa an t-oifigeach, 'b'fhéidir go bhféadfaí réiteach de chineál inteacht a dhéanamh. Ach tá cuid acu ag rá gur leo féin talamh na hÉireann, nár cheart cíos ar bith a iarraidh orthu. Agus táthar ag comhairliú dóibh éirí amach agus gan aon ghráinnín amháin coirce a ligean ar shiúl as an tír.'

'Cé atá ag tabhairt na comhairle sin uaidh?' arsa Forster agus an dubhiontas air.

'Tá, fear a bhfuil cuma air go bhfuil sé dáiríribh. Agus ní *Roman Catholic* é ach oiread ach Protastúnach ar ceart go mbeadh ciall is tuigse aige agus meas ar an dlíodh aige. Ar chuala tú iomrá riamh ar fhear darb ainm John Mitchel?'

'John Mitchel,' arsa Forster. 'John Mitchel. Sílim go gcuala mé an t-ainm. Sílim go gcuala mé duine inteacht a rá go raibh a leithéid ann, agus é ar mire. Ach tá barraíocht le déanamh agam san am i láthair le aird a thabhairt ar an rud a déarfadh fear mire.'

'Bhí sé anuas an bealach seo cupla mí ó shin,' arsa Caiftín Hill. 'Chonaic mé féin é agus níor chosúil le fear mire é le hamharc air. Ach ina dhiaidh sin chuala mé gur dhúirt sé rudaí nach n-abóradh duine ar bith a bheadh ina chéill. Chuala mé gur chomhairligh sé do na daoine toiseacht a ghadaíocht is a mharbhadh, ceann as éadan.'

'Ach,' arsa Forster, 'nach bhfuil áiteacha fá choinne a mhacasamhail sin? Agus cad chuige nach gcuirtear gealt den chineál sin san áit nach dtig leis dochar a dhéanamh dó féin ná d'aon duine eile?'

'Dá mba fear mire a bheadh ann b'fhuras sin a dhéanamh leis,' arsa an t-oifigeach. 'Ach níl mearadh ar bith mar sin air. Fear é a bhfuil intleacht as cuimse aige agus foghlaim throm. Agus, lena chois sin, é tintrí, neamheaglach. Is é mo bharúil go rachadh sé i gceann teangmhála ar béal maidine dá measadh sé go leanfadh mórán de na daoine é.'

'Ní raibh a fhios agam go raibh a leithéid sin d'fhear sa tír seo anois,' arsa Forster. 'Ach cad é an mhaith dó a bheith ag caint ar throid le daoine nach bhfuil airm ar bith acu ná gléas orthu a bhfáil, agus, lena chois sin, iad cloíte ag an ocras?'

'Níl sé ag iarraidh orthu a ghabháil amach ar na cnoic le súistí agus arm na banríona a ionsaí,' arsa an t-oifigeach. 'Ní bheadh gar dó ann. Ach tá comhairle aige á tabhairt dóibh is measa i bhfad ná sin. Tá sé ag cur ar a súile dóibh nach bhfuil i ndán dóibh ach bás a fháil den ocras má fhanann siad ina suí go suaimhneach, agus go mb'fhearr dóibh bás a fháil, mar a deir sé féin, bás a fháil mar a bheadh fir ann ag troid ná bás den ocras mar a bheadh madaidh ann. Is ionann sin is a rá nár cheart d'aon duine ocras a fhulaingt a fhad is a bheadh aon ghreim le goid aige. Ar léigh tú riamh an *United Irishman*?' ar seisean le Forster.

'Níor léigh,' arsa Forster. 'Níl faill agam. Tá barraíocht le déanamh agam ag iarraidh cuidiú leis an mhuintir atá ar an anás.'

'Ba cheart duit a léamh corruair,' arsa an t-oifigeach, 'agus bhéarfadh sé le fios duit go bhfuil, ar a laghad, aon fhear amháin in Éirinn nach bhfuil buíochas ar bith aige ort as do dhea-obair. Léigh cuid dá bhfuil anseo,' ar seisean ag tarraingt carnán páipéar amach as póca a ascaille agus á shíneadh ionsar Forster, 'agus bhéarfaidh sé rud beag eolais duit nach bhfaighfeá choíche is tú ag tabhairt déirce do bhacaigh ocracha.'

Thoisigh Forster a léamh agus níorbh fhada go dtáinig dreach duibhnéaltach air. 'Tá seo thar a bheith ag caint air,' ar seisean, ag toiseacht á léamh:

> *But I am told it is vain to speak thus to you; that the 'peace policy' of O'Connell is dearer to you than life or honour – that many of your clergy too, exhort you rather to die than violate what the English call 'law.' Then die – die in your patience and perseverance; but be well assured of this: that the priest who bids you perish patiently amidst your own golden harvests, preaches the Gospel according to England, insults manhood and common sense, bears false witness against religion, and blasphemes the providence of God.*[15]

D'fhág Forster na páipéir ar choirnéal an tábla ag a thaoibh agus d'amharc sé ar an bheirt eile. 'Chuirfeadh a leithéid sin duine in éadóchas,' ar seisean. 'Nach doiligh do dhuine dóchas a bheith aige go bhfuil tír ar bith inleighis a bhfuil comhairleacha an diabhail acu mar atá ansin. Is mairg a léigh ar chor ar bith é. Tá sé ag baint m'uchtaigh díom. Is é an deireadh a bheas air go rachaidh mé chun an bhaile ar ais go Sasain agus go bhfágfaidh mé ansin iad. Nó má tá mórán eile de chineál an fhir sin in Éirinn níl leigheas le déanamh uirthi. Tá sí faoi chrann smola. Tá fuíoll seanmhallacht uirthi.'

'Níl ansin ach a thús,' arsa an t-oifigeach. 'An rud atá sé a rá leis na *Roman Catholics*. Ach, amharc air seo,' ar seisean, ag tiontó na nduilleog, 'an chomhairle atá sé a thabhairt do na Protastúnaigh.' Agus thoisigh an fear eile a léamh arís.

> *But why do I reason thus with you – with you, the Irish of Ulster, who have never denied the noble creed and sacrament of manhood? You have not been fooled for forty years in the fatal cant of moral force – you have not been utterly debauched and emasculated by the claptrap platitude of public meetings and the empty glare of 'imposing demonstrations.' You have not yet learned the litany of slaves, and the whine of beaten hounds, and the way to die a*

coward's death ... Yet there is one lesson you must learn – fraternal respect for your countrymen of the South, and that sympathy with them and faith in them, without which there can be no vital nationality in Ireland. You little know the history and sore trials and humiliations of this ancient Irish race; ground and trampled first for long ages into the very earth, and then taught – expressly taught – in solemn harangues, and even in sermons, that it was their duty to die, and see their children die before their faces, rather than resist their tyranny as men ought. You can hardly believe that creatures with the gait and aspect of men could have been brought to this. And you cannot wonder that they should have been slow, slow in struggling upwards out of such darkness and desolation. But I tell you the light has at length come to them.

'Is leor sin,' arsa Forster ag caitheamh uaidh an pháipéir.

'Ní leor,' arsa an t-oifigeach. 'D'fhág tú an chuid is fearr de gan léamh. An rud a bhfuil an chontúirt ann. An chomhairle a chuirfeas deireadh le riail is le hordú ar fud na hImpireachta má chuirtear i ngníomh í.'

I will speak plainly. There is now growing on the soil of Ireland a wealth of grain and roots and cattle, far more than enough to sustain in life and in comfort all the inhabitants of the island. That wealth must not leave us another year – not until every grain of it is fought for in every stage, from the tying of the sheaf to the loading of the ship.

D'fhág an t-oifigeach an páipéar ar an tábla. Níor labhair Forster. Bhí sé mar a bheadh fear ann a bhuailfí le splanc agus a chaillfeadh an chaint.

'Anois,' arsa an t-oifigeach, 'sin an áit a bhfuil an chontúirt i dtír a bhfuil fairsingeach bídh inti agus ocras san am chéanna. Agus dá dtoisíthí a chur na comhairle sin i ngníomh níl a fhios cad é an deireadh a bheadh air. Nó bíodh a fhios agat nach cladhairí ar bith fir na hÉireann – ó dheas ná ó thuaidh – is cuma cad é na lochtanna eile atá orthu. Fuarthas sin amach lá Waterloo agus laetha go leor eile. Dá mbeadh an díbhirce cheart orthu agus fear ceannais acu a bheadh ag cur leis an mhanadh atá ag an pháipéar sin, deirimse leatsa go n-ionsódh siad geaftaí ifrinn.'

Fuair Forster an chaint leis agus tháinig cuil mhillteanach air. 'Faoi Dhia anocht,' ar seisean, 'cad é atá Lord Clarendon a dhéanamh? An ina chodladh atá sé nuair atá sé ag ligean a leithéid sin ar aghaidh? Cad chuige nach gcuireann sé an diabhal saolta sin i bpríosún agus a choinneáil ansin go bhfuaraí sé?'

'Níl sé i ndlíodh aige,' arsa an t-oifigeach. 'Is é rud atá Mitchel cóir ag magadh air agus ag tabhairt a dhúshláin. Agus ní thig le Lord Clarendon a dhath a dhéanamh ach seasamh ansin is amharc air.'

'Agus cad chuige nach dtugann sé ar an Rialtas dlíodh a dhéanamh a chuirfeas an t-ainspiorad seo faoi shlait? Dá mbeinnse ina áit ní fhuilgheonainn an tréas seo dhá lá. Dhéanfadh aon lá amháin mo ghnoithe. Rachainn caol díreach go Londún leis an chéad bhád agus déarfainn le lucht an Rialtais, anonn is anall, mura dtugadh siad cumhacht domh a chuirfeadh smacht ar an diabhal shaolta seo, go raibh sé chomh maith acu bailiú leo amach as Éirinn, agus go mbeadh coróin na Sasana agus Impireacht na Sasana ina eala mhagaidh ar fud an domhain go brách na breithe.'

Níor chodail Forster mórán an oíche sin. Bhí sé imníoch. Bhí sé idir dhá chomhairle. Nár dhoiligh do dhuine, dá fheabhas an intinn a bhí aige agus dá mhéad a raibh grá Dé agus grá na comharsan ina chroí, nár dhoiligh dó fanacht i dtír a raibh macasamhail Mhitchel inti, agus cead aige a rogha rud a rá agus a scríobh? Cad é a bhí Lord Clarendon a dhéanamh? Nó cad é a bhí ag teacht ar an Rialtas ar chor ar bith? 'I ndiaidh a bhfuil déanta againn ar son na hÉireann,' ar seisean leis féin. 'I ndiaidh an méid déirce a thug muid di!' Agus rinne sé osna throm.

Ach níor imigh sé chun an bhaile go Sasain ar maidin lá arna mhárach. Chuaigh sé go Baile Átha Cliath agus chun cainte le lucht ionaid an Rialtais sa Chaisleán. Chuala sé oiread ansin agus a thug faoiseamh dó agus tháinig sé ar ais go Gaoth Dobhair.

An Bhealtaine sin a bhí chugainn thug sé an dara cuairt ar an chathair. Bhí lúcháir an lá seo air. Bhí an t-ainchríostaí fá ghlas agus bhéarfaí i láthair na cúirte é ar maidin lá arna mhárach. Bhí dlíodh acu sa deireadh a chuirfeadh múineadh ar a mhacasamhail. Ba chóir don dlíodh sin a bheith ann le fada. Ach b'fhearr go mall ná go brách.

Tháinig an mhaidin agus bhí lá breá ann. Bhí Forster i dteach na cúirte i *Green Street* go luath agus bhí sé sásta leis féin agus leis an obair a bhí déanta aige de gheall ar Dhia agus Impireacht bheannaithe na Sasana. Shuigh sé ansin ar feadh dhá lá ag éisteacht leis an fhianaise. Bhí iontas air gur ligeadh an oiread sin réama leis an ainchríostaí. An tríú lá chuir an breitheamh an fhianaise i láthair an dáréag *Lion and Unicorn Tradesmen* a bhí ansin in ainm coiste. Dúirt sé ar ndóigh gur acu féin a bhí breithiúnas a thabhairt ar an scéal ach go raibh sé cruthaithe as scríbhinní an phríosúnaigh gur chomhairligh sé do mhuintir na hÉireann gníomharthaí a dhéanamh a scriosfadh riail na banríona ins an pháirt seo den Impireacht.

Níor bhain sé i bhfad as an choiste breith a thabhairt ar an chás. 'Ciontach' arsa an fear ceannais cupla bomaite ina dhiaidh sin.[16]

Cuireadh ceist ar an phríosúnach an raibh a dhath le rá aige in aghaidh bhreith na cúirte. Dar le Forster ní bheidh mórán ar bith le rá aige. Tá sé cloíte go leor anois. Tá an gus bainte as!

Le sin, d'éirigh an príosúnach ina sheasamh agus labhair.

> *The law has now done its part, and the Queen of England, her crown and government in Ireland, are now secure, pursuant to Act of Parliament. I have done my part also. Three months ago I promised Lord Clarendon and his government, who hold this country for the*

English, that I would provoke him into his courts of justice, as places of this kind are called, and that I would force him to publish and notoriously, to pack a jury against me to convict me, or else that I would walk a free man out of this court, and provoke him to a contest in another field. My lords, I knew I was setting my life on that cast; but I knew that, in either event, victory should be with me; and it is with me. Neither the jury nor the judges nor any other man in this court presumes to imagine that it is a criminal who stands in this dock. I have acted all through this business, from the first, under a strong sense of duty. I do not repent anything I have done; and I believe that the course which I have opened is only commenced. The Roman who saw his hand burning to ashes before the tyrant promised that three hundred should follow out his enterprise. Can I not promise for one, for two, for three?[17]

Agus san am sin d'amharc sé ar Mhartin agus ar Mhac Uí Raghallaigh agus ar Thomás Ó Meachair. Scairt gach aon fhear acu sin seanard a chinn: *'Promise for me!'* Agus, le sin, d'éirigh aon gháir amháin ar fud na cúirte agus ní raibh le cluinstean ag Forster ach *'Promise for me – and me – and me, Mitchel.'*

'For one, for two, for three?' arsa an príosúnach, *'aye, for hundreds.'*

Tráthnóna an lae sin bhí Forster thíos ar an chéidh ag Teach an Chustaim. Chuaigh sé síos dh'aon ghnoithe go bhfeiceadh sé lena shúile cinn an coireach mallaithe seo ag imeacht as Éirinn. Ba ghairid go dtáinig cóiste dubh chun tosaigh. Tugadh Mitchel amach as agus glais ar chaoltaí a lámh agus slabhradh fána chosa. Cuireadh isteach i mbád é agus d'imigh siad leo fá dheifre ag tarraingt ar loing a bhí ina luí amuigh ag béal an chuain. Nuair a cuireadh an príosúnach ar bord agus sheol an soitheach phill Forster ar ais aníos an baile. Agus ní mó ná sásta a bhí sé. Ar ndóigh bhí an t-ainchríostaí bradach ar shiúl as an tír. Ní phillfeadh sé arís go ceann cheithre mblian déag. Bheadh sé cloíte go leor an t-am sin. Ní thiocfadh leis dochar ar bith a dhéanamh. Ach an raibh an dochar déanta aige mar a bhí sé? Le cupla lá roimhe sin shíl sé go mbeadh Éire socair nuair a dhíbeorthaí Mitchel. Ach an rud a tharlaigh i dteach na cúirte inniu! An gháir challáin a d'éirigh nuair a d'fhiafraigh an príosúnach an raibh aon fhear sa teach a leanfadh é chun an phríosúin nó chun na croiche. Na scórthaí acu ansin agus iad ag coimhlint le chéile, eagla ar gach aon duine acu nach gcluinfí a ghlór féin, agus gan le cluinstean agat ar do chluasa ach '*Promise for me – and me – and me, Mitchel.*'

Bhí cathair Bhaile Átha Cliath socair, suaimhneach an tráthnóna samhraidh seo. An té a shiúlfadh aníos ón chéidh i ndiaidh Mitchel imeacht ní shamhóladh sé choíche go raibh brón ar aon duine ina dhiaidh. Bhí saighdiúirí Sasanacha le feiceáil ar gach aon choiscéim agus mná óga ag comhrá is ag gealgháirí leo. Bhí scaiftí istigh ins na tithe tábhairne ag ól agus ag amaidí chainte. Ach ní thiocfadh le Forster dearmad a dhéanamh den gháir a d'éirigh an mhaidin sin i dteach na cúirte i *Green Street*. Agus i ndiaidh a ghabháil a luí an oíche sin chuala sé ina chodladh é: '*Promise for me – and me – and me, Mitchel.*'

III

An mhuintir a bhí chomh hard sa tsaol is go mbeadh siad ar coirm nó ar fleá ag fear ionaid an Rialtais bhí aithne acu ar mhnaoi a bhí iontach dóighiúil. Níor de thógáil na hÉireann í. B'as Meiriceá í agus tugadh an Boston Belle uirthi as a scéimh agus a gnaoi.

Bhí sí saibhir le cois a bheith dóighiúil. Agus an bhean a bhfuil an dá bhuaidh seo aici – an saibhreas agus an áille – tá urraim fána coinne ag an tsaol mhór. Bhíodh sí go minic ins an Chaisleán agus in áras an rí-ionadaí nuair a bhíodh fleá nó damhsa ag na huaisle. Bean tiarna talún a bhí inti. Agus idir gach aon rud níorbh iontas ar bith go raibh fáilte fána coinne ag an dream a bhí ag rialú na tíre agus á coinneáil faoi smacht na Sasana.

Ach ní raibh meas ar bith ag an mhnaoi álainn seo ar uaisle na Sasana cé go mbíodh sí ina gcaidreamh go minic. Bhí dúil i gcuideachta aici agus ní raibh cuideachta ar bith eile dá cineál féin aici in Éirinn. Ach ní raibh meas ar bith aici ar na Sasanaigh. Is é rud a bhí fuath aici orthu ina croí. Is fada a reathas an dúchas. Ba d'iaróibh na hÉireann í. B'as Cúigeadh Uladh a hathair mór agus b'éigean dó imeacht i mbéal a chinn nuair a dhíbir ansmacht na dtiarnaí as a bhaile dúchais é. Is iomaí uair a chuala an Boston Belle an scéal seo ag a hathair. Agus is iomaí uair a chuala sí é á rá go raibh sé buíoch de Dhia as caoi a thabhairt dó le beagán éirice a bhaint as na Sasanaigh ar a shon sin.

Oíche fhómhair bhí sí ina suí ina parlús agus gan aici ach í féin. Bhí sí ag amharc ar phioctúir a bhí ar thaoibh an bhalla os a coinne. Ba mhinic ina saol a d'amharc sí ar an phioctúir chéanna, pioctúir muirchatha a bhí ann. Long cogaidh de chuid Mheiriceá léi féin agus í ag coinneáil comhraic le trí cinn de chuid na Sasana. Agus seoltaí geala amuigh ag bun na spéire – tuilleadh cuidithe ag tarraingt ar na Sasanaigh ach oiread is nach raibh siad go leor ann in aghaidh aon fhir amháin. Chaith an Boston Belle tamall fada ag amharc ar an phioctúir seo. Sa deireadh d'amharc sí ar an chlog. Bhí sé in am ag a páistí a ghabháil a luí.

Tharraing sí sreangán a bhí ag a taoibh. I gceann bomaite foscladh an doras agus tháinig banaltra isteach.

'Tá an t-am ag na páistí a ghabháil a luí, a *nanny*.'

'Maith go leor, a bhean uasal,' arsa *nanny* agus amach léi. Ach ní mó ná go raibh faill aici a bheith amuigh nuair a tháinig sí ar ais.

'Le do thoil, a bhean uasal, tá *master* Charles ag iarraidh cead fanacht ina shuí go ceann leathuaire eile.'

'Cad é a chuir sin ina cheann?' arsa an mháthair go giorraisc.

'Tá, a bhean uasal, tá siad ag imirt cluiche,' arsa *nanny*, 'agus mura miste leat é, ba mhaith le *master* Charles an cluiche a chríochnú.'

'Bhí neart ama ag *master* Charles a chluiche a imirt ó tháinig an tráthnóna,' arsa an máistreás. 'Imigh agus abair leis – ach, fan. Níl maith duit a bheith ag caint leis. Abair leis teacht isteach anseo agus cuirfidh mise múineadh air. D'inis mé inné dó go gcaithfeadh sé a ghabháil a luí nuair a d'iarrfainn air é, agus má bhí cluichí le himirt aige, a n-imirt ó sholas lae. Cuir isteach anseo é.'

'Maith go leor, a bhean uasal,' arsa *nanny* agus amach léi. Bomaite beag ina dhiaidh sin foscladh an doras arís agus tháinig gasúr isteach. Gasúr éadrom, cruadhéanta a raibh gruag chatach air agus súile loinnireacha aige.

'Nár iarr mise ort a ghabháil a luí?' arsa an mháthair go colgach.

'Á, a mháthair, lig dúinn fanacht leathuair eile. Táimid ag imirt cluiche agus níl sé críochnaithe againn.'

'Nach raibh neart ama agat ó mhaidin le do chluiche a imirt?'

'Sea, ach, a mháthair, tá an bhuaidh ag John orm. Chuir sé an cluiche orm trí huaire i ndiaidh a chéile. Leag sé iomlán mo chuid saighdiúr orm. Tá sé ag gáirí fúm.'

'Agus dá dtugtaí cead imeartha tamall eile daoibh, nach mb'fhéidir gur an ceathrú cluiche a chuirfeadh sé ort. Agus nár mheasa mar sin é?'

'Ach, a mháthair, tá dóigh agamsa le buaidh a fháil air. Anois a smaoinigh mé air. Greamóidh mé mo chuid saighdiúr den chlár agus ní thiocfaidh leis a leagan.'

'Nach dtig leat sin a dhéanamh tráthnóna amárach chomh maith le anocht?'

'Ach beidh John ag maíomh as a bhuaidh. Beidh sé ag déanamh mórtais as ar maidin agus i rith an lae go tráthnóna.'

'Sin mar is mó a bhainfear mealladh as nuair a thiocfas do shealsa. Imigh leat a luí anois.'

'Á, a mháthair bheag,' arsa an gasúr agus d'amharc sé go brónach uirthi. 'Lig dúinn cluiche eile a imirt anocht nó ní bhfaighidh mé aon néal codlata go maidin.'

'Cad chuige nach dtáinig tú isteach go luath tráthnóna agus bheadh neart ama agat?' arsa an mháthair agus a glór ag éirí síodúil mar a bheadh sí ar tí géillstean don achaine. 'Bhí an chuid eile uilig istigh ag fanacht leat agus bhí mé ag brath duine a chur amach 'do chuartú nuair a tháinig tú. Cá raibh tú?'

'Bhí mé thíos ag sean-Tam ag muileann an adhmaid.'

'Tá mé cinnte go dtabharfadh sean-Tam conradh ionat corruair. Tháinig sé de mhitheas dó a bheith tuirseach díot.'

'Bhí sé ag scéalaíocht inniu,' arsa an gasúr.

'Mo chreach,' arsa an mháthair, 'nach gcoinníonn sé a chuid scéaltach is pisreog aige féin. Sin an rud a chuireas an t-uaigneas ort. Sin an rud a bheir ort muscladh i lár na hoíche agus a shílstean go bhfuil an seomra lán taibhsí. Nach minic a thug mise comhairle duit. Nach minic a d'iarr mé ort gan aird a thabhairt ar na scéaltaí amaideacha a bíos ag an tseanduine sin.'

'Chan ar thaibhsí a bhí sé ag caint inniu,' arsa an gasúr.

'Agus c'air a raibh sé ag caint?' arsa an mháthair.

'Ar an chogadh a bhí anseo fada ó shin.'

'Cá huair?'

'Níl a fhios agam cá huair ach bhí sean-Tam é féin ann. Thíos ansin ag an Inbhear Mhór a bhí an cath. Bhí ár millteanach ann. D'inis sean-Tam an t-iomlán domh. Dá bhfeictheá é, a mháthair, agus crann sluaiste aige agus é ag taispeáint domh an dóigh ar ionsaigh sé an namhaid lena phíce.'

D'amharc an mháthair ar an ghasúr, chumail sí a lámh dá cheann. 'Imigh anois,' ar sise, 'agus imir do chluiche, agus inis do *nanny* go dtug mise leathuair eile daoibh.'

'Go raibh céad maith agat,' arsa an gasúr go lúcháireach, agus amach as an tseomra leis.

Tráthnóna an lá arna mhárach bhí sé istigh arís agus é ag inse dá mháthair fán dóigh ar chuir sé an cluiche ar John aréir roimhe sin. 'Bhí na saighdiúirí greamaithe den chlár agam,' ar seisean, 'agus ní thitfeadh ceann ar bith ach an ceann a bhuailfí. Agus ní thug John fá dear riamh é. Nár mhaith an cleas é? Beidh mise 'mo shaighdiúir nuair a bheas mé mór. Beidh mé 'mo cheannfort airm.'

'Dá mbeitheá féin, cér dhúcha do dhuine eile?' arsa an mháthair ag amharc anonn ar an phioctúir a bhí ar an bhalla.

'A mháthair,' arsa an gasúr tamall beag ina dhiaidh sin, 'cad é an ceart a bhí ag na Sasanaigh teacht anseo agus fir na tíre seo a mharbhadh ag an Inbhear Mhór?'

'Ceart ar bith ar an domhan,' arsa an mháthair, 'ach an ceart a bhí acu in gach aon tír dár chreach siad – an lámh láidir,' arsa an mháthair.

'Ní chreidim cuid de na scéaltaí a bíos ag sean-Tam,' arsa an gasúr.

'Tá súil agam,' arsa an mháthair, ag déanamh gáire, 'nach gcreideann tú a chuid taibhseoireachta ar scor ar bith.'

'Ná cuid eile acu,' arsa an gasúr. 'Bíonn sé ag síorchaint ar na laochraí a bhí in Éirinn. Má bhí siad chomh maith is atá sé a rá, cad chuige a bhfuair na Sasanaigh a mbuaidh?'

'An chinniúint, b'fhéidir.'

'Agus cad é rud an chinniúint, a mháthair?'

'Imigh leat amach anois,' arsa an mháthair. Bhí sí ag éirí tuirseach de nó bhí sé ag cur ceisteann uirthi nach dtiocfadh léi a fhuascladh.

'Caithfidh sé gur ag Sasain atá na saighdiúirí is fearr ar an domhan,' arsa an gasúr.

'Cad chuige a n-abair tú sin?'

'Tá, níl aon tír dá dteachaigh siad inti nár chuir siad faoi smacht.'

Tháinig lasair thintrí in aghaidh na mná agus faobhar ar a súile. 'Tá aon tír amháin ar an domhan a dtug siad iarraidh uirthi,' ar sise, 'agus ar buaileadh amach aisti iad, mar atá, mo thírse. Rinne siad a seacht ndícheall ag iarraidh Meiriceá a chur faoi smacht. Ach sháirigh sin orthu. Ghread Meiriceá iad, ar farraige agus ar talamh. An bhfeiceann tú an pioctúir sin thall ar thaoibh an bhalla? Sin m'athair agus é á ngríosáil. Ní raibh ann ach a shoitheach féin, an *Constitution*, agus ceithre soithí de chuid na Sasana os a choinne. Ní raibh le déanamh acu ach comhrac a choinneáil leis tamall beag nó bhí cabhlach iomlán ag teacht chun cuidithe leo. (Tí tú ansin iad amuigh ag bun na spéire). Bhí a fhios sin ag m'athair. Bhí a fhios aige nach raibh am ar bith le ligean sa dul amú aige, agus thoisigh sé orthu. Scaoil sé roisteacha leo go dtí go raibh a gcuid bord ar maos i bhfuil. Stróc sé a gcuid rigín agus bhris sé a gcuid crann agus rinne sé criathair dá gcuid taobhanna go dtí sa deireadh gur ghéill na ceithre soithí. An méid a bhí beo de na foirne thug m'athair ar bord ar a loing féin iad, agus as go brách leis ansin. Sin agat, a mhic, an rud a rinne d'athair mór le máistreás mórtasach na mara. Sin ansin é ag an ghunna tosaigh. Agus nach n-aithneofá ar a dhreach go bhfuil fuath agus drochmheas aige orthu!'

Ar feadh seachtaine ina dhiaidh sin bhí gleo agus callán ag páistí *Avondale*. Agus ba chuma cad é an cluiche a bheadh á imirt acu, bhéarfadh *master* Charles dúshlán an iomláin acu i gcuideachta a chéile. B'iadsan cabhlach na Sasana agus b'eisean Commodore Stewart.

IV

Bhí na páistí ina luí ina gcodladh thuas sa tseomra, uilig ach aon duine amháin, gasúr beag shé mblian. Bhí seisean ina luí i leabaidh na cisteanadh agus é tinn. Bhí an t-athair agus an mháthair ina suí, duine acu ar gach taobh de thinidh smolchaite agus gan ceachtar acu ag labhairt.

Ba é an oíche dheireanach acu í sa teach bheag seo, agus cá leagfadh siad a gceann an oíche arna mhárach? Chuirfí as seilbh ar maidin iad. Bhí an fear ag smaoineamh ar an méid dá bhunadh a rinne cónaí san ionad seo lá den tsaol. An chéad fhear acu a tháinig ann ní raibh fána choinne ach portach agus carraigeacha. Shil sé féin agus a chlann mhac an portach agus réab siad na carraigeacha. B'iomaí deor allais a cuireadh sa phortach sin ó shin; agus an fear ba chruaidhe a d'oibir ann, ní raibh ar son a shaothair aige ach tuilleadh cíosa, bliain i ndiaidh na bliana eile, de réir mar a bhí sé ag tabhairt an phortaigh chun cineáil as allas a mhalacha.

Ba é scaradh an anama leis an cholainn aige imeacht as an teach bheag seo. B'ann a rugadh agus a tógadh é. B'ann a thug sé a chéile mná nuair a phós sé í. B'ar an urlár sin a rinne siad cúrsa damhsa a chuir iontas ar an chomóradh oíche na bainise. Bhí dáimh aige le gach aon chloch dá raibh ins na ballaí, ón dúshraith go dtí an uirlinn. Bhí dáimh aige leis an dúiche thart timpeall air. Ní raibh aon ardán fraoich ná aon sruthán sléibhe ann nach raibh dáimh aige leo. Agus bhí a chroí á bhriseadh le cumhaidh ag smaoineamh go gcaithfeadh sé imeacht agus a bheatha a thabhairt i dtír ar an choigrígh. Ní raibh an dara rogha ann ach ligean dá chuid páistí bás a fháil den ocras.

D'éirigh an bhean agus chuaigh sí anonn go dtí gur sheasaigh sí os cionn an tachráin a bhí ina luí sa leabaidh. Leag sí a lámh ar a éadan agus shil na deora uirthi. Sheasaigh sí ansin go suaimhneach tamall agus í ag gol. Sa deireadh thiontóigh sí aniar bealach na tineadh.

'Tá sé ina chodladh,' ar sise, 'agus níl sé chomh te is a bhí sé tráthnóna.'

'Mo ghasúr beag, bocht,' arsa an t-athair, 'is luath a tháinig tubaiste an tsaoil air. Ach is cosúil nach bhfuil neart air. Is cruaidh a bheadh seachtain d'aire mhaith de dhíth air nó tá lód trom tinnis air. Ag Dia atá a fhios cad é mar a rachas an lá amárach dó. Bhéarfaidh sé a bhás, tá eagla orm, a thógáil as a leabaidh agus a thabhairt amach i ndúlaíocht geimhridh.'

'Tá Dia láidir agus máthair mhaith aige,' arsa an bhean.

'Mo ghasúr beag, bocht,' arsa an t-athair. 'Mo ghasúr beag féin,' ar seisean, agus tháinig racht feirge air. Theann sé a chár ar a chéile go dtearn sé smionagar den phíopa a bhí ina bhéal. Chaith sé amach na píosaí cailce mar a chaithfeadh sé seileog. 'Go sábhála Dia mé ar m'aimhleas a dhéanamh agus go dtuga Sé foighde domh,' ar seisean. 'Nó, ach grásta Dé, muirfidh mé an chéad fhear acu a thiocfas isteach thar an doras sin ar maidin amárach.'

'Beir ar do chéill, a Sheáin,' arsa an bhean agus dreach scáfar ag teacht uirthi. 'Cad é an tairbhe a bheadh ann duit rud mar sin a dhéanamh? Ní dhéanfaí ach do chrochadh.'

'Mo chrochadh,' arsa an t-athair agus an fhearg á thachtadh. 'Nach mb'fhearr domh marbh ná mé féin is mo pháistí a bheith á ndíbirt as an talamh a rinne mé féin is mo mhuintir as allas ár malacha! Agus mo ghasúr beag ina luí tinn. Mo ghasúr! Mo ghasúr! Nach doiligh do mo chuid fola a sheasamh!'

'Níl a fhios agam,' arsa an bhean, 'an mbeadh maith spás a iarraidh ar an *agent*, spás seachtaine go mbí biseach ar Mhicheál?'

'Spás a iarraidh ar an *agent*?' arsa an t-athair. 'Trócaire a iarraidh an áit nach bhfuil sí? Bheadh sé chomh maith ag an chirc spás a iarraidh ar an mhadadh rua nuair a thiocfadh sé chun an chró san oíche.'

'Rachaidh mé chuig bean an *agent* anocht,' arsa an mháthair. 'Níl sé ró-mhall go fóill. Inseoidh mé di go bhfuil Micheál tinn agus go bhfuil contúirt bháis air má bheirtear amach as an leabaidh amárach é. Tá páistí aici féin. Ní thig léi m'achaine a dhiúltadh.'

'Ná hiarr achaine ar bith den chineál uirthi,' arsa an t-athair. 'Ní bheadh gar duit ann. Bheadh truaigh aici duit, ar ndóigh, agus bhéarfadh sí seachtain duit dá mba ar a mian a bheadh. Ach ní thiocfadh léi a dhath a dhéanamh ach a fear a agra. Déarfadh seisean nach dtiocfadh leis, nach raibh neart aige air, go gcaithfí an dlíodh a chomhlíonadh. Dlíodh mallaithe an scriosadóra. Nach lena gcuid dlí a chreach siad riamh sinn! Mo sheacht mallacht orthu! Orthu féin is ar a gcuid dlí!'

Ansin thost siad. Chaith siad tamall mór fada ina suí ar dhá thaoibh na tineadh gan comhrá ar bith acu. I gceann gach aon tamaill théadh duine anonn go dtí colbha na leapa agus d'amharcadh sé ar an pháiste a bhí tinn. Idir meán oíche is lá mhuscail an gasúr agus d'amharc sé aniar ar a athair is ar a mháthair. D'éirigh an bheirt i gcuideachta a chéile agus chuaigh siad anonn go colbha na leapa.

'An bhfuil tú a dhath níos fearr, a leanbh?' arsa an mháthair.

'Tá biseach orm,' arsa an gasúr. 'Ligfear domh éirí amárach, nach ligfear? Tá mé fada go leor 'mo luí.'

Chrom an mháthair anuas agus phóg sí é. 'Codail anois, a leanbh,' ar sise, 'agus beidh tú ar do sheanléim ar maidin.'

'Ach caithfidh mé éirí amárach go bhfeice mé mo ghamhain. Bhéarfaidh mé féin bainne dó.'

'Bhéarfaidh, cinnte,' arsa an mháthair. Agus bhí sin iontach cruaidh uirthi nó ní raibh gamhain ar bith acu le bainne a thabhairt dó. Bhí sé díolta ó bhí inné roimhe sin ann.

'Druid do shúile anois agus codail,' arsa an mháthair. Agus ba ghairid go raibh an gasúr arís ina chodladh.

Oíche mhór, fhada, uaigneach a bhí ann ó sin go maidin. 'Nár fhéad tú a ghabháil a luí, a Sheáin, agus néal a chodladh?' arsa an bhean. 'Nach leor aon duine amháin a bheith ina shuí?'

'Ní rachad,' ar seisean go brúite. 'Ní bheadh gar domh ann. Ní bhfaighinn aon néal chodlata. Suífidh mé anseo in do chuideachta an oíche dheireanach againn anseo.'

Tamall roimh an lá ar maidin chuaigh an t-athair amach. 'Tá sé chóir an lae,' ar seisean ag pilleadh chun an tí dó. 'Tá dearglach na maidine ag nochtadh thoir udaí. Is fearr domh tinidh mhaith a chur síos sa chruth is go mbeidh sí dearg nuair a bheas sé in am na páistí a chur ina suí.'

Cuireadh síos tinidh agus tamall ina dhiaidh sin thoisigh gloine na fuinneoige a dh'éirí liath. Bhí solas fann na maidine ag teacht chucu go fadálach. Nuair a mhuscail an gasúr a bhí tinn, bhí an lá glan. D'amharc sé aniar bealach na tineadh. Bhí an chuid eile de na páistí ina suí agus dreach uallach orthu. Bhí iontas agus uafás orthu. Cad é ba chiall dó seo ar chor ar bith? Cad chuige a raibh mná na comharsan istigh agus iad ag cuidiú lena máthair éadaí a chur isteach i málaí? Cad chuige a raibh slua fear cruinn ar an léana trasna os coinne an dorais?

'Caithfidh mé éirí,' arsa an gasúr a bhí sa leabaidh. 'Tá biseach inniu orm. Caithfidh mé a ghabháil amach go dtuga mé bainne do mo ghamhain. Tá ocras air ... A mháthair, cad chuige a bhfuil tú ag gol?'

Idir sin is tráthas tháinig fear de na comharsanaigh isteach agus dreach scáfar air. 'Tá siad ag teacht,' ar seisean. 'Tá siad ag teacht anoir ag coradh na hAilte.'

Ba ghairid ina dhiaidh sin go dtáinig siad. An sirriam agus dhá bháillí agus garda trom saighdiúr leo. Bhí gunnaí leis na saighdiúirí agus baignéidí géara, geala ina mbarr. Chuaigh lucht an dlí isteach agus d'ordaigh siad amach muintir an tí agus cibé eile a bhí istigh. Thóg an t-athair idir a dhá láimh an gasúr a bhí sa leabaidh agus chas sé an plaincéad thart air, agus d'iomchair amach é. Bhí an dubhiontas ar an ghasúr nuair a chonaic sé na saighdiúirí agus na hairm a bhí acu.

Nuair a bhí an t-iomlán amuigh thoisigh an báillí a chaitheamh amach cé bith trioc beag a bhí sa teach. Bhí slua mór d'fheara na dúiche ina seasamh taobh amuigh de na saighdiúirí. Bhí dreach fiáin orthu agus amharc urchóideach ina súile. Bhí fear an tí ina measc agus an gasúr tinn idir a lámha, rollta i bpluid. Nuair a bhí deireadh caite amach ag an dá bháillí chuaigh siad suas i mullach an tí agus bhris siad cupla poll air. Ansin tugadh chun tosaigh an *battering ram* agus stealladh an coirnéal agus léab den taobh-bhalla as an teach leis an chéad bhuille. Bhí fir an bhaile ag gnúsachtaigh mar a bheadh madaidh doicheallacha ann nuair a bhíthear ag leagan an tí. Fir chruaidhe, righne a bhí iontu. Fir a shíolraigh ó dhream chróga. Bhí a gcuid aithreach faoina gcuid arm nuair a tháinig na Francaigh fada ó shin. Ach bhí siad ansin agus gan airm de chineál ar bith acu, agus gunnaí agus baignéidí ag na fir a bhí ag gardáil na scriosadóir. Cad é a thiocfadh leo a dhéanamh ach seasamh ansin ag díoscarnaigh lena gcár go dtí nach raibh fágtha den teach ach ballóg bhriste, bhearnach.

Sheasaigh an teaghlach ag amharc ar a bhfáras á scrios. Sa deireadh, nuair nach raibh in áit an tí ach moll cloch, d'imigh siad leo i mbéal a gcinn.

V

Lá polltach i ndeireadh na bhfaoilleach a bhí ann. I seomra bheag, chúng, phlúchtach ar chúlsráid de chuid Mhanchain i Sasain, bhí bean ina seasamh ag an fhuinneoig agus í ag amharc amach. Bhí trí nó ceathair de chloigne páistí ina suí go deireoil thart fá ghráta nach raibh ann ach moll luatha agus cupla cipín leathdhóite. Bhí cupla duine eile, an chuid ba lú acu, bhí siad ina luí ar sráideoig i gcoirnéal an tseomra agus seanphlaincéad anuas orthu.

Bhí an bhean ag amharc amach ar an fhuinneoig mar a bheadh sí ag feitheamh le duine inteacht. Sa deireadh tí sí chuici isteach béal an chlóis an té a raibh sí ag fanacht leis. Fear meánaosta a raibh coiscéim throm leis agus dreach brúite, tuirseach air. I gceann chupla bomaite eile chuala sí a choiscéim ar an staighre agus chuaigh sí go dtí an doras ina araicis. B'fhuras a aithne ar a ghnúis agus ar a dhreach nárbh é an dea-scéala a bhí leis chuig an mhnaoi agus chuig na páistí a bhí ansin ag fanacht leis fá fhuacht is fá ocras. Shuigh sé ar seanchathaoir agus chuir sé a bhos lena leiceann. Sheasaigh an bhean ag a thaoibh agus d'amharc sí síos air. Níor chuir sí ceist air cad é mar a d'éirigh leis. Ní raibh féim di ann. Ní raibh aici le déanamh ach amharc ar a dheilbh agus ar a dhreach agus bhí iomlán an scéil aici.

'Ní thearn tú maith inniu ach oiread,' ar sise.

'Maith ar bith,' ar seisean go tuirseach, brónach. 'Shiúil mé gach aon áit ar chuala mé obair a bheith ann a d'fhóirfeadh do mo mhacasamhail, ach ní raibh gar ann. Dá mbeadh aon duine liom a mbeadh measarthacht Béarla aige, b'fhéidir go bhfaighinn obair in áit amháin dá raibh mé, áit a bhfuilthear ag déanamh titheach amuigh ar imeall an bhaile. Ach ní raibh mé féin is an geafar ábalta maith a dhéanamh le chéile. Go n-amharca Mac Mhuire anocht orainn féin is ar ár bpáistí. Ní bhfuair siad aon ghreim le hithe ó mhaidin, creidim?' ar seisean.

'A thaiscidh, cá bhfaigheadh siad é?' arsa an bhean.

'Is fíor duit sin, ar ndóigh,' ar seisean. 'Ní raibh aon ghreim sa teach ar maidin.'

'Ní raibh,' ar sise, 'ní raibh ann ach mise ag iarraidh uchtach a thabhairt dóibh, á rá gur dóiche go bhfuair tusa obair agus go mbeadh arán leat chucu tráthnóna.'

Thoisigh na páistí a chaoineadh, an t-iomlán i gcuideachta a chéile nuair a chonaic siad nach raibh arán ar bith leis an athair. Le trí lá roimhe sin níor bhlais an mháthair bia de chineál ar bith. Cé bith arán a bhí aici rann sí é ar na páistí agus thug sí grabhróga beaga don fhear a bhí ag gabháil amach a chuartú oibre.

Sheasaigh an mháthair tamall beag i lár an urláir, ag amharc ar na páistí agus ag éisteacht leo ag caoineadh. Tháinig dreach pianmhar uirthi agus amharc fiáin ina súile. Cé bith smaoineamh a bhí ina ceann bhí sé á céasadh. Sa deireadh ar sise: 'Ná bíidh ag caoineadh mar sin, a pháistí. Tá mamaí ag gabháil amach fá choinne aráin.' Agus chuir sí uirthi a seál agus amach léi.

Shiúil sí síos ag tarraingt ar bhéal an chlóis. Nuair a bhí sí amuigh ar amharc na sráide móire bhain stad di agus sheasaigh sí. An dtiocfadh léi a ghabháil ar aghaidh? Ní thiocfadh. Ó, a Dhia, nach millteanach an fhéacháil í. Dhruid sí cupla coiscéim ar gcúl. Sheasaigh sí arís. Samhladh di go gcuala sí caoineadh a cuid páistí isteach uaithi. Chuaigh sí chun tosaigh agus amach ar an tsráid.

Bhí na slóite síoraí aníos is síos dhá thaoibh na sráide. Cuid acu bocht i gcosúlacht agus cuid saibhir. Ní raibh mórán Béarla aici, go díreach oiread is a d'iarrfadh déirce. Mhothaigh sí mar a bheadh cnap millteanach os cionn a croí. Shíl sí gur sámhán laige a bhí ag teacht uirthi. Ach fuair sí buaidh air agus d'iarr sí pingin de gheall ar Dhia ar an chéad duine a tháinig aníos, fear mór, toirteach a raibh culaith ghalánta éadaigh air agus slabhradh óir trasna ar a bhrollach. Ach shiúil sé sin thart léi mar nach bhfeicfeadh sé ar chor ar bith í.

Bhí an chuid ba mheasa de thairsti aici. Bhí a náire caillte aici, dar léi. Sheasaigh sí ansin aníos is síos ag béal an chlóis gearrthamall maith. Ach ní raibh sí ag fáil mórán déirce. Os coinne an duine a bhéarfadh pingin di théadh scór thart léi mar nach mbeadh sí ann ar chor ar bith.

Sa deireadh tháinig fear aníos ionsuirthi agus é ag siúl ar a shuaimhneas. D'aithneodh duine ar a chuid éadaigh gur oibrí fir a bhí ann. Chuir sé a lámh ina phóca. Ní raibh pingineacha rua ar bith aige ná rud ar bith ba lú ná sé pingine geala. Ba mhór leis an méid sin a thabhairt uaidh mar dhéirce agus bhí sé ar tí siúl leis. Ansin d'amharc sé ar an mhnaoi. D'aithin sé go raibh sí éagosúil leis na mná bochta a bíos amuigh ar na sráideanna. Ní raibh aon leanbh léi ar a baclainn mar a bíos le cuid mhóir le truaigh a spreagadh ins an té a chasfaí uirthi. Ní raibh cupla bocsa lasán léi á ndíol, mar a bíos le cuid eile acu, ag iarraidh pionós an dlí a sheachnadh. Agus ansin an dreach pianmhar a bhí ar a haghaidh. Bhí cruatan inteacht ar a croí a bhí á céasadh! Shín sé bonn shé bpingin ionsuirthi.

'*Thankee, thankee, thankee,*' ar sise. Sin a raibh de Bhéarla aici. Agus ansin, mar a dhéanfadh sí dearmad di féin nó mar a chaithfeadh sí buíochas a thabhairt dó, tuigeadh sé í nó ná tuigeadh, tháinig sí air le rabhán Gaeilge. 'Go gcuire Mac Dé agus A Mháthair bheannaithe an drochuair tharat gach aon áit choíche a mbeidh tú.'

'Cárb as thú?' ar seisean i nGaeilig.

'As Contae Mhaigh Eo,' ar sise agus bhris an gol uirthi.

'Tá a fhios agam,' ar seisean. 'Aithním sin ar do theangaidh. Ach cá háit i gContae Mhaigh Eo?'

D'inis sí dó.

'Isteach anseo i leataoibh linn,' ar seisean.

Chuaigh an bheirt isteach béal an chlóis. Sheasaigh siad ansin cupla bomaite sula dtiocfadh leis an mhnaoi focal ar bith a labhairt ar mhéad is a bhí de thocht uirthi. Thoisigh sí ansin gur inis sí iomlán a scéil d'fhear a tíre. Nó fear tíre di a bhí ann agus é ina chónaí i Manchain le tamall bliantach roimhe sin. Fríd smeacharnaigh a d'inis sí a scéal dó. Bhí siad ar an bhaile mhór le trí seachtainí roimhe sin. A fear ag gabháil amach gach aon mhaidin a chuartú oibre agus ag teacht isteach teacht na hoíche mar a chuaigh sé amach. Cé bith pingineacha beaga a bhí acu bhí siad caite. Ní bhfuair na páistí aon ghreim ó bhí an mhaidin ann, ná mórán roimhe sin ach oiread.

Chuir an fear lámh ina phóca agus tharraing amach cé bith airgead a bhí aige. 'Níl mórán agam,' ar seisean á shíneadh ionsuirthi. 'Ach is fearr é ná a bheith folamh. Gabh anonn chun an tsiopa sin thall trasna os do choinne agus ceannaigh greim bídh. Sílim go dtig liom d'fhear a chur ar an eolas de thairbhe oibre. Beidh mé isteach roimh am luí. *No. 97*, nach ea, a dúirt tú?'

'Ná bí ag caoineadh, a bhean chroí,' arsa an sagart. 'Féadann tú a bheith buíoch de Dhia nach dtearnadh smionagar de. Nó cuid dá raibh ag obair ina chuideachta bhí mé ag caint aréir leo agus níl a fhios acu ach Dia féin cad é a shábháil é.'

'Ach nuair a smaoiním ar mo leanbh ina luí thuas ansin san ospidéal i ndiaidh a lámh a ghearradh de. Cad é a éireos dó ar chor ar bith?'

'Ná caill do mhisneach, a bhean chroí,' arsa an sagart. 'Is iomaí fear riamh a tháinig i dtír agus i dtír go maith agus é ar leathláimh. Dhéanfaidh Micheál gnoithe, ná bíodh eagla ort. Gasúr intleachtach atá ann agus deirimse leatsa go dtiocfaidh sé i dtír.'

'Bhí sé iontach maith ar an scoil,' arsa an mháthair agus tháinig loinnir bheag bróid ina súile. 'Agus bhí dúil as cuimse sa léann aige. Chuaigh sé go dtí an croí ionam fiachadh a bheith orm a thógáil ón scoil agus a chur a dh'obair sna muilte. Agus dá bhfeicfeá an lúcháir a bhí air ag gabháil i gceann saothraithe,' ar sise agus tháinig smúid uirthi. 'A mháthair,' a deireadh sé, 'sábhólaidh mé mo chuid airgid go mbí mé mór, agus ansin ceannóidh mé teach is talamh i gContae Mhaigh Eo. Mo ghasúr beag, bocht,' ar sise agus shil na súile uirthi. 'Is fada ó bhaile é féin is cuid talaimh Chontae Mhaigh Eo.'

'Ní bheadh a fhios ag duine,' arsa an sagart. 'Tá Dia láidir agus máthair mhaith Aige, mar a deireadh m'athair bocht, grásta ó Dhia ar a anam.'

Cupla mí ina dhiaidh sin tháinig an gasúr chun an bhaile chuig a mháthair agus muinchille na láimhe deise crochta marbh lena thaoibh agus a cheann thíos ins an phóca. Tháinig tocht millteanach ar an mháthair nuair a chonaic sí é. An méid buartha agus imní a fuair sí riamh ina saol tháinig an t-iomlán ar ais ina thuilidh uirthi. Ba é Micheál beag an duine clainne ba mheasa léi dár thóg sí riamh. Ba é ba láí agus ba dáimhiúla acu. Agus ba é a thabhaigh an brón di ba troime a fuair sí riamh. An lá geimhridh udaí a tógadh amach as a leabaidh é gur leag na báillithe a dteach beag. An lá a chuaigh sí amach a dh'iarraidh na déirce nuair a thoisigh sé a chaoineadh leis an ocras. An lá a tháinig an scéala uafásach udaí chuici – nó shíl sí cinnte gurbh é scéala a bháis a bhí ann, go raibh sé meilte ina smionagar ag rothaí an mhuilinn, ach nár inis siad an fhírinne di. Agus anois, bhí sé beo. 'Míle altú do Dhia go bhfuil,' ar sise léi féin. Ach ní thiocfadh léi amharc ar an mhuinchille mharbh a bhí crochta as a ghualainn.

Idir sin agus tráthas tháinig sí chuici féin. Thoisigh sí ar obair an tí agus a ghabhail cheoil ins an am chéanna, féacháil an dtógfadh sé cian di. Bhí guth deas, binn aici, agus bhí aoibhneas ar an ghasúr ag éisteacht léi. Chan sí ceithre hamhráin, ceann i ndiaidh an chinn eile.

'A mháthair,' arsa an gasúr, 'sin amhrán nach gcuala mé le fada agat, "Contae Mhaigh Eo." Abair é.'

'Tá eagla orm, a leanbh, go bhfuil dearmad déanta agam de,' ar sise. Ní raibh anseo ach ag iarraidh a chur ó dhoras. Ní raibh dearmad déanta den amhrán ar chor ar bith aici. Ach bhí eagla uirthi roimhe. Eagla go dtiocfadh tocht uirthi. Ach d'agair an gasúr arís is arís eile í. Ní thiocfadh léi a achaine a dhiúltadh agus thoisigh sí. De réir mar a bhí sí ag gabháil ar aghaidh leis an amhrán bhí tocht ag teacht uirthi. Sa deireadh tháinig sí a fhad le líne a chuir crith léanmhar ar a glór agus a tharraing frasa deor as a súile:

Ó, is mo chumhaidh ní scarfaidh go héag leat, a Chontae Mhaigh Eo.

Chuaigh na blianta thart agus bhí an gasúr ag éirí mór agus é ag iarraidh a bheith ag obair. Is iomaí oíche ar feadh na mbliantach sin a chuala sé a athair agus a mháthair ag seanchas ar Chontae Mhaigh Eo. Is iomaí oíche a shuigh sé istigh de chois na tineadh ag éisteacht leo ag inse na scéaltach a chuala siad ag an mhuintir a tháinig rompu. Is minic a chuala sé iad ag seanchas fá Bhliain na bhFrancach agus fán dóchas a bhí ag na daoine.

When the ships they'd been wearily waiting
Sailed into Killala's broad bay.[18]

Bhí suim as cuimse ag an ghasúr ins an tseanchas seo. Bhí bród air go raibh a athair mór sa teangmháil. Bhí bród air ag éisteacht lena athair ag aithris na scéaltach a chuala seisean ag a athair féin. An seal glórmhar sin ó theacht na bhFrancach go lá éifeachtach Chaisleán an Bharraigh. Agus brón air ag éisteacht leis an rud a tháinig ina dhiaidh sin. An rud a tháinig riamh orainn. An chinniúint a bhí ag siúl linn. Lá coscarthach Bhéal Átha na Muice nuair a briseadh an cath ar na Connachtaigh agus rinneadh ár fuilteach ar an méid nár thit sa ghleo.

Amanna bhíodh siad ag caint ar dhaoine céimiúla a raibh cuimhne acu féin orthu, Dónall Ó Conaill, Seán Mac Éil agus John Mitchel. Oíche amháin acu seo tharraing an gasúr páipéar amach as a phóca.

'Seo rud a fuair mé inniu,' ar seisean.

'Cad é atá ann?' arsa an mháthair.

'An t-alt a bhfuair Mitchel na ceithre bliana déag as,' arsa an gasúr.

'Faoi Dhia, a Sheáin,' arsa an mháthair leis an athair, 'cá bhfaigheann sé na rudaí seo?'

'Tabhair aire duit féin, a Mhicheáil,' arsa an t-athair ag déanamh gáire, 'ar eagla gur ceithre bliana déag eile a gheofá féin.'

Ní thug Micheál freagar ar bith air ach toiseacht a léamh.

> *My friends, the people's sovereignty, the land and sea and air of Ireland for the people of Ireland: that is the gospel that the heavens and the earth are preaching, and that all hearts are secretly burning to embrace. Give up for ever that old interpretation you put upon the word 'Repeal.' Repeal is no priest-movement; it is no sectarian movement; it is no money swindle, nor 'Eighty-two' delusion, nor puffery, nor O'Connellism nor Mullaghmast 'green-cap' stage play, nor loud-sounding insanity of any sort, got up for any man's profit or praise. It is the mighty passionate study of a nation hastening to be born into a new national life ... Not a local legislature, not a return to 'our ancient Constitution,' not a golden link or patch-work parliament, or a College Green chapel-of-ease to Saint Stephen's – but an Irish Republic, one and indivisible.*[19]

THE LAND LEAGUE
MICHAEL DAVITT

Cuid a Dó

VI

'Tá litir ar an Bhun Bheag fá do choinne,' arsa bean na comharsan le Siobhán Thuathail Mhóir ar an Luinnigh tráthnóna amháin sa tsamhradh.

Thug Siobhán buíochas don mhnaoi a thug an scéala sin chuici. Ansin d'amharc sí ar an ghréin. Bhí sé ró-mhall le a ghabháil siar. Bheadh oifig an phosta druidte nuair a bheadh sí thiar. Ach rachadh sí siar go luath ar maidin.

Dar léi féin, 'Cé a chuir an litir sin? Mo dheartháir Dónall atá in Albain, b'fhéidir. Ina dhiaidh sin chuig mo mháthair is gnách leis-sean scríobh. Arbh fhéidir gur ó Phadaí í? Níor scríobh sé anois chugam le trí bliana. Níl a fhios agam an bhfuil sé beo ar chor ar bith. Níl tásc ná tuairisc ag a mhuintir air. Chugam féin a scríobh sé go deireanach. B'fhéidir gur pósadh a rinne sé. Ach dá mba ea nach sílfeá go gcluinfí é, go dtiocfadh an scéala anall le duine inteacht. Nach mairg nach raibh leis nuair a d'iarr sé orm é an oíche sular imigh sé. Ach cad é mar a thiocfadh liom pósadh ar chrois m'athara agus gan mé ach seacht mbliana déag? A Dhia, nár léanmhar an saol a bhí agam an dá bhliain a chaith m'athair ag iarraidh mo chur le Bilí Fada Hiúdaí Naois as Bun an Leaca cionn is go raibh siopa beag agus giota talaimh aige. Ach gheobhaidh mé suaimhneas feasta: tá Bilí Fada pósta. Buíochas do Dhia.'

Ansin smaoinigh sí gurbh iontach an rud é nach dtug Padaí riamh cuireadh anonn di. Ba mhinic a thrácht sé air ar chineál de dhóigh. Ach níor dhúirt sé riamh: 'A Shiobhán, an dtiocfaidh tú anall agus mo phósadh?' B'fhéidir gur eagla a bhí air go ndiúltódh sí arís é mar a rinne sí an chéad uair. Ach ní dhiúltódh. Is í féin nach ndiúltódh. D'imeodh sí leis amach bun an Earagail idir meán oíche is lá. Shiúlfadh sí na seacht dtíortha leis dá mba i ndán go gcaithfeadh siad a gcuid a chruinniú ó dhoras go doras. Agus ní phósfadh sí aon fhear eile choíche, ba chuma cé é féin. Ba chuma dá mba leis dúiche

Ghaoth Dobhair ó mhullach an Toir go híochtar Mhín an Chladaigh.

Ar maidin an lá arna mhárach d'éirigh sí go luath agus chuaigh sí siar chun an Bhuna Bhig. Bhí sí ansin ar an chéidh nuair a foscladh doras an tsiopa. Chuaigh sí isteach agus fuair sí an litir. D'aithin sí stampa Mheiriceá uirthi chomh luath is a thóg fear na hoifige amach as an bhocsa í. D'aithin sí lorg láimhe Phadaí chomh luath is a rug sí uirthi ina méara.

D'imigh sí léi soir ar ais fá dheifre ag tarraingt ar an bhaile. Ní bhrisfeadh sí an litir go mbeadh sí thoir sa chruth is go dtiocfadh léi suí i leataoibh léi féin agus a léamh fá shuaimhneas.

Ar ghabháil chun an bhaile di bhain sí di a seál agus chroch sí ar thaoibh an bhalla é. Ansin chuaigh sí amach agus shuigh sí ag bun an chrann caorthainn a bhí sa gharradh, tharraing an litir amach as a hothras agus bhris í. Litir mhór fhada a bhí inti. Ach ní raibh mórán inti a raibh suim ag Siobhán ann. Bhí cuid mhór di nach raibh intuigthe aici ar chor ar bith. B'iontach an t-athrach a tháinig ar Phadaí ó d'imigh sé go Meiriceá cúig bliana déag roimhe sin. Na chéad bhlianta a chaith sé thall ní bhíodh ina chuid litreach ach an comhrá tíriúil a raibh cleachtadh agus tuigbheáil aici air. Ansin chuaigh sé ins na Fíníní. Ar feadh dhá bhliain an t-am sin ní bhfuair sí scéala ar bith uaidh. Ina dhiaidh sin a chuala sí fán díbhirce a bhí á tharraingt go hÉirinn le a ghabháil i gceann a ghunna agus an lionn dubh a bhí ar a chroí nuair a chuala sé go raibh deireadh leis an chogadh sular thoisigh sé mar ba cheart. Léigh sí an litir óna tús go dtína deireadh. Léigh sí arís agus arís eile í ach ní raibh aon chaint inti a chluineadh sí ina néaltaí: 'A Shiobhán, an dtiocfaidh tú anall chun na tíre seo agus mo phósadh?' Tháinig linn uisce lena súile nuair a thoisigh sí á léamh an ceathrú huair.

Brooklyn, N.Y.
Mí Mheáin an tSamhraidh, 1875.
A Shiobhán, a chroí,
Is fada rún agam scríobh chugat ach chuir mé ó lá go lá é agus ó mhí go mí ach ní thearn mé dearmad riamh díot. (Ba mhaith sin féin dá laghad é!) Bhí mé tamall fada as obair anuraidh. Cuireann sin féin duine thar a dhóigh.
Cad é an saol atá agaibh fá Ghaoth Dobhair anois le fada? Tá scaifte mór de mhuintir Ghaoth Dobhair is na Rosann anseo anois. Creidim gur cumhan leat Séarlaí Hiúdaí Uí Fhríl as an Ghlaisigh. Pósadh tá mí ó shin é ar chailín as Connachta.
Tá mé ag fáil uchtaigh le tamall nach bhfuil gnoithe na hÉireann socair go fóill mar a shíl na Sasanaigh a bhí sé nuair a bhí na Fíníní faoi shlait acu. (Tá sé ar obair arís ar an amaidí. Cad é atá a fhios agamsa fá ghnoithe na hÉireann nó fá na Fíníní?) Ní raibh dóchas ar bith agam as an dream seo a bíos ag caint ar *Home Rule*, ná as a gceann feadhna. Ach an fear óg seo a chuaigh isteach san earrach seo a chuaigh thart, Stewart Parnell, tá dóchas againn anseo i Meiriceá go gcluinfear uaidh lá is faide anonn. An freagar a thug sé ar Sir Michael Hicks-Beach an chéad lá a shuigh sé sa *House of Commons*, bhí oiread ann is a bhéarfadh le fios go bhfuil mianach ar leith ann. Dúirt sé anonn is anall leo nár dhúnmharbhadh ar bith an rud a rinne na Fíníní i *Manchester*. Ar ndóigh, b'fhíor dó sin. Na Sasanaigh na dúnmharfóirí, agus ba iad riamh. Agus an chéad óráid a rinne sé. *Ireland is not a political figment of England. Ireland is a nation.* Is fada go n-abóradh Butt nó Dónall Ó Conaill féin an lá a mhair sé, caint mar sin. Tá muintir Mheiriceá uilig ag caint air. As an tír seo a athair mór, athair a mháthara, fear darbh ainm Stewart. Bhí sé i gcabhlach Mheiriceá agus bhuail sé ceithre soithí de chuid na Sasana aon uair amháin agus gan aige ach é féin. Tá an scéal ins na leabharthaí ag páistí na scoile sa tír seo. Mar sin de, má tá a dhath den athair mhór ins an ua – agus níl sé éagosúil leis – tógfaidh sé gleo go fóill.
Tá súil agam go bhfuil tú féin is do mhuintir go maith. Scríobhfaidh mé níos minice ins an am atá le a theacht, le cuidiú Dé.
Beannacht chugat,
Padaí.

Shuigh sí ansin tamall mór fada ag bun an chrann caorthainn agus í ag meabhrú go domhain fána croí. Bhí na blianta á gcaitheamh agus ní raibh cuma ar bith ar Phadaí go raibh sé ag brath an dara ceiliúr a chur uirthi. Bhí sí ag amharc siar ar an am a bhí caite. B'fhada an tamall é ón chéad uair a casadh uirthi é i modh cainte. Agus ar dhóigh eile shílfeá gur inniu nó inné é.

Ar bainis i nGlaise Chú a casadh uirthi é an chéad uair riamh. Thug sí searc agus síorghrá dó an chéad uair a chonaic sí é. Bhí sé iontach lách léi an oíche sin. Ach ina dhiaidh sin d'éirigh sé fuar inti. Amanna bhí sé mar b'fhearr leis teitheadh roimpi. Duine aistíoch a bhí ann ar dhóigheanna. Bheadh sé ag caint leat agus é ag amharc amach ar an fharraige nó suas ar bharr an Earagail. Sa deireadh chuala sí go raibh sé tógtha le nín Sheonaí 'ic Aodha as an Charraig. Agus bhí éad millteanach uirthi. Bhí lúcháir uirthi nuair a chuala sí go raibh sé ag gabháil go Meiriceá. Nuair a bheadh sé ansin ní fheicfeadh sí ar chor ar bith é. Ach dá mbeadh sé pósta sa chomharsain aici, dhófadh sé a croí ina cliabh.

Agus ansin tráthóna Dé Domhnaigh amháin i dtrátha na Féile Eoin, mí sular imigh sé, casadh uirthi é. Labhair sé go lách, carthanach léi. Bhí loinnir aoibhiúil ina shúile an lá seo agus é ag amharc uirthi. D'imigh an bheirt leo go raibh siad thoir ar thaoibh Chnoc na Naomh. Sheasaigh siad ansin tamall ag amharc amach ar an fharraige. Fuair sé greim dhá láimh uirthi agus tharraing sé ionsair í. Sheasaigh sí ansin agus a ceann crom isteach ar a bhrollach.

Sa deireadh ar seisean: 'Is gairid a bíos na blianta ag gabháil thart. Thíos ar an leathmhalaidh thíos a ba ghnách le mo mháthair a bheith ina suí nuair a bhíodh sí ag inse scéaltach domh agus mé 'mo ghasúr. Siúil leat síos go dtí an laftán go bhfága mé slán aige. B'fhéidir nach bhfeicfinn choíche arís é ... Is maith is cumhan liom tráthnóna amháin a bhí sí ina suí ansin agus í ag scéalaíocht. Bhí mé féin 'mo shuí ag a taoibh agus mé ag cur seoil ar bhád bheag a bhí agam. Títhear domh go bhfuil mé ag amharc uirthi le mo shúile cinn, í ina suí ansin agus a Coróin Mhuire ar a méara (sin an áit ar ghnách léi a hurnaí a rá nuair a bhíodh an uair maith) agus í ag inse domh fá Lá an Bhriste Mhóir.[20] A Dhia, is léi a thiocfadh an scéal a inse. Samhladh domh, agus mé ag éisteacht léi, go raibh mé ag éisteacht leis na hurchair, agus go raibh mé ag amharc le mo shúile cinn ar *La Hoche* ar scoite lasrach siar idir thú is ceann Áranna. Agus ansin an scéal a d'inis sí domh fá Wolfe Tone agus an dóigh a dtearnadh spíodóireacht i Leitir Ceanainn air an lá arna mhárach. Tá cuimhne agam gur dhúirt mé gurbh iontach nach raibh aon fhear i nDún na nGall an lá sin a bhéarfadh tochas a chluaise do George Hill.'

'Cérbh é George Hill?' arsa Siobhán.

'Fear as Baile Átha Cliath,' arsa Padaí. 'Athair an fhir atá ina thiarna ar Ghaoth Dobhair. Tá mé ag déanamh gur scanraigh mé mo mháthair mhór an lá sin nuair a dúirt mé léi dá mbeinn i Leitir Ceanainn an lá sin, agus mé mór, go muirfinn an spíodóir cé bith a dhéanfaí liom ina dhiaidh sin.'

'Nach galánta an tráthnóna é,' arsa Siobhán mar nach mbeadh suim ar bith aici sa rud a raibh sé ag caint air.

'Agus ina dhiaidh sin,' ar seisean, 'tá rud inteacht fá na cladaí sin thíos inniu atá ag cur cumhaidhe orm.'

'Is cosúil nach bhfuil neart uirthi, mar chumhaidh,' ar sise, 'gur fágadh an leannán sin orainn.'

'A Shiobhán,' ar seisean ag amharc amach ar an fharraige, 'an bpósfaidh tú mé agus a bheith liom go Meiriceá?'

Tharraing sí a lámh uaidh agus dhruid sí amach uaidh cupla coiscéim.

'Ó, a Dhia, a Phadaí,' ar sise, 'cad chuige ar chuir tú an cheist sin orm agus mé dona go leor mar atá mé? Ní thiocfadh liom. Ní ligfeadh mo mhuintir domh.'

'Ar chuir tú ina gcead é?'

'Cá bhfuil mar a chuirfinn nuair nár iarr tú mé go dtí anois?'

'Is fíor duit sin,' ar seisean. 'Ina dhiaidh sin ba chóir go mbeadh barúil agat nach n-imeoinn gan ceiliúr pósta a chur ort. Nach bhfuil a fhios agat, a Shiobhán, gur tú is measa liom ar an tsaol inniu?' ar seisean ag cur a dhá láimh thairsti.

'Beidh an oíche ormsa sula raibh mé sa bhaile agus an bhó le bleán agam do mo mháthair. Tá caol a láimhe leonta an áit ar thit sí thíos sa duirling an lá fá dheireadh.'

'Cuir an scéal i láthair do mhuintire,' ar seisean léi ar an bhealach anoir.

'Cuirfead,' arsa Siobhán, 'ach sin a mbeidh ar a shon agam. Ní cheadóidh siad domh fear ar bith a phósadh go ceann shé mblian eile ar an cheann chaol de.'

Bhí a fhios aici ina croí nárbh fhíor sin. Bhí a fhios aici nach ligfeadh a muintir í le fear folamh ar bith a fhad is a bhí seans go raibh Bilí Fada Hiúdaí Naois as Bun an Leaca le fáil aici. Agus bhí a fhios aici dá n-iarradh Bilí í ar béal maidine go bhfaigheadh sé óna muintir í agus míle fáilte.

'Bhail,' arsa Padaí sa deireadh, 'má dhiúltann siad thú, tá dóigh eile air.'

'Agus cad é an dóigh sin?'

'Bí ag teacht liom go Meiriceá agus pósfar thall ansin sinn.'

'Ó, a Dhia, ná hiarr orm sin a dhéanamh, a Phadaí. Ní thiocfadh liom. Bhrisfeadh sé croí mo mháthara.'

Trí seachtainí ina dhiaidh sin a d'imigh Padaí go Meiriceá. Ach ní fhaca sé Siobhán ar feadh an ama sin. Shíl sí go ligfí chuig an chonbhóidh í an oíche sular imigh sé. Ach ba é rud a glasáladh istigh sa tseomra í. Ligeadh di siúl leis an chomóradh an lá arna mhárach. Eagla a bhí ar a muintir nach gcoinneodh sí a ciall. Ar scor ar bith bhí sé ag imeacht agus ní thiocfadh leis a fuadach as lúb an chruinnithe.

Chomh luath is a chonaic sé sa chruinniú í, tháinig sé chuici agus shiúil sé lena taoibh. Ach bhí a hathair is a máthair is Bilí Fada Hiúdaí Naois léi agus ní thiocfadh leis an rud a bhí ar a chroí a rá. Shiúil siad leo go raibh siad ag Loch an Ghainimh. Bhí carr ansin ag fanacht leis an té a bhí ag imeacht a thabhairt go Doire.

Shiúil Padaí ar an chruinniú agus chroith sé lámh leo ó dhuine go duine. Bhí a dhaoine muinteartha ag caoineadh ach ní raibh aon deor leis féin. Bhí dreach fiata air mar a bheadh ar dhuine a mbeadh rún aige gníomh uafásach a dhéanamh. Nuair a bhí slán fágtha aige ag an chuid eile uilig, tháinig sé anall go dtí Siobhán. Chuir sé lámh fána muineál agus phóg sé í. Ansin d'amharc sé uirthi idir an dá shúil.

'A Shiobhán Thuathail Mhóir, tá mé ag iarraidh ort arís a bheith ag teacht liom go Meiriceá. Gabh suas ar thaoibh an chairr anois agus níl aon fhear i bpobal Ghaoth Dobhair a bhéarfas ort a theacht anuas ar ais.'

'Ó, a Dhia, a Phadaí, ná hiarr orm é!' ar sise ag cur scread léanmhar aisti féin agus ag tiontó uaidh. Chuaigh sé suas ar an charr agus d'imigh sé.

'Siúil leat chun an bhaile, a níon,' arsa a máthair le Siobhán.

'Lig domh go fóill beag, a mháthair,' arsa Siobhán. 'Tá mé lag,' ar sise, agus shuigh sí ar túrtóig os cionn Loch an Ghainimh. Bhí an carr ag imeacht uaithi go gasta soir an mhalaidh ag tarraingt ar theach Mhealláin. Dá dtigeadh léi éirí ar eiteoig mar a dhéanfadh éan agus a bheith roimhe i lúbacha Mhín an Draighin! Agus dá n-iarradh sé arís uirthi a bheith leis rachadh sí suas ar an charr agus shuífeadh sí isteach lena thaoibh. Rachadh sí leis bealach ar bith. Rachadh sí i gceann an tsaoil ina chuideachta dá mba i ndán is go gcaithfeadh siad imeacht a dh'iarraidh na déirce. Ach bhí Padaí ar shiúl agus ag Dia féin a bhí a fhios cá huair a thiocfadh sé ar ais nó an dtiocfadh sé ar ais choíche. Shuigh sí a dh'amharc i ndiaidh an chairr go dteachaigh sé as a hamharc amuigh thoir ag droichead Mhic Shuibhne. Ansin d'éirigh sí agus shiúil léi go tuirseach brúite ag tarraingt ar an bhaile.

Chuaigh sí chun an bhaile agus chuaigh sí a luí. Luigh sí ar a leabaidh ar feadh thrí ráithe ina dhiaidh sin agus, ag deireadh an ama sin, bhí sí mar a bheadh scáile an bháis ann. Litir ó Phadaí an chéad rud a thug chuici féin í. Bhí léaró beag dóchais ins an litir seo. Léigh sí an litir céad uair. Bhí sí ag fáil rud beag uchtaigh. Sin mar a tháinig an chéad bhiseach uirthi.

Ar feadh chupla bliain ina dhiaidh sin thug a muintir fiche iarraidh a cur le Bilí Fada Hiúdaí Naois as Bun an Leaca. Ach ní raibh gar ann. Chaith siad tamall ag blandar léi agus tamall ag bagar uirthi. Ach, sa deireadh, chonaic siad nach mbeadh de thoradh air sin acu ach a cur ar ais chun díth sláinte. I gceann na haimsire bhain Bilí é féin deireadh dúile di agus phós sé bean eile.

Sin an scéal a tháinig ar ais i gceann Shiobhána agus í ina suí ar scáth an chrann caorthainn i ndiaidh litir Phadaí a léamh, maidin shamhraidh cúig bliana déag ina dhiaidh sin. Nárbh iontach an duine é! Níor phós sé riamh. An raibh sé i ngrá léi i rith an ama? Mura raibh, nárbh iontach an rud é a bheith ag scríobh chuici? Má bhí, nach raibh sé lán chomh hiontach nár iarr sé riamh ní ba mhó uirthi é a phósadh? Agus na rudaí a bhí sé a chur ina chuid litreach! Ag caint fá dhaoine nach gcuala sí féin ná aon duine eile dá cineál iomrá riamh orthu – Stewart Parnell agus Butt agus Sir Michael Hicks-Beach. Ach duine aistíoch a bhí ann gach aon lá riamh. An tráthnóna deireanach a bhí sí ina cuideachta ar ghualainn Chnoc na Naomh, i ndiaidh an chumhaidh a bhí air ag scaradh léi agus ag scaradh le Gaoth Dobhair, chaith sé páirt mhór den tráthnóna ag caint ar Lá an Bhriste Mhóir agus ar Wolfe Tone agus ar George Hill. Agus ansin an rún a bhí aige a theacht anall ar ais a throid sé bliana ina dhiaidh sin. Nár mhairg nach raibh an troid ann! 'Dá mbíodh,' ar sise léi féin, 'níl a fhios agam an dtiocfadh sé anuas anseo go Gaoth Dobhair a dh'amharc orm sula dtoisíodh an teangmháil? Agus dá dtigeadh! Nár dhoiligh domh a ligean uaim arís. An bhfanódh sé sa bhaile ar mo chomhairle? Á, ní fhanódh. Shamhólthaí dó go raibh na mairbh ag caint leis as an uaigh. Go rabhthar ag iarraidh air a ghabháil amach agus, mar a deireadh sé féin, 'leorghníomh a dhéanamh ins an fheall a rinne muintir Leitir Ceanainn nuair a lig siad an spíodóir ar shiúl gan éiric a bhaint as.'

'Ach bheinn leis. Ní ligfinn uaim choíche arís é. Ní sheasóinn choíche arís ag amharc ina dhiaidh mar a rinne mé an lá udaí ag Loch an Ghainimh.'

VII

Maidin dhoineanta a bhí ann i lár an dúgheimhridh. Bhí roisteacha gaoithe móire ann agus cáitheadh na farraige ag éirí ina cheathaideacha dlúithe agus á shíobadh thar an chéidh i nDún Laoghaire. Bhí sé dubh dorcha go fóill ach go raibh imir liath ag teacht ins an spéir amuigh thoir. Ní raibh aon duine ar an chéidh ach trí nó ceathair de chloigne fear. Bhí cótaí móra go talamh orthu agus iad ina seasamh ar fhoscadh balla agus ag amharc anois is arís amach bealach na farraige.

Bhí Parnell ar fhear den scaifte bheag seo. Anois is arís d'amharcadh sé ar an am go mífhoighdeach. 'Tá sí trí cheathrú uaire i ndiaidh a cuid ama,' ar seisean leis an fhear a bhí ag a thaoibh.

'Bhí an oíche garbh agus an ghaoth daor uirthi,' arsa an fear eile. 'Creidim gurb é sin an rud a bhain moill aisti.'

'Cad é eile a bhainfeadh moill aisti,' arsa Parnell, 'má d'fhág sí thall in am, ach mórtas gaoithe is farraige, sin nó ceo. Agus ní raibh ceo ar bith aréir ann.'

'Siúd í,' arsa an tríú fear sula raibh faill ag an dara fear freagar a thabhairt ar Pharnell. Agus bhí sí ann gan amhras ar bith. Bhí a cuid solas le feiceáil nuair a d'éireodh sí ar bharr toinne agus ag gabháil as arís nuair a thitfeadh sí síos i ngleanntán farraige. Bhí sí ag treabhadh léi go maslach agus bhí an lá glan nuair a bhí sí istigh feistithe le taoibh na céadh.

Bhí Parnell ansin le fáilte a chur roimh fhear de na pasantóirí a bhí ar an tsoitheach seo. Duine muinteartha, arbh ea? Níorbh ea. Ní raibh gaol ná páirt aige leis. Fear dá chineál féin, b'fhéidir, a bhí ag teacht a chaitheamh na Nollag aige i gcaisleán *Avondale*? Níorh ea, ach den mhuintir ba bhoichte a d'fhág Éire riamh. Ach bhí dóchas ag Parnell as an fhear seo. Bhí sé féin ag gabháil ar aghaidh go measartha maith. Bhí meas ag teacht air ag muintir na hÉireann agus iad ag éirí fuarbhruite in Isaac Butt. Bhéarfadh sin féin le fios go raibh spiorad maith ins an daoine. Ba mhó i bhfad an dóchas a bheadh acu as an fhear a bhéarfadh dúshlán na Sasana, mar a rinne sé féin cupla uair, ná a bheadh acu ar mhacasamhail Bhutt a shílfeadh go ngéillfeadh muintir na Sasana do bhéal bán is do bhlandar. Bhí an oiread de spiorad na bhFínín sa tír. Sin go díreach é. Spiorad náisiúnta ar bith dá bhfuil sa tír, na Fíníní a d'fhág acu é. Tá cumhacht mhór ag na Fíníní go fóill, go háirid i Meiriceá. Má bhíonn siad inár leith, is fearrde dúinn é; má bhíonn siad inár n-aghaidh, is miste dúinn é!

Ba mhinic roimhe sin a chuir Parnell ceist air féin cad é an dóigh ab fhearr le cuidiú na bhFínín a fháil. Níorbh fhuras sin. Ní raibh dóchas acu go mb'fhéidir ceart a fháil d'Éirinn i bParlaimint na Sasana. Agus ansin bhí mionna orthu gan cuidiú le dream ar bith a bhéarfadh móid dílseachta do Choróin na Sasana. Nár mhairg nach raibh ciall acu. Nach raibh siad buailte agus nár chóir go n-aidmheodh siad é? Agus dá gcuidíodh siad leis-sean, bhail, b'fhéidir go dtiocfadh an lá a dtiocfadh leis-sean cuidiú leo.

Bhí fear ar bord ar an loing sin a bhí ag nochtadh chucu amach as an doiléireacht agus bhí Parnell ag déanamh gur mhaith a chuidiú dá mb'fhéidir a fháil. Dá dtigeadh leis cluain a chur ar an fhear seo, ba mhaith an cuidiú aige é. Ní iarrfadh sé air, ar ndóigh, a bheith leis chun an *House of Commons*. Ní bheadh maith dó ann. Go fóill ar scor ar bith. Ach chuirfeadh sé go Meiriceá é agus, dá dtéadh sé, thiontódh sé an mhórchuid de na Fíníní a bhí sa tír sin.

An fear a raibh an obair seo daite ag Parnell dó, bhí sé ina sheasamh ar bhord na loinge ag amharc isteach bealach an chladaigh. Bhí a thír dhúchais ag nochtadh chuige amach as an dorchadas. Ní fhaca sé aon amharc uirthi le cúig bliana fichead roimhe sin. Ní raibh sé ach ina ghasúr bheag ag imeacht dó. Ní mó ná go n-aithneodh sé a bhaile dúchais thiar i gContae Mhaigh Eo dá bhfeiceadh sé anois é. Ach bhí cuimhne ghlinn ar fad aige ar an lá a d'fhág sé an baile sin. Bhí an t-iomlán ina shúile, an t-athair á iomchar amach i bplaincéad, an *battering ram* ag déanamh smionagair de bhallaí an tí, agus na saighdiúirí fiata ina seasamh thart agus baignéidí i mbarra na ngunnaí acu.

Chuala sé iomrá ar Pharnell. Bhí dóchas aige as. Ní raibh aon Éireannach i bParlaimint na Sasana inchurtha leis. Bhí fuath aige ar na Sasanaigh. Bhí drochmheas aige orthu. Bhí an fheall a bhí iontu tuigthe aige. Níorbh fhéidir cluain a chur air le béal bán mar a chuirfí ar an dream a bhí ansin roimhe. Ní raibh sé ag iarraidh céimíocht dó féin. Ní raibh riachtanas aige leis. Ní raibh sé i dtuilleamaí na Sasana. Bhí sé ar an neamhacra. Fear saibhir a bhí ann. Ní raibh binn aige orthu agus ní bhfaigheadh siad le ceannach é.

Dá dtigeadh leis a mhealladh isteach ins na Fíníní agus toiseacht arís a dhéanamh réidh fá choinne an lae. Is é rud a bheadh ann ceann feadhna éifeachtach.

Shín an soitheach í féin leis an chéidh agus thoisigh na pasantóirí a theacht amach. Ní raibh mórán ar bord uirthi an mhaidin seo nó bhí an uair garbh agus ní raibh an t-am sin de bhliain fóirsteanach do lucht siúil. Sa deireadh tháinig triúr fear amach agus sheasaigh siad ar an chéidh mar a bheadh siad ag fanacht le duine inteacht a theacht ina n-araicis. Chuaigh Parnell anonn a fhad leo agus chroith sé lámh leo. Shín fear acu an lámh chlí ionsair. Bhí muinchille na láimhe eile crochta marbh leis agus í á luascadh leis an ghaoith.

Bhí an triúr seo ag teacht chun an bhaile go hÉirinn i ndiaidh deich mbliana a chaitheamh i bpríosún i Sasain. Cuireadh isteach i gcarr iad a thug chun an stáisiúin iad. Ar theacht go Baile Átha Cliath dóibh, bhí tinidh bhreá fána gcoinne sa teach ósta agus shuigh siad thart. Ní fhaca Parnell mar ba cheart iad go dtí sin. Agus ní thiocfadh leis a shúile a thógáil astu. Bhí an-chuma orthu. Na cnámha ag gabháil fríd an chraiceann acu, na súile slogtha siar ina gceann agus amharc scaollmhar iontu mar a bheadh fir ann a mbeadh eagla orthu go raibh siad ag gabháil as a gcéill.

Tugadh bia agus deoch chucu agus thoisigh cuid dá raibh istigh a chomhrá leo. Ach ní raibh comhrá ar bith ag Parnell ach é ag meabhrú ina chroí. 'An dtuigimse Éire ar chor ar bith?' ar seisean leis féin ina mheanmna. 'Tuigim an fear a rachas amach lena ghunna agus a throideas go marbhthar é. Dhéanfainn féin é. Mo chreach gan an áiméar agam ar béal maidine. Ach deich mbliana a chaitheamh in ifreann mar a chaith na fir seo é, go dtí sa deireadh go dtáinig siad amach ins an chruth a bhfuil siad ann. Rachainnse ar mire i leath an ama.'

Ceol drumaí an chéad rud a thug chuige féin é.

'Tá siad ag cruinniú a chur fáilte romhaibh, a fheara,' ar seisean ag siúl anonn ag tarraingt ar an fhuinneoig. Ar a bhealach anonn d'amharc sé ar fhear de na príosúnaigh. Bhí sé ina luí ar a shleasluí ar suíochán agus a shúile leathdhruidte. Bhí dreach pianmhar ar a aghaidh.

'Cad é atá ort, a Mhic Cárthaigh?' arsa Parnell ag cromadh anuas air. Níor labhair Mac Cárthaigh.

'Brandaí i mbomaite,' arsa Parnell le duine dá raibh sa láthair. Agus anonn leis go dtí an guthán. 'Haló. Abair le Dr. Eustace a theacht aníos chomh tiubh géar is a thig leis.' I gceann bomaite tháinig an dochtúir aníos agus bhí bean aníos ins na sála aige. Bean Mhic Cárthaigh a bhí ann. Tháinig sí go Baile Átha Cliath inné roimhe sin in araicis a céile. Ar theacht isteach sa tseomra di fuair sí a fear ina luí ar an tsuíochán agus an dochtúir ar a leathghlún ar an urlár ag a thaoibh. Tháinig sí aníos os a chionn. Labhair sí leis ach ní thug sé freagar ar bith uirthi. Bhí deireadh a chuid cainte déanta ar an tsaol seo.

Ins an am seo bhí an slua ag tarraingt aníos ar an teach agus an bhuíon cheoil ar a dtoiseach. D'fhoscail Parnell an fhuinneog agus chuir sé a cheann amach. Chomh luath is a chonaic siad é thóg siad gáir challáin a bhain macalla as na ballaí agus gan as béal gach aon duine ach '*Speech, speech.*' Agus bhí an dubhiontas orthu nuair a thóg Parnell a lámh ag déanamh comhartha dóibh stad den cheol is den challán. Thiontóigh siad thart agus d'imigh siad leo go brúite síos an tsráid agus iad míshásta cionn is nár ligeadh dóibh fáilte a chur roimh na fir a bhí i ndiaidh a theacht as an phríosún. Ní raibh a fhios acu san am sin go raibh fear acu ina luí marbh.

'Níl gar ann, a Mhicheáil,' arsa Parnell cupla lá ina dhiaidh sin. 'Tá na Fíníní buailte agus ní thógfaidh siad a gceann arís go ceann fada.'

'Ní abórainn sin,' arsa Davitt. 'Dá mbeadh ceann feadhna maith againn ba ghairid go mbeimis ar ár mbonnaí arís. Tá dóchas mór acu asatsa, a Mr. Parnell, go háirid ag Fíníní Mheiriceá agus ag Clann na nGael, ach níl dóchas ar bith acu as Parlaimint na Sasana. Is é an creideamh agus an dearcadh atá acu nach dtig a dhath choíche as an chomhthionól sin a rachas ar sochar d'Éirinn.'

'Ní thuigeann siad an rud atá in mo cheannsa ar chor ar bith,' arsa Parnell. 'Sílidh siad nach bhfuil plean ar bith agam fá choinne an *House of Commons* ach óráidí, an rud a bhí ag Dónall Ó Conaill agus ag Isaac Butt, an rud a d'fheall riamh orainn agus a fheallfas choíche mura raibh rud inteacht eile ar a chúl sin.'

'Ach cad é atá ar chúl na cainte anois ach oiread leis an uair sin?' arsa Davitt.

'Sin an áit a mbeidh cuidiú na bhFíníní riachtanach agam,' arsa Parnell. 'Agus anois ná bain an chiall chontráilte as mo chuid cainte. Níl mé ag iarraidh ar fhear ar bith de na Fíníní a ghabháil go Parlaimint na Sasana agus mionna a thabhairt ansin a bheadh díreach in éadan an mhionna a thug sé nuair a chuaigh sé ins na Fíníní. Ach dá mbeinn cinnte go raibh an chuid ab fhearr acu in mo leith bheadh uchtach agam agus thiocfadh liom a bheith dána ins an *House of Commons*.'

'Tá meas ag mórán de na Fíníní ort,' arsa Davitt. 'Ach cad é an cuidiú is féidir leo a thabhairt duit? Is é an bharúil atá acu gur fear ceannais maith a bheadh ionat agus bheadh siad umhal duit dá mbeifeá 'do cheann feadhna orthu. Ach is é an dearcadh atá acu, agus agamsa chomh maith le duine acu, nach bhfuil a dhath i ndán dúinn ó Pharlaimint na Sasana is cuma cén fear ceannais a bheadh againn.'

'Éist liom bomaite beag, a Mhicheáil,' arsa Parnell. 'Níl maith ar bith do na Fíníní a bheith ag smaoineamh ar ghabháil chun an chuibhrinn in aghaidh arm na Sasana. Ní mhairfeadh an teangmháil ach seal beag, gearr. Ansin chrochfaí na ceannfoirt nó chuirfí i bpríosún iad mar a cuireadh thú féin. Agus ní bhainfeadh sé biongadh as cumhacht na Sasana sa tír seo. Caithfimid rud inteacht eile a dhéanamh. Caithfimid an éagóir atáthar a dhéanamh orainn a reic ar fud an domhain, go háirid i Meiriceá. Thig leis na Fíníní a bheith ag déanamh réidh faoi choim agus ins an am chéanna ag cuidiú linne os ard. Mura ndéantar rud inteacht mar sin níl ann ach lámh scaoilte a thabhairt do Shasain ar gach aon dóigh. Agus anois, a Mhicheáil,' ar seisean, agus tháinig loinnir ina shúile mar a bheadh drithleoga tineadh ann, 'd'fhulaing tusa do chéasadh ar son na hÉireann. Tá meas ag na Fíníní ort. Tá urraim acu duit. Tá obair éifeachtach ag an láimh agat má ní tú é.'

'Agus cad é an obair í sin, a Mr. Parnell?'

'Tá, an plean atá agamsa a mhíniú do na Fíníní agus do Chlann na nGael i Meiriceá agus féacháil lena gcuidiú a fháil. Tá dóchas mór agamsa astu sin. Má bhíonn siad in m'aghaidh, is miste d'Éirinn é; má bhíonn siad in mo leith, is fearrde di é.'

'Ach, a Mr. Parnell,' arsa an fear eile, 'cad é mar a mhíneos mé do phlean nuair nach dtuigim féin é?'

'A dhuine chléibh,' arsa Parnell, 'is iomaí rud le déanamh a d'fhéadfaí a dhéanamh agus gan fanacht leis an lá a mbeidh na Fíníní réidh leis an bhratach a scaoileadh faoi sholas na gréine agus cogadh a fhuagairt ar Shasain. Dearc féin ar an staid a bhfuil muintir na tíre ann. Dearc ar an fhear atáthar a chur amach as a chuid talaimh agus gan fáras ar bith aige dona chuid páistí, ná aon ghreim le tabhairt le hithe dóibh. Nó nach féidir a dhath a dhéanamh idir an dá am a rachadh ar sochar don fhear sin? Nó nach féidir cuidiú leis? An bhfuil rud ar bith fána choinne ach a iarraidh air a bheith beo ar an ghaoith go dtí go raibh an t*IRB* réidh le a ghabháil chun sleanntrach?'

'Ní féidir a dhath a dhéanamh gan smacht na – na – na dtiarnaí talún a bhriseadh,' arsa Davitt.

'Bhail, bristear é,' arsa Parnell.

'Shíl sé go gcuirfeadh sé cluain orm,' arsa Davitt leis féin an oíche sin. 'Ach sháirigh sin air. Ina áit sin mise a chuir cluain airsean. Tá sé agam anois i gcúl mo dhoirn. An rud ar chaith mé deich mbliana móra, fada, fada ag meabhrú air i bpríosún – cumhacht na dtiarnaí talún a bhriseadh ar tús agus nuair a bheas sin déanta againn beidh croitheadh maith bainte againn as smacht na Sasana sa tír seo. Nach é sin an soiscéal a bhí ag Fintan Lalor? '*Somewhere, somehow and by someone, a beginning must be made.*'

'Nach é an soiscéal é a bhí ag Mitchel? Nach é sin an rud a chomhairligh sé do na daoine a dhéanamh blianta na Gorta? Gan cíos ar bith a dhíol, gan an bia a ligean amach as an tír, "*and, where opportunity offered, to try the steel.*" Éistfidh na Fíníní leis an tsoiscéal seo. Éistfidh Clann na nGael leis. Ar ndóigh, is fada an lá an bharúil sin agam féin. Ceart a bhaint amach don fhear a chuireas an síol agus a bhaineas an fómhar. Ansmacht na dtiarnaí talún a bhriseadh! Ach níor shamhail mé riamh go mbeadh gar d'aon duine an cúrsa sin a mholadh do Pharnell *of Avondale*.'

An oíche chéanna sin bhí Parnell ag caint leis féin fosta. 'Bhí mé ag déanamh go muscóladh gnoithe an talaimh é. Níl mórán eile ar a intinn. Tuigeann sé go bhfuil lá na bhFíníní thart de thairbhe an chineál troda a raibh siad ag brath a ghabháil ina cheann tá deich mbliana ó shin. Ní chreideann sé féin go mbeadh gar féacháil arís le héirí amach. Is furas sin a aithne air. Ach gnoithe an talaimh. Chuaigh an talamh ina cheann dó. Tá cuid den cheart aige. Ach níl aige ach cuid. Caithfidh mé gan barraíocht sreinge a ligean leis. Agus na Fíníní agus Clann na nGael. Tiocfaidh an mhórchuid acu chun cuidithe liom. Tá meas acu ar Dhavitt. Tá urraim acu dó. Tá a fhios acu go bhfuil sé dáiríribh ... Ach caithfidh mé gan barraíocht sreinge a ligean leosan ach oiread. Sin an áit a gcaithfidh mé a bheith ar m'fhaichill. Sin ceann de na cluichí cruaidhe a bheas le himirt agam. Tím an dá fhoirinn ar an chlár. Na Fíníní agus Clann na nGael ag iarraidh úsáid a bhaint as Parnell, agus Parnell ag iarraidh úsáid a bhaint astu. Ní bheidh sé furas agam. Caithfidh mé ligean leis an tsreang a fhad is is féidir é sa chruth is go sílfidh siad go bhfuil mé ar a gcomhairle féin acu. Ach san am chéanna gan cumhacht ar bith a thabhairt dóibh a bhéarfadh lámh an uachtair dóibh ... Cuirfidh mé Davitt go Meiriceá romham. Ní dhéanfadh sé gnoithe domh féin a ghabháil anonn go fóill. Ní bheadh mórán dáimhe acu liom. Bheadh siad in amhras orm. Ball de Pharlaimint na Sasana agus tiarna talún. Ach beidh fáilte acu roimh Dhavitt. Fear a chaith deich mbliana i bpríosún as an obair a rinne sé in aimsir na bhFíníní. Fear nár mhionnaigh riamh go raibh sé dílis do Choróin na Sasana agus nach mionnaíonn choíche. Éistfidh siad go lúcháireach leis. Inseoidh sé dóibh cad é an dóigh ar dhíbir ansmacht na dtiarnaí talún é féin is iadsan as Éirinn. Inseoidh sé dóibh na rudaí a dúirt Fintan Lalor agus Mitchel – tá neart acu sin ar a theangaidh aige – agus meallfaidh sé an mhórchuid acu. Rachaidh mé anonn amach anseo nuair a bheidh siad tugtha chun cineáil ag Davitt. Is millteanach an neart a bheadh in Éireannaigh Mheiriceá dá mbeadh siad ag cur liom. Agus tá an fear is fearr in Éirinn le cluain a chur orthu, mar atá, Micheál Davitt.'

VIII

New York,
Samhain, 1878.
A Shiobhán, a chroí,

Táthar ag déanamh go leor cainte fá ghnoithe na hÉireann sa tír seo ins an am i láthair. Leis an fhírinne a rá, tá eagla orm gur barraíocht cainte atáthar a dhéanamh agus gurb é rud a chuirfeas sé an mhórchuid d'Éireannaigh na tíre seo chun seachráin.

Tháinig fear as Contae Mhaigh Eo anall anseo tá mí ó shin. B'fhéidir gur chuala tú iomrá air; fear darb ainm Michael Davitt. Fear lom, caite atá ann agus gan air ach leathlámh. Chaill sé an sciathán deas agus é ag obair i Sasain nuair a bhí sé ina ghasúr. Beireadh air in aimsir na bhFíníní, an áit a bhfuarthas amach gur chuir sé gunnaí go hÉirinn agus cuireadh chun an phríosúin é. Chaith sé deich mbliana i bpríosún agus tá a shliocht air, tá sé croite, meáite.

Tá cuid mhór den tír seo siúlta aige agus tá mórán de na hÉireannaigh ag déanamh gur aige atá an ceart agus gur chóir a chomhairle a ghlacadh. Talamh agus cíos agus ansmacht na dtiarnaí talún, sin tús agus deireadh a chuid cainte. Deir sé gur cheart d'Éireannaigh an domhain cur le chéile agus neart na dtiarnaí a bhriseadh, agus nuair a bheas sin déanta go bhfuil a saoirse ag Éirinn ar aghaidh boise. Bíonn sé go minic ag caint ar an rud a deireadh Mitchel – nár cheart d'fhear ar bith cíos a dhíol a fhad is a bheadh ocras air féin is ar a chuid páistí. Ansin tá sé ag iarraidh seasamh go daingean ar chúl Pharnell. Níl a fhios agam cad é mar atá polasaí Pharnell ag cur leis an rud a deireadh Mitchel – '*Nothing good for Ireland can ever come from the English House of Commons.*'

Agus ansin deir sé nach dtéid sé féin choíche go Parlaimint na Sasana. Cad chuige nach dtéid? Más é sin an áit is fearr le ceart na hÉireann a bhaint amach, cad chuige a mbeadh Éireannach ar bith ag doicheall roimhe? Ach tá daoine mar sin ann agus níor thaitin siad riamh liom. *Sea-green incorruptibles* nach féidir a lúbadh. Ach cad chuige a bhfuil sé ag iarraidh ar na Fíníní is ar Chlann na nGael cuidiú le Parnell má mheasann sé gur le Parnell atá an bealach ceart? Sin rud nach dtuigim mar is ceart. Ach is annamh Éireannach dá gcastar orm a thig liom ar an scéal. Tá a mbunús ina leith.

Ní abórainn gur fear é a bhfuil intleacht mhór aige ach tá buaidheanna eile aige. D'fhulaing sé léan agus leatrom ar mhaithe le hÉirinn. Nuair nach raibh sé ach ina thachrán caitheadh amach ar an chnoc é lá feannach geimhridh agus leagadh go talamh an teach beag ina rugadh é. Ansin bhí sé ins na Fíníní agus cuireadh deich mbliana chun an phríosúin é. Agus le cois an iomláin, tá lúth na teanga leis. Tá sé ar chainteoir chomh líofa is a chuala mé riamh. Ach ina dhiaidh sin is é mo bharúil nach bhfuil éifeacht ar bith ann. Go bhfuil sé ar teaghrán ag Parnell. Agus nach bhfuil ann uilig ach gurbh é ab fhóirsteanaí le cur chun na tíre seo.

Chluinim go n-abair sé i modh rúin le Devoy is le cuid acu go bhfuair sé lámh an uachtair ar Pharnell, go dtug sé ar Pharnell rosc catha a dhéanamh de ghnoithe an talaimh agus na dtionóntaithe. Ach tá sé romhat is níl Parnell ach ag iarraidh úsáid a bhaint as le greim a fháil ar na Fíníní is ar Chlann na nGael. Deir siad go bhfuil Parnell é féin ag brath a theacht chun na tíre seo ar an bhliain seo chugainn go gcuire sé an síol nuair a bheas an talamh réidh ag Davitt fána choinne.

B'fhéidir nach bhfuil i ngnoithe an talaimh agus an chíosa ag Parnell ach leithscéal. Má chomharlaíonn sé do thionóntaithe na hÉireann gan cíos éagórach a dhíol nó gan pingin ar bith a dhíol nuair a thiocfas séasúr gortach, is ionann sin is comhairle Mhitchel blianta na Gorta. Agus má níthear an chomhairle sin a chomhlíonadh cuirfidh sé tús ar an troid agus deireadh leis na hóráidí is leis na bratacha glasa.

Ba mhaith liom Parnell seo a fheiceáil. Tá cineál de bharúil agam gur fear éifeachtach é agus go ndéanfaidh sé obair éifeachtach má bhíonn sé ionraice. Más ar mhaithe le hÉirinn go huile is go hiomlán atá sé ag iarraidh ar mhuintir Mheiriceá cuidiú leis na tionóntaithe, dhéanfaidh sé obair mhaith. Más ar mhaithe le cúltaca dó féin sa *House of Commons* atá sé, is mó an dochar ná an sochar a dhéanfas sé ins an tsíneadh fhada.

Ná déan dearmad scríobh gan mhoill chugam agus scéaltaí nuaidhe Ghaoth Dobhair uilig a chur in do litir.

Mo bheannacht chugat,

Padaí.

IX

'Tá eagla orm go gcuirfidh seo deireadh leis an *Land League*,' arsa Davitt tráthnóna samhraidh agus é féin is fear eile ar an chéidh i nDún Laoghaire ag fanacht leis an bhád.

'Tá eagla orm go gcuirfidh,' arsa an fear eile. 'Bhí muid dona go leor mar a bhí muid. Bhí tuilleadh is ár sáith os ár gcoinne idir na tiarnaí talún agus neart na Sasana. Ach anois nuair atá an pearsa eaglasaigh is mó cáil in Éirinn inár n-aghaidh, tá eagla orm go bhfuil deireadh le ár gcuid oibre. Agus cé a shílfeadh tráth den tsaol go dtiocfadh an lá choíche air a rachadh sé dh'aon leith le neart na Sasana in éadan cheart na hÉireann?'

'Tá aois mhór aige,' arsa Davitt, 'agus b'fhéidir gur droch-chomhairleach inteacht a chuir cluain air.'

'An measann tú go mbeidh an cruinniú ann ar chor ar bith?' arsa an fear eile.

'Déarfainn go mbeidh,' arsa Davitt. 'Ach ní bheidh ann ach scaifte beag nach dtugann aon duine aird orthu.'

'Do bharúil an rachaidh sé féin ann?'

'Tá mé chóir a bheith cinnte nach dtéid.'

'Ach nár gheall sé go rachadh sé?'

'Gheall. Ach ní raibh a fhios aige san am sin go raibh seo ag teacht. Tá níos mó ná a sháith os a choinne mar atá sé is gan a ghabháil in éadan na hEaglaise.'

'Ach nach ionann sin is cúl a chinn a thabhairt leis an *Land League*?'

'Is ionann,' arsa Davitt, 'ach cé aige a bhfuil a fhios nach é sin an rud atá in aice lena thoil?'

'Is minic a bhí mé féin ag smaoineamh air sin,' arsa an fear eile. 'Ins an deireadh thiar thall is ionann polasaí an *League* agus an soiscéal a theagasc Mitchel. Tá a fhios sin ag Parnell. Tá a fhios aige nach féidir a ghabháil i bhfad eile bealach an *League* gan dlíodh na Sasana a bhriseadh. Agus, b'fhéidir, dálta Dhónaill Uí Chonaill, nach raibh an rún sin riamh aige.'

'Bhail, seo chugainn é,' arsa Davitt, 'cé bith rún atá aige nó a bhí aige.'

Chuaigh an bheirt síos ina araicis agus chuir siad fáilte roimhe. Níor chosúil é le fear a mbeadh imní mhór ar bith air. Bhí an ghnúis chéanna agus an dreach céanna air a bhí air ag imeacht dó seachtain roimhe sin. B'fhéidir nach bhfaca sé an *Freeman* ar chor ar bith inné roimhe sin.

Thoisigh sé a chaint ar rudaí eile agus mhair sé ag caint orthu go raibh sé sa teach ósta i mBaile Átha Cliath. Sa deireadh, nuair a tháinig snag bheag sa chomhrá, arsa Davitt leis: 'Ar léigh tú *Freeman* an lae inné?'

'Léigh,' arsa Parnell.

'An bhfuil tú ag brath a ghabháil chuig an chruinniú atá le a bheith i gCathair na Mart?'

'Tá.'

'Ach b'fhéidir nach mbeadh cruinniú ar bith ann,' arsa Davitt.

'Níl neart air sin agamsa,' arsa Parnell. 'Gheall mé go rachainn ann agus go labharfainn. Tá rún agam an gealltanas sin a chomhlíonadh. Ar ndóigh, mura dtara na daoine a dh'éisteacht liom, ní hormsa an locht.'

'Bhí mé féin idir dhá chomhairle,' arsa Davitt.

'Ní raibh mise,' arsa Parnell. 'B'fhearr liom ar ndóigh an tArdeaspag céimiúil seo inár leith ná inár n-éadan. Ach má ligimid don litir sin cosc a chur anois orainn, ní raibh ciall ar bith leis an *Land League* an chéad lá riamh. Cad é seo a deir sé?' ar seisean ag tarraingt an pháipéir amach as póca a chóta mhóir. 'Léigh mé fá dheifre é. B'fhéidir gur chóir domh a léamh athuair.'

'The Westport Meeting'
Westport, June 5th, 1879.
To the Editor of the Freeman.
Dear Sir –
In a telegraphic message exhibited towards the end of last week in a public room of this town, an Irish member of Parliament has unwittingly expressed his readiness to attend a meeting convened in a mysterious and disorderly manner, which is to be held, it seems, in Westport on Sunday next. Of the sympathy of the Catholic clergy for the rack-rented tenantry of Ireland, and of their willingness to co-operate earnestly in redressing their grievances, abundant evidence exists in historic Mayo, as elsewhere. But night-patrolling, acts and words of menace, with arms in hand, the profanation of what is most sacred in religion – all the result of lawless and occult association, eminently merit the solemn condemnation of the ministers of religion, as directly tending to impiety and disorder in Church and in society. Against such combinations in this diocese, organised by a few designing men who, instead of the well-being of the community, seek only to promote their personal interests, the faithful clergy will not fail to raise their warning voices, and to point out to the people that unhallowed combinations lead invariably to disaster and to the firmer riveting of the chains by which we are unhappily bound as a subordinate people to a dominant race. I remain, dear sir,

Faithfully yours,
+ John, Archbishop of Tuam.[21]

'Bhí sé lá den tsaol,' arsa Davitt, 'agus ní hé sin an manadh a bheadh aige. Ach tá an lá sin thart. Is cosúil gur fíor gur deireadh gach sláinte osna.'

'Cá huair a gheobhas tú traein a bhéarfas go Cathair na Mart thú? Inniu?'

'Inniu, ar ndóigh. Fá cheann leathuaire eile.'

'Bain an stáisiún amach chomh tiubh géar is a thig leat,' arsa Parnell. 'Abair le muintir Mhaigh Eo go mbeidh mé ansin Dé Domhnaigh. Cuir teachtairí amach ar fud na dúiche ag iarraidh ar na daoine a theacht go Cathair na Mart Dé Domhnaigh in ainm na hÉireann agus in ainm Mhaigh Eo agus in ainm Sheáin Mhóir Mhic Éil nuair ba gheall le fear é. Bí ar shiúl i mbomaite.'

An Domhnach sin a bhí chugainn bhí deich míle fear cruinn i gCathair na Mart. Bhí cúig chéad marcach ann agus chuaigh siad amach in araicis Pharnell go dtearn siad a chomóradh go dtí ionad an chruinnithe. Bhí siad ansin ina seasamh go daingean, guala ar ghualainn, ag feitheamh leis an chomhairle a bhéarfadh a gceann feadhna dóibh. Ach níorbh é Parnell an chéad duine a labhair leo, ná an dara duine ach oiread. D'fhan sé go deireadh. Agus cé go raibh an mhórchuid den tslua sin ar bheagán Béarla, ní raibh moill orthu a thuigbheáil. Rinne Davitt óráid mhór, fhada, ach an té a bheadh i measc an chruinnithe agus ag éisteacht leis na daoine ag cogarnaigh, d'aithneodh sé go raibh an mhórchuid di ag gabháil le sruth.

To confiscate the land of a subjugated but unconquered people and bestow it upon adventurers is the first act of unrighteous conquest, the preliminary step to the extermination or servitude of an opponent race.

'Tá Béarla breá aige ar scor ar bith.'

'Scoith an Bhéarla, an té a thuigfeadh é.'

And the landlord garrison established by England in this country, centuries ago, is as true to the object of its foundation and as alien to the moral instincts of our people as when it was first expected to drive the Celtic race 'to hell or Connaught'.

'Tuigim féin na cupla focal sin.'

'Mh'anam gur mór a gheibhthear thú.'

'It is the bastard offspring of force and usury, the Ishmael of the social commonwealth.'

'Níor thuig mé féin aon fhocal go fóill ach *bastard*. Is dóiche gur ar an tiarna atá sé ag tabhairt an ainm sin.'

'Agus, ar ndóigh, an ceart aige.'

'Cad chuige nach labhrann sé i nGaeilig?'

'B'fhéidir nach bhfuil Gaeilig ar bith aige.'

'Níl a fhios agatsa! Ar ndóigh ní raibh aon fhocal de theangaidh ar bith aige i dtús a shaoil.'

'B'fhéidir gur náire atá air labhairt i nGaeilig i láthair Pharnell.'

'Fuist! Siúd é féin ag éirí ina sheasamh.'

D'éirigh Parnell ina sheasamh agus d'amharc sé amach ar an chruinniú. Thost gach aon duine. Stad an chogarnach.

Thoisigh Parnell a chaint agus d'éist an uile dhuine le gach focal dá raibh sé a rá agus a chuid cainte intuigthe ag an mhórchuid acu. Dúirt sé gurbh ionann cíos cothrom agus an cíos a mbeadh acmhainn ag an tionóntaí air de réir bharr na bliana. Ach nuair a thiocfadh drochshéasúr gurbh éagórach an rud tabhairt ar fhear oiread cíosa a dhíol agus a dhíol sé nuair a bhí séasúr maith ann cupla bliain roimhe sin. Dúirt sé leo mura dtugtaí laigse dóibh nuair a thiocfadh drochshéasúr, go bhféadfadh an t-anás agus an léan céanna a theacht bliain ar bith mar a bhí ann i mblianta 1847 agus 1848. Dúirt sé go gcaithfí tabhairt ar na tiarnaí talún dearcadh mar ba cheart ar an scéal. *'Now,'* ar seisean, *'what must we do in order to induce the landlords to see the position?'*

Thost sé tamall beag sula dtug sé freagar ar an cheist seo. Agus bhí cluas le héisteacht ar gach aon fhear de dheich míle fear, ag feitheamh leis an fhreagar. Bhí siad mar a thuigfeadh siad gurbh é báire na fola a bhí ann, agus go raibh a dtaoiseach ar tí rosc catha a thabhairt dóibh a threorfadh iad chun buaidhe nó chun báis. Agus, le sin, labhraidh Parnell arís.

> *You must keep a firm grip on your homesteads and lands. You must not allow yourselves to be dispossessed as your forefathers were dispossessed in 1847.*

X

An Domhnach sin a bhí chugainn bhí beirt fhear ina suí leo féin ar bhruach na mbeann os cionn na farraige, amuigh i mBinn Éadair. Bhí siad ina suí ansin ag caitheamh tobaca agus ag comhrá. An té nach mbeadh fá fhad éisteachta dóibh, shílfeadh sé nach raibh a dhath ar a n-intinn ach ag amharc ar na faoileoga a bhí ag éaló go státúil trasna na spéire os cionn na farraige.

Bhí an bheirt éagosúil le chéile ina gcruth agus ina ndreach. Bhí Daniel Curley ag tarraingt anonn ar an dá fhichead blian. Fear éadrom, scaoilte a bhí ann a raibh aghaidh mharánta agus dreach stuama air. Bhí féasóg dhruidte air agus ceann dubh gruaige air a raibh stríoc ina lár, siar ó chlár a éadain. Ní raibh an fear eile, Joe Brady, os cionn má bhí sé fiche bliain. Fear millteanach a bhí ann. Bhí sé sé troithe ar airde agus corradh le sé clocha déag meáchain. An chéad uair a tífeá é, shílfeá nach raibh ann ach fathach fir agus nár dhóiche go raibh buaidh ar bith eile aige ó Dhia ach neart agus urradh coirp. Ach dá bhfaighfeá rud beag eile aithne ar an fhear mhór seo gheofá amach go raibh guth breá binn aige agus dúil as cuimse i gceol aige. Agus dá mbeifeá tamall ag éisteacht leis ag caint thiocfadh iontas ort. Gheofá amach go raibh grá as cuimse aige d'Éirinn agus nach raibh rud ar bith ag cur bhuartha air ach eagla nach bhfaigheadh sé áiméar le éacht fir a dhéanamh ag baint amach ceart a thíre.

Bhí a athair ins na Fíníní. Ní raibh sé féin ach ina ghasúr bheag san am. Ach bhí cuimhne mhaith aige air. Bhí cuimhne aige ar an bhrón a bhí ar an athair nuair a tháinig an t-am agus nach dtearnadh an aisling a chomhlíonadh. Ba mhinic é ag smaoineamh agus ag meabhrú ar an chinniúint a sheol é féin ins an am a dtáinig sé. Na fir a bhí ina neart le linn a athara, bhí aisling ghlórmhar acu ar feadh tamaill mura raibh ann ach an aisling. Chonaic siad luisne dhearg na maidine ins an spéir gí nár éirigh an ghrian riamh. Ach ní raibh aigesean ná ag a mhacasamhail le hamharc in airde air ach spéir bhrúite, ghruama ó lá go lá agus ó bhliain go bliain. Ní raibh duine ar bith ag rá gur cheart saoirse na hÉireann a bhaint amach mar a baineadh amach gach saoirse riamh le gunna is le claíomh. Anois leis na blianta ní rabhthar ag caint ar Éirinn ar chor ar bith, ná ar cheart na hÉireann, ná ar rud ar bith ach laigse cíosa agus ceart tionóntaí.

Ach bhí léaró beag dóchais aige anois le seachtain. Bhí dóchas ag teacht chuige as Parnell. Ní raibh sé cinnte. Bhí dóchas aige agus bhí an eagla air san am chéanna. Sin an fáth ar chuir sé cuireadh ar Daniel Curley a bheith leis amach go Binn Éadair an Domhnach seo. Ní fhaca sé Curley i modh cainte le seachtain roimhe sin. Agus ba mhaith leis a chaint is a chomhrá a dhéanamh le Curley go bhfeiceadh sé cad é a bharúil den chaint a dúirt Parnell an Domhnach roimhe sin thiar i gCathair na Mart. Bhí Curley ins na Fíníní nuair a bhí sé ina stócach. Ba mhaith ab fhiú éisteacht lena bharúil.

'Ar feadh tamaill ar tús,' arsa Curley ag tarraingt an *Freeman* aníos as a phóca, 'ní raibh mórán ar bith dóchais agam féin as Parnell. Ach sílim anois go dtuigim cad chuige ar chuir sé Davitt go Meiriceá anuraidh le cuidiú a fháil ó Chlann na nGael agus ó na Fíníní.'

'Is iomaí mallacht a chuir mé féin ar Dhavitt,' arsa Brady. 'Chonacthas domh gurbh fhealltach an rud dó féacháil leis na Fíníní a mhealladh chuige le a bheith mar chúl taca ag an dream a bíos ag scolgarnaigh fá *Home Rule*. Fear a bhí ins na Fíníní é féin. Fear a mhionnaigh go mbeadh sé díleas dá gcuspóir. Fear a chaith blianta móra, fada i bpríosún. Sin rud nach dtuigim féin ar chor ar bith.'

'Cad é rud nach dtuigeann tú?'

'Ní thuigim cad chuige nach n-abóradh fear ar bith amach go fírinneach, ionraice: 'Tá mise tuirseach. D'fhulaing mé léan agus leatrom ar mhaithe le hÉirinn. Chaith mé an chuid ab fhearr de mo shaol i bpríosún dhubh, dhorcha, chruaidh. Chaill mé mo shláinte agus m'óige. Tá mé briste, brúite anois. Déanadh fir is óige ná mé an chuid eile.' Ach ní dhéanfaidh sin gnoithe dóibh. Ní bheidh siad sásta gan a bheith ag treorú na ndaoine. Ansin má labhraimse nó mo mhacasamhail, níl ann ach: 'Tusa ag caint! Cad é riamh a rinne tú? Cá raibh tú nuair a bhí Davitt i Dartmoor?' Cá háit eile a mbeinn ach ar an scoil agus ag imirt cnaipí nó ag iascaireacht pincíní tráthnóna?'

'Ná buair do cheann, a Joe, ag smaoineamh ar Dhavitt is ar an rud a deir sé,' arsa an fear eile. 'Tá sé dáiríribh. Sílidh sé féin gur fear éifeachtach é ach níl ann ach tachrán beag i gcomórtas le Parnell.'

'An é sin do bharúil?' arsa Brady.

'Bhail, anois,' arsa Curley ag spréadh an pháipéir ar an fhéar, 'léigh an rud a dúirt sé Dé Domhnaigh i gCathair na Mart agus ansin léigh an rud a dúirt Parnell. '*The preliminary step to the extermination or servitude of an opponent race ... alien to the moral instincts of our people ... the Ishmael of the social commonwealth.*' Fear ar bith a labharfas mar sin ní thiocfaidh sé choíche in éifeacht mar fhear ceannais. Féadann tú mionnú leis an méid sin. Ach anois éist le Parnell: '*Keep a firm grip on your homesteads. Do not allow yourselves to be dispossessed as your forefathers were dispossessed in 1847 and 1848.*'

'Ach cuir i gcás go n-éireoidh leis sin a dhéanamh,' arsa Brady, 'cá bhfuil saoirse na hÉireann? Níl talamh ar bith agamsa ná agatsa ná ag leath mhuintir na hÉireann. Cuir i gcás go bhfuair gach aon fhear d'fheirmeoirí na hÉireann talamh ar chíos mheasartha, nó go bhfuair siad sa chás sin é gan pingin ar bith chíosa. Cad é a tharlódh ansin? An dtabharfadh sin Parlaimint dár gcuid féin dúinn? An dteithfeadh fear ionaid Rí na Sasana as an *Viceregal Lodge* chomh luath is a gheobhadh na daoine a gcuid talaimh saor ó chíos? An imeodh saighdiúirí na Sasana as gach áit a bhfuil daingean arm acu? Ní thuigim an chuid sin de na gnoithe mar is ceart.'

'Ach ní thabharfaidh na tiarnaí uathu an talamh gan buille de scin ná de chlaíomh,' arsa Curley. 'Caithfear troid leo. Cuideoidh arm agus dlíodh na Sasana leo. Rachfar in éadan an dlí sin. Brisfear é. Agus is ionann sin is cogadh.'

''Déanamh go gcomhairleoidh Parnell do mhuintir na hÉireann dlíodh na Sasana a bhriseadh agus a ghabháil i gceann airm ar an mhuintir a bhéarfas iarraidh an dlíodh sin a chur i bhfeidhm orthu?'

'A dhuine chléibh,' arsa Curley, 'nach bhfuil an chomhairle sin tugtha dóibh cheana féin aige? Nach é sin an rud a dúirt sé i gCathair na Mart Dé Domhnaigh seo a chuaigh thart? Nach bhfeiceann tú ansin ar an pháipéar é os coinne do dhá shúl? Cad é an chiall eile a thig le duine ar bith a bhaint as *'keep a firm grip on your homesteads? Do not allow yourselves to be dispossessed'?* Cinnte le Dia ní mheasann tú go síleann Parnell nach bhfuil le déanamh ag tionóntaí nuair a thiocfas an sirriam agus garda saighdiúr á chur as seilbh, nach bhfuil le déanamh aige ach a rá gur lena shinsear an talamh sin agus gur le treise lámh is le héagóir a bhain Sasain díobh é? Tá Parnell ar an bhealach cheart an iarraidh seo. Ná bíodh seachrán ar bith fá sin ort. Tá a fhios aige nach dtig leis na daoine greim daingean a choinneáil ar a gcuid gabháltas gan troid. Agus go dtiocfaidh cogadh as an chineál sin troda a bhainfeas ceart amach d'Éirinn má tá sé i ndán choíche di.'

'B'fhéidir go bhfuil an ceart agat,' arsa Brady go suaimhneach agus é ag amharc ar an pháipéar. 'Más é sin an rún atá ag Parnell is é rud a bheas ann fear éifeachtach.'

'Tá mise cinnte le fada gur fear éifeachtach é,' arsa Curley. 'Ar ndóigh, ní hé an chéad fhear é a smaoinigh ar na daoine a ghríosú chun cogaidh ar an dóigh sin. Tá sé corradh le deich mbliana fichead ó thug Mitchel an chomhairle chéanna do mhuintir na hÉireann. D'iarr sé orthu gan cíos ar bith a dhíol nuair a bheadh an t-airgead de dhíth orthu le bia a cheannach a choinneodh beo iad. D'iarr sé orthu gan aon ghráinnín coirce a ligean amach as an tír gan troid ar a shon ar gach aon choiscéim ó cheangólthaí an phunann go lastólthaí an long.'

'Ach,' arsa Brady, 'ní thug muintir na hÉireann aird ar Mhitchel. D'fheall siad air. Lig siad ar shiúl as Baile Átha Cliath é i lár an lae ghil agus ní raibh aon fhear le fáil in Éirinn le buille a bhualadh ar a shon. Sháirigh ar Mhitchel muintir na hÉireann a mhuscladh an t-am sin, i ndiaidh go sílfeá gur cheart dá chuid cainte na spéarthaí a chur le thinidh. Nach deacair do dhuine dóchas a bheith aige go dtabharfar aird ar Pharnell anois nuair nár tugadh aird ar Mhitchel an uair udaí?'

'Ní hionann anois agus an uair udaí,' arsa Curley. 'San am sin bhí na daoine ró-chloíte ag an ocras. Agus ansin bhí siad faoi dhraíocht ag Dónall Ó Conaill ó tháinig ann dóibh. Daoine ar bith a bhí ag srangbhás leis an ocras agus a raibh a gceann feadhna ag iarraidh orthu gan an dlíodh a bhriseadh cé bith a d'éireodh dóibh, ba doiligh do na daoine sin rud ar bith a dhéanamh a mbeadh fearúlacht ann. Ach tháinig na Fíníní ó shin agus má fuarthas lámh in uachtar féin orthu tá an spiorad ins an tír go fóill. Ní hionann ar chor ar bith an Éire a bhí ag Mitchel agus an Éire atá anois ag Parnell.'

'Ach, cuir i gcás,' arsa Brady, 'go dtiocfaidh an teangmháil ar an dóigh sin, cad é an pháirt a bheas agatsa agus agamsa inti, agus ag na céadtaí míle fear atá ina gcónaí ins na caithreacha agus ins na bailte móra agus nach bhfuil talamh ar bith acu?'

'Gheobhaidh tú féin is gach aon fhear eile bhur sáith troda má tá fonn oraibh,' arsa Curley. 'Ná bíodh eagla ar bith fá sin ort.'

'Níl a fhios agam,' arsa Brady go gruama. 'Bheadh eagla orm nach mbeadh fonn ró-mhór ar fhear na cathrach a ghabháil in éadan baignéide ag iarraidh bó fhear na tuaithe a bhaint as crúba an bháillí. Níl a fhios agam ach títhear domh dá mbeinn ag gabháil i gcontúirt mo mharfa gur mhaith liom samhailt inteacht a bheith in mo chroí a bhéarfadh misneach domh.'

'Agus cad é rud a mbeifeá sásta troid ar a shon?'

'Éire.'

'Agus,' arsa Curley agus mothú beag feirge ag teacht air, 'nach ionann Éire agus muintir na hÉireann? Táthar ag díbirt na ndaoine as an tír. Nuair a imeos muintir na tuaithe ní bheidh muintir na cathrach i bhfad ina ndiaidh. Ansin ní bheidh duine ar bith fágtha. Ní bheidh a dhath fágtha ach na bántaí is na sléibhte is beanna an chladaigh. Ceist agam ort, a Joe, cad é rud Éire? Cad é an Éire atá in do cheann?'

'Níl a fhios agam mar is ceart,' arsa Brady, ag lasadh san aghaidh. 'Siúd uaim é, tá a fhios agam ach ní thig liom a mhíniú mar ba mhian liom. An Éire atá in mo cheann? An Éire a mbím ag brionglóidigh uirthi. An aisling a thig chugam nuair a bhím 'mo shuí liom féin in áit mar seo ar bhruach na farraige. An Éire a mbíonn mo mháthair ag síorchaint uirthi. An Éire ar chaith m'athair na blianta i bpríosún mar gheall uirthi. An bhean a loit na céadtaí. An Éire ar throid Aodh Ó Néill agus Eoghan Rua ar a son. An Éire a chuir Emmet chun na croiche agus Mitchel idir dhá dtír. An Éire ar dhúirt Mangan agus é ag caint léi:

For there was lightning in my blood,
My Dark Rosaleen!
My own Rosaleen!
Oh! there was lightning in my blood, red lightening lightened through my blood,
My Dark Rosaleen.

XI

New York, Lá Fhéile Pádraig, 1880.
A Shiobhán, a chroí,
Tháinig an baile in mo cheann ar maidin agus dar liom go scríobhfainn chugat. Fiche bliain gan mhoill ó d'fhág mé Éire agus ní tháinig aon Lá Fhéile Pádraig ó shin nach dtáinig cumhaidh orm. Ba mhaith liom a bheith i nGaoth Dobhair inniu agus siúl leis na drumaí as Doirí Beaga go Mín na Cuinge. B'fhéidir, le cuidiú Dé, go dtabharfainn cuairt ar Ghaoth Dobhair go fóill sula bhfaighinn bás.
Bhail, a Shiobhán, chonaic mé é ó scríobh mé chugat go deireanach. Parnell atá mé a mhaíomh. Bhí mé i Madison Square Garden an oíche a bhí an cruinniú mór ann i ndiaidh é a theacht anall. Ní fhaca mé a leithéid de shlua daoine riamh cruinn i gcuideachta a chéile. Má bhí duine ann bhí céad míle ann. Gan bhréig gan amhras tá Éireannaigh Mheiriceá uilig ina leith mura bhfuil fíor-chorrdhuine ann.
Fear iontach atá ann. Fear éifeachtach. Ba é sin an bharúil a bhí ag mórán againn anseo de ón lá a labhair sé i gCathair na Mart sa tsamhradh seo a chuaigh thart. Sin an chéad fhéacháil chruaidh a cuireadh air. Agus chuaigh sé ar aghaidh. Agus d'éirigh leis. Agus ansin an rud a dúirt sé. An chomhairle a thug sé do na daoine. '*Keep a firm grip on your homesteads.*' Níl ach aon chiall amháin leis na focla seo.
Tá an mhórchuid de na Fíníní agus de Chlann na nGael sa tír seo ina leith. Agus tá dáimh as cuimse ag muintir Mheiriceá leis. Áit ar bith a gcasfaí scaifte cruinn i gcuideachta a chéile anseo ar feadh seachtaine i ndiaidh an chruinnithe bhí siad ag caint air, agus ar a athair mhór, Commodore Stewart, an fear a bhain an gus as na Sasanaigh lá den tsaol.
Tá mé féin cinnte anois go dtreorfaidh sé Éire chun buaidhe nuair a thiocfas an teangmháil. Agus tiocfaidh sí. Nó ní bhainfear amach ceart na hÉireann choíche le hóráidí i

bParlaimint na Sasana. Agus tá a fhios sin ag Parnell. Tá a fhios aige go gcaithfidh muintir na hÉireann troid. Ní theachaigh sé ar chúl scéithe lena rún an lá a d'iarr sé ar na feirmeoirí greim daingean a choinneáil ar a gcuid gabháltas. Tá a fhios ag Éireannaigh na tíre seo go dtroidfidh sé nuair a thiocfas air. '*Five for bread and fifteen for lead*' an manadh atá acu agus iad ag tabhairt fiche *dollar* an duine do chiste an *Land League*. Agus má bhí corrdhuine de na Fíníní a raibh eagla orthu nach raibh Parnell a iarraidh ach *Home Rule,* níl ábhar amhrais ag aon duine acu i ndiaidh an rud a dúirt sé i Cincinnati tá mí ó shin. '*None of us – whether we are in America or Ireland, or wherever we may be – will be satisfied until we have destroyed the last link which binds us to England.*' Cuir an chaint sin agus an rud a dúirt sé i gCathair na Mart le chéile agus gheobhaidh tú léaró ar Pharnell.

Agus níl ag duine ar bith againn ach léaró air. Tá an fear ródhomhain agus ró-dhiamhair le léamh air. Tá a fhios againn nach a dhath níos lú ná saoirse iomlán d'Éirinn a níos gnoithe dó. Tá a fhios againn go bhfuil a fhios aige go gcuirfidh Sasain arm go hÉirinn leis an dlíodh a chosnamh nuair a chuirfear soiscéal Chathair na Mart i ngníomh. Tá a fhios aige nach bhfuil maith ar bith féacháil leis an arm sin a bhualadh ar gcúl le hóráidí i bParlaimint na Sasana. Ach níl a fhios againn cad é na cleasa a imeoras sé idir an dá am. Ach is cuma. Táimid ag súil le rud mór uaidh. Táimid ag súil le treoir éifeachtach uaidh.

Tá mé cinnte nach gcaitheann sé ar an arán ach na cúig *dollar*. Nár mhéanra a bheadh in Éirinn nuair a bheifí ag caitheamh na gcúig cinn déag! B'fhéidir le Dia go mbeinn, a Shiobhán. Bím ag smaoineamh ar an bhaile go minic anois le bliain. Is beag a shíl mé an lá a d'fhág mé slán agat ar bhruach Loch an Ghainimh tá fiche bliain ó shin go mbeinn an fad seo amuigh. Shíl mé cinnte go raibh mé ag teacht ar ais cúig nó sé de bhliana ina dhiaidh sin. D'fheall an iarraidh sin orainn agus thit mé i ndroim dubhach ina dhiaidh sin. Ach tá dóchas ag teacht ar ais chugam. Tá ceann feadhna anois againn a bhéarfas an tsúil aniar ag Éirinn má tá sé i ndán go deo di.

Tá sé ar an fharraige arís ar a bhealach ag tarraingt chun an bhaile go hÉirinn. D'imigh sé tá cupla lá ó shin. Tá súil agam go dtabharfaidh muintir na hÉireann dó an áit is dual dó ins an toghadh atá ag tarraingt orthu. Ach níl ansin ach an chéad bhuille. Ina dhiaidh sin a bheas an cluiche le himirt. Nó is contúirtí i bhfad d'Éirinn gealgháire cealgach Ghladstone ná bagar borb Dhisraeli. Ach tá a fhios sin ag Parnell agus beidh sé inchurtha leo. Dia go gcumhdaí é.

Mo sheacht mbeannacht chugat,

Padaí.

XII

Lá breá earraigh a bhí ann agus, mar a dúirt an seanchaí, b'aoibhinn teacht féir agus fonn agus tormán na dtonn le Lios na Sí. Bhí an fharraige chomh ciúin le clár fá chladaí Chorcaí nuair a tháinig an Baltic isteach gur leag sí a hancaire i mbéal an chuain.

Bhí cathair Chorcaí cóirithe mar a bheadh ógbhean a bheadh réidh chun a pósta. Dá mbeifeá 'do sheasamh an mhaidin sin ar an ard os cionn an bhaile ní fheicfeá a dhath ar gach taobh díot ach bratacha ag lúbarnaigh sa ghaoith. Tá na slóite síoraí ar dhá thaoibh na habhann gach áit ar feadh dheich míle síos ón chathair. Cé leis a bhfuil siad ag feitheamh nó cad é an t-ábhar ollghardais atá acu? An bhfuil aislingí na bhfilí comhlíonta? An dtáinig ár bpardún ón Phápa is ón Róimh anoir? An bhfuil na bráithre ag teacht thar sáile? Is ionann is an cás. Tá Rí Éireann ag teacht ach nach bhfuil an choróin go fóill air. Ach beidh sí air. Tá sé ag teacht aníos de chois Laoi anois agus tá lúcháir ar Éirinn roimhe. Tá na héanacha ag seinm ins na coillte ag cur fáilte roimhe. Agus an sceach gheal atá ar dhá thaoibh an bhealaigh is gile í ná sneachta na haonoíche. Tá aoibhneas ar muir agus ar tír. Tá Parnell ar ais ar thalamh na hÉireann.

Ar theacht don traein go Corcaigh bhí an chathair plódaithe le daoine. Bhí drumaí á mbualadh agus píoba á séideadh ag cur fáilte roimh an cheann feadhna. Agus níorbh iontas ar bith go raibh lúcháir ar mhuintir Chorcaí an lá sin roimh Pharnell. Ní raibh sé i Meiriceá ach seal ráithe. Ach rinne sé obair éifeachtach ar feadh an ama sin. Shiúil sé an tír ón taoibh thoir go dtí an taobh thiar. Thug sé na hÉireannaigh i gceann a chéile go dtí go raibh an t-iomlán acu réidh lena gcleas a imirt dh'aon taoibh ar son na tíre as ar díbreadh iad féin nó a muintir rompu. Agus, an chuid ab fhearr, bhí leithchéad míle punta leis chuig an *Land League* le cuidiú leis na tionóntaithe a bhí ag iarraidh greim cruaidh a choinneáil ar a gcuid gabháltas, de réir na comhairle a tugadh dóibh an bhliain roimhe sin i gCathair na Mart.

An oíche sin bhí fleá agus féasta acu. Labhair Parnell, ar ndóigh. Dúirt sé leo go raibh Éireannaigh Mheiriceá dh'aon leith sa deireadh. Go dtug Sasain iarraidh an Pápa agus easpaig Mheiriceá a chur ina éadan ach gur sháirigh orthu. Thrácht sé ansin ar ghnoithe an talaimh agus dúirt gur ghairid an t-am go mbeadh deireadh leis an chuid seo d'ansmacht na Sasana in Éirinn.

Labhair Biggar ina dhiaidh. Dúirt sé go raibh lúcháir air go raibh muintir na hÉireann agus a gcairde gaoil i Meiriceá ag cur le chéile, agus an t-iomlán ina seasamh go dlúith mar chúl taca ag Parnell agus ag a Pháirtí. 'Tá obair mhór déanta ag an Pháirtí sin cheana féin,' ar seisean. 'Ach níl ann ach tús. Tá a chéad oiread le déanamh. Agus b'fhéidir i ndiaidh ár ndícheall a dhéanamh i bParlaimint na Sasana go sáireodh orainn ceart na hÉireann a bhaint amach.'

Chuir an chaint seo iontas ar chuid dá raibh sa chruinniú. Chuir sé míshásamh agus beaguchtach ar chuid eile. Nach raibh siad cinnte roimhe sin go raibh saoirse na hÉireann acu ar aghaidh boise? Bhí cuid acu ag amharc ar Pharnell agus iontas orthu cionn is nach raibh sé ag éirí ina sheasamh leis an chainteoir bheaguchtúil seo a thriosc.

'Ach,' arsa Biggar, 'má sháiríonn orainn saoirse na hÉireann a bhaint amach i bParlaimint na Sasana, ní hionann sin is a rá go bhfuil muid buailte. Tá dóigh eile le Sasain a ionsaí má bhaineann sí asainn é.'

Chuir gach aon duine cluas le héisteacht air féin. Bhí mórán acu eolach ar an phlean oibre a bhí ag an Pháirtí i bParlaimint Londúin. Bhí tuairim acu fosta den ghléas troda a bhí leagtha amach don *Land League*. Ach dá sáiríodh ar an dá chuid le chéile? Níor smaoinigh mórán acu riamh air sin. Ach dá sáiríodh? Thiocfadh dó, ar ndóigh. Agus ansin cad é an dóigh eile a bhí socair ag lucht a dtreortha le Sasain a ionsaí? Cad é a bhí Biggar ar tí a rá?

'Tímid,' arsa an cainteoir, 'an rud a thig le beagán beag d'fheara calma a dhéanamh sa Rúis le buaidh a fháil ar lucht an smachtaithe. Agus tá mé cinnte, má fheallann orainn féin agus ar an *Land League*, go bhfuil fir in Éirinn a rachas i muinín na cruach má théid an chúis go cnámh na huilleann.'

'Anois, a Joe, cad é a dúirt mé leat?' arsa Daniel Curley le Joe Brady an Domhnach ina dhiaidh sin agus iad amuigh fá na cladaí mar ba ghnách leo.

'Ní thuigim mar is ceart é,' arsa Brady.

'Tá sé chomh soiléir le grian an mheán lae,' arsa an fear eile. 'Tá an Páirtí ar a ndícheall i bParlaimint na Sasana. Is é an plean atá acu gan obair ar bith a ligean chun tosaigh go bhfaighe siad féin an rud atá siad a iarraidh. Ach ní rachaidh sin ar aghaidh ach tamall. Tá a fhios sin ag Parnell. Bhí a fhios aige ó thús deireadh é. Ach tá sé ag imirt a chluiche go healaíonta. Ní fhágfaidh sé leithscéal ar bith acu. Agus nuair a sháireos air, tiocfaidh sé féin agus a chuid fear chun an bhaile go hÉirinn.'

'Agus cad é a tharlós ansin?'

'Toiseoidh an troid.'

'Cad é an cineál troda?'

'Nach dtuigeann tú féin é chomh maith liomsa? Ar ndóigh, ní theachaigh Biggar ar chúl scéithe leis an oíche fá dheireadh i gCorcaigh. Caithfear an rud a dhéanamh a rinneadh sa Rúis. Má chuirtear an *Land League* faoi chois, caithfear a ghabháil i muinín na cruach.'

‘Agus cá bhfuil an chruaidhe?’ arsa Brady. ‘Cá bhfuil na claímheacha agus na baignéidí?’

‘Ná cuir an cheist sin orm nó níl a fuascladh agam,’ arsa Curley, ‘ach féadann tú an chuid sin de na gnoithe a fhágáil ag na fir ceannais. Níl Parnell ina chodladh, ná bíodh eagla ar bith ort. Nuair a thiocfas lá na teangmhála, beidh sé réidh fána choinne.’

‘Ach nach iontach,’ arsa Brady, ‘gur ag fear eile a d’fhág sé an chaint sin le rá. Cé aige a bhfuil a fhios anois go bhfuil sé ag cur ar chor ar bith leis an rún atá aige?’

‘Féadann tú a bheith cinnte de,’ arsa Curley. ‘Murab é go bhfuil, is é an chéad rud a dhéanfadh sé éirí ina sheasamh agus Biggar a thriosc. Ach níor chuir sé oiread is focal ina aghaidh ná aon duine eile ach oiread. An bhfuil tusa ag déanamh go ligfeadh an eagla do Bhiggar nó d’aon fhear eile acu an chaint sin a rá gan cead agus comhairle Pharnell? Níorbh eagal dóibh. Murab é gur lig sé cuid den rún sin le hÉireannaigh Mheiriceá ní thiocfadh siad chun cuidithe leis mar a tháinig siad.’

‘Is minic a smaoinigh mé féin air sin,’ arsa Brady.

‘Níl an dara hinse ar an scéal,’ arsa an fear eile. ‘Nuair nach raibh againn ach Isaac Butt ní bheadh maith ar bith d’aon duine a ghabháil go Meiriceá a dh’iarraidh cuidithe ar na Fíníní is ar Chlann na nGael. Níor lú orthu an dubhdhiabhal ná iomrá a chluinstean ar Pháirtí Éireannach i bParlaimint na Sasana. Agus ansin chomh luath is a leag Parnell cos ar thalamh Mheiriceá chruinnigh siad ionsair ina mílte. D’aithin siad nach Isaac Butt ná Dónall Ó Conaill a bhí acu. D’aithin siad mac níne, fear a throidfeadh nuair a thiocfadh air. D’aithin siad go raibh acu an t-oidhre dlisteanach ar Eoghan Rua Ó Néill, ar Tone, ar Emmet agus ar Mhitchel. Agus má bhí cuid dá rún ceilte ar chuid againn féin ar feadh tamaill, níl amhras ar aon duine againn anois – nó níor chóir go mbeadh ar scor ar bith – i ndiaidh an rud a dúirt Biggar an oíche fá dheireadh i gCorcaigh.’

'Níl a fhios agam an ndéanfadh sé Cumann na bhFíníní a athbheoú faoina stiúradh féin?' arsa Brady.

'Ní abórainn go ndéanfadh,' arsa Curley. 'Tá an mhórchuid de na fir aige. Ach tá corrdhuine de na seanchinn feadhna a bheadh ag súil le ceannas. Ar an ábhar sin is dóiche go gcuirfidh sé arm úr ar bun sa dóigh a mbeidh ceannas iomlán aige féin air.'

'Rachaidh mise san arm sin má chuirtear ar bun é,' arsa Brady.

'Bheinn ag súil go rachfá,' arsa Curley. 'Rachaidh mé féin ann le cuidiú Dé,' arsa Curley, 'cé go bhfuil mé ins na Fíníní mar atá mé.'

'Ní raibh a fhios sin agam,' arsa Brady agus iontas air.

'Ní bhíonn duine ag caint ar a leithéid sin,' arsa an fear eile. 'Ach tá oiread aithne agam ort anois, a Joe, is nach bhfuil eagla ar bith orm mo rún a ligean leat. Chomh luath is a tháinig mise amach as an phríosún chuir mé faisnéis agus fuair mé amach go raibh mo sheanchomplacht féin sa chathair ar fad. Ar feadh tamaill ar tús bhí dálta mhuintir Mheiriceá orainn. Bhí sé creidte againn nár cheart dúinn cuidiú de chineál ar bith a thabhairt don té a shílfeadh go mbainfí ceart na hÉireann amach le hóráidí i bParlaimint na Sasana ná le bratacha glasa is le drumaí. Ach ansin tháinig Parnell chun tosaigh agus, i gceann na haimsire, thuig muid go raibh rún aige feara Éireann a bhroslú chun sleanntrach nuair a thiocfadh uair na teangmhála. Tá, ar ndóigh, corrdhuine de na Fíníní – ach corr atá siad – a chreideas go dtiocfaidh '67 ar ais. Ní bheadh siadsan sásta le toiseacht a throid faoi cheannas an *Land League*, ná sásta le rud ar bith ach fanacht go mbí cupla céad míle fear acu faoi arm is éideadh. Déarfadh siad seo gurbh iad féin na Fíníní agus nach raibh ceart ar bith ag Parnell máistreacht a iarraidh orthu. D'éireodh iomrascáil ansin agus dhéanfaí dochar mór d'Éirinn, sa tír seo agus i Meiriceá. Tá a fhios sin ag Parnell. Tá na Fíníní aige. Tá na fir aige. Agus is cuma leis fán ainm.'

'Ach tá cuma air go bhfuil sé ag brath a dhícheall a dhéanamh lena Pháirtí a neartú ins an toghadh seo atá ag tarraingt orainn.'

'Tá, cinnte. Sin an rud a thug ar ais é chomh luath seo. Murab é an toghadh ní thiocfadh sé amach go ceann chupla mí eile. Tá sé ag iarraidh foireann láidir a bheith i Londún aige agus, ins an am chéanna, lucht troda sa bhaile.'

'Creidim go bhfuil an dá chuid riachtanach,' arsa Brady.

'A dhuine,' arsa Curley, 'nach é sin an chéad rud a dúirt sé chomh luath is a leag sé cos ar thalamh Mheiriceá. Dúirt sé go raibh dhá ghluaiseacht riachtanach ag Éirinn, ceann acu ag obair faoi choim agus an ceann eile gos ard. Tá sin aige anois agus nuair atá, cluinfear uaidh.'

'Tuigim an scéal anois,' arsa Brady. 'Ach ba cheart dúinn a bheith ár n-ullmhú féin fá choinne na bruíne. Tá mise anseo agus gan eolas ar bith agam ar an dóigh le airm tineadh a láimhdeachas. Tá na mílte de mo chineál in Éirinn. Ba cheart dúinn a bheith ag déanamh réidh. Ní hé lá na gaoithe lá na scolb.'

'Ná bíodh eagla ort nó gheobhaidh tú féin is gach aon fhear eile de do chineál faill le bhur bhfoghlaim a dhéanamh,' arsa Curley. 'B'fhéidir nár mhó an só ná an t-anró barraíocht ama a chaitheamh ag déanamh réidh. B'fhéidir go mb'fhearr buille tobann a bhualadh nuair nach mbeadh Sasain ag súil leis ar eagla go n-éireodh dúinn mar a d'éirigh i '67.'

'Tá dóchas ag teacht chugam,' arsa Brady, tamall ina dhiaidh sin agus é ag spíonadh píopa tobaca.

'Má tá féin, is mithid,' arsa Curley.

'Tá,' arsa Brady, 'agus an óráid a rinne Biggar an oíche fá dheireadh is mó a thug uchtach domh. Dúirt Parnell, ar ndóigh, go mbeadh an troid ann. Nó, is ionann is an cás, d'iarr sé ar na daoine greim daingean a choinneáil ar theach is ar thalamh. B'ionann sin, ar ndóigh, agus soiscéal

Mhitchel. Ach bhí eagla orm roimh an chineál sin troda. Mhuirfí an báillí nuair a thiocfadh sé a chur teaghlaigh as seilbh. Mhuirfí an fear a ghlacfadh gabháltas ar cuireadh fear eile amach as. B'fhéidir go dtearn fear na comharsan éagóir ormsa, go dteachaigh sé isteach ar mo bhéala nuair a cuireadh as seilbh mé. Tháinig mé air an oíche sin agus mharbh mé é. Sin an chontúirt mhór a bheadh ann nuair a bheadh gach aon fhear amuigh ar a chonlán féin. Ach má bhíonn feara Éireann faoi riail agus faoi cheannas aon fhir amháin, mar ba chóir d'arm a bheith, bainfidh siad biongadh as smacht na Sasana sa tír seo.'

'Ní bheadh eagla ar bith ort, a Joe, a ghabháil chun teangmhála ar a leithéid d'ócáid,' arsa Curley. 'Aithním ort é.'

'Ar m'anam nach ag déanamh mórtais atá mé,' arsa Brady, 'nó níl a fhios ag fear ar bith cé acu atá an croí san áit cheart aige nó nach bhfuil, níl a fhios sin aige go dtara báire na fola. Ach sílim gur buíoch de Dhia a bheinn ar a bheith in mo neart nuair a tháinig lá na héirice.'

D'éirigh an bheirt ina seasamh agus shiúil leo ar a suaimhneas ag tarraingt isteach ar an chathair. Ba ghairid go raibh siad i measc an tslóigh agus iad ag caint ar rásaí capall agus ar chluichí. Agus an té a d'amharcfadh ar Joe Brady agus a d'éistfeadh lena chomhrá bhriscghlórach, ní shamhóladh sé choíche go raibh 'ceol téad ar gach taobh de is a Róisín Dubh.'

XIII

Má théid agam 'ceist' na hÉireann a réiteach, cuirfidh sé an Impireacht ar a bonnaí mar is ceart. Beidh mé ar an fhear stáit is éifeachtaí a bhí riamh ag Sasain agus beifear ag caint go gradamach orm na céadtaí blian i ndiaidh mo bháis.

Ach an dóigh is fearr leis an ghréasán a réiteach? Níl gar dúinn féacháil lena gcur faoi smacht le lámh láidir. Tá na céadtaí blian caite againn ag iarraidh a smachtú le treise lámh, agus tá siad gan smachtú go fóill. Tá suas le trí chéad bliain caite ó dúirt Mountjoy le hÉilís nach raibh fágtha in Éirinn ach coirp is luaith. Ach roimh leithchéad bliain bhí na coirp beo agus an luaith ina caoir thineadh. Ansin chuaigh Cromal anonn agus chuir sé faoi smacht arís iad. Shílfeadh duine ar bith go raibh deireadh go deo leo an t-am seo agus an méid acu a bhí beo díbeartha go hIfreann nó go Connachta. Ach, i gceann tamaill ina dhiaidh sin, bhí siad faoina gcuid arm arís go húrnuaidh. Buaileadh arís iad in Eachroim agus ag an Bhóinn. Buaileadh i gcónaí iad ach níor cuireadh faoi smacht riamh iad. Ní féidir a gcur faoi smacht le treise lámh gan an uile dhuine acu a mharbhadh. Ar ndóigh, ba mhór a rachadh sin féin ar sochar don chineadh daonna. Ach bhainfí an chiall chontráilte as. Dhéanfaí úsáid de le míchliú a chur orainn ar fud an domhain.

Níl gar féacháil le hÉirinn a smachtú le treise lámh. Tá sin tuigthe go maith agamsa. Tá mé chomh cinnte de agus atá mé go bhfuil mé 'mo shuí liom féin anois sa tseomra seo. Ní aontaíonn mórán de mhuintir na tíre seo le mo dhearcadh. Is é rud a shíleas cuid acu gur dáimh atá agam le hÉirinn. Ó, a Dhia, dá mbeadh a fhios acu an fuath atá agam uirthi! Ach caithfidh mé an fuath sin a choinneáil ceilte, ar an bhanrín agus ar an Rialtas agus ar an uile dhuine. Níl an dara dóigh le hÉirinn a shocrú. Caithfear a mealladh agus cluain a chur uirthi. Caithfidh an nathair nimhe folach faoin bhláth.

Ba chóir gur mhaith an tús ar mo chuid oibre fear a chur chucu a rinne a dhícheall le faoiseamh beag a thabhairt dóibh nuair a bhí siad ar an anás blianta na Gorta. Tá cuimhne acu go fóill air. Ba chóir go mbeadh dáimh acu leis. Caithfimid muintir na hÉireann a mhealladh mar a mealladh cuid acu roimhe le *Catholic Emancipation*. Ní bheidh sé chomh réidh sin againn an iarraidh seo, ar ndóigh. Ní hionann Dónall Ó Conaill agus Séarlas Stíobhard Parnell.

Fear ar leith Parnell. Fear againn féin atá ann. Sasanach ina cheann feadhna ar mhuintir na hÉireann. Nó sin an rud atá ann. Tá intleacht as cuimse aige. Ní féidir fearg a chur air. Tá an dubhfhuath aige orainn. Níl beaguchtach ar bith air inár láthair. Ina áit sin is é rud atá drochmheas aige ar an uile dhuine againn. Ní féidir a cheannach mar a d'fhéadfaí a dhéanamh le cuid eile dá Pháirtí. Níl a fhios agam an bhfuil spéis ar bith sa bhantracht aige? Bíonn a leithéidí ann.

Sílim go bhfuil an uair fóirsteanach. Bhí ollghardas mór ar mhuintir na hÉireann nuair a d'éirigh liom ins an toghadh. Bhí tinte ar na cnoic acu. Bhí drumaí á mbualadh agus ceol á sheinm acu. Tá dóchas acu asam. Tá siad ag súil le rud mór uaim. Dá dtéadh agam rud inteacht a thabhairt dóibh a bheadh cosúil le Rialtas dá gcuid féin ach nach mbeadh ann ach á ndaingniú isteach san Impireacht. Dá dtéadh agam dallamullóg a chur orthu le comhartha. Dhéanfadh siad féin an chuid eile. Níl an dara réiteach air. Caithfear ainm Rialtais a thabhairt d'Éirinn. Caithfear tabhairt ar Éireannaigh Éire a choinneáil faoi shlait. Caithfear leithscéal *Home Rule* a thabhairt dóibh, rud nach ndéan maith dóibh sin ná dochar dúinne. Níl dóigh ar bith eile le spiorad na hÉireann a mharbhadh.

Sin an rud a bhí Gladstone a rá ina mheanmain agus é ina shuí leis féin ag feitheamh le fear ar chuir sé scéala fána choinne ar maidin roimhe sin. Sa deireadh buaileadh cnagán beag, éadrom ar an doras agus foscladh é. Chuir seirbhíseach a cheann isteach agus ar seisean: 'Mr. Forster, a dhuine uasail.'

'Ó, gabh ar d'aghaidh, a Mr. Forster,' arsa Gladstone. 'Bí 'do shuí.'

'Chuir tú fá mo choinne?' arsa Forster.

'Chuir,' arsa Gladstone. 'Tá mé ag iarraidh ort a ghabháil go hÉirinn 'do Phríomhrúnaí.'

'Mise!' arsa Forster mar a bheadh iontas air.

'Tusa,' arsa Gladstone. 'Níl aon fhear i Sasain inniu is fearr ná thú fá choinne na hoifige sin. Bhí tú in Éirinn roimhe. Thug tú tarrtháil orthu nuair a bhí an t-ocras orthu blianta na Gorta. Tá cuimhne acu ort go fóill. Tá siad faoi chomaoin agat.'

'Rinne mé, ar ndóigh, mo dhícheall dóibh blianta na Gorta. Ba bheag mo dhícheall ach rinne mé é. Mar sin féin bhí cuid acu nach raibh ró-bhuíoch díom. In áit a bheith buíoch dínn as an méid déirce a chuir muid chucu na blianta sin, ní theachaigh scór bliain thart go dtug siad iarraidh fhealltach eile orainn.'

'Bhí ábhar gearáin ag muintir na hÉireann san am sin má dhearcann tú mar is ceart air.'

'Cad é an t-ábhar gearáin a bhí acu?' arsa Forster.

'Tá,' arsa Gladstone, 'bhíthear ag tabhairt orthu díol as Eaglais nach raibh siad ag géillstean di. Ba mhór an éagóir sin ar thír ar bith. Ba mhór an náire do Shasain é. Ní raibh sé ag cur ar dhóigh ná ar dhóigh eile leis an tsaoirse ar throid Sasain ar a son riamh anall. Cad é a déarfadh muintir na tíre seo dá gcaitheadh siad díol as an Eaglais Chaitlicigh a choinneáil ar bun sa tír seo agus gan iad ag géillstean dá soiscéal?'

'I gcead duitse,' arsa Forster, 'ní chreidim gur ar an Eaglais Shasanach a bhí na Fíníní ag smaoineamh ar chor ar bith. Níorbh ea ach ag iarraidh an Impireacht a réabadh agus Poblacht a chur ar bun in Éirinn. Ar ndóigh, bhí an Eaglais ansin na céadtaí blian roimh aimsir na bhFíníní.'

'Bhí, ar ndóigh,' arsa Gladstone, 'ach is iomaí ábhar gearáin a bhí acu agus atá acu. Gan bhréig gan amhras rinneadh éagóir ar Éirinn ins an am a chuaigh thart agus táthar ag déanamh éagóra uirthi go dtí an lá a bhfuil inniu ann. Tá na tiarnaí talún ró-chruaidh orthu. Tá an dlíodh ró-chruaidh orthu nó níl na tiarnaí ach ag baint a gceart amach de réir dlí.'

'Agus nach gcaithfear an dlíodh a chomhlíonadh?' arsa Forster.

'Is cinnte féin é go gcaithfear,' arsa Gladstone. 'Níl mise ag ordú duit aon phointe amháin den dlíodh a ligean ar lár nuair a rachas tú go hÉirinn. Dá samhólthá a leithéid a dhéanamh mise an chéad fhear a bhéarfadh iarraidh do chosc. Caithfear an dlíodh a chomhlíonadh. Mura ndéantaí sin ba ghairid go mbeadh Coróin agus Impireacht na Sasana ina n-eala mhagaidh ar fud an domhain. Ach ní hionann sin is a rá nach bhfuilthear ag déanamh éagóra ar Éirinn agus nár cheart féacháil le athrach dlí a dhéanamh a bhéarfadh faoiseamh dóibh. Sin an rún atá agamsa ar scor ar bith. Títhear domh gur chóir dúinn an ceart céanna a thabhairt d'Éirinn atá ag gach páirt eile den Impireacht.'

'Ach nach doiligh rud ar bith a dhéanamh agus an bhail atá ar Éirinn anois?' arsa Forster. 'Dá n-iarradh siad athrach dlí i gcúrsaí talaimh agus cíosa, agus a iarraidh go céillí sa Pharlaimint, b'fhéidir go mb'fhuras socrú leo. Ach, ina áit sin, is é rud atá an *Land League* acu agus gan iad sásta fanacht le hathrach dlí ach ag tabhairt dúshláin an dlí atá ann.'

'Tá an *Land League* ann,' arsa Gladstone, 'agus aidmhím gur cumann contúirteach é. Ach cad chuige a bhfuil sé ann? Tá, ar an ábhar gur bhain muintir na hÉireann deireadh dúile de chabhair ar dhóigh ar bith. Má chuirtear reacht i bhfeidhm a bhéarfas ar na tiarnaí laigse a thabhairt dóibh sa chíos nuair a bheas drochshéasúr ann agus a chuirfeas cúirt ar bun le cíos cothrom agus ceart tionóntaí a shocrú, beidh muintir na hÉireann sásta le sin agus bhéarfaidh siad cúl a gcinn leis an *Land League*. Agus ansin, fá cheann chupla bliain eile ba cheart *Home Rule* a thabhairt dóibh.'

'Cad é a dúirt tú?' arsa Forster.

'Siúd an rud a dúirt mé,' arsa Gladstone.

''Déanamh go dtiocfadh le muintir na hÉireann iad féin a rialú?'

'Níl dóigh ar bith is fearr le daoine a ullmhú chun saoirse ná beagán den tsaoirse a thabhairt dóibh. Agus ansin bheadh Éire inár leith in áit a bheith inár n-aghaidh mar atá sí agus mar a bhí sí leis na céadtaí blian. Dá mbeadh Parlaimint againn i mBaile Átha Cliath thógfadh sé cuid mhór den ualach dínn. Ní bheadh fiachadh orainn arm a choinneáil in Éirinn le smacht a choinneáil ar mhacasamhail na bhFíníní. Ní bheadh fiachadh orainn Emmet ar bith a chrochadh ná Mitchel ar bith a dhíbirt as tréas in éadan na hImpireachta. Dhéanfadh Éireannaigh an obair sin dúinn.'

'Do bharúil an mbeadh Parnell chomh dílis sin don Choróin?'

'Níl mé cinnte de Pharnell,' arsa Gladstone. 'Ar ndóigh, tá sé canta nach bhfuil ar an fhear is fearr ar bith ach a luach. Ach is doiligh léamh ar Pharnell. Ach ní mhairfidh Parnell in éifeacht ach a fhad is a mhairfeas an *Land League*.'

'Sin do bharúil?'

'Tá mé chóir a bheith cinnte de. Chan i gcúrsaí polaitíochta a tháinig Parnell chun ceannais in Éirinn ar chor ar bith ach mar cheann feadhna ar an *Land League*. Ach níl ins an *League* ach aiséirí na bhFíníní, ach ainm eile air. Tá Parnell anois ar bharr na toinne sin. Ach an lá a gheobhas na tionóntaithe a gceart, scabfaidh an tonn sin ina cúr agus fágfar ar an tráigh fhoilimh é. Sin mo bharúil i gcupla focal. An lá a chuirfear deireadh leis an *Land League*, tá deireadh le Parnell. Féadfaidh sé, ar ndóigh, neart cainte a dhéanamh ina dhiaidh sin. Ach ní bheidh dochar ann nó ní bheidh treise ar bith ar a chúl.'

'Measann tú mar sin gur ins an *Land League* atá an dochar uilig?' arsa Forster.

'Tá mé cinnte de,' arsa Gladstone. 'Rud contúirteach an *Land League*. Is contúirtí céad uair é ná an ghluaiseacht a bhí acu i '67 ar an ábhar go bhfuil an mhórchuid de mhuintir na hÉireann ann agus, dar leo, éagóir á déanamh orthu. Sin an difear idir Parnell agus Stephens. Shíl Stephens go rachadh aige arm a chur inár n-éadan ins an chuibhreann. Tá a fhios ag Parnell nach féidir sin a dhéanamh. Agus rinne sé leithscéal de ghnoithe an talaimh le ár n-ionsaí ar dhóigh eile. Mar sin de caithfear an *League* a tharraingt as faoi chosa Pharnell. Níl dóigh ar bith le sin a dhéanamh mar is ceart ach cosc a chur le saint an tiarna agus faoiseamh a thabhairt don tionóntaí. Agus amach anseo *Home Rule* a thabhairt d'Éirinn. Daoine breátha muintir na hÉireann dá bhfaigheadh siad a gceart. Is fearr dúinn a gcabhair ná a gcealg lá ar bith. Deirtear go bhfuil an nimh san fheoil acu don tír seo. Níl ansin ach bréag a rinneadh a reic le míchliú a chur orthu. Daoine dáimhiúla iad agus níl aon áit ar fud an domhain a bhfuil siad i seirbhís na hImpireachta nach bhfuil siad díleas don Choróin agus don bhanrín. Ach ansin táthar ag déanamh éagóra orthu. Níor tugadh a gceart riamh dóibh. Mura bhfuil Eaglais choimhthíoch mar ualach orthu, tá cíos orthu nach bhfuil acmhainn acu air. Agus, ní nach ionadh, tá siad i gcónaí cianach, míshásta. Agus, nuair atá, is furas do Mhitchel nó do Pharnell a seoladh ar bhealach a n-aimhlis.'

'Sílim go dtuigim do dhearcadh maith go leor,' arsa Forster.

'Tá a fhios agamsa go dtuigeann,' arsa Gladstone. 'Sin an fáth a bhfuil mé ag iarraidh ort a ghabháil go hÉirinn. Bhí tú in Éirinn roimhe mar a dúirt mé cheana féin agus beidh dáimh acu leat. Tá a fhios acu gur duine dea-chroíoch, fuascailteach thú agus go ndéanfaidh tú do dhícheall ar a son. Caithfidh tú, ar ndóigh, an dlíodh a chur i bhfeidhm a fhad is atá sé ina dhlíodh. Ach, le cuidiú Dé, is gairid an t-am go ndéantar socrú ar ghnoithe an talaimh a shásós muintir na hÉireann. Ansin titfidh an *Land League* as a chéile agus titfidh Parnell ina chuideachta.'

Cupla lá ina dhiaidh sin tháinig long cogaidh isteach go cuan Bhaile Átha Cliath agus Lord Cowper – Fear Ionaid na Banríona – agus Forster ar bord uirthi. Bhí Forster ina sheasamh ar thoiseach na loinge agus é ag meabhrú nuair a bhí sléibhte na hÉireann ag nochtadh chuige amach as ceo na maidine. Trí bliana déag is fiche roimhe sin a tháinig sé anall le cabhair ionsar mhuintir na hÉireann nuair a bhí siad ag fáil bháis leis an ocras. An bhliain ina dhiaidh sin bhí sé i mBaile Átha Cliath. Bhí sé i dteach na cúirte an lá a tugadh breith ar Mhitchel. Shíl sé an lá sin go raibh gnoithe na hÉireann socair. Shíl sé dh'ainneoin ar dhúirt an príosúnach, riamh go dtí gur fhiafraigh sé an dtiocfadh leis a gheallstan go raibh fir in Éirinn a rachadh i mbearna an bhaoil ina áit. Ach ansin an gháir a d'éirigh ar fud an tí agus gan as béal gach aon duine ach '*promise for me … and me … and me, Mitchel.*'

'B'fhíor é,' arsa Forster leis féin. 'Tháinig fir eile i ndiaidh Mhitchel a thug iarraidh aithris a dhéanamh air. An dtiocfaidh fir eile i ndiaidh Pharnell nuair a imeos sé? Sílidh Gladstone nach dtig. Ach an bhfuil Gladstone ró-bhog? Ró-chineálta? Ró-dhea-chroíoch? Tá eagla orm go bhfuil. Fear éifeachtach é ach níl mé cinnte go dtuigeann sé muintir na hÉireann. Chuir Éire in aghaidh na Sasana an chéad lá riamh a tháinig Sasain anall. Throid na hÉireannaigh inár n-aghaidh nuair nach raibh Eaglais choimhthíoch ar bith mar ualach orthu, nuair nach raibh sa dá thír ach aon Eaglais amháin, nuair nach raibh tiarnaí talaimh ná aon chíos ar bith ar Éirinn. Ins an am sin ní raibh siad sásta ceangal ar bith a bheith idir iad féin is an Choróin. Is é an manadh a bhí acu gur ríocht ar leith Éire agus nach raibh ceart ar bith ag Sasain uirthi. 'Náisiúntacht' a bheirtear air sin. An bhfuil cuid den spiorad sin beo go fóill i nganfhios do Ghladstone? Sílidh seisean gur daoine deasa, dáimhiúla a bheadh iontu dá bhfaigheadh siad a gceart. Sílidh sé gur ainchíos is Eaglais choimhthíoch is rudaí mar sin a bheir áiméar do Mhitchel nó do Pharnell na daoine a chur chun ceannairce. B'fhéidir go sílfinn féin fosta nach raibh ann ach sin murab é go raibh mé ag éisteacht leis an tslua an lá udaí i *Green Street* – '*promise for me … and me … and me, Mitchel.*' Tá eagla orm nach bhfuil an spiorad sin marbh in Éirinn go fóill. Agus, mura bhfuil, is mór an truaigh Gladstone. Sin an truaigh is mó ar an domhan – fear éifeachtach, ionraice ag cur a dhóchais i bpobal fhealltach nach bhfuil ciall ar bith d'onóir acu. Ach sin an dearcadh atá ag Gladstone. Agus ó tháinig mise anall ar a chomhairle, caithfidh mé mo dhícheall cuidithe a thabhairt dó.'

Ar theacht i dtír d'uaisle na banríona scaoileadh rois urchar as gunnaí móra ag cur fáilte rompu. Ba ghairid ina dhiaidh sin go raibh siad ar a mbealach chun an chaisleáin agus gardaí galánta de lucht airm leo. Bhí eachraí slime, sleamhaine ins an chomóradh agus oifigigh fá chlogaid is fá órshnáithe ag marcaíocht orthu. Bhí rancanna saighdiúr ag siúl dá gcois agus dealramh ina gcuid baignéid ag grian an earraigh.

Bhí buíonta ceoil ag seinm agus bhí taobhanna na sráideann agus fuinneoga is doirse plódaithe le daoine. An té a bheadh i mBaile Átha Cliath an lá sin agus nach mbeadh eolas ar bith aige ar an staid a raibh an tír ann, shílfeadh sé go raibh muintir na hÉireann, ó dhuine liath go leanbh, réidh le a ghabháil ar a nglúine i láthair uaisle na Sasana agus gruag a gcinn a chur faoina gcosa. Agus cad chuige nach sílfeadh nuair a tífeadh sé bláthanna ag titim ina gceathaideacha as na fuinneoga bairr anuas ar an tsráid, agus nuair a chluinfeadh sé an gháir fhorbhfáilteach ag baint macalla as na spéarthaí. Ní fheicfeadh sé ar chor ar bith na corrfhear ansiúd is anseo sa chruinniú agus dreach díbhirceach orthu. Ní thabharfadh sé fá dear Joe Brady ina sheasamh thall i leataoibh agus súil fhiata aige agus a chuid fola ag goil le racht feirge.

Bhí iontas ar Lord Cowper féin nuair a chonaic sé an fháilte a bhí rompu. 'Tá tús maith ar na gnoithe ar scor ar bith,' ar seisean le Forster nuair a bhí siad ag tarraingt aníos ar gheaftaí an Chaisleáin. 'Sin fáilte chomh carthanach is a chuirfí romhainn i gcearn ar bith san Impireacht.'

Ach bhí Forster ag éisteacht le glórthaí eile. '*Promise for me … and me … and me, Mitchel.*'

XIV

Bhí tráthnóna fuar, ceoch i dtús Mhí na bhFaoilleach agus bhí Páirtí na hÉireann in ordú catha sa *House of Commons* i Londún. Bhí cuil agus díbhirge orthu an tráthnóna seo mar gurbh é seo an cath deireanach, agus nuair a bheadh sé curtha, go mbeadh cúiteamh ag Éirinn in éiric gach buille dár buaileadh uirthi ó Chionn tSáile go hEachroim. Bhí siad ar shon gnoithe an iarraidh seo. Bhí gléas troda acu nár smaoiníodh air riamh roimhe sin. Ní ligfeadh siad do Pharlaimint na Sasana reacht ar bith a chur i gcrích go bhfaigheadh Éire a ceart. Níorbh fhéidir cosc a chur leo. Bhí Bunreacht na Sasana acu le taca a bhaint as. Chaithfí cead cainte a thabhairt dóibh. Bhí a shliocht orthu; ba é an rún a bhí acu gan ligean don Rialtas rud ar bith a dhéanamh go dtugtaí a ceart d'Éirinn. B'fhéidir go mbainfeadh sé seachtain astu na Sasanaigh a thabhairt chucu féin. B'fhéidir go mbainfeadh sé mí astu. B'fhéidir bliain, cúig bliana, deich mbliana. Ach ba chuma cá fhad a bhainfeadh sé astu leanfadh siad de go mbeadh an bhuaidh acu. Choinneodh siad Parlaimint na Sasana ina tost go dtaradh meirg uirthi de dhíobháil oibre, agus go dtiteadh an Impireacht as a chéile de dhíobháil dlí.

Tráthnóna Dé Luain i dtrátha a ceathair a chlog a thoisigh an cath. D'éirigh fear de na hÉireannaigh agus mhair sé ag caint ar feadh thrí n-uair. Chomh luath is a shuigh sé d'éirigh an dara fear agus thoisigh sé. Mhair an chaint go meán oíche. Mhair sí go maidin. Agus nuair a nocht solas an lae bhí fear de na hÉireannaigh 'ar an urlár' agus é ag caint i nglór thuirseach. Mhair an cath i rith an lae go dtí an oíche. Bhí na Sasanaigh i mbarr a gcéille. Ba mhillteanach an rud a bhí na hÉireannaigh a dhéanamh. Ba salach an cleas a bhí siad a imirt i bParlaimint uasal na Sasana. Tháinig an oíche agus bhí an chaint ar obair ar fad. Rinne na hÉireannaigh sealaíocht le chéile ag iarraidh faill a thabhairt d'achan fhear greim a ithe agus néal beag a chodladh. Agus le bánú an lae ar maidin ba é an chuma a bhí orthu nach raibh siad ag brath stad go bhfaigheadh siad a raibh siad a iarraidh. Bhí cead cainte acu de réir rialacha na Parlaiminte. Níorbh fhéidir deireadh a chur leo. Bhí *Magna Carta* na Sasana mar chúl taca agus mar sciath chosanta acu. Ba é an chuma a bhí orthu go mairfeadh siad ag caint le saol na bhfear.

I dtrátha a naoi a chlog maidin an tríú lá tháinig an *grand old man* isteach. Biggar a bhí ag caint san am agus cuma air nach raibh sé ach ag teacht chun béil. Ach le sin, d'éirigh an Ceann Comhairle ina sheasamh agus dúirt sé go raibh deireadh leis an díospóireacht.

Bhí sciath chosanta na hÉireann briste ina smionagar agus na Sasanaigh ag búirthí le hollghardas. Mhol Parnell nach n-éistfí leis an Phríomhaire. D'ainmnigh Gladstone é. Beireadh ar Pharnell agus cuireadh amach é. Rinne fear eile an cleas céanna. Cuireadh eisean amach fosta. Agus ba é an deireadh a bhí air gur cuireadh amach an uile fhear den Pháirtí.

Bhí deireadh leis an chluiche a raibh dóchas ag Páirtí na hÉireann as. Ach ní raibh Éire buailte. Ní raibh sí cloíte. Bhí an *Land League* ansin ar fad agus gan dóigh ar bith ag Forster leis an tír a shocrú ach tuilleadh *buckshot* a thabhairt do na saighdiúirí agus faobhar a chur ar na baignéidí ní ba ghéire arís ná a bhí orthu roimhe sin.

XV

'Cad é a dhéanfas sé anois?' arsa Joe Brady agus é féin agus Curley ag siúl amuigh mar ba ghnách leo.

'Beidh a fhios againn i ndiaidh an lae amáraigh, beo slán a bheimid,' arsa an fear eile. 'Fan go gcluine tusa an freagar a bhéarfas sé ar Ghladstone.'

'Is furas freagar maith a thabhairt ar Ghladstone,' arsa Brady. 'Gheofá b'fhéidir fiche míle fear in Éirinn a dtiocfadh leo freagar maith a thabhairt ar gach aon fhocal dár chan Gladstone i Leeds arú aréir. Is furas freagar a thabhairt air. Bhéarfainn féin freagar air agus gan ionam ach fear cothrom tíre.'

'M'anam gur móruchtúil an mhaise duit é,' arsa Curley ag déanamh draothadh gáire.

'Bhéarfainn, maise,' arsa Brady. 'Dá ndéanadh sé gnoithe an fhírinne a chur os coinne na bréige b'fhada an lá an tír seo saor ó smacht gall. Ní bheadh le rá ag fear ach nach raibh muid ag iarraidh a dhath ar Shasain ach an rud a d'iarrfadh siadsan orainn dá mbíodh siad inár n-áit agus sinne ina n-áit sin. Má thig gadaí ort agus gunna leis agus gan arm ar bith agatsa, bainfidh sé do chuid airgid díot. B'fhuras duit é féin agus a ghunna a chosc mura mbeadh le déanamh agat ach freagar maith a thabhairt air. An fhírinne lom a inse dó. A rá leis anonn is anall nach raibh ceart ar bith faoin spéir ar do chupla scilling aige. Gur leat féin iad nó gur shaothraigh tú iad as allas do mhalacha. Dá dtigeadh le fear é féin a chosnamh ar ghadaí ar an dóigh sin b'fhuras don uile dhuine a cheart a bhaint amach. Ach ní dhéanfaidh sin cúis. Caithfidh Parnell rud inteacht a rá amárach diomaite de rá nach bhfuil ceart ar bith ag Sasain ar an tír seo.'

'Ná bíodh eagla ar bith ort,' arsa Curley.

'Níl a fhios agam,' arsa Brady. 'Amanna bíonn scoith uchtaigh agam. Corruair eile ní bhíonn mórán ar bith dóchais agam. Ní raibh dóchas ar bith riamh agam as an chluiche seo a thug siad iarraidh a imirt sa *House of Commons*. Agus chasfaí daoine ort a shíl nach raibh le déanamh ach mairstean ag caint agus amach anseo fá cheann bliana nó chupla bliain go n-éireodh Rialtas na Sasana chomh tuirseach de agus go n-abóradh siad: 'Sin Éire agaibh is déanaidh bhur rogha rud léi.'

'Níl ciall ar bith leis an dearcadh sin,' arsa Curley. 'Ní raibh lá seachráin ar Pharnell fán deireadh a bheadh ar chath na cainte. Bhí a fhios aige i rith an ama nach bhfaigheadh Éire ceart ar bith choíche ó Pharlaimint na Sasana. Ins an *Land League* atá a dhóchas. Níl anseo ach cleas a d'imir sé. Thug sé ar Pharlaimint na Sasana a gcuid dlí féin a bhriseadh agus deireadh a chur le cead cainte. Níor fhág siad gléas troda ar bith eile aige ach an *Land League*. Sin an rud a bhí sé a iarraidh. Sin an rud a neartós é.'

'Ach an litir sin a chuir sé chuig an *League*,' arsa Brady. 'Tá sí dothuigthe ar dhóigheanna. Cad chuige ar dhúirt sé gur smaoinigh sé 'chéad uair a chuid fear a thabhairt chun an bhaile go hÉirinn, ach ansin go dtearn sé athsmaoineamh agus gur mheas sé go mb'fhearr dóibh fanacht thall, agus a ghabháil i muinín lucht oibre na Sasana agus na hAlban? Sin rud atá ag cur iontais orm. Ní thuigim cad chuige a mbeadh dóchas ag duine ar bith as lucht oibre na Sasana ná na hAlban. Nach cuma leo sin?'

'Is dóiche nach mórán is miste leo,' arsa Curley. 'Ach ar shíl tusa gur chóir do Pharnell an rud a bhí ar a chroí a rá? An mbeadh muinín agat as an cheannfort airm a d'inseodh dá namhaid cad é an dóigh a raibh sé ag brath troid a chur orthu?'

'Ní bheadh,' arsa Brady, 'ach sílim gur cheart do Pharnell a theacht chun an bhaile agus a ghabháil i gceannas an *Land League* mar is ceart. Briseadh an cath thall air. Níl fágtha anois ach an ceann abhus.'

'Fan go gcluine tú cad é a déarfas sé amárach i Loch Garman,' arsa Curley. 'Níl an cluiche ach ina thús. Má sheasann an *Land League* an fód mar a rinne siad le bliain, caithfidh Rialtas na Sasana féacháil lena chur faoi smacht. Níl an dara dóigh ann. Tá deireadh leis an chaint sa Pharlaimint. Caitheadh Parnell agus a Pháirtí amach i ndiaidh a gcur ina dtost. Ní thig leis stad ansin. Caithfidh an *grand old man* agus Forster iarraidh a thabhairt an *League* a chur faoi smacht le lámh láidir. Sin an uair a thiocfas báire na fola. Sin an lá a bhéarfas le fios duitse agus don tsaol nach ag magadh a bhí Parnell lá Chathair na Mart agus nach ag déanamh grinn a bhí Biggar anuraidh nuair a dúirt sé go rachfaí i muinín na cruach dá sáiríodh gach aon rud eile orainn.'

'Tá ciall le do chuid cainte,' arsa Brady. 'Ach, mar a dúirt mé roimhe leat, cad chuige nach bhfuiltear ag déanamh réidh? Ní hé lá na gaoithe lá na scolb.'

D'amharc Curley idir an dá shúil air. 'A Joe,' ar seisean, 'ceist agam ort: an bhfuil eagla ort go dtréigfidh Parnell an *Land League*? Go n-abóraidh sé leis na tionóntaithe go bhfuil aithreachas air as iarraidh orthu greim cruaidh a choinneáil ar a gcuid gabháltas? Agus ansin go rachaidh sé ar ais chun na Parlaiminte agus go dtoiseoidh sé a chaint ar *Home Rule* mar a dhéanfadh Isaac Butt?'

'Níl,' arsa Brady, 'eagla ar bith mar sin orm.'

'Maith go leor,' arsa an fear eile. 'Bainfidh Éire an cluiche má sheasann an *Land League*.'

Bhí na slóite síoraí cruinn i Loch Garman agus má bhí féin, níorbh iontas sin. Bhí an seanspiorad beo sa dúiche ar fad. Bhí siad ní ba gheallmhaire ar a dtaoiseach an lá seo ná a bhí siad riamh roimhe. An chuid acu a bhí fuarbhruite roimhe sin, chorraigh siad nuair a chuala siad fán rud a dúirt Gladstone i Leeds cupla lá roimhe sin. Agus, dálta an chuid eile de mhuintir na hÉireann, bhí barúil acu gurbh é báire na fola a bhí ann agus go dtabharfadh a gceann feadhna rosc catha dóibh a bhainfeadh macalla as Loch Garman agus as Éirinn. Cupla bliain roimhe sin thug sé an chéad rosc catha d'Éirinn as Cathair na Mart. Cad é a déarfas sé inniu nuair atá lá na cainte thart agus Forster ag cur faobhair ar a chuid baignéid?

Ach is gairid go mbí a fhios againn. Siúd ar obair é.

'A mhuintir Loch Garman – tá bród agus lúcháir orm i láthair an tslóigh atá cruinn anseo inniu sa dúiche chéimiúil seo. Níl dearmad déanta agaibh den troid a rinne bhur sinsear ins an am a chuaigh thart. Agus tá sibh cruinn anseo inniu le tabhairt le fios do Shasain go bhfuil rún agaibh seasamh in éadan ansmacht an tíoránaigh mar a sheasaigh bhur sinsear i '98, má bhíonn sé riachtanach. Sháirigh orthu Éire a mharbhadh an t-am sin agus, le cuidiú Dé, sáireoidh an iarraidh seo fosta orthu. Tá cuid mhaith buaite ag an *Land League* ach níl ann ach beagán beag, bídeach de bhur gceart. Caithfear leanstan den troid. Níl an dara dóigh ann. Níl an dara bealach ann ach bealach borb na bruíne agus ná síleadh aon duine go bhfuil. An tÉireannach a shíleas gur cóir dó a chuid arm a chaitheamh uaidh roimh dheireadh na teangmhála beidh sé buartha nuair nach mbíonn breith ar a aithreachas aige mar a bhí Grattan nuair a lig sé na hÓglaigh a scabadh ... Léigh sibh tá cupla lá ó shin óráid a rinne fear éifeachtach de chuid na Sasana. Fear a bhíodh ag ligean air féin ins an am a chuaigh thart gur duine carthanach, dea-chroíoch a bhí ann nár mhaith leis éagóir a dhéanamh ar dhuine ar bith. Bhí dea-rún aige d'Éirinn, má b'fhíor dó féin – an sionnach i gcraiceann na caorach. Ach chaith sé de an craiceann nuair a d'fhóir sé dó. Lig sé amach an rún a bhí ceilte ina chroí le fada, is é sin go bhfuil sé ar an namhaid is nimhní a bhí riamh ag Éirinn, agus nach leor leis ár gcur faoi smacht gan míchliú a chur orainn san am chéanna. Tá a fhios agaibh cé atá mé a mhaíomh – William Ewart Gladstone. Ní raibh sé sásta le bréag a chur oraibhse agus ormsa. Thug sé iarraidh bréaga agus míchliú a chur ar na mairbh. Ach deirimse gur maith an comhartha é. An cealgaire lochtach seo a bhí mar sciath chosanta ag an laige ar fud an domhain, má b'fhíor dó féin, tugadh air an béal bán a fhágáil i leataoibh agus na fiacla a nochtadh. Tímid anois é mar a bhí sé riamh. Tuigimid an rún a choinnigh sé ceilte go dtí sin orainn. Tá sé réidh anois le bhur loscadh agus le bhur marbhadh mura dté sibh ar bhur nglúine dósan agus do na tiarnaí talún.

'Deir sé nach ceart atá muid a iarraidh ach creach. Nach réidh aige a bheith ag caint ar chreach! Cé acu na creachadóirí, na hÉireannaigh nó na Sasanaigh? Nach ar chreach is ar ghadaíocht a tháinig Sasain i dtír riamh in Éirinn? Agus sin an chreach atá Gladstone anois ag iarraidh a chosnamh le baignéidí is le *buckshot*.

'... Deir Gladstone gur eagla atá orm go dtuigfeadh muintir na hÉireann go bhfuil Sasain carthanach, cóir leo agus ag iarraidh a ndícheall cuidithe a thabhairt dóibh ar an uile dhóigh. Eagla orm go bhfaigheadh Éire ciall agus go dtuigfeadh sí gurbh í Sasain an charaid ab fhearr ar an domhan aici. Rinne Sasain a seacht ndícheall lena dáimh a chur in iúl dúinn. Cad é an dóigh? An le dáimh is le carthanas a chuir siad dhá mhíle teaghlach as seilbh le trí ráithe? An ar mhaithe linn féin a chuir siad na céadtaí i bpríosún? An le grá dúinn a chuir Gladstone grán trom chuig a Bashi-Bazouks ar fud na tíre? An ar mhéad is a bhí siad geallmhar orainn a thug orthu faobhar ar leith a chur ar na baignéidí a chuir siad chuig na píléirí? Tá eagla anois air go bhfuil sibh chomh maol is nach dtuigeann sibh gur le tréan grá daoibh atá siad ar an obair sin ...

'Agus ansin thoisigh sé a bhotalaigh. Níl ach amaidí dúinn, a deir sé, a shílstean chugainn féin go gcuirfimid eagla ar Shasain. Fear móruchtúil, más cóir aird a thabhairt air. Ach bheir sé in mo cheannsa gasúr a bheadh ag gabháil thart le reilig i ndiaidh na hoíche agus a thoiseodh a dh'fhealadaigh ag iarraidh uchtach a thabhairt dó féin. Ach deirimse leis nach dtig leis Éire a chur faoi smacht nó níl ceart ar bith ar a chúl ach lámh láidir. Ba mhian leis a chur i gcéill daoibh nach bhfuil eagla air romhaibh cionn is nach bhfuil airm agaibh mar atá ag lucht a thíre féin. Ach ní mar sin a labhras sé leis na Boers. Bhí an manadh céanna aige fá choinne na mBoers tá tamall ó shin. Dúirt sé go gcuirfeadh sé faoi shlait iad mura ngéilleadh siad. Ach níorbh fhada a bhí sé á gcur faoi shlait go bhfaca sé go mb'fhearr an tsúil a bhí ar an ghunna acu ná a bhí ag saighdiúirí na Sasana. Ansin thug sé an bealach dóibh. Cé nach raibh siad ann ach lán doirn thug siad ar Ghladstone a chuid cainte a shlogan. Agus bhéarfaimidinne air an bagar a rinne sé orainn an oíche fá dheireadh a shlogan. Seasaimis go dlúith, dána, guala ar ghualainn, agus níl oiread nirt i Sasain is a choinneos uainn an rud atáimid a iarraidh, saoirse na hÉireann go huile agus go hiomlán.'

'Anois cad é a dúirt mé leat?' arsa Daniel Curley le Joe Brady. ''Bhfuil leathuair le spáráil agat? Má tá, siúil leat isteach go raibh pionta againn.'

'Ní bheidh mé ag toiseacht a dh'obair go dtí an trí a chlog,' arsa Brady, agus shiúil an bheirt isteach i dteach na tábhairne. Ní raibh mórán istigh an t-am de lá a bhí ann. Chuaigh siad siar go dtí coirnéal beag a bhí sa cheann thiar den teach agus shuigh siad. Ní raibh aon duine anseo ach iad féin agus b'fhuras dóibh a gcomhrá a dhéanamh.

'Anois,' arsa Curley, 'an bhfuil tú in amhras air?'

'Ní bheadh aon duine in amhras air i ndiaidh an Domhnaigh,' arsa Brady. 'Labhair sé go fearúil, móruchtúil. Thug sé le fios do Ghladstone nach raibh eagla air féin ná ar Éirinn roimhe.'

'Thug,' arsa Curley, 'agus tharraing sé craiceann na caorach den tsionnach. D'inis sé an fhírinne fán *grand old man*. Agus, a Dhia, ba mhithid do dhuine inteacht a chliú a chur leis an tíoránach lochtach seo. Is iomaí uair le bliain a tháinig mo sháith feirge orm nuair a chluininn daoine leamha a rá go raibh Gladstone fabhrach don tír seo agus go raibh sé ar a chruadhícheall ag iarraidh a saoirse a thabhairt di. Ba mhithid do dhuine inteacht an dallamullóg a bhaint de na créatúir a bhí chomh hamaideach is go raibh sé creidte acu go dtabharfadh Gladstone tarrtháil ar thír ar bith dá raibh faoi smacht na Sasana. Ach níor fhág Parnell lúb ar lár ar bith ins an scéal an iarraidh seo.'

'Sin rud a thaitin as cuimse liom,' arsa Brady, 'an rud a dúirt sé fá na Boers.'

'Agus is é féin nár chan ach lomchnámh na fírinne,' arsa Curley. 'Bhí siad ag brath na Boers a scrios ón tsaol mura ngéilleadh siad. Shíl siad nach raibh le déanamh acu ach cupla díorma de na Casóga Dearga a chur i dtír san Afraic agus go rachadh na Boers ar a nglúine agus go ndéanfadh siad gníomh dóláis agus go n-iarrfadh siad pardún ar bhanrín ró-uasail, ró-loinnirigh na Sasana. Ach ní raibh fonn ar bith aithreachais ar na Boers. Ina áit sin d'ionsaigh siad arm de chuid na Sasana ag Majuba Hill agus bhuail siad síos siar iad. Ansin d'éirigh Gladstone lách, dáimhiúil leo. Fuair sé amach gur daoine cneasta a bhí iontu. Fuair sé amach gur Críostaithe a bhí iontu. Shíl sé roimhe sin gur págánaigh a bhí iontu.'

'B'fhéidir gur págánaigh a bhí iontu,' arsa an fear eile ag déanamh draothadh gáire. 'Ach go dtearn Majuba Hill Críostaithe díobh.'

'Rinne,' ar ndóigh,' arsa Curley. 'Sin an lá a baisteadh iad. Murab é gur baisteadh an lá sin iad, chaithfeadh Sasain a dtabhairt chun creidimh. Agus, ar ndóigh, cuid de shacraimint na Sasana do chuid talaimh a bhaint díot agus do theach a chur le thinidh, agus, ar ndóigh, nuair atá tú ar staid na ngrásta, do sceadamán a ghearradh. Ach fuair an sionnach amach mianach na mBoers lá Majuba agus chuir sé craiceann na caorach ar ais air féin. Éireoidh sé lách le hÉirinn amach anseo nuair a tífeas sé nach dtig leis ár scanradh le bagar is le botalaigh. Is mairg nach raibh gléas air a bheith i Loch Garman Dé Domhnaigh seo a chuaigh thart. Bhéarfainn rud cothrom ar bith ar a bheith sa chruinniú ag éisteacht le Parnell nuair a tharraing sé na heiteoga bréige d'Aingeal Choimhdeach na hÉireann.'

'Rachainn féin síos,' arsa Brady. 'Is é a thoghaigh an t-ionad ceart cruinnithe nuair a thoghaigh sé Loch Garman.

Tá corr-sheanduine beo ansin go fóill a bhfuil cuimhne acu ar '98. An mhórchuid dá raibh ag an chruinniú sin Dé Domhnaigh chuala siad a gcuid aithreach ag caint ar an scrios agus ar an mharfach a rinneadh sa dúiche sin nuair a bhí Sasain ag iarraidh Éire a thabhairt chun creidimh. Throid muintir Loch Garman go cróga, calma an bhliain sin. Agus tá an spiorad beo ins na daoine go fóill. Ní bheadh iontas ar bith ormsa dá bhfeicfeá gníomh fearúil á dhéanamh acu lá ar bith de na laetha seo.'

'Má tá airm de chineál ar bith acu,' arsa Brady go gruama.

'Is beag an rud a dhéanfadh gnoithe le tús a chur ar an obair,' arsa Curley. 'Agus níl de dhíobháil ach tús. An rud a dhéanfas Loch Garman inniu, dhéanfaidh an chuid eile d'Éirinn amárach é.'

'Ceart go leor,' arsa Brady, 'tá na daoine tógtha anois. Tí siad gur ionann is an cás dóibh é. Níl ann ach bás a fháil ag troid, sin nó bás a fháil den ocras. Níl ach contúirt mhór amháin orainn, is é sin Parnell a chailleadh. Tá súil agam go bhfanóidh sé as an bhealach acu feasta.'

'Bí cinnte go bhfanóidh sé as an bhealach acu,' arsa Curley. 'Thug sé dúshlán Ghladstone agus na Sasana Dé Domhnaigh. Níl an dara suí sa bhuailidh ann anois. Níl an dara rogha aige anois ach treoir a thabhairt don mhuintir ar chomhairligh sé dóibh greim daingean a choinneáil ar a gcuid *homesteads*.'

'Fuist!' arsa Brady. 'Cad é sin?'

'Cad é a chluin tú?' arsa Curley, agus d'amharc sé thart mar a bheadh eagla air go raibh duine inteacht ag cúléisteacht leo.

'Nach gcluin tú féin é?' arsa Brady. 'Tá sé i bhfad uainn ach títhear domh gur cosúil le *Stop Press* an rud a chluinim.'

D'éist Curley tamall beag. San am chéanna thug sé fá dear na daoine a bhí sa cheann thíos den teach ag éisteacht fosta. Bhí an scairt ag éirí soiléir de réir mar a bhí sí ag druidim leo.

'*Stop Press* atá ann cinnte,' arsa Curley. 'Cuirfidh mé sé pingne leat go bhfuil gníomh éifeachtach déanta cheana féin ag na *Boys of Wexford*.'

'Is fearr domh féacháil le páipéar a fháil,' arsa Brady, ag éirí is ag siúl amach. Bhí gasúr thíos ag an choirnéal agus batáil pháipéar aige, agus daoine ina rith as gach aon chearn ag tarraingt air. Ní raibh foighde ag Curley fanacht go dtaradh Brady ar ais leis an pháipéar. Chuaigh sé amach ina dhiaidh. Cheannaigh Brady páipéar agus spréigh sé amach é agus an fear eile ag amharc thar a ghualainn. Níl ann ach nár baineadh an anál díobh ina mbeirt nuair a chonaic siad cad é a bhí ann.

Mr Parnell Arrested This Morning

XVI

New York,
27/10/1981.
A Shiobhán, a chroí:
Bhí bród as cuimse orm nuair a léigh mé an óráid a rinne Parnell i Loch Garman. Bhí bród agus lúcháir ar an mhórchuid d'Éireannaigh na tíre seo. Ach, faraor! Ní raibh ann ach go raibh an scéal seo as ár gcluasa nuair a tháinig an dara scéala, gur beireadh air. Cad é a tháinig air ar chor ar bith? Nach raibh a fhios aige go gcuirfeadh siad i bpríosún é? Níl a fhios agam cad é a tháinig air ar chor ar bith nach dteachaigh ar a sheachnadh chomh luath is a bhí an focal deireanach canta aige i Loch Garman. Bhí mé cinnte – agus bhí an t-iomlán againn abhus anseo – cinnte gurbh é sin an rud a rinne sé. Ní raibh amhras ar bith orainn. Ní raibh eagla ar bith orainn. Ní raibh, dar linn, rogha ar bith fágtha aige ach fanacht amach as crúba na namhad sa chruth is go dtiocfadh leis treoir is uchtach a thabhairt don mhuintir ar iarr sé orthu *firm grip* a choinneáil ar a gcuid *homesteads*.

Ach tá sé gaibhte acu anois agus scéal cinnte nach ligeann siad a cheann leis a fhad is a mhairfeas an *Land League* mar atá sí anois. Roimh an *Land League* atá an eagla ar Shasain. Agus anois nuair atá an fear mór faoi ghlas acu, bhéarfaidh siad iarraidh an *League* a chur faoi smacht. Agus anois, cad é a dhéanfas lucht an *League*? Sin an cheist atá mé a chur orm féin oíche is lá. Tá mórán de na treoraithe i bpríosún le cois Pharnell. Ach níl siad uilig istigh. Tá fir mhaithe fágtha. Tá Pat Egan i bParis agus fir eile diomaite de. Ní bheadh a fhios ag duine cad é a dhéanfaí go fóill. Caithfear rud inteacht a dhéanamh. Seo báire na fola. Ní bheadh *Land League* ar bith ann, amach ó chaint is bhratacha, ní bheadh sin murab é na Fíníní. Iadsan a chuir cnámh droma ann. A gcuidiúsan a bhí Parnell a iarraidh nuair a ghlac sé ceannas an *League*. Agus ní thiocfadh siad chun cuidithe choíche leis murab é go bhfaca siad gur le buillí agus nach le caint a bhí sé ag brath an namhaid a ionsaí.

Ach anois an bhfuil fear fágtha a rachas ar aghaidh leis an troid? Tá fir mhaithe fágtha go fóill, fir a d'fhuilgheonadh seacht mbás ar son na hÉireann dá mba dual é. Ach an bhfuil fear ar bith acu sin a dhéanfas ionad Pharnell mar cheann feadhna? Rud amháin slua saighdiúr; rud eile ceannfort. Agus is ró-mhór m'eagla nach bhfuil ceannfort ar bith againn a dhéanfas ionad an fhir atá gaibhte ag na Sasanaigh. Cad é an mhallacht atá ag siúl linn ar chor ar bith? Cad é a rinne muid ar Dhia? Cad é an peacadh millteanach a rinne Éire, a d'fhág ina heasair chosáin ag Sasain í le seacht gcéad bliain? Ach cá bhfuil mé ag cur na ceiste sin? Nach bhfuil a fhios ag an tsaol cad é an peacadh a tharraing an scrios uirthi?

'Twas self-abasement paved the way
To villain bonds and despot sway.[22]

Agus an chuid is coscarthaí den scéal an dóigh ar shíl Éire go minic go raibh léi agus, mar a deireadh mo mháthair mhór, nuair ba deise di é, is ann ab fhaide uaithi é. Shíl mé féin cinnte go rachfaí i bhfad an iarraidh seo. Ba é an bharúil a bhí agam nach raibh aon cheann feadhna againn a bhí inchurtha le Parnell ó d'imigh Aodh Ó Néill. Ach, faraor! Sciobadh uainn é sula dtáinig báire na fola.

Níl dóchas ar bith agam as *League* seo na mban. Fir atá de dhíobháil orainn. Fir ar fiú fir a thabhairt orthu. Fir a bhuailfeas buillí marfacha. Ach rinne *League* na mban rud amháin maith: thug sé le fios don tsaol go raibh eaglasach céimiúil amháin againn nach ligeann do na Seoiníní ár ndíol sa

Róimh ar chomhairle tíre a chuir an creideamh Caitliceach faoina cosa agus nach bhfuil Dia ar bith aici ach an t-airgead. Gur ba saolach, slán an tArdeaspag Croke. Dá mbeinn in Éirinn inniu, rachainn caol díreach go Caiseal Mumhan go dtéinn ar mo ghlúine os a choinne le hurraim dó.

Tá súil agam go ndéanfaidh na fir atá fágtha rud inteacht. Caithfidh siad rud inteacht a dhéanamh. Mura ndéana, níl an dara rogha ag muintir na hÉireann ach a ghabháil ar a nglúine agus a bpardún a iarraidh ar Ghladstone. Níl an dara rogha ag an Pháirtí ach a rá go bhfuil siad buartha cionn is go raibh roinn ar bith riamh acu leis na Fíníní nó leis an *Land League*. Agus ansin chead ag na daoine imeacht i mbéal a gcinn - nó ní bheidh teach ná áit ar bith acu – agus bás a fháil den ocras ar thaobhanna na mbealtach mór. Ach cinnte le Dia, dhéanfaidh lucht an *League* rud inteacht. Caithfidh siad a dhéanamh.

Mo sheacht mbeannacht chugat,

Padaí.

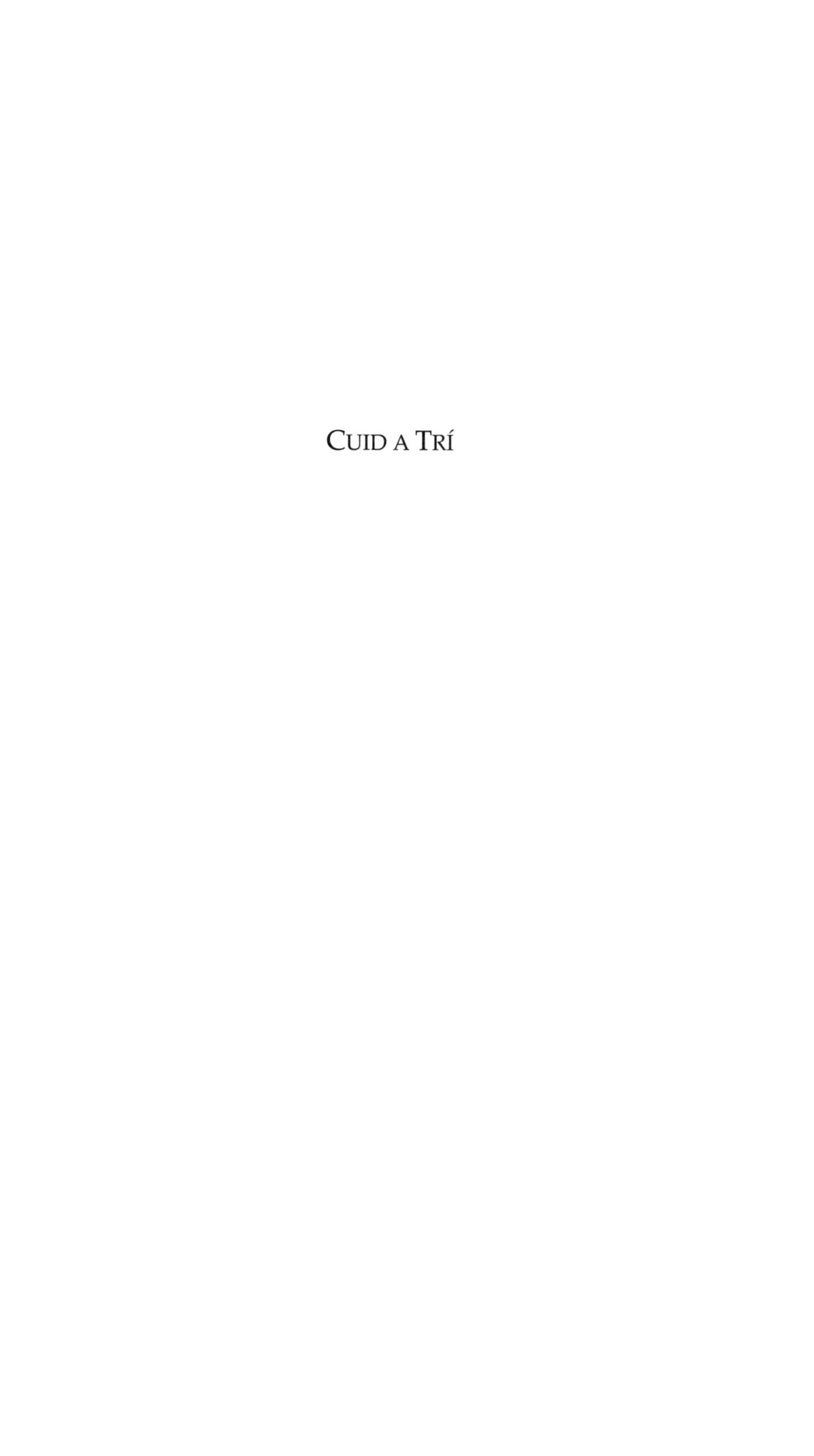

Cuid a Trí

XVII

Oíche gheimhridh i bParis. Bhí beirt fhear ina suí istigh i seomra agus gan acu ach iad féin. Ní raibh ceachtar acu ag labhairt ach iad ina suí ansin ag caitheamh tobaca agus ag amharc isteach sa tinidh. B'fhuras a aithne orthu go raibh siad ag feitheamh le duine inteacht a theacht nó d'amharcadh gach aon fhear acu anois is arís ar chlog a bhí os cionn na tineadh.

'Bhí an t-am aige a bheith anseo,' arsa fear acu. 'Tá súil agam nach taisme ar bith a bhain de.'

'Ní heagal dó,' ars an fear eile. 'Níl siad ar a thóir ar chor ar bith. Ach tá an aimsir garbh agus is dóiche go raibh an bád mall.'

'Níl a fhios agam cad é an scéala a bheas leis,' arsa an chéad fhear.

'Tá cineál de bharúil agam féin. Tá mé chóir a bheith cinnte go dtuigeann an t-iomlán acu anocht go bhfuil ré na cainte caite, agus nach bhfuil i ndán do mhuintir na hÉireann ach an bás mura dtroide siad.'

'Ach cá bhfuil an gléas troda atá orthu, a Phádraig?'

'Is cuma cad é atá acu nó cad é nach bhfuil,' arsa an fear eile. 'Níl a dhath eile fágtha anois. Tá greim scornaí ag Sasain ar Éirinn agus níl sí ag brath an greim sin a ligean amach go marbha sí an t-iomlán léir againn.'

Ins an am seo tháinig cóiste aníos an tsráid agus stop sé os coinne dhoras na sráide. Foscladh an doras agus tháinig fear amach agus d'amharc sé ar na huimhreacha a bhí ar na doirse os a choinne. Ansin shiúil sé isteach ar cheann acu. Níl ann ach go raibh sé istigh sa halla mar ba cheart nuair a tháinig an *concierge* amach as oifig a bhí ann, agus bheannaigh an bheirt dá chéile. Ansin cupla focal i gcogar, agus thug an *concierge* an fear eile suas an staighre. 'An seomra sin os do choinne,' ar seisean agus phill sé síos arís.

'Is é do bheatha, a Phroinsís,' arsa an bheirt as béal a chéile. 'Anois go díreach a bhí muid ag caint ort,' arsa fear acu. 'Bhí eagla ag teacht ar Sheán anseo gur gaibhte a bhí tú nuair nach raibh tú anseo ar a hocht.'

'Bheinn anseo tá leathuair ó shin,' arsa Proinsias, 'ach b'éigean domh mo bhean a fhágáil i dteach óstaidh.'

'Do bhean!' arsa Pádraig. 'Caithfidh sé go bhfuil cuid de na fir iontach geallmhar ar a gcuid ban nuair nach dtig leo an baile a fhágáil ar feadh chupla lá gan iad a bheith leo. Bain díot do chóta mór agus ól an braon beag seo nó tá mé cinnte go bhfuil tú fuar.'

'Cad é an scéala atá leat chugainn?' arsa Seán.

'Tá, creidim, an scéala a raibh sibh ag súil leis. Tá sé socair ag Páirtí Pharnell agus ag an *Land League* nach bhfuil rogha ar bith ann anois ach troid a fhad is a mhairfeas fear againn. Tá páipéar anseo liom ag tabhairt údaráis daoibhse airgead an *Land League* a rann le hairm a cheannach de réir mar a bheas áiméar againn lena gcur in úsáid.'

'Tuigim anois cad chuige a raibh an bhean leat,' arsa Pádraig.

'Ar shíl tú gur ar mhí na meala a bhí muid an tráth seo dár saol?' arsa Proinsias. 'Ach dá mbeirtí ormsa ar an bhealach, ise a thiocfadh chugaibh anseo leis an teachtaireacht.'

'Is fiú ór í,' arsa Pádraig.

'Tiocfaidh uirthi rud níos contúirtí ná píosa de pháipéar a iomchar idir dhá dtír más mian léi lámh a bheith sa teangmháil seo aici,' arsa Proinsias. 'Ach is fearr domh mo scéal a inse daoibh. Caithfear troid anois. Níl an dara suí sa bhuailidh ann. Tá sin chomh soiléir ag an iomlán acu anois le grian an mheán lae.'

'An bhfuair tú scéala ón méid acu atá i gCill Mhaighneann?'

'Fuair,' arsa Proinsias. 'Tí siadsan fosta go gcaithfear gníomharthaí scáfara a dhéanamh. Ach, ar ndóigh, tá siad i bpríosún agus ní thig leo a dhath a dhéanamh feasta. Ach tá siad sásta leis an rud atá leagtha amach againn, agus chead againn féin a chur i ngníomh chomh maith is is féidir é.'

'Agus cad é an cineál troda atá socair acu? An bhfuil siad ag iarraidh ar na Fíníní a theacht amach ar ais?'

'Níl,' arsa Proinsias. 'Tá arm dá gcuid féin curtha ar bun acu. Arm úr agus ainm úr air. Beidh cuid mhaith de na Fíníní ins an arm sin, ar ndóigh, ach ní bheidh máistreacht acu air. An *Land League* a chuir an t-arm seo ar bun.'

'Agus c'ainm é?'

'*The Invincibles*,' arsa Proinsias. 'Beidh slua beag – scór fear nó mar sin – in gach aon cheantar. Beidh cúig slóite i mBaile Átha Cliath nó is ann is mó a bheas gnoithe leo. Tá fear in gach contae in Éirinn cheana féin ag an *League* – fir nach bhfuil tóir ar bith go fóill orthu – agus iad ar theann a ndíchill ag liostáil fear sna h*Invincibles*.'

'Agus cad é mar a thoiseofar ar an troid?' arsa Pádraig. 'An báillí agus na píléirí a mharbhadh nuair a thiocfas siad a chur teaghlach as seilbh?'

'Ní hamhlaidh,' arsa Proinsias. 'Ar ndóigh, sin an tuigbheáil a baineadh as cuid cainte Pharnell an lá udaí i gCathair na Mart. '*Keep a firm grip on your homesteads*.' Ní raibh an dara ciall le baint as. Bhí barúil ag Parnell go mbainfí béim as na tiarnaí talún ar an dóigh seo agus go n-éireodh Sasain tuirseach de theangmháil a bhí ag tabhairt náire di os coinne an tsaoil mhóir. Sin an fáth ar bhagair sé dá gcuirtí eisean i bpríosún go rachadh Captain Moonlight ina áit. Bhí Captain Moonlight maith go leor a fhad is a bhí an *Land League* mar chúl taca aige. Ach anois tá an *Land League* curtha faoi chois agus tá Caiftín de chineál eile riachtanach. Cuireadh deireadh le hobair an *League* an lá a cuireadh amach an *No Rent Manifesto*. Ní ligfeadh an eagla do na tionóntaithe géilleadh dó sin nó bhí a fhios acu nach dtiocfadh le Captain Moonlight a gcosnamh.'

'Agus cad é a deir Parnell é féin?'

'Is doiligh léamh ar Pharnell. Duine diamhrach é nach mian leis a rún a ligean le aon duine. Ach is é an bharúil atá ag an chuid eile uilig acu go raibh a fhios aige i gcónaí go gcaithfeadh an *League* a ghabháil i muinín a cuid arm, fada gairid an lá sin amuigh. Bhí a fhios sin ag an iomlán acu. Dúirt Biggar é anuraidh i gCorcaigh. Dúirt sé: 'Dá sáiríodh ar an *League* ceart a bhaint amach ar dhóigh ar bith eile, go gcaithfeadh siad an rud a dhéanamh a rinneadh sa Rúis, a ghabháil i gceann na miodóige agus na tíoránaigh a mharbhadh, fear i ndiaidh an fhir eile. Bhí Parnell ansin agus is iomaí duine a shíl go n-éireodh sé agus go n-abóradh sé nach mbeadh lámh ar bith sa chineál sin troda aige. Ach níor dhúirt. B'fhéidir i dtús a réime gur shíl sé go mbainfí amach ceart na hÉireann gan fuil a tharraingt. Ach tí sé anois nach mbaintear. B'fhéidir gur shíl sé go dtiocfadh leis féin is lena Pháirtí an *grand old man* a thuirsiú le caint. Má shíl, fuair sé rud nach dtearn sé margadh air.'

'Ach ar aontaigh sé leis an ghléas troda atá socair ag an Pháirtí s'aige agus ag an *League*?'

'Níor chuir sé ina éadan. Agus, dá gcuireadh, ní bheinn anseo anocht ar an teachtaireacht seo,' arsa Proinsias. 'Nuair a fuagradh gur cumann mídhleathach an *Land League*, agus beireadh ar chuid de na fir ceannais, chuir an chuid eile acu a gcomhairleacha i gceann a chéile. Agus rinneadh amach na h*Invincibles* a chur ar bun. Cuireadh an scéala sin chuig an méid de na ceannairí a bhí i bpríosún, mhol an mhórchuid acu leis agus níor chuir fear ar bith ina éadan.'

'Tá mise ag déanamh,' arsa Pádraig, 'go dtuigim féin Parnell anois. Ar scor ar bith go bhfuil cineál de léaró agam air. Bhí sé ina fhear ceannais ar Pháirtí *Home Rule* ach ba ghairid go bhfaca sé go mbeadh sé chomh gann i gcumhacht is a bhí Butt mura dtigeadh leis greim a fháil ar na Fíníní in Éirinn agus i Meiriceá. Thoghaidh sé Davitt leis na Fíníní a tharraingt ionsair. Ach ní raibh a dhath ar intinn Davitt ach gnoithe an talaimh. Bhí gach aon fhear acu ag iarraidh an fear eile a chasadh. Ach fuair an fear mór buaidh ar an fhear bheag. Fuair Parnell buaidh ar Mhicheál. Lig sé dó a *Land League* beag a chur ar bun mar a bhéarfá fáilleagán do pháiste chianach lena cheansú. Bheadh sin maith go leor gur cuireadh deireadh le h*obstruction* agus nár fágadh gléas troda ar bith ar an Pháirtí sa *House of Commons*. Tá mé cinnte anois gur mhaith le Parnell ár dearg a dhéanamh ar lucht ceannais na Sasana sa chruth is go ndéanfadh Gladstone aithreachas agus go dtabharfadh sé *Home Rule* dúinn.'

'Ní aontaím leat,' arsa Proinsias. 'Bhí a fhios ag Parnell ón chéad lá nach rachadh sé ordlach ní b'fhaide chun tosaigh ná Butt mura mbíodh aige ach óráidí. An lá a dúirt sé '*Keep a firm grip on your homesteads'* thug sé rosc catha do mhuintir na hÉireann. Bhí a fhios aige go dtabharfaí iarraidh an greim sin a scothadh le barra baignéid agus nach mbeadh rogha ar bith fágtha ach fuil do namhad a tharraingt, sin nó ligean dósan do chuid folasa a tharraingt. Sin an fáth nach dtug sé iarraidh cosc ar bith a chur leis na h*Invincibles*.'

'Is cuma,' arsa Pádraig. 'Tá sé socair anois agus caithfimidinne a ghabháil ar aghaidh leis chomh maith is a thig linn.'

'Dúirt tú anois é,' arsa Proinsias. 'Tá sé socair anois ag fir ceannais na hÉireann airm a cheannach dá gcuid saighdiúr – na h*Invincibles* – agus údarás a thabhairt dóibh in ainm na hÉireann lucht ceannais na Sasana in Éirinn a mharbhadh chomh minic agus a thiocfas fear acu anall le áit fir eile a líonadh. Agus is fearr domh sula dté mé níos faide brí mo scéil a chur in bhur láthair' agus tharraing sé páipéar aníos as a phóca.

'Sin ansin agaibh é,' ar seisean, 'údarás ón lucht ceannais le míle punta de chuid airgid an *Land League* a thabhairt domh a cheannós airm do shlua de chuid Bhaile Átha Cliath, go gcuirtear tús ar an obair chomh luath agus is féidir é. Tá súil agam go rachaidh acu an diabhal saolta Forster a chur óna chosa leis na chéad bhuillí.'

'An bhfuil siad réidh le toiseacht ar an troid chomh luath is a bheas na hairm acu?'

'Tá slua amháin i mBaile Átha Cliath réidh. Agus tá cuid de na fir is fearr in Éirinn ins an tslua chéanna. Fir nach bhfuil eagla le cur orthu. Tír ar bith a bhfuil a leithéidí aici, ní féidir a coinneáil faoi smacht a fhad is a bheas airm de chineál ar bith le fáil. Agus an fear atá toighte le a bheith ina cheannfort orthu, chluinim nach bhfuil a shárú le fáil.'

'Cé é féin?'

'Sin rud nach bhfuil a fhios agam,' arsa Proinsias, 'ná ag aon duine ach aige féin agus ag an Ardchomhairle a thoghaigh é. Agus dá mbeadh fios a ainm féin agam ní inseoinn é. Tá obair chontúirteach le cur i gcrích aige agus dá laghad a mbeidh ag caint air is amhlaidh is fearr é.'

'Ach nach bhfaighidh na fir i mBaile Átha Cliath aithne air?'

'Beidh aithne shúl acu air ach sin uilig é,' arsa Proinsias. 'Ní bheidh a fhios acu cé é féin ná cá as a dtáinig sé ná cá rachaidh sé nuair a imeos sé. Ach is fearr dúinn stad de chaint ar an chuid sin den obair ar eagla go gcluinfeadh clocha an talaimh sinn.'

XVIII

Oíche shneachta i mBaile Átha Cliath. Bhí fear ag tarraingt anuas ar dhroichead Uí Chonaill, ar a bhealach ón taoibh theas den chathair go dtí an taobh thuaidh. Bhí culaith bhreá éadaigh air agus cóta mór. Nuair a bhí sé ag tarraingt anall ar cheann an droichid casadh dhá phéas air agus bheannaigh siad go múinte dó. Fear fiúntach a bhí ann agus bhí aithne mhaith i mBaile Átha Cliath air. Bhí dornán measartha de rathúnas an tsaoil aige agus é ar Bhardas na Cathrach.

An mhuintir a raibh aithne acu air déarfadh siad leat gur duine a bhí ann a raibh a shúil le céimíocht, agus nach dtiocfadh cúig bliana choíche go mbeadh sé ina ardmhaor ar Bhaile Átha Cliath agus uaisle an Chaisleáin ar fleá aige sa *Mansion House*. Ach bhí an aithne chontráilte ag na daoine seo air. Ní raibh meas ar bith aige ar uaisle na Sasana. Is é rud a bhí an dubhfhuath aige orthu. Dá gcastaí Lord Cowper agus Forster air ar an droichead an oíche sin agus gan aon duine ar na gaobhair a dhéanfadh scéala air, chuirfeadh sé an bheirt amach le balla an droichid dá dtigeadh leis a dhéanamh. Bhí fuath na namhad aige ar Shasain. Bhí an oiread sin fuatha aige uirthi is gur mhaith leis splanc a theacht as an spéir orthu a scriosfadh an duine deireanach acu.

Ach bhí sé imníoch an oíche seo. Bhí eagla air roimh an ghábhadh a bhí roimhe. Bhí sé ar na chéad fhir a chuaigh ins na h*Invincibles* i mBaile Átha Cliath. Bhí sé móruchtúil go leor ar feadh tamaill ach bhí an croí ag éirí lag aige de réir mar a bhí lá na teangmhála ag druidim leis. Dá mbíodh céile mná aige a bhéarfadh uchtach dó ní bheadh coir air i dtaca le holc. Ach, ina áit sin, is é rud a bhí aige bean a bhí ag clamhairt is ag criongán de lá is d'oíche. Ní raibh as a béal ach: 'Cad é an mearadh a tháinig ort? Má mharbhthar aon duine béarfar ort agus crochfar thú. Agus nach truaigh mise agus do pháistí. Cad é a dhéanfas na créatúir bhochta gan athair? Agus nach truaigh thú féin nuair a rachas sealán na croiche fá do mhuineál?' Aréir roimhe sin, i ndiaidh a ghabháil a luí, mhair sí ag cur thairsti ar an téad seo go dtí sa deireadh gur chloígh an codladh í. I gceann tamaill thit sé féin ina chodladh agus rinne sé brionglóid scáfar. Chonaic sé Forster ina luí marbh ina chuid fola. Ansin é féin agus glais lámh air. Bhí garda saighdiúr thart air agus baignéidí géara, geala i mbarr a gcuid gunnaí acu … Ansin teach na cúirte i *Green Street* … Fir ag mionnú go géar air … An goiste ina suí thall i mbocsa ag éisteacht leis an bhreitheamh ag tomhas na fianaise … Lucht an ghoiste ag gabháil isteach ina seomra … Iad ag teacht amach ar ais … An bearád dubh ar an bhreitheamh. Ansin bhí sé i bpríosún agus lá a chrochta ag druidim leis … Ag éirí ar maidin an lá deireanach … Ag siúl suas dréimire agus dallóg ar a shúile … An sealán ag gabháil fána mhuineál … An crochadóir ag cur an tsnaidhm air faoina smigead!

Mhuscail sé is a chroí ag bualadh go tiubh agus bhí allas fuar ar chlár a éadain. Níor chodail sé an dara néal an oíche sin ach é ina luí ansin ag meabhrú go dtáinig an mhaidin agus go mb'éigean dó éirí.

D'fhág díobháil an chodlata crithfhuar é an oíche arna mhárach. Agus sular fhág sé an teach chuir a bhean rabhán eile thairsti. Ní thug sé freagar ar bith uirthi ach, nuair a bhí sé réidh, siúl amach ar an doras.

Mhothaigh sé fuath polltach an tsneachta nuair a tháinig sé amach. Ar a bhealach chuig cruinniú a bhí sé. An aithneodh an chuid eile de na fir go raibh eagla agus imní air? Cad é an bharúil a bheadh acu de dá mbeadh a fhios acu go raibh a chroí ar crith le heagla roimh bháire na fola? Nár mhairg a chuaigh ins na h*Invincibles* an chéad lá riamh! Dá bhfágadh sé anois féin iad! Ach dá dtigeadh tubaiste ar bith ar an chuid eile lena linn sin ní bheadh a fhios nach spíodóireacht a chuirfí síos dó. Agus, a Dhia, nár thruaigh ansin é! Níor léir dó bealach éalóidh ar bith.

Tháinig sé a fhad le teach tábhairne. Dar leis féin, is fearr domh gloine a ól a bhainfeas na creatha fuaicht as mo chnámha. Chuirfeadh cupla gloine spiorad ann. Bhéarfadh sé misneach dó. Chuideodh sé leis labhairt go fearúil ag an chruinniú. Agus ní aithneodh aon fhear den mhuintir eile go raibh eagla nó imní air, nó go mbíodh a bhean ag borchaoineadh is ag éileamh air. Chuaigh sé isteach i dteach na biotáilte. Ar ghabháil isteach dó cé a labhair leis as coirnéal a bhí ann ach fear de na saorthaí a bhíodh ag obair aige. '*Good night, Mr. Carey,*' ar seisean go pléisiúrtha, ag éirí ina sheasamh.

'*Good night, Jack,*' arsa Mr. Carey. Ach ní raibh faill comhráidh aige ná faill ólacháin. Oíche inteacht eile bheadh cupla pionta acu agus dhéanfadh siad a gcaint is a gcomhrá. Ach bhí deifre anocht air. Bhí aige le a ghabháil chun cainte le cupla fear dá raibh ar Chomhairle na Cathrach!

Nuair a d'fhág sé an méid sin ráite chuaigh sé anonn agus cheannaigh sé gloine uisce bheatha. D'fhág sé thiar i mbolgam é agus scairt sé ar an dara ceann, agus ar an tríú ceann. Agus nuair a bhí sin ólta aige, shiúil sé amach ar an doras.

Ní raibh ann ach go raibh sé amuigh mar ba cheart nuair a thoisigh cuid dá raibh istigh ina dhiaidh a chúlchaint air. 'Ní fiú leis deoch a ól anois inár gcuideachtana. Tá sé ró-mhórluachach ó fuair sé áit ar Chomhairle na Cathrach. Agus an bhfaca tú an *cigar* galánta a bhí aige? É féin is a chuid *cigars*! Chonaic mise an lá nach raibh aige ach seandúdóg agus gan mórán le cur inti. Ní raibh ann an t-am sin ach oibrí bocht mar mé féin. Ach anois! James Carey, T.C. Ach is cleasach an peata an saol. Bhí lá is ní raibh mórán aige le maíomh as. Agus b'fhéidir go dtiocfadh an lá sin arís air.'

'Ní thiocfaidh,' arsa an dara fear. 'Tá a chos ar bhun an dréimire anois aige agus ní stadfaidh sé go dté sé go barr. Tá a shúil aige ar aon ionad amháin agus ní dhéanfaidh sé stad mara ná mórchónaí go mbaine sé amach é. Níl sé sásta le céimíocht ar bith is ísle ná Alderman James Carey, Lord Mayor of Dublin.'

Ach is iad nár thomhais é. Bhí an bharúil chontráilte acu den chréatúr a bhí ag spágáil leis fríd an tsneachta, ag tarraingt ar an áit a raibh cruinniú le a bheith ag na fir a bhí ina n-oifigigh ar na h*Invincibles*. Ba bheag a shamhail siad gurbh é sin an siúl a bhí faoi. Ba bheag a shíl siad gur chaith sé bunús na hoíche aréir roimhe sin ina luí muscailte agus a chroí ar crith ag smaoineamh ar na rudaí scáfara a chonaic sé ina bhrionglóidí.

Shiúil sé leis suas de chois na habhann ar feadh tamaill. Sa deireadh chor sé ar thaoibh a láimhe deise. Ansin chuaigh sé anonn cúlsráid a bhí ann. Cupla coradh eile agus bhí sé ag doras cúil an tí ar a raibh a thriall.

Ar ghabháil isteach dó fuair sé ceathrar fear istigh roimhe agus iad ina suí ag comhrá is ag caitheamh tobaca. Bhí aithne aige ar an iomlán acu agus shuigh sé isteach ina measc.

'Ní tháinig sé go fóill,' arsa Dan Curley, 'ach ní bheidh sé i bhfad feasta.Tá bean amuigh ina araicis againn.'

'An bhfuil aithne ag aon duine agaibh air?' arsa Carey.

'Cá bhfuil mar a bheadh aithne againn air agus nach bhfaca aon fhear againn riamh é?' arsa Joe Brady.

'Is fíor duit sin, ar ndóigh,' arsa Carey, 'ach is air a bhí mé ag smaoineamh ar mo bhealach anall. Títhear domh gur iontach an rud nár hinseadh dúinn cé é féin ná cárb as é. Ba mhóide ár muinín as, dar liom.'

'Siúd an rud a shocair an Ardchomhairle,' arsa Curley. 'Caithfimidinne na horduithe a bhéarfas siadsan dúinn a chomhlíonadh agus gan ainm ár gceann feadhna a fhiafraí mura mian leosan a lua.'

'Tá a fhios sin agam,' arsa Carey, 'ach nach dtuigim an fáth atá leis.'

'Tá fáth maith acu féin leis, ná bíodh ceist ort,' arsa Curley.

'Ach, cinnte, tá aithne ag duine inteacht againn air?' arsa Casey.

'Tá aithne ag Kinsella air,' arsa Curley. 'Eisean a shocair uair agus ionad an chruinnithe seo. Murab é sin ní dhéanfaimis maith ar bith. Ní bheadh a fhios againn nach *agent provocateur* a bhí ann a bhí ag iarraidh ár seoladh ar bhealach ár n-aimhlis.'

'Níl a fhios agam c'ainm a bhéarfas sé féin air féin?' arsa Carey.

Ní raibh faill ag aon duine freagar a thabhairt ar an cheist seo nó chualathas coiscéim an duine ar an staighre. Bhí duine inteacht ag teacht. Ba ghairid gur buaileadh ag an doras. D'éirigh Brady agus rinne sé leathfhoscladh ar an chomhlaidh agus d'amharc sé amach. 'Tá tú ar ais, a Mhicheáil,' ar seisean. 'An bhfuil sé ag teacht?'

'Tá,' arsa an fear eile. 'Beidh sé anseo i gceann bomaite. An bhfuil na hoifigigh cruinn?'

'Tá an t-iomlán acu anseo fána choinne,' arsa Brady.

I gceann chupla bomaite eile foscladh an doras agus tháinig fear isteach. Fear breá, ábalta a bhí ann agus culaith ghalánta éadaigh air. Bhí féasóg dhruidte air, é leathan i gceart i gclár an éadain agus loinnir fhaobhrach ina shúile. D'éirigh na fir ina seasamh agus bheannaigh siad dó nuair a tháinig sé isteach.

'Mise *Number One*,' ar seisean. 'Suighidh thart ar an bhord sin, a fheara,' ar seisean, ag amharc go géar orthu.

'Daniel Curley?'

'Mise.'

'Joseph Brady?'

'Mise.'

'Tim Kelly?'

'Mise.'

'Michael Fagan?'

'Mise.'

'James Carey?'

'Mise.'

'Tá go maith,' arsa an ceann feadhna. 'Tusa an caiftín atá ar an tslua seo?' ar seisean le Curley.

'Is mé.'

'Cá mhéad fear atá sa tslua agat?'

'Leithchéad.'

'Is leor leithchéad in aon slua amháin. Cad é an méid arm atá agaibh?'

'Duisín gunnaí glaice.'

'Níl sciana ar bith agaibh?'

'Níl. Gealladh dúinn …'

'Tuigim, ach beidh siad agaibh roimh sheachtain. Leis na sciana a dhéanfar an chuid is éifeachtaí den obair. Is iad is míne agus is lú a ní trup. Beidh gunnaí ag cuid agaibh fosta. Ach ní scaoilfear aon urchar astu ach nuair nach mbíonn an dara rogha ann. Gheobhaidh sibh na miodóga roimh sheachtain eile. Ach ní bhogfaidh sibh go dtara mise ar ais. Beidh mé anseo i gceann dheich lá, le cuidiú Dé. Cuirfidh Kinsella scéala chugaibh.

'Agus seo an t-ordú atá agam ón Ardchomhairle. Forster a mharbhadh an chéad áiméar a gheofar air. Ansin an Búrcach. Níl ar an liosta go fóill ach an bheirt. Ach caithfear iadsan a chur i leataoibh. Bíidh réidh ag teacht ar ais domhsa. Bíodh iomlán eolais agaibh fá Forster. An t-am a dtig sé chun an Chaisleáin ar maidin; an t-am a n-imíonn sé tráthnóna; an cineál garda a bíos leis; an áit is fearr lena ionsaí. Tuigeann sibh?

'Anois, obair chontúirteach an obair seo atá romhainn. Is fearr dúinn sin a bheith tuigthe go maith anois againn. Chuala sibh orduithe na hArdchomhairle. Caithfear Forster a chur óna bhonnaí. Ní dhéanfar sin gan a ghabháil i gcontúirt mhóir. Fear ar bith a bhfuil amhras ar bith aige air féin, seo an t-am aige. Tá sibh ag éisteacht liom. Tuigeann sibh mé. An bhfuil sibh sásta a ghabháil ar aghaidh agus orduithe na hArdchomhairle a chur i ngníomh?'

'Tá mé féin sásta,' arsa Curley.

'Agus mise,' arsa Brady.

'Agus mise,' arsa Kelly agus Fagan as béal a chéile.

'Agus tusa?' arsa an ceann feadhna leis an chúigiú fear.

'Cad chuige nach mbeinn?' arsa Carey. 'Nach ró-fhada a luigh muid faoina gcosa. Mallacht Dé orthu, nuair a smaoiním ar gach éagóir dá dtearnadh orainn le seacht gcéad bliain cuireann sé as mo chrann cumhachta mé. Agus ní shásódh a dhath mé ach a bhfuil den dream mhallaithe ar an domhan a theilgean go fíoríochtar ifrinn. Ar ndóigh, níl le fáil ag fear ach aon bhás amháin, agus –.'

'Maith go leor,' arsa *Number One*. 'Bíidh réidh nuair a thiocfas an scairt. Is gairid uainn lá na teangmhála.'

Ar maidin an lá arna mhárach bhí máistir stáisiúin na Carraige Duibhe ina sheasamh ar an léibheann ag fanacht leis an traein a bhí ag teacht as an chathair ar a bealach go Dún Laoghaire. Bhí cóta mór agus miotóga air nó bhí sé féin ag brath a ghabháil go Dún Laoghaire, rud a níodh sé ó am go ham nuair a bhíodh a ghnoithe ann. Nuair a tháinig an traein isteach shiúil sé aníos an léibheann agus sa deireadh d'fhoscail sé doras cóiste agus chuaigh sé isteach. Ní raibh istigh roimhe ach aon fhear amháin agus é ina shuí sa choirnéal ag léamh pháipéar na maidine. Ba léir ó na málaí a bhí leis gur taistealaí tráchtála a bhí ann. Bhí dreach dúrúnta air agus níor chuir an fear eile ceiliúr ar bith air go dtí gur imigh an traein amach as an stáisiún. Ansin labhair sé.

'Tá maidin fhuar ann.'

'Fuar i gceart,' arsa an fear eile, ag caitheamh uaidh an pháipéir agus ag déanamh gáire.

'Cad é mar a d'éirigh leat?' arsa máistir an stáisiúin.

'D'éirigh liom go maith,' arsa an fear eile. 'Fuair mé ordú nach raibh súil ar bith agam leis. Is fiú cúig mhíle punta é.'

'Bhail anois,' arsa fear na Carraige Duibhe, 'cad é do bharúil de na fir?'

'Barúil mhaith,' arsa an fear eile. 'Tá ceathrar acu agus níor mhiste liom m'anam a chur i ngeall orthu. Ach níl mé chomh cinnte sin fán fhear eile.'

'Cé acu?'

'Tomhais.'

'Carey?'

'An fear céanna,' arsa *Number One*. 'Níl mé ag maíomh go bhfuil feall ar bith ann. Tá mé cinnte nach bhfuil. Ach tá eagla orm go bhfuil cuisle chloíte ann. Tá lánbharraíocht cainte aige.'

''Déanamh gur troime a bhagar ná a bhuille?'

'Sin é,' arsa *Number One,* 'agus gan sa bhagar ach ag iarraidh uchtach a thabhairt dó féin mar a thoiseodh an té a mbeadh uaigneas air a ghabháil cheoil nuair a bheadh sé amuigh leis féin san oíche. B'fhéidir go bhfuil an aithne chontráilte agam air. Ach den imirt an coimheád. Ní fhágfaimid mórán ina mhuinín, go fóill ar scor ar bith. Ach an ceathrar eile. Tá an mianach ceart iontu. Tá mé cinnte go gcluinfear uathu lá is faide anonn.'

Ar theacht don traein go Dún Laoghaire, chruinnigh an taistealaí tráchtála a chuid málaí agus chuaigh sé ar bord ar an loing a bhí sínte leis an chéidh. Agus chuaigh an fear eile isteach i dteach an stáisiúin go bhfeiceadh sé cad é a bhí ag baint moille as na fir a bhí geallta dó le seachtain le bail a chur ar bhothán ar bhain an ghaoth mhór an ceann de.

XIX

'Tá ordú anseo agam ón Ardchomhairle,' arsa *Number One*. 'Níl siad sásta linn cionn is nach bhfuil Forster óna bhonnaí roimhe seo againn. B'fhéidir gur fusa a rá ná a dhéanamh ach caithfimid féacháil le a theacht air an iarraidh seo.'

'B'fhéidir, a cheann feadhna, nach bhfuil sé chomh deacair sin uilig Forster a mharbhadh,' arsa fear dá raibh sa láthair. Ba é Joe Brady a labhair. D'amharc gach aon duine air agus iontas ar chuid acu. Ach ní raibh cuma air go raibh mearadh ná meisce ná fearg air. Dúirt sé go mb'fhuras Forster a mharbhadh go díreach mar a déarfadh sé go mb'fhuras d'fhear láidir cupla céad meáchain a iomchar.

'B'fhéidir nach dtearn muid ár ndícheall go fóill,' arsa *Number One*, go nimhneach, dar leat. 'Ach beidh ár sáith os ár gcoinne i ndiaidh ár ndícheall féin a dhéanamh.'

'Bhí sé againn an t-am deireanach murab é gur fheall Carey orainn,' arsa Curley.

'Ní raibh mórán muiníne as Carey agam ón chéad uair a casadh orm é,' arsa an ceann feadhna. 'Ní hé go bhfuil feall ar bith ann ach níl a sháith uchtaigh aige. Sin an fáth nár chuir mé sa bhearna baoil an iarraidh dheireanach é. An beagán a bhí le déanamh aige, ní thearn sé mar ba cheart é. Ach ní fhágfaimid an oiread sin féin ina mhuinín an iarraidh seo. Agus tá mé inuchtaigh go gcuirfimid Forster i leataoibh amárach mura bhfuil an mí-ádh dearg ag siúl linn. B'fhéidir,' ar seisean ag amharc ar Joe Brady, 'go n-inseofá thusa dúinn cad é a bhí tú a mhaíomh nuair a dúirt tú nach mbeadh sé chomh deacair sin uilig Forster a mharbhadh.'

'Is fada mé ag smaoineamh air,' arsa Brady go suaimhneach. 'Sílim anois nach bhfuil ach aon bhealach amháin le a theacht air – fear inteacht é féin a chailleadh leis. Tá aithne agamsa ar fhear a bhéarfas caoi domh le mo bhealach isteach chun an Chaisleáin. Rachaidh mé isteach amárach agus muirfidh mé é, le do chead, a cheann feadhna.'

D'éirigh *Number One* agus rug sé greim láimhe ar Bhrady. 'Maith thú, a Joe,' ar seisean, 'ach níl cead againn sin a dhéanamh. Dá mbeadh, b'fhada Forster marbh. Nó an lá a cuireadh na h*Invincibles* ar bun, thairg fear de Pháirtí Pharnell a theacht anall agus Forster a mharbhadh. Ach ní thabharfadh an Ardchomhairle cead dó. Ní thabharfadh siad cead dúinne ach oiread. Caithfimid féacháil lena mharbhadh agus imeacht más féidir é, ach troid go deireadh má thig orainn. Sin agaibh ordú na hArdchomhairle. Is í an chomhairle sin Rialtas na hÉireann i láthair na huaire. Agus caithfidh saighdiúirí a bheith umhal dá Rialtas. Ach coinneoidh mé cuimhne ar do chuid cainte, a Joe.'

''Bhfuil gach aon rud réidh fá choinne an lae amáraigh againn, a cheann feadhna?' arsa Curley.

'Tá,' arsa *Number One*. 'Tiocfaimid air ar maidin i ndiaidh an *Lodge* a fhágáil ag tarraingt ar an Chaisleán. Beidh dhá charr linn. Nuair a thiocfas cóiste Forster amach ar an gheafta beidh carr Fitzharris ansin le tiomáint anuas roimhe. Tá carr eile agam le a theacht ina dhiaidh. Beidh Brady agus Curley liom. Beidh mé féin agus deichniúr fear ar an chéidh ar an cheann thall den droichead. Nuair a gheobhas Fitzharris an comhartha stopfaidh sé a chapall i lár an bhealaigh. Tiocfaidh an carr deiridh aníos agus caithfimid Forster a mharbhadh leis na chéad bhuillí. Ansin tiocfaidh an chuid eile de na fir amach ceithre bhealach agus ionsóidh siad na píléirí a bheas mar gharda leis.'

Ar maidin an lá arna mhárach i dtrátha an deich a chlog tháinig cóiste anuas ón *Lodge* ag tarraingt ar gheafta na Páirce. Bhí fear ag siúl ar a shuaimhneas anuas an bealach céanna. Nuair a chuaigh an cóiste thart leis, thiontóigh sé cába a chóta mhóir aníos fána chluasa. Ní chuirfeadh aon duine iontas ansin, ar ndóigh, nó bhí an mhaidin fuar. Ach an bomaite céanna seo carr Fitzharris ar sodar síos an bóthar. Níorbh fhada go raibh cóiste an Rúnaí ins na sála aige agus thiomáin Fitzharris a chapall féin níos gaiste, ag iarraidh an casán a fhágáil ag an chóiste. Tháinig an carr deiridh isteach ina ndiaidh agus anuas de chois na céadh leis na trí cinn ar chosa in airde.

Anuas go ceann an droichid agus trasna bhí Brady agus Curley réidh le léimint anuas agus a gcuid gunnaí a tharraingt amach as a bpócaí. Nuair a bhí siad i ndiaidh ceann an droichid a thiontó, stop Fitzharris a chapall féin go gasta. Is beag nach dteachaigh cóiste Forster ina mhullach leis an rúide a bhí leis. Chuir an tiománaí rois mhionna mór as féin agus tharraing sé chuige srianta a chuid capall leis an méid urraidh a bhí ina sciatháin. Bhí Brady agus Curley ag éirí ina seasamh le léim a thabhairt anuas. Agus bhí *Number One* ina sheasamh agus a dhroim le balla na céadh.

Nuair a sheasaigh cóiste Forster os a choinne, thug sé spléachadh géar air. Ansin rinne sé comhartha don mhuintir a bhí ar an charr deiridh, ag iarraidh orthu gan bogadh. Tháinig píléir mór chun tosaigh, rug greim ar chapall Fitzharris agus tharraing i leataoibh é.

'Cad é an diabhal a thug ort stopadh go tobann i lár an bhealaigh?' ar seisean go grusach.

'Ní raibh neart agam air, a chonstábla,' arsa an tiománaí. 'Rud inteacht a scanraigh é. Tá tallann uallach ann.'

'Mar sin de níor cheart ligean duit a leithéid de chapall mire a thabhairt amach ar chor ar bith,' arsa an píléir. 'Is mór an chontúirt thú duit féin is do dhaoine eile.'

Choinnigh sé greim sriain ar chapall Fitzharris go dteachaigh an cóiste thart leo. Ansin ar seisean: 'An raibh a fhios agat gurbh é sin cóiste an *Chief Secretary* a bhí anuas 'do dhiaidh?'

'Ní raibh a fhios agamsa cé a bhí 'mo dhiaidh,' arsa an fear eile.

'Dá mbeifeá féin is do chapall mire 'bhur gcúis leis an *Chief Secretary* a loit,' arsa an píléir, 'bheadh a fhios agat cé a bhí ann.'

'Scrios Dé air, nár aifrí Dia orm é,' arsa Brady le Curley nuair a fuair sé an chaint leis, 'cad é a thug air sin a dhéanamh?'

'Is doiligh a inse,' arsa Curley. 'Bhí fáth inteacht aige féin leis. B'fhéidir nuair a tháinig sé anuas go bhfaca sé oiread fear airm ar na gaobhair is gur mheas sé go mbeadh barraíocht os ár gcoinne.'

'Beidh barraíocht os ár gcoinne i gcónaí,' arsa Brady. 'Beidh agus dhá bharraíocht dhéag. Níl dóigh ar bith leis na scriosadóirí seo a scanrú ach greadadh orthu, is cuma cé a bheas thíos leis.'

'Tá sé ag cur iontais orm féin,' arsa an fear eile. 'Bhí áiméar againn ar Forster inniu chomh maith is a bheas choíche againn. Níl a fhios agam cad é a thug ar an cheann feadhna an comhrac a chosc nuair a bhí gach aon fhear réidh le toiseacht air. Ach bhí fáth inteacht aige féin leis. B'fhéidir gur mheas sé nach n-éireodh linn an iarraidh seo agus go mbeadh Forster oiread ar a choimheád ina dhiaidh sin is nárbh fhéidir a theacht air.'

'Tá mé cinnte go n-éireodh linn,' arsa Brady. 'Bhí sé sa phionsúr againn má bhí aon fhear riamh i bpionsúr. Bhí sé fáiscthe istigh idir an dá charr agus gan bealach éalóidh ar bith aige. Bheadh sé marbh againn sula mbeadh a fhios ag lucht an gharda cad é a bheadh ar cois. Aidmhím go mbeadh teangmháil chruaidh ann ina dhiaidh sin, agus go dtitfeadh cuid againn sa ghleo. Ach má mheasann ceannairí an *Land League* gur féidir cogadh a dhéanamh gan fear ar bith a chailleadh sa troid, bhí sé chomh maith acu leanstan de na hóráidí agus gan na h*Invincibles* a chur ar bun riamh.'

'Cad é an gar dúinn a bheith ag caint mar sin anois?' arsa an fear eile. 'Tífimid é féin anocht agus beidh a fhios againn cad chuige nár lig sé an teangmháil chun tosaigh.'

'Má ní sin maith ar bith dúinn,' arsa Brady.

Tháinig Carey amach ar gheafta na Páirce i ndiaidh comhartha a thabhairt do Fitzharris Skin the Goat gurbh é cóiste Forster a bhí ag tarraingt air anuas. Sheasaigh sé bomaite beag ag amharc ar na caiple ar chosa in airde ag imeacht síos uaidh. Ba mhaith leis a bheith thíos ag an abhainn agus a chuid den chomhrac a bheith aige. Ach bhí eagla air. Ní ligfeadh an eagla dó a ghabháil síos an bealach ina ndiaidh cé gur mhaith leis a bheith ar na gaobhair agus na hurchair a chluinstean. Na hurchair a chuirfeadh an tíoránach mallaithe óna chosa. Ach b'fhéidir go bhfeicfí é; b'fhéidir go n-aithneofaí é; go mbéarfaí air i gcuideachta na cuideachta. Chor sé suas go dtí an geafta eile agus isteach an cuarbhóthar thuaidh ag tarraingt chun na cathrach. Ar a bhealach isteach bhuail smaoineamh é a thuig faoiseamh mór dó. Bhí teach ansin a raibh bail aige le cur air. Inné féin a fuair sé litir ó mhuintir an tí ag cur deifre leis.

Ba mhaith mar a tharlaigh. Rachadh sé isteach sa teach seo. Ba é sin a ghnoithe an bealach. Shábhóladh sin é. Dá dtigeadh tóir ar bith air bheadh *alibi* aige nárbh fhéidir a sharú. Bhí sé i dteach amuigh ar an chuarbhóthar thuaidh an bomaite céanna a marbhadh Forster agus go ceann leathuaire ina dhiaidh.

Idir sin is tráthas bhí sé ag tarraingt isteach ar chroí na cathrach agus thoisigh iontas a theacht air. Bhí an chathair chomh ciúin is a bhí sí riamh. Ní raibh píléirí ná saighdiúirí le feiceáil aige thar is mar a bheadh am ar bith eile. D'éist sé go géar féacháil an gcluinfeadh sé *Stop Press*! i bhfad uaidh. Ach ní raibh comhartha de chineál ar bith ar a amharc ná ar a éisteacht a bhéarfadh le fios go raibh Forster marbh nó gur tugadh iarraidh mharfa air.

'Tá a fhios agam go bhfuil ábhar iontais agus ábhar gearána agaibh,' arsa *Number One* lena chuid oifigeach an oíche sin. 'Bhí áiméar againn ar an tíoránach nach raibh riamh roimhe againn agus b'fhéidir nach mbeadh choíche arís. Bhí buille ar shlí a bhuailte inniu a chuirfeadh deireadh le Forster. Bhí an lámh tarraingthe nuair a choisc mise í. Níl a fhios agam cé acu a déarfas an Ardchomhairle go dtearn mé mo ghnoithe i gceart nó nach dtearn. Níl a fhios agam cé acu onóir nó easonóir atá tabhaithe agam. Ach nuair an bhí an marfach ar tí toiseacht fuair mé aon amharc amháin ar Forster agus é ina shuí istigh idir beirt bhan. Stop mé an cath sular thoisigh sé.'

'Bhí, ar ndóigh, ár sáith iontais orainn,' arsa Curley. 'Ach sílim gur tú a rinne i gceart é, a cheann feadhna. Níorbh fhéidir a mharbhadh gan na mná a mharbhadh ina chuideachta.'

'Is maith liom sin a chluinstean uait, a Dhónaill,' arsa *Number One*. 'Ní raibh ann ach smaoineamh tobann a bhuail mé féin. Ach sílim ó shin gur mé a rinne i gceart é. Ba mhaith an obair lae Forster a chur i leataoibh. Ach is fearr mar atá sé é nuair nach dtiocfadh linn a mharbhadh gan mná a mharbhadh ina chuideachta.'

'Is fíor sin, a cheann feadhna,' arsa Curley, 'cé nach sílfeadh na Sasanaigh mórán de bhás mná dá mbeadh siad inár n-áit. Níor shíl siad mórán de tá cupla mí ó shin nuair a mharbh siad Mary Deane agus Ellen McDonagh i mBéal an Mhuirthead.[23] Ní raibh truaigh don óige acu ná urraim don aois. Agus ansin is iad is gaiste a bhéarfadh iarraidh míchliú a chur ar thír ar bith eile a dhéanfadh a leithéid le taisme nó nuair nach mbeadh neart air. Dá marbhthaí an bheirt bhan sin inniu cad é an callán a thógfadh Sasain ar fud an domhain! Ag iarraidh a chur in amhail don tsaol gur dream de dhaoine fiáine sinn, agus nach bhfuil pionós ar bith ró-throm againn.'

'Táimid réidh leis feasta ó tharlaigh nach dtéid sé amach gan mná ar gach taobh de,' arsa Brady go gruama.

'Tá a fhios aige go bhfuiltear ar a lorg agus tá an eagla air,' arsa *Number One*. 'Ach tiocfaimid air go fóill, le cuidiú Dé. Théid sé anonn go Sasain go minic. Tiocfaimid air ag stáisiún na traenach ar an bhealach go Dún Laoghaire nó ag gabháil ar bord ar an loing dó.'

'Caithfimid féacháil le rud inteacht a dhéanamh gan mhoill,' arsa Brady. 'Tá cuid de na fir ag éirí mífhoighdeach.'

'Tá an t-iomlán againn ag éirí mífhoighdeach,' arsa *Number One*. 'Ach nuair is dorcha an oíche is ann is deise an lá dúinn. Mar a dúirt mé, théid sé go Sasain go minic. Bíodh uchtach agus dóchas agaibh, a fheara. Tiocfaimid air go fóill.'

Bhí sé déanach san oíche nuair a scab siad agus é leagtha amach acu go rachadh gach aon fhear ina ionad féin nuair a gheofaí scéala go raibh Forster ar a bhealach go Dún Laoghaire.

XX

Bhí Harry Toal, M.P. istigh i seomra dhruidte, é féin agus Gladstone. Bhí Harry ar fhear de lucht ceannais an *Land League* agus bhí cuid mhaith eolais aige ar na h*Invincibles* cé nach raibh sé ar dhuine den Ardchomhailre ar a raibh rialú an airm sin. Bhí sé sa láthair ag an chruinniú an oíche a cuireadh na h*Invincibles* ar bun. Bhí a fhios aige cad é an obair a bhí idir lámha acu. Lena chois sin gheibheadh sé a bheagán nó a mhórán eolais ó am go ham nó níor samhladh riamh de gur fealltóir a bhí ann. Ní raibh fear ar bith sa Pháirtí ab airde glór ná é ag moladh na hÉireann agus ag cáineadh na Sasana. Agus nuair a bhí sin amhlaidh ní shamhóladh duine ar bith de go raibh sé ina spíodóir faoi pháighe ag Rialtas na Sasana agus é ag tabhairt an méid eolais a bhí le fáil aige dóibh.

'Bhail, a Mr. Toal,' arsa Gladstone nuair a bhí an glas ar an doras aige, 'cad é mar atá na h*Invincibles* ag gabháil ar aghaidh?'

'Mar a mheas mé a rachadh siad ar aghaidh,' arsa an spíodóir. 'Níl aon chontae in Éirinn anois nach bhfuil ó shlua go dtí trí slóite ann. Agus tá seacht slua i mBaile Átha Cliath idir an chathair agus an chontae.'

'An dtig leat a inse domh an bhfuil mórán arm acu nó an bhfuair siad na hairm a raibh súil acu leo as an Eoraip?'

'Ní bhfuair siad iad sin,' arsa Mr. Toal. 'Tá an méid sin eolais agam. Ach níl a fhios agam cad é atá á fháil acu as áiteacha eile. Chuala mé comhrá a thug orm a thuigbheáil gur cuireadh a bheagán nó a mhórán d'airm bheaga tineadh chucu anonn as an tír seo. Agus tá miodóga acu lena chois sin.'

'Tá tú cinnte go bhfuil siad ag éirí líonmhar ar fud na hÉireann?'

'Tá mé cinnte den méid sin, a dhuine uasail.'

'An bhfuil barúil ar bith agat cé hair a ndéanfaidh siad an chéad ionsaí?'

'Níl agam ach barúil. Sílim go bhfuil rún acu Mr. Forster a mharbhadh, agus b'fhéidir Mr. Burke. Agus tá mé ag meas go bhfuil breitheamh nó beirt ar a liosta acu.'

'Is cumhan leat an oíche dheireanach a bhí tú ag caint liom gur dhúirt tú go raibh fear ar a dtugtar *Number One* ina cheann feadhna ar dhroing Bhaile Átha Cliath.'

'Is cumhan liom, ar ndóigh.'

'An bhfuair tú amach riamh cé *Number One*?'

'Ní bhfuair, a dhuine uasail.'

'Rinne tú do dhícheall lena fháil amach, creidim?' arsa Gladstone go stuama.

'Rinne mé mo chruaidh-dhícheall,' arsa an spíodóir. 'Tharraing mé an comhrá air gach aon am agus gach aon áit ar mheas mé go bhféadfainn eolas a fháil. Ach ní bhfuair mé eolas ar bith a bhéarfadh barúil féin domh. Caithfidh mé a bheith ar m'fhaichill, tá a fhios agat. Ní ligfidh an eagla domh ceist a chur ar aon duine acu. Is beag an rud a tharrónadh amhras ar dhuine.'

'Is fíor sin, creidim,' arsa Gladstone go brúite. 'Ach caithfidh duine a ghabháil i gcontúirt corruair nuair atá obair den chineál ar lámha agat. hÍocadh airgead fiúntach leat. Fágadh ar do bhreithiúnas féin é. Tá a fhios agam, ar ndóigh, go bhfuil tú díleas don Choróin. Tuigim fosta go gcaithfidh duine a bheith faichilleach agus gan a ghabháil i gcontúirt gan riachtanas. Ach ina dhiaidh sin is eile, caithfidh mé a rá go raibh mé ag súil le rud beag eile eolais uait an iarraidh seo.'

'Dhéanfaidh mé mo sheacht ndícheall,' arsa an spíodóir agus aiféaltas air.

'Tá súil agam go n-éireoidh le do sheacht ndícheall,' arsa Gladstone, ag éirí agus ag baint an ghlais den doras.

Tháinig an spíodóir amach agus é míshásta. Ní raibh Gladstone sásta lena chuid oibre. Mhaígh sé gur chóir dó a ghabhail i gcontúirt. 'Sin an rud a bhfuil Gladstone ag súil leis ar son an tuarastail atá a Rialtas a íoc liom,' ar seisean. 'Is cuma leis ach an t-eolas a fháil. Dá mbeadh sin aige diabhal ar mhiste leis cad é a d'éireodh domh. Ba chuma leis dá dtaradh na h*Invincibles* orm agus a gcuid miodóg a mheascadh in mo chroí. Bhí mo chuid oibre déanta. Ní raibh gnoithe liom ní b'fhaide. Níl a fhios agam nach é rud a bheadh lúcháir air dá marbhadh siad mé. Nó tá mo chroí ag inse domh go bhfuil drochmheas aige orm. Ach níl neart air anois. Caithfidh mé a ghabháil ar aghaidh. Ní thig liom pilleadh ar ais.'

Ach ní raibh Gladstone chomh míshásta leis is a shamhail sé. Bhí pointe amháin eolais aige a bheadh iontach úsáideach aige. Bhí a fhios aige go raibh na h*Invincibles* ag éirí líonmhar, láidir ar fud na hÉireann. Bhí a fhios aige go raibh gléas úr troda leagtha amach acu agus nach dtiocfadh le harm na Sasana a mbualadh i gcupla lá mar a bhuail siad na Fíníní. Bhí a fhios aige nárbh ionann an fear a bhí ins na h*Invincibles* agus arm aige agus oifigeach le hordú a thabhairt dó, nárbh ionann sin ar chor ar bith agus an tionóntaí a dtiocfadh rabharta feirge air agus a mhuirfeadh an báillí a chuirfeadh as seilbh é nó an comharsanach a rachadh ar a bhéala. B'fhuras iad sin a chur faoi shlait. B'fhuras a chruthú don tsaol gur dúnmharfóirí fiáine a bhí iontu. Ach na h*Invincibles*! Bhí fear na cathrach iontu chomh maith le fear na tuaithe. An fear nach raibh talamh ar bith aige chomh maith leis an fhear a raibh. Bhí go leor de na Fíníní iontu, fir a raibh díoltas le himirt acu. Fir nach ndéanfadh a dhath maith dóibh ach Éire a strócadh leo amach as croí na hImpireachta. Bhí oifigigh orthu le riail a choinneáil orthu. Bhí *Executive* os a gcionn le tabhairt orthu cur le chéile agus a gcleas a dh'imirt dh'aon taoibh. Bhí siad contúirteach agus ag éirí ní ba chontúirtí a bheadh siad. Ní raibh mórán arm acu, ar ndóigh. Ach Éireannaigh ag troid le hairm de chineál ar bith! Bhí a fhios ag an tsaol go raibh siad dána, móruchtúil, neamheaglach. Bhí sin cruthaithe leis na céadtaí bliain. Níor buaileadh riamh le treise lámh iad. Le cleasaíocht a buaileadh iad. Agus chaithfí a mbualadh le cleasaíocht an iarraidh seo!

'Caithfidh mé féacháil le socrú a dhéanamh le Parnell,' ar seisean ina mheanmain.

XXI

Áit ghruama príosún lá ar bith sa bhliain. Ach bhí sé thar a bheith gruama an mhaidin seo i bpríosún Chill Mhaighneann. Maidin chlaibeach ceobáistí a bhí ann i dtrátha na Féile Bríde. Maidin a dhéanfadh duine ar bith tromchroíoch, chan é amháin an té a raibh drochshláinte aige.

Is iomaí duine riamh a bhí i bpríosún a raibh dóigh air, dar leat, ba mheasa ná a bhí ar an fhear seo a bhfuil mé ar tí trácht air. Bhí seomra seascair aige agus leabaidh mhaith le luí uirthi. Bhí togha gach bídh agus rogha gach dí aige. (Níorbh eagal dó go ligfeadh an *Ladies Land League* anás ar bith an dóigh sin air. Chuirfeadh siad bearád glas chuige mar a cuireadh chuig Dónall Ó Conaill fada ó shin dá mbeadh aird ar a leithéid de cheannbheairt aige). Dá mbíodh caint is comhrá de dhíth air, bhí sin le fáil aige. Ní bheadh le déanamh aige ach a iarraidh ar Dhillon nó ar Shexton nó ar fhear ar bith eile den scaifte a theacht ionsair agus cuideachta a choinneáil leis, agus thiocfadh siad.

Ach ní raibh fonn ar bith comhráidh ná cuideachta air. Bhí sé tinn an mhaidin seo. Níor chodail sé mórán aréir roimhe sin ach ina shuí sa leabaidh bunús na hoíche á phlúchadh le casachtaigh is le giorranála. Bhí na páipéir caite ar tábla ag taoibh na leapa. Ní raibh mórán suime aige iontu an mhaidin seo. Chonacthas dó nach raibh sa *Freeman* ach an criongán a bíos ag fear chaillte na himeartha, agus nach raibh san *United Irishman* ach bagar callánach gan dochar.

Tháinig rabhán casachtaí air agus b'éigean dó éirí aniar ina shuí. Nuair a fuair sé faoiseamh luigh sé siar ar ais agus é cloíte, tuirseach. C'fhad a choinneofaí anseo é? An dtabharfadh an príosún a bhás? Dá mbeadh sé thíos in *Avondale* inniu ní bheadh plúchadh ar bith air. Chuirfeadh sé culaith d'éadach dhíonmhar air féin. Rachadh sé de léim sa diallait agus chuirfeadh sé deich míle de gan srian a tharraingt. Thiocfadh sé isteach tráthnóna agus é chomh folláin le fia.

Ach nuair a bhí an saol sin aige ní raibh sé sásta leis. Ní bheadh sé sásta go fóill leis. Dá mbeadh, ní raibh aige le déanamh ach sin a rá. Ní bheadh le déanamh aige ach geallúint nach mbeadh baint ná páirt choíche aige leis an *Land League* ná le cumann ar bith eile a bhí crosta ag dlíodh na Sasana. Ní raibh le déanamh aige ach a ainm a scríobh ins an áit cheart ar ghiota de pháipéar agus ligfí amach as an phríosún é. Ach ní dhéanfadh sé sin. D'fhanódh sé i bpríosún trí shaol duine sula bhfealladh sé air féin agus ar a thír dhúchais.

Ansin thoisigh sé a mheabhrú ar an méid a bhí déanta acu agus an méid a bhí gan déanamh. An raibh an ceart aige baint ar bith a bheith riamh aige leis na Fíníní nó leis an *Land League*? Ach cad é a dhéanfadh sé gan iad? An mbeadh sé ordlach ní b'fhaide chun tosaigh ná a bhí Butt ina lá féin murab é gur ghlac sé ceannas an *Land League* agus gur chomhairligh sé do na feirmeoirí greim cruaidh a choinneáil ar a gcuid gabháltas? Níor dhóiche go mbeadh. Ach b'ionann is cogadh an gléas cosanta ar chuir sé tús air. Rug siad ansin air agus d'fhág sé Captain Moonlight ina áit. Shíl sé go n-éireodh Sasain tuirseach de rialú an Chaiftín sin i ngearraimsir agus go ligfí é féin amach. Gurbh é rogha an dá dhíoghadh acu é, agus go dtiocfadh leis an *Land League* a athbheoú. Ach ní raibh an 'Caiftín' ag déanamh mórán dochair. Bhí cuid mhór de na tionóntaithe nár ghéill don *No Rent Manifesto*. Bhí an bhrí á baint as an obair a rinneadh le trí nó ceathair de bhliana roimhe sin. Bhí Éire in achrann chruaidh. Bhí sé féin ag cailleadh treise. Dá gcoinníthí cupla bliain i bpríosún é ní bheadh gluaiseacht ar bith aige le a ghabháil ina ceannas nuair a ligfí amach é. Ansin chaithfeadh sé toiseacht go húrnuaidh. Ní dhéanfadh sin maith. Ní thiocfadh an dara *Land League* chun cinn choíche. Ní féidir gluaiseacht a athbheoú ach oiread is is féidir duine nó ainmhí.

Agus an dream seo eile a chuir an *League* ar bun! Na h*Invincibles*. Ní raibh sé ina leith riamh. Ach níor chuir sé ina n-aghaidh. Ní thiocfadh leis cur ina n-aghaidh nuair nach raibh gléas cosanta ar bith eile fágtha ... B'fhéidir go mbuailfeadh an *League* buillí go fóill a bhéarfadh le fios do Ghladstone go mb'fhearr dó Forster a bhriseadh agus *Home Rule* a thabhairt d'Éirinn. Ach cé a bheas i gceannas ansin? Eisean agus a Pháirtí nó an *Land League* agus na h*Invincibles*?

Agus Kitty! Dá mbeadh sí aige, nár chuma leis cad é a d'fhuilgheonadh sé ... Cá huair a tífeadh sé arís í? An dtiocfadh sí slán as an ghábhadh a bhí roimpi? An litir dheireanach sin a chuir sí chuige! Bhí sí cianach. Bhí drochshláinte aici ... An éireodh léi margadh a dhéanamh le Gladstone?

Le sin tháinig seirbhíseach isteach agus beart litreach leis. D'fhág sé ar an bhord iad agus shiúil sé amach go suaimhneach gan focal a rá. Tharraing fear na leapa air na litreacha agus scaoil sé an sreangán. Thug sé spléachadh dá shúil orthu go gasta. Ansin thóg sé ceann amháin ina mhéara agus chuir sé an chuid eile i leataoibh. Bhris sé an litir agus léigh sé í. Ansin d'éirigh sé agus chuir sé leis an tinidh í. Agus i gceann bomaite bhí litir eile aige, idir na línte.

Tá eagla iontach orm. Níl a fhios agam mar is ceart cad é is cúis leis. Níl a fhios agam mar is ceart cá roimhe a bhfuil eagla orm. Tig sé orm in amanna as mo chodladh. Ní thig liom a mhíniú ach muirfidh sé mé. Dá dtuigtheá é. Dá dtigeadh liom a mhíniú mar ba cheart duit. Dá dtuigfeá an oíche a chuir mé isteach aréir, bhéarfá iarraidh ar ghabháil chun socraithe leis an Rialtas ... Bhí mé ag caint le Gladstone arís, tá trí lá ó shin. Tá sé tuirseach den staid a bhfuil Éire ann. Ba mhaith leis an t-achrann a réiteach. Tá mé cinnte de sin. D'aithin mé ar a chaint é. Dhéanfadh sé socrú fá chíos is fá thalamh a rachadh ar sochar do na tionóntaithe. Chuirfeadh sé fear inteacht eile in áit Forster. Ansin thiocfadh leis a ghabháil ar aghaidh le *Home Rule*. Ach, ar ndóigh, tá sé ag súil le rud inteacht uaitse ar a shon sin. D'fhiafraigh sé díomsa an mbeifeá toilteanach a iarraidh ar mhuintir na hÉireann an dlíodh a chomhlíonadh, agus comhairliú do na tionóntaithe an cíos a bhí bainte orthu a íoc go dtí go ndéantaí socrú a bhéarfadh laigse dóibh. Deir sé gurb é an *Land League* a chuir an iaróg ar bun agus a chothaigh í. Tá sé ag déanamh go dtiocfadh leis an *League* an chneá a chneasú, ach féacháil le coir a chosc mar a bhroslaigh siad í ins an am a chuaigh thart. Sin anois manadh Ghladstone agat. Ach caithfidh tú a theacht ina araicis. Tá mé cinnte go bhféachfaidh tú le socrú a dhéanamh ar mhaithe le hÉirinn agus leat féin, agus ar mhaithe liomsa. Ní bheidh mé beo trí mhí ó inniu faoin leatrom mhillteanach atá orm. Tá mo chroí á dhódh in mo chliabh. Rachaidh mé as mo chéill agus gheobhaidh mé bás ansin. Agus murab é aon rud amháin b'fhearr liom seacht mbás a fháil ná an léan is an leatrom atá orm. Déan rud inteacht agus déan é go gasta. Beidh an caiftín ag gabháil ar cuairt chugat fá cheann chupla lá eile. Míneoidh sé go hiomlán duit an méid atá Gladstone a thairgint agus an méid atá sé a iarraidh. Agraim anois thú gan mo bhás a ligean. – Queenie.[24]

Níor lig an taoiseach duine ar bith á chóir an lá sin. Ó sin go tráthnóna bhí pian intinne air mar a bheifí ag sáitheadh sciana dearga fríd an inchinn aige. Le coim na hoíche scríobh sé litir chuig 'Queenie' agus chuir sé chun siúil í chomh luath is a bhí sí scríofa aige mar a bheadh eagla air go ndéanfadh sé aithreachas dá gcoinníodh sé go maidin í. Ní raibh inti ach na cupla focal, ag rá go gcaithfeadh sé uaidh Éire agus gnoithe na hÉireann agus go n-imeodh sé léi go dtí tír nach mbeadh aithne ar cheachtar acu inti, go ndéanfadh sé sin sula mbeadh sé ina chúis lena bás.

XXII

'Tá scéala cinnte agam go bhfuil sé ag imeacht go Londún san oíche amárach,' arsa *Number One* agus é i gcomhairle lena chuid oifigeach.

'Cinnte le Dia ní imeoidh sé an iarraidh seo orainn,' arsa Curley. 'Nó, má imíonn, tá sé chomh maith againn a bheith réidh leis agus a aidmheáil dúinn féin go bhfuil muid buailte.'

'Bíodh iomlán bhur gcuid fear amuigh san oíche amárach agaibh,' arsa an ceann feadhna. Agus d'inis sé dóibh an áit lena gcur i luíochán ón Chaisleán go dtí stáisiún na traenach.

Tháinig an oíche agus bhí na fir réidh fána choinne. Bhí díbhirce mhillteanach orthu an iarraidh seo. D'imigh sé orthu go minic roimhe agus iad ag sílstean go raibh sé sa dol acu. Ach dar Dia féin é ní imeodh sé an iarraidh seo orthu. Mhuirfeadh siad é dá mba i ndán is go dtitfeadh an fear deireanach acu féin san ár a bheadh ina dhiaidh sin ann. Agus ní raibh rún ar bith ag *Number One* cúl a chur ar fhear ar bith an oíche seo. Bhí an croí dóite aige féin cionn is nach dteachaigh acu gníomh éifeachtach a dhéanamh roimhe seo. An teachtaireacht dheireanach a tháinig chuige ón Ardchomhairle, chuir sé fearg agus míshásamh air. Bhí cuid de cheannairí an *Land League* ag éirí mífhoighdeach. Chonacthas dóibh nach raibh *Number One* agus a chuid fear ag déanamh a gcuid oibre mar ba cheart. Bhí cúig mhí caite ó thug siad ordú dá gcuid saighdiúr ag iarraidh orthu Forster agus Burke a chur i leataoibh. Bhí an bheirt seo beo go fóill agus iad ag déanamh áir ar mhuintir na hÉireann. B'fhéidir, ar seisean leis féin, gur fusa a rá ná a dhéanamh. Ach má imíonn sé orainn an iarraidh seo, diabhal atá ann i gcolainn daonna.

Ar ghabháil anonn *Westland Road* do *Number One* fuair sé na fir ina gcuid áiteach mar a bhí leagtha amach aige. Ní raibh bealach ar bith isteach chun an stáisiúin nach rabh siad i luíochán ann. Bhí sé ag cur de dhíon is de dheora an oíche chéanna. Ach ní raibh binn ar bith ar an fhearthainn ag na h*Invincibles*. Bhí siad ar shon gnoithe an oíche seo agus ní mó ná go raibh a fhios acu cad é an cineál aimsire a bhí ann.

Seo chucu cóiste Forster anuas *Brunswick Street* agus carr dá gcuid féin anuas rompu. Nuair a bhí an chéad charr ag gabháil thart le *Number One* caitheadh bocsa beag amach ar an fhuinneoig. Thóg an ceann feadhna é agus d'fhoscail sé é. Ní raibh ann ach píosa beag de pháipéar. Ní raibh Forster ins an chóiste ar chor ar bith. Ní raibh ann ach a bhean is a chlann.

'Isteach chun an stáisiúin chomh tiubh géar is a thig libh.' Ba é sin an t-ordú a chuir an ceann feadhna chuig na fir. Níorbh fhéidir dó imeacht orthu ag an stáisiún. Rachadh siad isteach sa traein agus mhuirfeadh siad é agus throidfeadh siad a mbealach amach chomh maith is a thiocfadh leo.

Roimh chupla bomaite bhí cupla scór fear istigh sa stáisiún. Chuartaigh siad an traein ó cheann go ceann ach ní raibh Forster le feiceáil acu. Chuaigh a bhean is a chlann ar bord ach ní raibh sé féin leo. Bhí cor curtha arís aige ar na fir a bhí sa tóir air.

Ach bhí seans eile fágtha. Ní imeodh an bád as Dún Laoghaire go dtí an meán oíche agus rachadh traein eile amach as an chathair tamall i ndiaidh a haon déag. Bheadh sé ar an traein mhall cinnte!

D'fhan na fir ina luí thart go dtáinig an uair. Bhí an traein ina luí sa stáisiún réidh le himeacht. Ach ní raibh Forster ag teacht. Sa deireadh druideadh na doirse. Chuir an t-inneall fead as féin agus d'éalaigh an traein amach as an stáisiún.

Mhothaigh na fir an fuacht agus an fliuchlach ansin ag gabháil go dtí an croí iontu agus iad ar a mbealach chun an bhaile tuirseach, tromchroíoch.

Ba doiligh dóibh Forster a fháil sa chathair an oíche sin. Ní raibh sé ansin acu. I dtrátha an mheán lae d'fhostóigh sé carr nach gcuirfeadh aon duine sonrú ann agus chuaigh sé i rith an bhealaigh go Dún Laoghaire ann. Bhí eagla air imeacht ar dhóigh ar bith eile agus dh'ainneoin gur imigh sé faoi choim agus go dteachaigh sé amach bealach cúil is gan leis ach seanghearrán cnámhach, bhí a chroí ar crith le heagla. Ba mhó an eagla a bhí an lá seo air ná a bhí riamh roimhe air. Chonacthas dó go raibh sé sa chinniúint aige a mharbhadh in Éirinn agus nach dtiocfadh leis imeacht orthu an iarraidh seo.

Bhain sé Dún Laoghaire amach sa deireadh. Bhí eagla air go muirfí é chomh luath is a leagfadh sé cos ar an chéidh. Ach níorbh eagal dó nó bhí lucht a mharfa ag déanamh réidh le a theacht air i mBaile Átha Cliath. Chuaigh sé ar bhord na loinge agus d'inis sé don chaiftín go raibh sé ag teitheadh lena anam. Thug an caiftín isteach ina chábán féin é agus thug sé buidéal brandaí amach as prios. 'Beidh tú ceart go leor ansin,' ar seisean. 'Ní shamhóladh siad choíche go dteachaigh tú ar bord an tráth seo de lá.'

Chaith sé an chuid eile den lá ghruama seo ag meabhrú agus ag caint leis féin. 'Cúig bliana déag is fiche ó tháinig mé go hÉirinn an chéad uair. Tháinig mé chucu le cabhair an t-am sin. Tháinig mé le bia a thabhairt don ocrach. Agus seo mo bhuíochas. Iad 'mo dhiaidh agus sciana agus gunnaí leo ag iarraidh mo mharbhadh. Shíl mé aon uair amháin go rabhthar ag déanamh éagóra orthu. Shíl mé gur mhór an truaigh iad. Shíl mé dá mbeadh gléas measartha beatha orthu go mbeadh siad lách, carthanach linn. Ach fuair mé amach an t-am sin féin go raibh an aithne chontráilte agam orthu. Fuair mé sin amach an lá a tugadh breith ar Mhitchel i *Green Street*. Shíl mé ar tús gur fear a bhí ann a bhí ar leathmhire, mar Mhitchel. Shíl mé nuair a dhíbeorthaí go dtí an taobh eile den domhan é, go mbeadh suaimhneas in Éirinn. Títhear domh go bhfeicim go fóill é ina sheasamh sa *dock* agus amharc tintrí ina shúile. Títhear domh go bhfuil mé ag éisteacht leis.

> *I believe that the course which I have opened is only commenced. The Roman who saw his hand burning to ashes before the tyrant promised that three hundred should follow out his enterprise. Can I not promise for one, for two for three?*

'Agus ansin an gháir, a d'éirigh ar fud na cúirte: *"Promise for me" – "and me" – "and me, Mitchel."*

'B'fhíor é. B'fhíor don oifigeach Sasanach an méid a dúirt sé liom an oíche udaí fada ó shin thíos i nDún na nGall. Níl muintir na hÉireann sásta leis an ionad atá acu inár nImpireacht. Níl siad toilteanach ar a bheith páirteach linn ar dhóigh ná ar dhóigh eile. Ní shásódh rud ar bith iad ach a bheith scartha uainn ar fad. Níl i ngnoithe talaimh agus cíosa acu ach leithscéal. Mar sin de níl maith a bheith ag blandar leo. Bhí an ceart ag na fir stáit a chuir faoi riail iad le thinidh is le harm ins an am a chuaigh thart. Níl an dara dóigh orthu. Ní thuigeann Gladstone sin. Sílidh sé go socóraidh sé Éire le laigse cíosa agus le cineál inteacht de *Home Rule* amach anseo. Chuir Parnell dallamullóg air. Dá gcoinníodh sé Parnell i gCill Mhaighneann go gcaolaíodh a chnámha agus dá dtugadh sé neart *buckshot* agus baignéidí géara domhsa shocórainnse gnoithe na hÉireann. Agus más fear Gladstone a bíos cupla bliain eile i gceannas Rialtais gheobhaidh sé amach gur mise a thug an chomhairle cheart dó. Ach ní éistfeadh sé le mo chomhairlese. B'fhearr leis comhairle Pharnell. Amárach beidh cead a chinn ag Parnell agus mise díbeartha as Éirinn. Déarfaidh muintir na hÉireann go bhfuil an bhuaidh le Parnell agus é le rá acu.'

Tháinig traein Bhaile Átha Cliath isteach i dtrátha an deich a chlog agus tháinig bean Forster agus an teaghlach ar bord. Ach níor fhág Forster an cábán gur sheol an long. Nuair a bhí sí giota beag amach ón chéidh tháinig sé aníos ar uachtar. Sheasaigh sé ansin tamall fada agus a uilleannacha leagtha ar na réalacha aige. Tamall roimhe sin stad an fhearthainn agus bhí an spéir ag glanadh agus feochán géar gaoithe ag éirí. Bhí solais an chuain ag imeacht uaidh de réir a chéile. Bhí sé ar shiúl as Éirinn. Bhí sé ag éisteacht le tormán an innill agus é intuigthe aige. Bhí an chaint chéanna le cluinstean aige as téadaí na gcrann agus as na tonna a bhí ag bualadh in éadan na loinge. Aon phort amháin a bhí ag an iomlán acu: *'Promise for me' – 'and me' – 'and me, Mitchel.'*

XXIII

Cupla lá ina dhiaidh sin bhí *Number One* ina luí muscailte ins an teach ósta a raibh sé ag baint faoi ann. Bhí sé tuirseach nó níor chodail sé mórán an oíche roimhe sin. Bhí sé imníoch, tromchroíoch, ag smaoineamh ar an méid ama a bhí caite agus ar an bheagán a bhí déanta. Bhí a chuid fear ag éirí cianach, mífhoighdeach. Ba doiligh dóibh a bheith ar a athrach de dhóigh agus an bhail a bhí orthu. Chaithfí rud inteacht a dhéanamh agus a dhéanamh gan mhoill. Smaoinigh sé ansin go raibh ordú aige ón *Executive* an Búrcach a chur óna chosa chomh maith le Forster. Ba doiligh breith ar Forster. De réir chosúlachta ní raibh aon dóigh acu le a theacht air ach an dóigh a mhol Brady sa gheimhreadh. Bhí Forster iontach coimheádach. An raibh a fhios aige go rabhthar ar a dhroim? Arbh fhéidir go raibh spíodóir ina measc? Chaithfí rud inteacht a dhéanamh go gasta, rud inteacht a mhuscóladh na h*Invincibles* ar fud na hÉireann.

Sa deireadh d'éirigh sé agus thoisigh sé a chur air a chuid éadaigh. Thug sé fá dear go raibh scairt iontach ard ag buachaillí na bpáipéar, scairt nár ghnách leo, mar a bheadh scéal mór inteacht ins na duilleoga a bhí siad a reic. Chuaigh sé anonn go dtí an fhuinneog, lig in airde an dallóg agus d'amharc amach. Bhí oibriú iontach ins na daoine ar an tsráid. Bhí buachaillí na bpáipéar ina rith anonn agus anall, aníos agus síos, ag díol a gcuid páipéar chomh tiubh géar is a thiocfadh leo ceann a shíneadh amach agus leithphingin a ghlacadh ar a shon. Bhí fir ina mbeirteanna is ina dtriúranna ansiúd is anseo ag amharc ar aon pháipéar amháin thar ghuailleacha a chéile.

Thoisigh sé a chur air a chuid éadaigh fá dheifre agus é ag fiafraí de féin cad é an scéal iontach a bhí ar na páipéir. An dtearn na h*Invincibles* gníomh éifeachtach síos an tír? Má rinne, cad é an bharúil a bheadh ag an *Executive* desean agus de chuid fear Bhaile Átha Cliath? Nuair a bhí a chuid éadaigh air chuaigh sé síos an staighre agus trasna an halla go doras na sráide. Bhí sé tamall ansin sular éirigh leis umhail bhuachaillí na bpáipéar a tharraingt air. Sa deireadh chonaic fear acu é agus rith sé anall ionsair. Cheannaigh *Number One* an *Freeman* agus isteach chun an phroinntseomra leis. Ní raibh aon duine ansin ach cailín freastala agus í ag scuabadh grabhróga aráin de thábla. Chuir sí ceist air cad é ba mhaith leis lena bhricfeasta. D'inis seisean di agus d'imigh sí.

Chomh luath is a fágadh *Number One* leis féin, d'fhoscail sé an páipéar. Agus an chéad amharc a thug sé air, bhain sé an anál de. Fágadh gan mhothú é ar feadh bomaite. Nuair a tháinig sé chuige féin léigh sé arís na línte troma a bhí ar bharr na duilleoige.

LAND QUESTION SETTLED
AGREEMENT SIGNED IN KILMAINHAM JAIL
CHIEF SECRETARY RESIGNS

'D'imigh Forster orainn i ndiaidh ár ndícheall a dhéanamh lena chur i leataoibh,' ar seisean agus é féin agus a chuid oifigeach i ndáilchomhairle.

'Níl mé cinnte go dtearn muid ár ndícheall, a cheann feadhna,' arsa Brady go brúite.

'Rinne muid a dtáinig linn de réir na n-ordú a tugadh dúinn,' arsa an fear eile.

'Ba cheart a chur óna chosa go fóill,' arsa Curley. 'Tá mise toilteanach ar a leanstan go Sasain agus féacháil lena chur óna bhonnaí.'

'Ní bheadh ciall ar bith le sin,' arsa an ceann feadhna. 'Ní gnoithe éirice atá idir lámha againn ach gnoithe cogaidh. Níl Forster i gcogadh linn anois. Agus nuair nach bhfuil, níl ceart ar bith againn ar a mharbhadh ach oiread is a bheadh againn ar Shasanach ar bith eile.'

'Ní hé sin mo dhearcadhsa, i gcead duitse, a cheann feadhna,' arsa Curley. 'Má bhuaileann fear thú, an bhfuil an choir maiteach aige ach stad de do bhualadh? Tá ár agus marfach déanta le bliain ag Forster ar mhuintir na hÉireann. Mharbh sé ceann as éadan iad de réir mar a tháinig sé orthu. Seandaoine a raibh cos amuigh is cos istigh san uaigh acu, agus páistí beaga, soineanta a shíl gur ag déanamh cuideachta a bhíthear go dtí gur sáitheadh na baignéidí fríd a gcroí. Tá an bás tuillte ag an dúnmharfóir seo má bhí sé tuillte ag aon duine riamh.'

'Aidmhím go bhfuil,' arsa *Number One*, 'ach níl cumhacht ná údarás ar bith againn lena theilgean chun báis. Caithfimid breith ar ár gcéill agus dearcadh ar an scéal mar is ceart. Páirtí Pharnell agus an *Land League* a chuir na h*Invincibles* ar bun. Rinne siad sin anuraidh nuair nár fágadh gléas cosanta ar bith eile acu. Sin an rud a shocair siad nuair nár fágadh ceart dlíúil de chineál ar bith acu. Rinne siad Rialtas díobh féin ar Éirinn agus chuir siad arm ar bun le buille a bhualadh ar lucht a scriosta gach uair agus gach áit a mb'fhéidir é. Iadsan Rialtas na hÉireann. Acusan atá sé le socrú cé acu ba chóir nó nár chóir a ghnoithe a aifirt ar Forster anois. Ní bheadh sé ceart ag fear ar bith againne, ná ag an iomlán againn i gcuideachta a chéile, rud ar bith a dhéanamh gan cead agus ordú an Rialtais.'

'Ach nach bhfuil socrú déanta acusan le Sasain?' arsa Curley. 'Agus cad é a dhéanfaimidinne nó cad é an gnoithe atá linn?'

'Tá an socrú déanta cé bith mar a rinneadh é ná cé bith údarás atá leis,' arsa an ceann feadhna. 'Is iontach liom nár chuir an Rialtas scéala chugam. Níl a fhios agam anois cad é is cóir dúinn a dhéanamh. Tá ordú againn ón *Executive* le trí mhí Burke a chur i leataoibh an chéad áiméar a gheobhaimis air. Níor cuireadh an t-ordú ar ceal go fóill. Sin an rud nach dtuigim ar chor ar bith agus caithfimid fanacht go bhfaighimid ordú.'

'Mar sin de,' arsa Brady, 'tá sé ceadmhach againne a ghabháil ar aghaidh leis an chéad ordú go bhfaighimid an dara ceann á chur ar ceal.'

'Tá an ceart sa mhéid sin againn,' arsa *Number One*. 'D'fhéadfaimis Burke nó fear ar bith eile dá bhfuil ar an liosta a chur chun báis dá bhfaighimis an áiméar chuige agus an ceart a bheith againn. Ach is fearr dúinn scéala a chur chucu agus a n-ordú a fháil. B'fhéidir nach raibh sa tsocrú seo fá ghnoithe an talaimh ach cleas le dallamullóg a chur ar na Sasanaigh. Tá mé ag déanamh dá mbeadh sé socair dáiríribh go mbeadh scéala againne ón *Executive* roimhe seo ag inse dúinn go raibh an cogadh thart agus an tsíochaimh déanta, agus ag iarraidh ar gach aon fhear a chuid arm a chaitheamh i leataoibh agus cromadh ar a chuid oibre. Ach cé bith mar atá, bhéarfar orthu ordú de chineál inteacht a thabhairt dúinn.'

'Tá eagla orm féin roimh an tsocrú seo,' arsa Curley. 'B'fhéidir go rachadh sé chun sochair do na tionóntaithe ach scarfaidh sé fear na tíre agus fear na cathrach ó chéile. *The Land for the People* an rosc catha a bhí ag an *Land League* i dtús báire. Ní raibh mórán suime ins an mhanadh sin ag lucht na mbailteach mór. Ach as a chéile tháinig muintir na hÉireann uilig isteach ann agus *Ireland for the Irish* mar rosc catha acu.'

'Agus measaim féin,' arsa an ceann feadhna, 'gurbh é sin an cleas a bhí Parnell a imirt i rith an ama. Ní raibh mórán suime i ngnoithe an talaimh aige. Ní raibh sé riamh ar a chroí. Cá bhfuil mar a bheadh agus é féin ina thiarna? Saoirse na tíre a bhí ar a intinn agus ba é a bharúil gur mhaith an cúl báire na Fíníní aige. Rinne sé leithscéal de ghnoithe an talaimh le Davitt a cheannach. Bhí sé ag déanamh gur mhaith an cuidiú Davitt aige leis na Fíníní a mhealladh ionsair.'

'Ach tá socrú déanta anois le Sasain aige,' arsa Curley. 'Cad é a déarfas na Fíníní, cad é a déarfas na h*Invincibles* má tá saoirse na hÉireann díolta ar laigse cíosa?'

'Tá dóchas agam féin go fóill as Parnell,' arsa *Number One*. 'Ní hé seo an chéad uair a chuir sé an cluiche ar Ghladstone ... Ar scor ar bith, níl maith dúinn a bheith ag cur ár gcuid ama amú ag tabhairt bharúlach. Caithfimid fanacht go bhfaighimid scéala ón *Executive* agus cé bith ordú a bhéarfas siad dúinn, caithfimid a chur i gcrích.'

XXIV

Bhí ollghardas ar mhuintir Bhéal an Átha agus é le haithne ar na daoine agus ar na tithe. Bhí aoibh bhreá ar gach aon duine agus ba tearc teach gan brat glas crochta amach ar an fhuinneoig as. Bhí an lá mar an tsaoire acu cé nach Domhnach ná lá saoire Eaglaise a bhí ann. Agus bhí an uair maith. Lá breá i dtús an tsamhraidh a bhí ann agus an ghrian ag soilsiú go maiseach, lúcháireach ar muir agus ar tír.

Ní raibh mórán umhaile ag muintir an bhaile ar obair an lá seo. An té ba saolta ina measc ní ghoillfeadh sé air an lá sin a chaitheamh le spórt agus le pléisiúr. Bhí an geimhreadh thart agus an samhradh ann. Agus, rud ab fhearr ná sin céad míle uair, bhí geimhreadh mór, fada an daorsmaicht caite agus grian gheal, dhathúil na saoirse i ndiaidh éirí. Bhí deireadh leis an anró agus leis an anás agus leis an ghéarleanúint. Bhí a cheann le Parnell agus buaidh na bruíne leis.

Bhí fir istigh i dtithe na tábhairne ag ól sláinte Pharnell agus sláinte na hÉireann. Agus ní raibh dearmad déanta ach oiread acu den fhear as a dtír dhúiche féin a chuir tús ar Chogadh na Talún agus a thug gléas do Pharnell le lámh an uachtair a fháil ar Ghladstone agus ar Rialtas na Sasana. B'éifeachtach an fear Parnell. Ba mhillteanach an obair a bhí déanta aige le cupla bliain roimhe sin. Ní raibh a leithéid de cheann urraidh ar Éirinn ó d'imigh Aodh Ó Néill. Ní raibh oiread intleachta ag fir stáit na Sasana is a bhí ábalta a chosc. Agus nuair nach dtiocfadh leo buaidh a fháil air, chuir siad i bpríosún é. Ach b'éigean dóibh a ligean amach ar ais. B'éigean dóibh socrú a dhéanamh leis. Ní raibh an socrú sin tuigthe mar ba cheart ag na daoine go fóill. Ach, mura raibh féin, ba chuma. Bhí siad cinnte go raibh an chuid ab fhearr den imirt ag Parnell agus gur chuir sé an cluiche ar Ghladstone sa deireadh agus chuirfeadh sé an cluiche arís air. Níorbh fhéidir cúl a choinneáil ar an fhear. Roimh bhliain ón lá sin bheadh Ríocht Éireann chomh saor le haon ríocht eile ar dhroim an domhain.

Ach ní raibh rún acu an lá uilig a chaitheamh i dteach na tábhairne. Bhí siad ag brath buíon cheoil a bhí acu a thabhairt amach tráthnóna agus nuair a thiocfadh an oíche lasfadh siad tinidh mhór nach raibh a leithéid i gConnachta le cuimhne na ndaoine.

Bhí an dara buíon cheoil ann agus ní raibh rún acusan fanacht go tráthnóna. Scaifte de ghasraí costarnochta a bhí ann agus gan de ghléas ceoil acu ach fídeoga stáin a cheannaigh siad ar phingin an ceann, agus cupla bucóid in ionad drumaí. Ba doiligh a gcur in ordú agus a gcur fá shiúl nó ní raibh siad féin ag teacht le chéile fán cheol. Bhí cupla fear de na gasraí ag rá gur *God Save Ireland* ba chóir a sheinm ar ócáid den chineál, agus an chuid eile ag rá nárbh é ach *The West's Awake*. Fágfaimid ansin tamall iad leis an ghréasán a réiteach chomh maith is a thig leo agus bhéarfaimid cuairt ar theach bheag atá amuigh ar imeall an bhaile.

Fear darbh ainm Micheál Ó Mealóid a bhí ina chónaí sa teach seo. Bhí sé pósta agus gan acu ach aon duine amháin clainne, gasúr i gceann a dhá bhliain déag. Bhí an t-athair iontach doirte dó. Bhí sé ina cheoltóir ghalánta. Bhíthear ag rá gurb é rud a bheadh ann ceoltóir éifeachtach nuair a bheadh sé mór. Ar scor ar bith shíl a athair agus a mháthair nach raibh aon cheoltóir ar an domhan riamh inchurtha leis agus nach mbeadh choíche. Is minic a shuíodh siad tráthnóna de chois na tineadh ag éisteacht leis ag gabháil cheoil agus na súile druidte acu. 'An gcuala tú siúd?' a deireadh an t-athair. 'Nach sílfeá go raibh tú ag amharc air le do shúile cinn? Na bratacha ag lúbadh os cionn Bhéal an Átha.'

Agus nach orthu a bhí buaireamh léanmhar an geimhreadh roimhe sin nuair a bhuail taom throm breoiteachta é. Nach iomaí oíche a shuigh siad go brónach ag colbha na leapa ag amharc air ag spairn leis an bhás. Agus an oíche a shíl siad go raibh deireadh leis an chomhrac! Bhí sé ina luí ansin agus gan cuma air go raibh cuisle ná anál ann. Las siad na coinnle agus dúirt siad an Paidrín chomh maith is a tháinig leo. Ach nuair a shíl siad go raibh sé síothlaithe thoisigh imir bheag, dhearg a theacht ar ais ina aghaidh. Agus tháinig sé as an taom sin. I gceann chupla lá bhí aghaidh bheag bhisigh air ach bhí sé iontach lag. Agus luigh sé ar a leabaidh go raibh tús an tsamhraidh ann.

'Ligfidh sí amach inniu mé,' ar seisean an mhaidin seo nuair a chuala sé go raibh na gasraí ag brath na 'drumaí' a thabhairt amach. 'Tá biseach maith anois orm. Thig liom siúl chomh maith le aon lá riamh. Cá bhfuil mo chulaith úr, a mháthair, an chulaith a cheannaigh tú domh fá choinne Lá an Easpaig?'

'A Phádraig, a leanbh,' arsa an mháthair, 'bheadh sé contúirteach agat mórán siúil a dhéanamh go fóill,' arsa an mháthair, 'ar eagla gur teas is fuacht a gheofá a thógfadh aicíd na scamhán arís ort. Dá dtigeadh sí ort anois agus gan tú ach lag, bhéarfadh sí do bhás. Agus ansin cad é a dhéanfadh do mhamaí bhocht agus gan gasúr ar bith aici?' Tharraing sí chuici é agus d'fháisc sí lena croí é. Bhí na deora ina súile. Ní thiocfadh léi a ligean amach a shiúl leis na drumaí. Ach, a Dhia, nár dhoiligh a dhiúltú!

'A mháthair bheag,' ar seisean ag amharc uirthi go truacánta, 'an ligfidh tú domh siúl giota beag leo – síos go dtí an coirnéal – nuair a bheas siad ag teacht ar ais an bealach seo?'

'B'fhéidir nach é seo an bealach a thiocfas siad, a leanbh,' arsa an mháthair.

'An bealach seo a thig na drumaí i gcónaí,' arsa an gasúr. 'Théid siad amach an bealach íochtarach agus isteach an bealach seo.' Agus mhair sé ag blandar agus ag achaineach riamh nó gur thoiligh an mháthair ar ligean dó siúl síos go dtí an coirnéal le buín na ngasúr nuair a bheadh siad ar a mbealach ar ais.

Thug sí léi culaith bheag de ghlaisín caorach agus chuir sí ar chúl cathaoire os coinne na tineadh í. Nigh sí aghaidh an ghasúra agus chíor sí a cheann. Nuair a bhí sé cóirithe réidh d'iarr sí air suí ag an fhuinneoig go bhfeiceadh sé an *band* ag tarraingt air isteach.

'Nach dtiocfadh liom a ghabháil amach ina n-araicis?' ar seisean nuair a bhí sé tamall ina shuí ag an fhuinneoig agus gan aon duine le feiceáil ag teacht.

'Bheadh contúirt duit ann, a leanbh,' arsa an mháthair. 'Ní raibh tú amuigh thar doras le bunús leithbhliana agus má tá an lá grianmhar féin tá cuil fhuar air. Suigh ansin anois mar a bheadh gasúr maith ann. Is gairid go bhfeice tú chugat iad. Tá siad ar shiúl amach le fada.'

Agus bhí. Nuair a bhí tamall caite acu ag díospóireacht fán phort ba chóir a bheith acu, thoisigh siad ar an cheann a bhí ag an mhórchuid – *The West's Awake*. Bhí dhá bhratach leo ar thoiseach na buíne, dhá phíosa bheaga scáinte d'éadach ghlas agus litreacha graifleacha de shnáth bhuí fuaite orthu. *Home Rule* ar cheann acu agus Parnell *For Ever* ar an cheann eile.

Nuair a bhí Micheál beag Ó Mealóid tamall ina shuí ag an fhuinneoig chuala sé scréach na bhfídeog i bhfad uaidh. D'éirigh sé de léim go dtí an doras agus cuma iontach thógtha air. Ní raibh ann ach go dtáinig leis foighde a dhéanamh go dtáinig siad anuas a fhad leis. Ansin chuaigh sé amach agus isteach ar dheireadh na buíne. Ní raibh fídeog ar bith aige. Ach ní raibh gnoithe le fídeoig aige. Bhí ceol breá aige agus dhéanfadh sé scoith cúise. Thoisigh sé a ghabháil cheoil, ag cur leis na fídeoga, agus d'imigh an t-iomlán acu leo síos an tsráid.

Bhí scaifte mór píléirí ag tarraingt orthu aníos ó bhun an bhaile agus a gcuid gunnaí agus baignéidí leo. Ach níor chuir sin eagla ar bith ar na gasraí. Agus cad chuige a gcuirfeadh? Ní raibh eagla ar bith ar a muintir nuair a lig siad amach iad. Seachtain roimhe sin chuirfeadh siad ar a súile dá gclainn gur chontúirt dóibh an tsráid a shiúl ina dtriúranna agus port feadalaí thuas acu. Ach d'imigh sin agus tháinig seo. Bhí socrú déanta ag Sasain le Parnell. Bhí Forster bradach ar shiúl. I ndiaidh an gus a bhí ann chuir Parnell an ruaig air. Níorbh eagal don fhear a bhí ag teacht ina áit nó bhí ceacht múinte do na scriosadóirí ag Parnell, gur ba bhuan beo é.

Bhí Micheál Ó Mealóid agus a bhean ina seasamh sa doras ag amharc ar a ngasúr ag siúl le lucht na bhfídeog agus ag éisteacht leis ag gabháil cheoil. 'Éist leis,' arsa an mháthair. 'Tá a ghlór le cluinstean os cionn ghlór na bhfídeog i ndiaidh an méid atá ann acu.' Agus bhí.

But hark! A voice like thunder spake,
The West's awake, the West's awake.

'Coisreacadh Dé agus an Athar Shíoraí orainn, tá na píléirí ag scaoileadh leo,' arsa an mháthair seanard a cinn. 'Siúil leat go sábhálaimid ár leanbh,' agus lig an bheirt iad féin chun reatha.

B'fhíor é. Bhí na gasraí bochta ag siúl leo agus iad ag séideadh a gcuid fídeog agus ag bualadh a gcuid bucóid agus gan iad ag smaoineamh go raibh contúirt dá laghad orthu. Le sin féin scaoileadh cith luaidhe isteach ina measc. Thit beirt acu leis an chéad rois. Thit beirt eile leis an dara rois. D'imigh an chuid eile ina rith soir siar agus na píléirí sa tóir orthu.

Bhí Micheál beag Ó Mealóid ag rith aníos an méid a bhí ina chosa ag tarraingt ar an teach agus píléir mór ina dhiaidh agus baignéid i mbarr a ghunna aige. Bhí an t-athair agus an mháthair ina rith anuas ina n-araicis agus ise ag screadaigh chomh hard is a bhí ina ceann: 'De gheall ar Dhia, a dhuine uasail, ná marbh mo leanbh agus gan mé ach i ndiaidh a thabhairt ón bhás.' Bhí an gasúr ag tarraingt uirthi aníos. Tháinig sé fá dheich slata di. Dá dtigeadh léi greim a fháil air agus a chaitheamh siar ar a cúl. Rachadh sí idir é féin is an baignéid. Bhí a lámha sínte amach aici le breith air. Le sin sháith an píléir a bhaignéid isteach ina dhroim agus trasna fríd a chroí. Thit sé ina chorp ag cosa a mháthara.[25]

An oíche arna mhárach bhí oifigigh na n*Invincibles* cruinn i gcuideachta i mBaile Átha Cliath agus iad ag feitheamh le *Number One*. 'Sin anois agaibh an tsíochaimh a thug socrú Chill Mhaighneann dúinn,' arsa Brady. 'Fuair páistí bochta Bhéal an Átha an chéad chuid den tsíochaimh sin agus gan na créatúir ag déanamh a dhath ach amuigh is cupla fídeog is seanchanna acu le honóir a thabhairt do Pharnell.'

'Scéal iontach é, le cois a bheith uafásach,' arsa Curley. 'Más é ceann urraidh na tíre é – agus is é – cad chuige nár iarr sé ar an *Executive* scéala a chur chugainne agus gan ár bhfágáil anseo sa dorchadas? Cad é an cineál socraithe a rinne sé ar chor ar bith? Nó an ar a chonlán féin a rinne sé é gan ceist a chur ar aon duine eile? Nach raibh a fhios aige go raibh na h*Invincibles* ann? Nárbh fheasach dó an rún a bhí acu nuair a gheobhadh siad buille ar shlí a bhuailte? Nach iad féin a chuir an t-arm ar bun nuair a sháirigh gach aon seifte eile orthu? An bhfuil siad ag brath ár bhfágáil ansin anois mar a bheadh scaifte caorach gan tréadaí ann?'

'B'fhéidir go mbeadh scéala de chineál inteacht leis anocht ionsorainn,' arsa fear eile. Agus ní raibh ann ach go raibh an focal as a bhéal nuair a bheannaigh *Number One*.

'Thig gach aon rud lena iomrá,' arsa Curley. 'Anois go díreach a bhí muid ag caint ort. Cad é an scéala atá leat chugainn?'

'Dea-scéala,' arsa an ceann feadhna. 'Tá ordú anseo agam ón *Executive* ag iarraidh a ghabháil ar aghaidh leis an troid. Tá tuilleadh gunnaí geallta acu dúinn agus pléascáin. Agus tá ordú againn Cavendish a chur óna chosa chomh luath géar agus is féidir é. Agus anois tá sé chomh maith againn, in ainm Dé, aon iarraidh amháin a thabhairt amárach air agus gan faill a thabhairt dó aon oíche amháin a chodladh in Éirinn. Bíodh iomlán bhur gcuid fear réidh agaibh ar maidin amárach. Is furas a gcruinniú. Tá an lá mar an tsaoire acu agus ní bheidh fear ar bith ag obair. Níorbh fhuras a theacht air ar a bhealach as *Westland Row* chun an Chaisleáin, ná as an Chaisleán ar a bhealach chun na Páirce. Caithfimid féacháil le a bheith sa Pháirc roimhe nuair a rachas sé amach tráthnóna.'

Agus ansin d'ainmnigh sé an méid fear a bheadh de dhíobháil sa Pháirc air agus na hairm a bheadh acu. Agus bhí a leithéid seo le heolas a fháil as an Chaisleán, agus a leithéid siúd eile, agus slua teachtairí aige leis na scéaltaí sin a chur chuig na fir a bhí sa Pháirc.

'Anois,' arsa *Number One*, 'an bhfuil a dhath eile le rá ag aon fhear agaibh?'

Chuir cupla fear acu ceist fá rudaí a bhí ag déanamh bhuartha dóibh. An raibh aithne ag aon duine acu ar

Chavendish? Chaithfeadh siad a bheith cinnte. Ní thiocfadh leo scéal a dhéanamh dá mbarúil agus fear a mharbhadh gan a bheith cinnte dearfa go raibh an fear ceart acu, gan a fhios nárbh é an neamhchorthach a bheadh thíos leis.

'Tá neart aithne agamsa air,' arsa *Number One*. 'Is iomaí uair a chonaic mé sa *House of Commons* é. D'aithneoinn é dá gcastaí orm é oíche ré dorcha,' ar seisean, ag tabhairt a chosúlachta dóibh. 'Ar scor ar bith is furas do chuid eile agaibh aithne a fháil amárach air. Beidh daoine ins an Chaisleán agam a chuirfeas ar an eolas sibh an uile choiscéim den bhealach.'

'Rud eile, a cheann feadhna,' arsa Curley, 'cá gcuirfimid Carey amárach? Cad é a bhéarfaimid le déanamh dó?'

'Níl muinín agat as ach oiread is atá agam féin as?' arsa *Number One*. 'Tá eagla ort go bhfeallfadh sé orainn nuair a thiocfadh báire na fola?'

'Tá,' arsa Curley, 'agus ní hionann sin is a rá gur fealltóir é. Níl aon deor d'fhuil fealltóra ina cholainn. Ach tá eagla air. Tá an duine bocht chomh díleas agus a thiocfadh le fear ar bith a bheith. Ach ní chuirfinn in áit ar bith é a mbeadh contúirt air.'

'Sin mo bharúil féin de,' arsa *Number One*. 'Féadaim a rá go raibh an bharúil sin agam de ón chéad oíche a casadh orm é féin is an chuid eile agaibh ar an gheimhreadh seo a chuaigh thart. Ach beidh sé úsáideach againn amárach. Cuirfimid san *Intelligence Corps* é. Dhéanfaidh sé a chuid oibre go maith ansin nó ní bheidh contúirt ar bith air.'

'Is maith liom go bhfuil sin socair agat, a cheann feadhna,' arsa Curley. 'Bíonn truaigh agam féin dó. Tá eagla air, ó cuireadh ó chomhairle na n-oifigeach é, go bhfuilthear in amhras air. Agus tá sin goilliúnach ag fear nach ndíolfadh a thír ar a bhfuil d'ór ar an domhan.'

'Nach millteanach an rud a rinneadh i mBéal an Átha inné,' arsa fear acu nuair a bhí gnoithe an lae arna mháraigh socair acu.

'Bheir sé le fios don tsaol,' arsa an ceann feadhna, 'cad é an cineál duine an *grand old man* a raibh dóchas mór ag muintir na hÉireann as tá cupla bliain ó shin. Na páistí beaga, bochta. Ach b'fhéidir, roimh an am seo san oíche amárach, go mbeidh a fhios acu go bhfuil Banba ag muscladh a misnigh.'

'An dtuigeann tú an socrú seo Chill Mhaighneann, a cheann feadhna?' arsa Curley.

'Ní thuigim anocht é ach oiread leis an lá a chuala mé é tá seachtain ó shin,' arsa *Number One*. 'Parnell agus Gladstone a rinne an socrú. Agus cupla lá ina dhiaidh sin thug an t*Executive* ordú dúinne a ghabháil ar aghaidh leis an troid. Is ionann sin is nach bhfuil údarás ar bith ag an tsocrú seo ach gur rud é a rinne Parnell ar a chonlán féin. Agus níor ghéill Rialtas na Sasana dó ach oiread. Ní mó ná go raibh an dúch tirim mar ba cheart air nuair a rinne siad deargár ar pháistí beaga Bhéal an Átha. B'fhéidir gur le cead Pharnell a cuireadh an t-ordú seo chugainne, agus é de cheart aige fosta. Nó má bhí socrú údarásach ar bith ann bhris Sasain é maidin inné i mBéal an Átha agus níl oibleagáid ar bith ar Éirinn géillstean níos faide dó.'

'Déarfainn féin gur mar sin a bhí,' arsa Curley.

'Ní léir domh an dara míniú air san am i láthair,' arsa an ceann feadhna. 'Ach is cuma. Ní horainn a tháinig an gréasán a réiteach. Tá ár gcuid ordú againn. Agus bíodh gach aon fhear réidh lena chion féin a dhéanamh amárach.'

XXV

An Seiseadh Lá de Bhealtaine, 1882

Bhí an uair maith agus bhí an lá mar an tsaoire ag muintir Bhaile Átha Cliath. Ní raibh mórán den mhaidin caite go raibh na slóite síoraí amuigh ar na sráideanna. Dá mba ócáid ar bith eile a bheadh ann bheadh siad ag imeacht chuig rásaí nó amach fá na cladaí. Ach b'ócáid ar leith an ócáid seo. Bhí an tIarla Spencer, Fear Ionaid na Banríona, ag teacht chun na cathrach, é féin agus an Príomhrúnaí, Frederick Cavendish.

Ba ghairid go mbeadh siad ag stáisiún na traenach. Uair roimhe sin chualathas tormán na n-urchar á scaoileadh as gunnaí móra ag cur fáilte roimh uaisle na Sasana ar theacht i dtír i nDún Laoghaire dóibh. Sa deireadh tháinig an scéala go raibh an traein istigh. Ach baineadh moill eile astu ag an stáisiún nó bhí an tArdmhaor agus Comhairle na Cathrach ansin fána gcuid órshnáithe is ribíní le fáilte a chur roimh na fir a chuir Gladstone anall lena chomhairle a chur i gcrích. Léigh an tArdmhaor dileagra a bhí réidh aige. 'Fáilte agus céad roimh na huaisle a tháinig chugainn a bhuanú suaimhnis is carthanais. Cúis mhór lúcháire dúinn go bhfuil deireadh ar shéala a bheith leis an mhíthuigse a choinnigh in achrann a chéile le fada dhá oileán atá sa chomharsain ag a chéile agus nár chóir a bheith eatarthu ach dáimh is carthanas ... Ár seacht mbeannacht chuig William uasal Gladstone ... Rath agus bláth agus coimirce Dé ar ár mbanrín ghlórmhair, fá shaol agus fá shláinte.'

Tógadh gáir a chualathas abhus ag an Phillar nuair a bhí an dileagra léite ag an Ardmhaor. Ach bhí fear amháin ar Chomhairle na Cathrach nach dtáinig an gháir sin óna chroí, mar a bhí, James Carey. Bhí sé ansin ag scairtigh i gcuideachta na cuideachta agus é ag amharc idir an dá shúil ar Chavendish mar a bheadh sé ag súil go gcuirfeadh an tiarna uasal sin sonrú ann agus go mbeadh cuimhne aige air nuair a bheadh grabhróga beaga ollmhaithis le rann. Sin an bharúil a bheadh de ag an té nach mbeadh an aithne cheart acu air. Is beag a shíl cuid dá raibh sa láthair an fáth a bhí aige le stánadh chomh géar sin ar an Phríomhrúnaí. Is beag a shíl siad gur ag iarraidh pioctúir glinn a tharraingt lena shúile a bhí sé sa chruth is go dtiocfadh leis a chur in aithne mar ba cheart d'fhir a raibh dileagra cruach réidh fána choinne acu.

Sa deireadh d'fhág an slua an stáisiún agus shiúil leo ag tarraingt ar an Chaisleán. Nuair a bhí siad ag gabháil thart le Coláiste na Tríonóide tógadh gáir a bhain macalla as na spéarthaí. Bhí Cavendish sásta. Ní raibh i muintir na hÉireann, ar ndóigh, ach sclábhaithe, ach, mar sin féin, ba lách na daoine iad. Ba bhreá an fháilte a bhí acu roimhe. B'ábhar iontais leis nach raibh siad féin is Forster ábalta a theacht le chéile. Nó bhí cuma orthu go raibh siad díleas don Choróin agus don Impireacht. Arbh fhéidir gur shíl siad go raibh Gladstone ag brath an tír a fhágáil acu féin cionn is go dtug sé Forster chun an bhaile agus go dtearn sé socrú fá ghnoithe cíosa le Parnell? Ach, níorbh fhéidir ar chor ar bith. Má bhí amaidí bheag ar bith mar sin ag cur as dóibh, múineadh ciall dóibh an lá fá dheireadh i mBéal an Átha!

Sa deireadh shroich siad an Caisleán. Bhí an Halla Ríúil gléasta go maiseach fána gcoinne. Chuaigh Spenser suas ar an léibheann agus thug an mionna go mbeadh sé dlisteanach do Bhunreacht na Sasana 'ins an chuid seo d'Impireacht na Sasana.'

'Ní bheadh maith ar bith féacháil lena ionsaí ar a mbealach amach,' arsa *Number One* le fear dá chuid oifigeach. 'Tá garda ró-láidir orthu. A bhfuil de sheans againn a theacht orthu sa Pháirc idir seo is tráthnóna. Cuir iomlán do chuid fear amach chun na Páirce. Ba chóir nach mbeadh moill orainn a theacht orthu am inteacht roimh an oíche.'

Bhí an tráthnóna á chaitheamh agus bhí na slóite ar fud na Páirce. Cuid ag siúl ar na bealtaí, cuid eile ag amharc ar chluiche *polo* a bhí á imirt, agus cuid ina suí ar an fhéar ag comhrá agus ag caitheamh tobaca. Ní shamhóladh duine ar bith go raibh corradh le leithchéad fear i measc an tslóigh a raibh gunnaí glaice lódáilte ar iomchar leo, ná go raibh ceathrar acu a raibh miodóga géara cruaidhe ina bpócaí ascaille leo. Bhí carranna amach is isteach an bealach mór. Bhí cuid eile ina seasamh thall is abhus ag fanacht lena gcuid pasantóirí a thabhairt ar ais chun an bhaile. Bhí carr ina sheasamh thall fá ghiota de leacht Wellington. Dá mbeadh súil agat a d'aithneodh capall maith déarfá leat féin go raibh cuma ar an ainmhí seo go raibh lúth na gcnámh leis. B'fhéidir go seasófá tamall beag ag amharc air ach ansin shiúlfá leat. Ní bheadh a fhios agat gur Skin the Goat a bhí ina leathchodladh ar shuíochán an tiománaí. Nó dá mbeadh aithne féin agat ar dhuine den dream, ní shamhólthá choíche go raibh na súile leathdhruidte sin ag breathnú uathu go géar féacháil an raibh an cluiche ar shlí a imeartha.

Bhí Cavendish istigh ina theach féin agus, i gceann tamaill, tháinig scéala go dteachaigh Burke ar cuairt chuige. Bhí seans amháin fágtha ag na fir a bhí ar a dtóir. Níor dhóiche go bhfanódh siad istigh go maidin. Bhí an tráthnóna maith agus ba dóiche go dtiocfadh an bheirt amach a tharraingt a n-anála roimh an oíche. Bhí Carey ina sheasamh i gcuideachta scaifte a bhí ag amharc ar chluiche *polo*. Chuaigh *Number One* anonn agus sheasaigh sé tamall ag amharc ar an chluiche. Sa deireadh rinne sé comhartha do Charey agus d'imigh sé. Bhí Carey ins na sála aige.

'Is gairid anois go raibh siad ag teacht amach má thig siad amach anocht,' arsa *Number One*. 'Tá aithne mhaith agatsa anois orthu. Gabh anonn in aice na hairdeachta agus fan ansin go dtara siad a fhad leat. Chomh luath is a rachas siad tharat, dearg do phíopa.'

D'imigh Carey agus gan é saor ó eagla. Ina dhiaidh sin, dar leis féin, ní raibh mórán contúirte air. Ba dóiche nuair a thoiseodh an troid go ndruidfí na geaftaí. An chuid de na h*Invincibles* a raibh airm tineadh acu, throidfeadh siad a fhad is a mhairfeadh siad. Ansin chuartófaí gach fear dá mbeadh istigh. Ach ní raibh arm de chineál ar bith aige. Ní bheadh a fhios nach ansin ag caitheamh na saoire a bhí sé mar a bhí na mílte diomaite de. Agus bhí dóchas aige go mb'fhéidir nach muirfí fear ar bith de chuid saighdiúr na hÉireann, go n-éireodh leo imeacht gan aon fhear a chailleadh sa teangmháil. Nár mhaith! Amach anseo nuair a bheadh na Sasanaigh buailte amach as an tír thiocfadh leis a rá go raibh a chuid den ghleo aige an lá a buaileadh an chéad bhuille éifeachtach.

Tuairim ar leathuair a bhí sé ag faire nuair a chonaic sé an bheirt fhear anall ionsair. D'aithin sé iad sula dtáinig siad fá chupla scór slat de. Chuaigh na glúine ar crith faoi. Thainig mearbhlán ina cheann. Cuir i gcás nár éirigh leis an ionsaí. Cuir i gcás gur beireadh ar chuid de na h*Invincibles*. Go rabhthar á dtabhairt i láthair cúirte agus cúis chrochta curtha síos dóibh! An mbeadh fear ar bith chomh cloíte is go sceithfeadh sé ar an chuid eile, ar acht a phardún a fháil? An ligfeadh sé don bheirt imeacht leo gan comhartha ar bith a thabhairt uaidh? Ach ansin b'fhéidir go n-aithneodh duine inteacht eile iad. Agus bheadh a fhios gur fheall sé ar a mhuintir féin nuair a tháinig báire na fola. Agus chuirfí chun báis é. Bhí sé i gcruachás má bhí aon fhear riamh ann. Bhí an chontúirt ar gach taobh de. Ach, a Dhia, nár mhillteanach an rud é dá gcuireadh a mhuintir féin chun báis é. Bás fealltóra! Deargnáire shaolta dó féin is dá chlainn is do chlann a chlainne! ... Tharraing sé a phíopa as a phóca. Shiúil beirt fhear thart leis, gearrfhear daingean agus fear mór ábalta. Tharraing Carey amach bocsa lasán agus las sé ceann acu. Bhí crith ar a láimh cé gur chiúin an tráthnóna a bhí ann. Chuaigh an lasán as. Las sé an dara ceann fá dhriopás. Agus dhearg sé a phíopa.

Bhí an dá Rúnaí ag siúl leo ar a suaimhneas. Níor chuir siad iontas ar bith ins an bheirt fhear a bhí ag siúl anall ina n-araicis, ná ins an bheirt eile a bhí ag teacht ina ndiaidh tuairim ar scór slat taobh thiar díobh. Tháinig Brady agus Curley chun tosaigh. Sheasaigh siad amach óna chéile ag déanamh bealaigh mar a bheadh urraim acu do na huaisle. Ansin tarraingeadh miodóga as pócaí le luas lasrach. Buaileadh cupla buille fiáin. Thit an dá Rúnaí gan cnead gan osna astu.

I gceann bomaite bhí ceathrar pasantóir ar a charr ag Skin the Goat agus é ag imeacht amach an bealach mór i gcuideachta carranna eile. Ní raibh a fhios ag na slóite daoine a bhí sa Pháirc gur tharlaigh rud iontach ar bith. Ní raibh a fhios ag na píléirí a bhí in ainm a bheith ar garda ansin. Sa deireadh thug beirt acu fá dear an dá Rúnaí ina luí ar an fhéar.

'An bhfeiceann tú an áit a bhfuil an dá ógánach sínte?' arsa fear acu. 'Nach breá nach bhfuil eagla orthu,' arsa fear acu.

'Níl ábhar ar bith eagla acu. Dheamhan a bhfuil le a theacht orthu,' arsa an fear eile.

'Nach iontach iad a bheith ina luí ansin agus an driúcht ag titim?'

'Á bhfuarú féin atá siad. Cibé a tí iad, tá braon maith ar bord acu.'

'Is dóibh is fusa. Tá neart acu. Nach é an saol atá rannta go héagórach. An bheirt sin ar maos in ollmhaitheas an tsaoil agus daoine eile ag obair go cruaidh ó dhubh go dubh agus gan luach pionta acu.'

'M'anam gur mhaith is gur nuaidh sin pionta anois. Níl a fhios agam an bhféadfadh fear ar a sheal againn sleamhnú amach. Tá mé féin dóite leis an tart.'

'Ba lionnmhar sin. Ach bheadh an chontúirt ann. Tá oifigigh ar na gaobhair, féadann tú a bheith cinnte, agus éideadh fir tíre orthu. Ní bheadh a fhios agat nach 'do bhráighe a bheifeá istigh i dteach an leanna sula mbeadh do dheoch ólta agat. Dá n-éireodh an dá phótaire sin thuas agus bogadh leo bealach inteacht eile amach as sin, b'fhéidir go mbeadh seans ag fear. Níl a fhios agam ar chóir dúinn a muscladh más ina gcodladh atá siad?'

'M'anam go mb'fhéidir gur bheag an buíochas a bheadh ort as a muscladh. Gur ordú a thiocfadh chugat ar maidin amárach ag iarraidh ort do chuid arm is éididh a thabhairt isteach agus imeacht leat in do rogha bealach. Is fearr a leithéidí sin a ligean lena n-olc féin.'

'Ach, ar ndóigh, ní bheadh dochar dúinn a ghabháil anonn a fhad leo. Más ina gcodladh atá siad, b'fhéidir go mb'fhearr dúinn a bheith ag a dtaoibh le fios nó le hamhras.'

'Is dóiche go bhfuil an ceart ansin agat,' arsa an fear eile, agus d'imigh an bheirt ag tarraingt anonn ar an áit a raibh an dá Rúnaí ina luí ar an fhéar, agus iad ag comhrá go leathíseal ar a mbealach anonn.

'Níl cuma orthu go bhfuil siad ag comhrá. Ina gcodladh atá siad.'

'Ina gcodladh, cinnte. Níl bogadh astu ach oiread le dhá chorp.'

'Níl a fhios agam cad é ba cheart dúinn a dhéanamh? Tá sé ag éirí mall.'

'Anonn linn go dtí a dtaobh.'

'Cad é sin ar an fhéar?'

'Fuil. Cumhdach an Athar Shíoraí orainn! Marbh atá siad!'

An oíche sin bhí tithe na biotáilte agus na hamharclanna lán. Bhí muintir Bhaile Átha Cliath ag brath an chuid eile den lá go ham luí a chaitheamh ag ól is ag ceol. Lá dá saol é. Agus tá an Domhnach amárach againn le ár scíste a dhéanamh! Ach le sin féin scab scéal scáfar ar fud na cathrach, agus d'imigh gach aon duine an méid a bhí ina chorp ag tarraingt ar an bhaile.

XXVI

Bhí an Domhnach an lá arna mhárach ann. Chuaigh Carey amach chun Aifrinn go luath ar maidin. Bhí eagla air. Bhí dhá phíléir ina seasamh ag coirnéal sráide a bhí ann. Shíl sé go raibh siad ag fanacht ansin le breith air. Níor bheir, ach bhí siad ag amharc ina dhiaidh nuair a chuaigh sé thart leo nó shíl sé go raibh.

Chuaigh sé isteach go teach an phobail. Chonacthas dó go raibh an uile dhuine ag amharc air. Bhéarfaí cinnte air nuair a rachadh sé amach. Bheadh garda ag an doras ag fanacht leis. Bhí sé le haithne ar a aghaidh. Chaithfeadh sé go raibh de réir mar a bhí an pobal ag amharc air.

Chuaigh sé chun an bhaile bealach eile. Ach ba chuma cad é an bealach a rachadh sé, bhí an saol mór ag amharc air. Thug sé iarraidh sa deireadh neamhshuim a dhéanamh de. Dar leis féin tá na daoine ag cur iontais ionam cionn is go bhfuil siúl scaollmhar liom. Shiúil sé ar a shuaimhneas ar feadh tamaill bhig. Sheasaigh sé a dh'amharc ar fhuinneoig siopa mar a dhéanfadh fear nach mbeadh a dhath ag cur bhuartha air. Siopa tobaca a bhí ann. Bhí pioctúir mór san fhuinneoig. Fear ag deargadh a phíopa. *Smoke Gallagher's Plug*. Tá an fear atá sa phioctúir ag deargadh a phíopa. Ach ní bheidh cáipís ar bith choíche dá thairbhe air. Gníomh gan urchóid d'fhear a phíopa a dheargadh an mhórchuid den am. Ach cúis chrochta corruair é.

Thiontóigh sé a chúl leis an phioctúir scáfar seo agus bhain sé an baile amach. Go hádhúil ba é an Domhnach a bhí ann. Ní raibh fiachadh air a ghabháil amach. Mura dtaradh tóir ar bith air an lá sin bheadh uchtach ag teacht chuige ar maidin Dé Luain. Chaith sé an lá ina luí. Agus cupla uair a buaileadh ag an doras thug a chroí léim.

Chuaigh sé amach a dh'obair Dé Luain. Chuala sé daoine ag caint. Ní raibh as béal gach aon duine ach an rud a tharlaigh sa Pháirc Dé Sathairn. D'aithin sé ar an méid a chuala sé ag caint nach raibh eolas ar bith den chineál cheart acu.

Tráthnóna casadh cupla fear aitheantais air agus chuaigh siad isteach a dh'ól. Bhí scaifte mór fear istigh. Thug Carey cluas do chupla fear a bhí ina aice.

'Ba mhillteanach an gníomh é,' arsa fear acu.

'Á roiseadh le sciana mar a dhéanfaí le dhá mhuic,' arsa fear amháin.

'Cad é níos measa a bhí sé ná an roiseadh a fuair páistí Bhéal an Átha?' arsa an dara fear.

'Sea, ach an t-am a dtearnadh é,' arsa an chéad fhear. 'Nuair a bhí socrú déanta ag an Rialtas le Parnell agus *Home Rule* ar aghaidh boise againn. Anois ní bhfaighfear *Home Rule* ná laigse sa chíos ná rud ar bith ach an chroich agus an príosún. Is cosúil go bhfuil fuíoll seanmhallacht ar Éirinn. Shíl muid an iarraidh seo go raibh an báire linn. Agus ansin chuaigh na diabhail shaolta seo amach agus mhill siad an t-iomlán.'

'Níl a fhios agam cén dream a rinne é nó cad chuige a dtearn siad é?' arsa an chéad fhear.

'Tá a fhios agamsa go maith.'

Is beag nár thit an ghloine as láimh Carey leis an léim a baineadh as.

'Drong inteacht a bhfuil fuath acu ar Éirinn a choinneáil faoi chrann smola go lá bhreithe Dé. Bhí a fhios acu nach dtiocfadh leo lámh an uachtair a fháil ar Pharnell ar dhóigh ar bith eile. Tháinig sé i réim in Éirinn dh'ainneoin a raibh de sclábhaithe agus de Sheoiníní inti. Ní raibh

Gladstone, cé gur mór é, ábalta a chur fá shlait. B'éigean dóibh socrú a dhéanamh leis agus a ligean amach as Cill Mhaighneann. Cad é a leithéid de ghléas cainte is a bheadh air nuair a rachadh sé ar ais chun an *House of Commons*! Ní bheadh le déanamh aige ach *Home Rule* a iarraidh agus gheobhadh sé sin ar an chéad iarraidh. Ach anois! An méid atá in éadan *Home Rule*, cad é a déarfas siad? Tá, go raibh lámh ag Parnell sa dúnmharbhadh uafásach seo.'

'Agus, ar ndóigh, bhí!' Tháinig na focla sin chun an bhéil chuig Carey. Ba mhaith leis a rá ach, dá n-abóradh, b'ionann sin is scéala a dhéanamh air féin.

'Níl a fhios agam an mbéarfar orthu?'

'Níor mhaith liom a bheith ina mbróga anocht. Is millteanach an duais deich míle punta. Tá contúirt ann go sceithfidh duine inteacht orthu.'

Ba é seo an chéad uair a chuala Carey go rabhthar ag tairgint deich míle punta don té a dhéanfadh spíodóireacht. Thug sin uchtach dó. B'ionann é is a rá nach raibh eolas dá laghad ag an Rialtas. Bhí siad i muinín spíodóireachta. Sin aon rud amháin nach bhfaighfí i measc na n*Invincibles*, spíodóir.

Ar a bhealach chun an bhaile tháinig sé a fhad le seanbhalla a raibh *poster* greamaithe de. Bhí ceann acu nach raibh i bhfad thuas agus bhí scaifte cruinn thart air á léamh.

> *Whereas a certain person or persons did maliciously slay and murder in the Phoenix Park, Dublin, on Saturday evening, May 6, 1882, Frederick Cavendish, known as Lord Frederick Cavendish, Her Majesty's Chief Secretary of State for that portion of the United Kingdom called Ireland, and also Thomas H. Burke, Her Majesty's Under-Secretary of State for the same portion of the United Kingdom: this is to inform all good people that the sum of ten thousand pounds sterling will be paid to any one who will give such information as will lead to the arrest and conviction of the perpetrator or perpetrators of these murders, and also the further reward of five thousand pounds is hereby offered to any one who will give private information, and a free pardon is guaranteed to any*

such informant other than the actual perpetrators of the crime. Done at Dublin Castle, May 8, 1882, in the forty-fifth year of the reign of Her Gracious Majesty Queen Victoria. (Signed) Spencer.[26]

Cúig mhíle punta agus pardún don té a bhí rannpháirteach ann ach nár bhuail na buillí marfacha. Bhí seisean rannpháirteach ann. Ar an dóigh sin gheobhadh sé cúig mhíle punta. Chuirfeadh sin ar a bhonnaí é. 'Ach,' ar seisean leis féin, 'ní dhéanfainn é ar a bhfuil d'ór i Londún.'

Chuaigh sé chun an bhaile. Bhí sé ag cur go trom ag teacht amach as teach na biotáilte dó agus bhí sé fliuch nuair a bhí sé sa bhaile. Níor chás ró-mhór sin dá bhfaigheadh fear tinidh bhreá fána choinne agus béile maith bídh a théifeadh é ach ní raibh tinidh ná teas fána choinne ach a bhean ina suí os cionn beochán tineadh a bhí ag gabháil as. Bhí a gruag síos léi agus lorg na ndeor ar a haghaidh agus an duine ab óige de na páistí ina chodladh ina hucht.

'A Dhia, a Mhaggie, cad é a tháinig ort?' ar seisean.

'Nach cuma leatsa cad é a tháinig orm?' ar sise agus thoisigh sí a chaoineadh go húrnuaidh. 'Nach cuma leat cad é a éireos domh ná do do pháistí? Nach truaigh mé anocht agus nach mairg a tháinig ar an tsaol riamh. Ó, a Dhia na glóire, nach truaigh mé anocht.'

'Beir ar do chéill, a Mhaggie, agraim thú, agus inis domh cad é atá ort.'

''Déanamh nach bhfuil a fhios agat? 'Déanamh nach bhfaca tú an *poster*?'

'Chonaic mé cinnte é. Léigh mé é. Níl ábhar ar bith caointe agat ann. Níl eolas ar bith ag aon duine ar na gnoithe seo ach ag an mhuintir a bhí páirteach ann. Ní dhéanfaidh fear ar bith acu sin scéala. Dá mba mhian leo féin é ní ligfeadh an eagla dóibh é. An fear a dhéanfadh spíodóireacht ní thabharfainn trí lá de shaol dó ina dhiaidh. Tá an *Land League* taobh thiar de na h*Invincibles*. Ná déan dearmad de sin.'

'Ar léigh tú an *poster* ar chor ar bith?' ar sise.

'Nár dhúirt mé leat gur léigh mé é,' ar seisean. 'Deich míle punta agus ...'

'Sin ceann an Rialtais a bhfuil tú ag caint air, an ceann a bhfuil ainm Spencer leis. Ach an bhfaca tú an ceann eile?'

'Cad é an ceann eile?'

'An ceann atá thíos ag an choirnéal.'

'Ní hé sin an bealach a tháinig mé. Cad é atá ann?'

'Bhí a fhios agam nach bhfaca tú é. Ó, a Dhia, nach truaigh mé féin is mo pháistí anocht agus nach ró-thruaigh!'

D'agair sé arís í ag iarraidh uirthi breith ar a céill agus cé bith scéala a bhí aici a inse dó. Ach ní raibh gar ann. Is é rud a tháinig racht eile caointe uirthi. Mhuscail an leanbh a bhí ina hucht agus é scanraithe. D'iomchair sí suas an staighre é agus thoisigh sí ag iarraidh ciall a chur ann. Sheasaigh Carey tamall i lár an urláir. Ní thiocfadh leis a ghabháil a luí. Chaithfeadh sé an '*poster* eile' a fheiceáil ba chuma cad é a d'éireodh dó.

Bhí an fhearthainn ní ba troime ag teacht amach dó ná a bhí sí am ar bith ó tháinig an tráthnóna. Ní raibh ar na sráideanna ach corrdhuine a bhí ina rith chun an bhaile. Bhí sé iontach tógtha. Ach, má bhí féin, smaoinigh sé go mb'fhéidir go dtabharfaí fá dear é dá siúlfadh sé díreach óna theach féin anuas go dtí an coirnéal agus seasamh ansin ag léamh an *phoster* a leithéid d'oíche. Rachadh sé thart bealach eile agus thiocfadh sé air ag teacht ar ais dó mar a bheadh sé ag baint an bhaile amach. Bhí an fhearthainn ag titim ina srutháin agus bhí míle de chor bealaigh ins an bhealach a bhí leagtha amach aige. Bheadh sé fliuch go craiceann. Ach ba chuma. Ní thiocfadh leis a ghabháil a luí go léadh sé an '*poster* eile.'

I gceann cheathrú uaire ina dhiaidh sin bhí sé ag tarraingt aníos ar an choirnéal fá shiúl ghéar mar a bheadh fear ann a mbeadh deifre chun an bhaile air. Ar theacht ar amharc an choirnéil dó chonaic sé duilleog mhór, gheal greamaithe den bhalla. Bhí lampa sráide ag a taoibh agus b'fhuras a léamh. An gcuirfeadh aon duine sonrú ann? An raibh píléir ar foscadh faoi fhardoras ar na gaobhair? Ba chuma. Chaithfeadh sé an '*poster* eile' a léamh. Chuaigh sé anonn a fhad leis. Thoisigh sé á léamh.

To the People of Ireland
On the eve of what seemed a bright future for our country, that evil destiny which has apparently pursued us for centuries has struck at our hopes another blow which cannot be exaggerated in its disastrous consequences. In this hour of sorrowful gloom we venture to give expression to our profoundest sympathy with the people of Ireland in the calamity which has befallen our cause through the horrible deed, and with those who determined at the last hour, that a policy of conciliation should supplant that of terrorism and national distrust. We earnestly hope that the attitude and action of the Irish people will show to the world that an assassination such as has startled us almost to the abandonment of hope of our country's future, is deeply and religiously abhorrent to their every feeling and instinct. We appeal to you by every manner of expression that amid the universal feeling of horror which the assassination has excited, no people feel so deeply a detestation of its atrocity, or so deep a sympathy with those whose hearts must be seared by it, as the nation upon whose prosperity and reviving hopes it may entail consequences more ruinous than those that have fallen to the lot of unhappy Ireland during the present generation. We feel that no act that has ever been perpetrated in our country during the exciting struggles of the last fifty years has so stained Ireland as this cowardly and unprovoked assassination of a friendly stranger, and that until the murderers of Cavendish and Burke are brought to justice, that stain will sully our country's name.
Charles S. Parnell
John Dillon
Michael Davitt

Tháinig Carey chun an bhaile an oíche sin fliuch agus chuaigh sé a luí. Bhí an trian deireanach den oíche ann nuair a chodail sé an chéad néal. Bhí sé ina luí ansin ag meabhrú agus ag smaoineamh: '*Cowardly Assassination*.' Dá mbeadh siad sa Pháirc Dé Sathairn, ar seisean leis féin, bheadh a fhios acu nár chladhairí ar bith na fir a chuaigh isteach ansin agus fáinne cruach is tineadh thart orthu. '*Friendly Stranger*!' Nach é a bhí lách carthanach le páistí beaga Bhéal an Átha an tseachtain seo a chuaigh thart! Agus mhair sé ag meabhrú mar seo gur thit sé ina chodladh.

Ar maidin go luath, mhuscail sé. Bhí a chloigeann ag réabadh le tinneas cinn. Bhí piantaí ina chnámha agus tart millteanach air. Mhuscail sé a bhean. D'éirigh sí go gasta agus amharc scaollmhar ina súile. Leag sí a lámh ar chlár a éadain. 'A Dhia, a Jimmy,' ar sise, 'tá tú iontach te.' D'éirigh sí agus rinne sí gloine *punch* dó ach níor luaithe a d'ól sé an deoch ná chuir sé amach í. Idir sin is tráthas, tháinig an dochtúir chuige. 'Caithfidh tú fanacht 'do luí go ceann thrí seachtainí,' arsa an dochtúir.

Tráthnóna an lae ina dhiaidh sin bhí Curley agus Brady ag caint air. 'Caithfidh mé a ghabháil a dh'amharc air san oíche amárach,' arsa Brady. 'Deir a bhean go bhfuil eagla ar an dochtúir gur aicíd na scamhán atá air. Agus is air a bhí mé ag smaoineamh go mb'fhéidir gur le ár leas a tháinig an tolgán seo air.'

'Cad chuige a n-abair tú sin?' arsa Curley.

'Tá,' arsa an fear eile, 'de réir mo bharúla tá eagla a bháis air. Sin an rud a thuig mé as an rud a dúirt sise liom. Nuair a chonaic sé gur fheall ár muintir féin orainn ní raibh ann ach é gur choinnigh sé a chiall.'

'An bhfuil eolas ar bith aici, do bharúil?' arsa Curley.

'Níl,' arsa Brady. 'Tá a fhios aici go raibh sé ins an arm. Ach sin a bhfuil a fhios aici. Dá mbeadh an scéal uilig aici rachadh sí caol díreach chun an Chaisleáin. Agus ní le holc ar bith sin ach ar mhéad a heagla agus ag súil go bhfaigheadh sé pardún. Idir ise agus an eagla atá air féin, níl a fhios cad é a dhéanfadh sé na laetha seo dá mbeadh sé ar a bhonnaí. Ach nuair a rachas trí seachtainí thart beidh uchtach ag teacht chuige.'

Cupla oíche ina dhiaidh sin bhí Carey ina luí idir bás is beatha. Bhí sé ag rámhailligh le tréan tinnis. 'Ná crochaidh mé, agraím sibh de gheall ar Dhia, ná crochaidh mé … Ní mise a mharbh iad. Ní thearn mé a dhath ach mo phíopa a dheargadh. Ní raibh neart agam air. *Number One* a d'iarr orm é. Iadsan a d'iarr ar *Number One* é. Iadsan … An *Directory* … Crochaidh iadsan. Iadsan a chuir ar bun é. Dúirt siad gur cogadh a bhí ann. Deir siad anois gur dúnmharbhadh a bhí ann … Ní mise a mharbh iad. Curley agus Brady agus an bheirt eile a rinne é. Ná crochaidh Joe Brady. An duine muinteartha is fearr ar an tsaol agam. Is é a choinnigh mo leanbh le baisteadh. Ní bheidh cairdeas Críosta ar bith ag mo ghasúr má chrochann sibh Joe … Cé thú féin? Ní aithnim thú. An tú Mallon?'

'Is mé Joe Brady,' arsa an fear a bhí ina shuí ag colbha na leapa. 'Druid do shúile anois agus codail tamall. Beidh biseach ort ar maidin.'

'Joe Brady! Ní mise a rinne é. Ní thearn mise ach mo phíopa a dheargadh … Cén fear dubh é sin ina sheasamh ag cos na leapa? An bhfeiceann tú é agus rópa ina láimh aige? Cuir amach é, a Joe! Ná lig dó mo chrochadh! Abair leis nach mise a mharbh iad! Inis dó nach dtearn mé ach mo phíopa a dheargadh.'

Tamall beag roimh an lá ar maidin thit sé ina chodladh agus nuair a mhuscail sé bhí aghaidh bhisigh air. Tráthnóna tháinig Brady a dh'amharc arís air.

'Tá biseach maith inniu ort,' arsa Brady.

'Shíl mé go raibh an bás agam aréir,' arsa Carey. 'Bhí pian mhillteanach in mo cheann. Nach iontach nach dtáinig tú a dh'amharc orm?'

'Bhí mé agat i rith na hoíche go maidin.'

'Bhí, is dóiche. Ach níor aithin mé thú. Bhí mé as mo mheabhair. Deir Maggie go raibh mé ag rámhailligh. Ag Dia atá a fhios cad é a dúirt mé.'

'Níor dhúirt tú a dhath a raibh dochar ann. Dá n-abórthá féin, ní raibh aon duine anseo a chluinfeadh é ach mise. D'iarr mé ar Mhaggie a ghabháil a luí agus néal a chodladh.'

'A Dhia, a Joe, is tú riamh a bhí dearcach. Cad é a dhéanfainn ar chor ar bith an iarraidh seo murab é thú.'

'Seo, ná bí ag déanamh mórán cainte go ceann chupla lá eile go n-éirí tú láidir. Tá tú tuirseach go fóill. Tiocfaidh mé isteach arís tráthnóna amárach.'

'Cad é do bharúil anocht de?' arsa bean Charey nuair a tháinig Brady anuas.

'Tá biseach air má bheir sé aire dó féin,' arsa Brady. 'Ach tá aire mhaith de dhíth air. Níl air ach contúirt amháin. Is é sin, fá cheann seachtaine eile, go sílfeadh sé go raibh biseach air agus go n-éireodh sé.'

'De gheall ar Dhia, a Joe, is ná lig dó éirí go mbí biseach air,' ar sise. 'Níl maith ar bith domhsa labhairt leis. Ach tá comhairle agatsa air. Dhéanfaidh sé rud ar bith dá n-iarrfaidh tusa air.'

Le sin foscladh doras an tseomra agus tháinig gasúr beag thrí mblian isteach agus gan air ach a léinidh.

'An bhfeiceann aon duine an t-ógánach a d'fhág mé ina chodladh tá uair ó shin! Imigh leat suas a luí nó buailfidh mé thú.'

'Ní bhuailfidh aon duine gasúr Joe,' arsa Brady, ag tógáil an tachráin is á chur ar a ghualainn.

'Cad é atá in do phóca, a Joe?' arsa an leanbh.

'Níl ann ach píopa is tobaca. Ar mhaith leat toit?'

'An póca eile. An póca a mbíonn na milseáin agat ann.'

'Imigh leat a luí nó bhéarfaidh mé do ghríosáil duit,' arsa an mháthair.

'Fan go fóill,' arsa Brady ag tarraingt páipéar milseán aníos as a phóca.

'Tá an gasúr sin millte agat, a Joe,' arsa Maggie Carey.

'Bíodh ciall agat, a bhean,' arsa Brady. 'Nach bhfuil a fhios agat nach bhfaigheann duine codladh mar is ceart gan cupla milseán ... Anois, cé is measa leat?'

'Mo Joe beag féin,' arsa an leanbh. 'Tá Joe go maith dúinn, a mhamaí. Ní ligfidh sé d'aon duine mo dhaidí a bhualadh.'

'Imigh leat a luí anois mar a bheadh gasúr maith ann,' arsa Brady, 'agus bhéarfaidh do Joe féin tuilleadh milseán amárach chugat.'

Cuid a Ceathair

Bhí Gladstone ag meabhrú go domhain fána chroí mar a bheadh fear ann a mbeadh obair mhór idir lámha aige. Bhí sé ag iarraidh stair a dhéanamh – stair bhréagach a chuirfeadh i gcéill don tsaol nach raibh baint ar bith ag muintir na hÉireann leis na h*Invincibles*. Nach raibh iontu ach scaifte beag bithiúnach a thug iarraidh achrann a choinneáil beo in Éirinn le tréan oilc ar Pharnell. Bhí a fhios ag Glastone go raibh na h*Invincibles* ar fud na hÉireann. Bhí a fhios aige gur lucht an *Land League* a chuir ar bun iad. Bhí eagla air roimh an chineál seo troda. Ní raibh a fhios cad é an deireadh a bheadh air. Níorbh ionann é agus an iarraidh a thug na Fíníní cúig bliana déag roimhe sin. Dá mbíodh an cineál céanna troda leagtha amach ag na h*Invincibles* ní bheadh siad leath chomh contúirteach is a bhí siad. Bhuailfeadh arm na Sasana iad i gcupla lá. Is furas saighdiúir na hÉireann a bhualadh nó níl airm ar bith aige le troid in aghaidh arm na Sasana. Ach ógánach de chineál eile an *guerilla*. Tá sé anseo inniu agus ansiúd amárach. Muirfidh sé fear ionaid na Banríona anocht agus tá sé i gceann a chuid oibre amárach agus dreach air chomh soineanta le leanbh. Éireoidh an cineál seo troda leitheadach. Rachaidh sí ó cheann go ceann na tíre. Beidh na daoine taobh thiar de na h*Invincibles*. Bhéarfaidh siad bia agus dídean dóibh. Níl a fhios cad é an deireadh a bheas air seo mura dté agam a chosc. Bhain an saol mór an tuigbheáil cheart as bás Bhurke is Chavendish. Níl aon pháipéar ó Mhoscó go Paris nár dhúirt gur cogadh a bhí ann idir Sasain agus Éire. Caithfear an dearcadh a bhréagnú. Caithfear a chur in iúl don tsaol nach bhfuil muintir na hÉireann ar a gcúl.

Thiocfadh liom cúigear nó seisear dá raibh ar *Executive* na n*Invincibles* a chrochadh. Tá oiread eolais agam ó Harry Toal is a chrochfadh lá ar bith iad. Sin an rud a shásódh muintir na Sasana. Sin an rud a shásódh an mhórchuid dá bhfuil sa Rialtas. Ní thuigeann siad gur mó an dochar a dhéanfadh seo. Go gcuirfeadh sé deireadh le *parliamentary agitation* in Éirinn agus go gcruthódh sé don tsaol gur as an *Land League* a d'fhás na h*Invincibles*. Ach dá dtigeadh liom cupla fear dá raibh lámh acu sa dúnmharbhadh a chrochadh, bhí liom. Tá siad séanta cheana féin ag Páirtí Pharnell agus ag cuid dá raibh i gceannas an *Land League*. Ach níl sin creidte. Síleann daoine nach bhfuil ann ach cleas. Ach dá dtigeadh liom tabhairt orthu mionnú os ard i láthair cúirte nach raibh baint ar bith riamh acu leis na h*Invincibles*! Agus b'fhuras sin a dhéanamh nuair a bheadh an talamh réidh. B'fhuras rud inteacht a chur síos dóibh nach mbeadh moill orthu a chruthú gur bhréag é. Litir a scríobh agus a fhágáil ar dhuine acu. Dhéanfadh Richard Pigott é ar airgead. Agus bhéarfadh sin caoi do Pháirtí Pharnell agus do lucht ceannais an *Land League* a chruthú os coinne an tsaoil nach raibh aithne ná eolas acu ar na h*Invincibles*, ná lámh ar bith riamh acu ina gcuid oibre. Ach caithfidh mé cupla fear de na dúnmharfóirí a chrochadh an chéad uair. Dúirt Harry Toal ins an scéala a chuir sé inné chugam go raibh tuilleadh eolais aige le tabhairt domh. Níl a fhios agam cad é atá anocht aige. Ach is gairid go raibh. Beidh sé anseo bomaite ar bith feasta!

'Bhail, a Mr. Toal,' arsa Gladstone, 'deir tú go bhfuil dornán eolais agat an iarraidh seo.'

'Tá,' arsa an spíodóir, ag tarraingt páipéir aníos as a phóca. 'Sin ainmneacha na n-oifigeach a bhí ar shlua Bhaile Átha Cliath, agus cuid de na fir. Fitzharris, sin an fear a thug ar shiúl ar a charr iad nuair a bhí an dúnmharbhadh déanta. James Carey, eisean a rinne comhartha do na dúnmharfóirí nuair a bhí Lord Cavendish agus Mr. Burke ag tarraingt orthu. Bhí aithne aige orthu. Fuair sé aithne ar Lord Cavendish an mhaidin sin ag stáisiún na traenach. Tá sé ar Chomhairle na Cathrach.'

'An bhfuil a fhios agat cé acu a rinne an dúnmharbhadh? Ar ndóigh, tá an t-iomlán acu ciontach ann. Ach cé a bhuail na buillí?'

'Curley agus Brady,' arsa an spíodóir. 'Bhí beirt eile aníos ins na sála acu, Kelly agus Fagan, ach ní raibh fiachadh orthusan na sciana a tharraingt.'

'Ní bhfuair tú amach riamh cé *Number One*?'

'Ní bhfuair. Ní thiocfadh liom ceist a chur mar atá a fhios agat. Duine diamhrach a bhí ann mar *Number One*. Tháinig sé mar a thiocfadh taibhse agus ní raibh a fhios cá has a dtáinig sé agus d'imigh sé an dóigh chéanna.'

'Ní thiocfadh leat mionnú leis an chaint sin i mBaile Átha Cliath?'

'Ní thiocfadh liom ar chor ar bith,' arsa an spíodóir agus chuir sé dathanna de féin. 'Nár inis mé roimhe duit nach dtiocfadh liom eolas ar bith a thabhairt uaim ach ar an choinníoll nach n-iarrfaí orm fianaise a thabhairt os ard.'

Ní raibh a fhios ag an spíodóir nach ligfeadh Gladstone dó fianaise a thabhairt dá mbeadh fonn a dhéanta féin air. Bhí oiread eolais ag Gladstone is a dhéanfadh gnoithe na hócáide. Bhéarfadh sé ar na fir seo. Agus ba dóiche go sceithfeadh fear acu ar an chuid eile. Shílfeadh sé go raibh na h*Invincibles* iad féin ag spíodóireacht ar a chéile. B'fhéidir nach scanródh aon fhear acu. Ach ba dóiche go mbeadh fear amháin ina measc arbh fhéidir a chur in iúl dó gur sceith an chuid eile air. Fear inteacht a d'inseodh an t-iomlán ag iarraidh a bheo féin a shábháil. D'fhéadfaí pardún a thabhairt dá leithéid agus ansin a ligean ar shiúl idir dhá thír gan chosnamh. Ba dóiche go dtiocfadh Éireannach inteacht air a bhainfeadh éiric as. Ba chuma ach a chur ón tsaol ar dhóigh ar bith ... B'fhéidir nach raibh fírinne ar bith sa scéal a d'inis Harry Toal. Ach b'fhéidir go raibh. B'fhiú féacháil a chur air!

An oíche arna mhárach bhí Carey ina luí ina chodladh ar a leabaidh idir meán oíche is lá. Ní raibh eagla ar bith air an t-am seo. Bhí ocht mí caite ó rinneadh an marbhadh sa Pháirc agus sháirigh ar na píléirí fear ar bith a fhágáil thíos leis. Stadadh de chaint air. D'imigh an eagla de Charey agus bhí sé ina chodladh go suaimhneach ar a leabaidh nuair a bhí na píléirí ag tarraingt ar an teach le breith air.

Buaileadh tailm ar an doras. Buaileadh an dara tailm. Chlis Carey as a chodladh. Buaileadh an doras an tríú huair. D'éirigh Carey amach as an leabaidh agus chuir a cheann amach ar an fhuinneoig.

'Cé sin?' ar seisean go scaollmhar.

'Na péas,' arsa an duine thíos ag an doras. 'Foscail an doras agus lig isteach sinn.'

'Cad é an gnoithe atá liom?'

'Níl a fhios againne ach foscail an doras go gasta.'

Tharraing Carey air a bhríste agus chuaigh síos is d'fhoscail an doras.

'Cad é atá sibh a dh'iarraidh?' ar seisean go critheaglach nuair a tháinig na péas isteach.

'Cuir ort do chuid éadaigh agus siúil leat linn.'

'Cá háit?' arsa Carey.

'Chun na beairice,' arsa an t-oifigeach.

Ní raibh mórán eagla ar Charey an oíche sin. Bhí sé féin is cuid eile acu i bpríosún ar feadh chupla seachtain roimhe sin. Bhí siad dhá uair i láthair cúirte agus d'aithin sé ar na ceisteanna a cuireadh air nach raibh eolas ar bith ag an Choróin. Tugadh iarraidh a chur in iúl dó an t-am sin – mar a rinneadh le cuid eile acu – go raibh siad féin ag spíodóireacht ar a chéile. Fuair sé buaidh ar an eagla a tháinig air agus choinnigh sé a rún aige féin. Ní bheadh eagla ar bith mar sin air an iarraidh seo. Ní thabharfadh sé aird ar bith ar na scéaltaí a bheadh ar na páipéir ag rá go raibh siad féin réidh le mionnú ar a chéile. Bheadh a fhios aige nach raibh ann ach cleas, ag iarraidh a scanrú agus míchliú a chur orthu. Ba dóiche go n-imeorthaí na cleasa céanna an iarraidh seo. Ba dóiche go dtiocfadh Mallon ionsair agus go n-abóradh sé: 'Is fearr duit an fhírinne a inse. Sin a bhfuil de sheans ar do bheo agat. Bhí tú rannpháirteach sa dúnmharbhadh. Tá an t-eolas uilig againn. D'inis Curley agus Brady deireadh, orthu féin is ortsa. Bhí ciall acu. Ní chrochfar ceachtar acu. Tuigeann an Rialtas gur daoine eile a bhroslaigh sibh leis an dúnmharbhadh a dhéanamh agus nach raibh neart agaibh air ó bhí sibh chomh mífhortúnach is go raibh baint ar bith riamh leis an dream mhallaithe agaibh. Glac comhairle do leasa uaimse. Ar mhaithe leat féin atá mé.'

Bhí sé ag súil go dtiocfadh Mallon chuige leis an scéal seo ach ní chuirfeadh an cleas sin mórán eagla air. Bhí a fhios aige nach raibh ann ach cleas. Agus ní bhainfeadh siad eolas ar bith as.

Chaith sé an oíche sin sa bheairic. Ar maidin lá arna mhárach tugadh chun an phríosúin é agus bhí Curley agus Brady agus an chuid eile ansin roimhe.

XXVIII

I dtrátha an deich a chlog tháinig Mallon isteach sa chill a raibh Carey inti. Bhí an príosúnach ina shuí agus leabhar aige agus é ag caitheamh *cigar*. Tharraing Mallon air cathaoir agus shuigh sé. 'Is breá an boladh atá sa *cigar* sin agat,' ar seisean go haoibhiúil. 'Chuir sé cíocras tobaca orm. Sílim go gcaithfidh mé féin toit.' Shín sé a dhá chois uaidh agus chuir sé cupla séideog toite san aer.

'*Cigars* a chaitheas tú i gcónaí, a Mr. Carey?' ar seisean agus d'amharc sé go géar ar an phríosúnach.

'Is iad is fearr liom,' arsa Carey. 'An chuid is fearr den duilleoig a bíos iontu.'

'Caithim féin ceann nó dhó an uile lá,' arsa Mallon. 'Ach, ina dhiaidh sin, ní dhéanfadh siad ionad an phíopa domh. Ní chaitheann tú an píopa ar chor ar bith?'

'Ní chaithim,' arsa Carey.

'Is iad na *cigars* is fearr,' arsa Mallon, 'an té a bhfuil dúil aige iontu. Ach, mar a dúirt mé, ní thiocfadh liom féin ionad an phíopa a dhéanamh díobh.'

'Creidim nach bhfuil i gcuid mhóir de ach cleachtadh,' arsa Carey. Ní raibh a fhios aige cad é ba chóir dó a rá.

'Bhail anois, a Mr. Carey,' arsa Mallon, 'tháinig mé chugat féacháil an dtiocfadh liom comhairle do leasa a thabhairt duit. Bhí tú rannpháirteach i mbás Chavendish agus Bhurke. Tá deireadh againn inniu. D'inis Curley agus Brady agus Fitzharris an t-iomlán orthu féin is ortsa. Níl mise ag iarraidh ort labhairt mura mian leat é. Ach tá sé d'oibleagáid orm a rá leat gurb é mo bharúil – agus údar agam leis an bharúil sin – nach bhfuil fonn ar an Rialtas fear ar bith acu a aidmheos a choir a chrochadh. Tá a fhios ag an Rialtas nach raibh neart agaibh air ó tharlaigh ann sibh. Tá a fhios acu cé hiad a chuir an *plot* seo ina shuí. Ní bhfaighidh siadsan trócaire ar bith nuair a thiocfas a seal. Ach sibhse a bhí chomh hamaideach is gur lig sibh do dhúnmharfóirí bhur seoladh ar bhealach bhur n-aimhlis, níl de sheans agaibh ar bhur mbeo ach an fhírinne a inse. Thug mé an chomhairle chéanna do Dan Curley agus don chuid eile acu agus ghlac siad í. D'inis siad an t-iomlán domh. Tá sé thíos in mo leabhar agam. Agus tá siad uilig ar aon scéal amháin. Má ní tusa an rud céanna beidh mé sásta. Tá a fhios agam nach bhfuil ionaibh ach amadáin bhochta ar cuireadh dallamullóg orthu. Agus ba mhaith liom bhur sábháil ar bhás na croiche. Cad é atá le rá agat?' ar seisean agus tharraing sé air leabhar is peann luaidhe.

Mhothaigh Carey mar a bheadh cnap i mbéal a ghoile. Rinne sé cupla casachtach sula dtáinig an chaint leis. Ach fuair sé buaidh air féin. 'Níl a dhath agam le rá, a dhuine uasail,' ar seisean. 'Ní raibh lámh ar bith sa dúnmharbhadh agam. Níl a fhios agam cé a rinne é ná cé a bhí ciontach ann.'

'Deir Curley agus iad go raibh do chuid agat de,' arsa Mallon.

'Má deir,' arsa Carey, 'tá siad ag inse bréag. Ach ní inseoidh mise ach an fhírinne. Níl eolas dá laghad agam fá dhúnmharbhadh de chineál ar bith.'

Chaith Mallon tamall eile ag blandar leis. Ach ní raibh gar ann. Ní thiocfadh leis biongadh a bhaint as Carey. Sa deireadh, ar seisean, ag éirí ina sheasamh: 'Ná bí ag rá arís nach dtearn mise mo dhícheall le do shábháil ar do chrochadh.' Agus d'imigh sé.

Bhí Carey gearrchroite i ndiaidh an chomhráidh seo. Bhí rud amháin a dúirt an t-oifigeach leis agus bhí sé ag déanamh imní dó. Níor chreid sé gur sceith a chuid comrádaithe air féin is orthu. Ní raibh ansin ach cleas a raibh sé tuartha leis. Ach an cheist sin eile a chuir Mallon air. 'An gcaitheann tú an píopa ar chor ar bith?' Cad é a bhí faoin cheist sin aige? B'fhéidir nach raibh a dhath. B'fhéidir nach raibh ann ach taisme. Ach b'iontach an taisme é. Agus thoisigh sé a mheabhrú. Rud neamhiontach fear a phíopa a dheargadh. Rud neamhurchóideach é. Níl dochar ar bith ann ach suáilce mhór agus caitheamh aimsire. Ach corruair d'fhéadfadh sé a bheith ina chúis chrochta. Cad chuige ar fhiafraigh Mallon de ar chaith sé an píopa riamh? Bhí an cheist sin ag déanamh méaráin do Charey i rith an lae sin go dtí an oíche. An oíche sin bhí sé ag brionglóidigh go rabhthar á bhualadh cionn is gur dhearg sé a phíopa.

D'imigh Mallon agus é ag déanamh go raibh Carey ag toiseacht a scanrú. Bhí sé cinnte go dtug sé fá dear dath liath ag teacht san aghaidh ar an phríosúnach nuair a cuireadh ceist air ar chaith sé píopa riamh. Ach ní raibh deifre ar bith ar Mhallon. B'fhéidir, dar leis, go mb'olc an rud barraíocht deifre. B'fhéidir go raibh contúirt dá dtigthí ar Charey ró-thobann gur tallann fearúil a bhuailfeadh é agus go séanfadh sé deireadh. B'fhearr a chur i gcéill dó nach rabhthar ag súil le heolas ar bith uaidh ní ba mhó. Go bhfuair sé a sheans agus nár ghlac sé é. Ar ndóigh, bhéarfaí corrleideadh dó anois is arís. Bheadh sé ag meabhrú ar na rudaí seo. Bheadh sé idir dhá chomhairle. Bheadh sé cupla oíche gan chodladh. Bheadh an eagla air ba mheasa a bhí ar aon fhear riamh, eagla roimh an rud a bhí diamhrach, dorcha, neamhchinnte. Nuair a bheadh an duine bocht leathbhreac as a chéill, d'imeoradh Mallon an cluiche deireanach.

An lá arna mhárach ní tháinig Mallon á chóir ar chor ar bith. Thug sé cuairt ar an phríosún agus chaith sé tamall ag gach aon fhear de na príosúnaigh eile. Sular imigh sé thug sé amach Skin the Goat agus mhair an bheirt ar feadh leathuaire ag siúl thart an compal. Bhí Carey ag amharc orthu as fuinneoig na cille a raibh sé féin inti. Bhí cuma ar an bheirt go raibh siad lách, carthanach le chéile.

An tríú lá tháinig Mallon arís chuig Carey. Bhí cuma thuirseach, bhrúite ar an phríosúnach. Bhí na súile lag ina cheann de dhíobháil codlata. 'Shílfeá nach bhfuil tú go maith inniu,' arsa Mallon, ag amharc air idir an dá shúil. 'An raibh tú tinn ó chonaic mé go deireanach thú? Tá cuma leathchloíte ort. Más mian leat é labharfaidh mé leis an uachtarán agus iarrfaidh mé air an dochtúir a chur anuas chugat.'

'Tá mé buíoch díot, a dhuine uasail, ach níl tinneas de chineál ar bith orm,' arsa Carey.

'Sin mar is fearr é,' arsa an t-oifigeach, 'ach go bhfacthas domh go raibh dreach cloíte ort.' Agus tharraing sé amach a phíopa agus dhearg é. Chaith sé an cipín lasta ar an urlár agus ansin d'éirigh sé agus chuir sé a chos air. 'Is fearr domh do chur as,' ar seisean mar a bheadh sé ag caint leis an lasán, 'siúd is nach bhfuil contúirt ró-mhór go gcuirfeá na leacacha loma seo le thinidh.' Ansin, ar seisean ag amharc ar an phríosúnach, 'Is iomaí duine riamh a chuir teach le thinidh is gan ach smál bheag mar sin a chaitheamh ar an urlár. D'fhobair domh féin taobh sráide de thithe a dhódh lá amháin nuair a bhí mé 'mo stócach. Chaith mé drithleog bheag ar an urlár agus mé i ndiaidh mo phíopa a dheargadh. Agus murab é chomh gasta is a tugadh fá dear é bhí an baile mór ina luaith. Is minic ó shin a smaoinigh mé air. Is minic a smaoinigh mé gur rud neamhurchóideach d'fhear a phíopa a dheargadh. Ach d'fhéadfadh sé a bheith ina chúis chrochta aige. Is iomaí rud ar an tsaol atá mar an gcéanna. Níl dochar ar bith duit do mhéar a theannadh ar theangaidh bhig iarainn. Ach má ligeann tú anuas casúr a scaoilfeas urchar as gunna, agus má tá duine ina sheasamh díreach os coinne bhéal an bhairille, tá cúis chrochta déanta agat. Dálta dheargadh an phíopa, ins an ócáid atá an dochar. Caithfidh mé imeacht,' ar seisean, ag éirí ina sheasamh. 'Tá Curley ag feitheamh liom. Tá an scéal uilig réidh fá mo choinne aige.'

D'imigh sé agus shiúil sé caol díreach isteach ins an chill a raibh Curley inti. D'fhan sé istigh tuairim ar leathuair agus, ag teacht amach dó, bhí carnán páipéar ina láimh leis. Sheasaigh sé tamall beag ag caint le daoine a casadh air sa chompal. Ach sa deireadh bhog sé leis ag tarraingt síos ar an gheafta mhór.

Níor chodail Carey mórán an oíche sin ach oiread ach é ina luí i gcill dhorcha ag éisteacht le tormán na gaoithe móire. Arbh fhéidir gur sceith Curley orthu? An ag iarraidh an seanchleas a imirt a bhí Mallon? An raibh eolas ar bith aige de bharraíocht ar a raibh aige anuraidh? Ach gnoithe an phíopa! Cad chuige a raibh an t-oifigeach ag síorthrácht ar dheargadh an phíopa? Deargadh píopa a bheadh ina chúis chrochta! 'Á,' ar seisean leis féin teacht an lae ar maidin, 'ní thig liom a sheasamh níos faide. Rachaidh mé ar mire. Cuirfidh mé scéala chuig Mallon. Agóraidh mé é inse domh cad é atá in m'aghaidh. Is cuma cad é rud é is fearr domh a chluinstean ná a bheith mar atá mé.'

'Chuir tú scéala fá mo choinne, a Mr. Carey,' arsa Mallon nuair a tháinig sé idir sin is tráthas.

'Chuir,' arsa Carey. 'Ba mhaith liom a fháil amach cad é atá in m'aghaidh nó cá huair a fhéachfar mé.'

'Tá a fhios agat go maith cad é atá curtha síos duit,' arsa Mallon, 'go raibh lámh agat i ndúnmharbhadh Lord Cavendish agus Mr. Burke ar an seiseadh lá de Bhealtaine seo a chuaigh thart.'

'Ach cad é an cruthú atá agat orm?' arsa Carey.

'Cluinfidh tú sin i *Green Street* nuair a rachas Daniel Curley ar chlár na mionn agus a mhionnós sé leis an méid atá sa pháipéar a thug sé domhsa inné agus a ainm leis.'

'Ní chreidim gur inis Curley a dhath duit ná go raibh a dhath aige le hinse duit.'

'Is cuma duit anois cé acu a chreideas tú é nó nach gcreideann,' arsa an t-oifigeach. 'Tá do ghnoithe déanta ar scor ar bith. Dá gcreidtheá é an chéad uair a d'inis mise duit é, tá seachtain ó shin, ní bheadh do chos ar dhréimire na croiche anois mar atá sí. Ach shíl tú gur ag cleasaíocht a bhí mé cé go dtug mé fiche leideadh duit fá dheargadh an phíopa.'

'Cad é a bhí faoi agat nuair a bhí tú ag caint ar dheargadh an phíopa?' arsa Carey.

'Shíl mé go dtuigfeá mé,' arsa Mallon, 'agus go mbeadh a fhios agat nach cleasaíocht ar bith a bhí ins na gnoithe. Dhearg tú do phíopa ag déanamh comhartha do na dúnmharfóirí an lá udaí sa Pháirc. B'fhéidir,' ar seisean, ag tarraingt páipéir aníos as a phóca, 'b'fhéidir gur shíl tú nach raibh i ngnoithe dheargadh an phíopa ach buille fá thuairim. Ach seo cupla giota beag eile den scéal a d'inis Curley. Maidin an seiseadh lá bhí tusa agus an chuid eile de Chomhairle na Cathrach ag an stáisiún nuair a tháinig Lord Cavendish isteach. Sin an áit a bhfuair tú aithne air. Tráthnóna bhí scaifte agaibh sa Pháirc ag feitheamh leis an dá Rúnaí. Chonacthas beirt fhear ag teacht amach as an

Lodge. Bhí tusa san am sin thall i leataoibh i gcuideachta scaifte a bhí ag amharc ar chluiche *polo*. Chuaigh *Number One* fá do choinne agus d'iarr ort a ghabháil suas ar an airdeacht agus, más iad a bhí ann, do phíopa a dheargadh nuair a rachadh siad thart leat. Rinne tú sin. Tháinig Curley agus Brady aníos agus mharbh siad an dá Rúnaí le sciana. Bhí Kelly agus Fagan aníos ins na sála acu le cuidiú leo dá mbíodh sé riachtanach. Bhí Skin the Goat ag feitheamh libh agus carr aige. Nuair a bhí an marfach déanta thug sé an t-iomlán agaibh ar shiúl. Sin agat anois cnámha an scéil a d'inis Curley domh,' arsa Mallon ag cur an pháipéir ar ais ina phóca. 'Tá a fhios agat anois nach ag cleasaíocht a bhí mé.'

Ní raibh ann ach nár thit Carey as a sheasamh. Chuir sé dathanna de féin agus bhíthear ag baint na hanála de. Ach sa deireadh tháinig an chaint leis. 'Tá an t-iomlán de sin fíor,' ar seisean, 'ach níl agat ach giota den scéal,' agus na focla á scoilteadh ina bhéal ar mhéad is a bhí de chearthaí air.

'Tá oiread ann is a chrochfas an t-iomlán agaibh,' arsa Mallon.

'Ach tá tuilleadh eolais agamsa.'

'Nár dhúirt mé leat go raibh ár sáith againn?'

'Ach ní mise a rinne an marfach.'

'Is fíor sin. Ní thearn tú ach do phíopa a dheargadh. Ach crochfar thú as deargadh an phíopa sin. B'fhearr leis an Choróin pardún a thabhairt duit ná d'fhear den mhuintir a bhí i gceann na miodóg. Ach ní ghlacfá mo chomhairlese nuair a d'iarr mé ort an fhírinne a inse agus do bheo a shábháil.'

Chaith Carey é féin ar a dhá ghlún ag cosa an oifigigh. 'Agraim thú, a dhuine uasail, agus éist liom,' ar seisean. 'Inseoidh mise an t-iomlán. Mionnóidh mé leis. Is córtha mo bheo a ligean liom ná le Curley. Níl mise leath chomh ciontach leis. Níl sé ceart ná cóir mise a chrochadh agus pardún a thabhairt dósan.'

'Cinnte ní dó ab fhearr leis an Choróin pardún a thabhairt,' arsa Mallon. 'B'fhéidir gur fhéad tusa do scéal féin a inse. Molfaidh mise go fóill dóibh do thoghadh mar fhianaise.'

'Go gcumhdaí an tAthair Síoraí thú!' arsa Carey.

Ar feadh uaire ina dhiaidh sin bhí Carey ag inse agus Mallon ag scríobh. Nuair a bhí deireadh scríofa ag Mallon, léigh sé go hard é agus Carey ag éisteacht leis.

'An bhfuil sin ceart?'

'Tá.'

'Níl focal ar bith agat le cur leis nó le baint de?'

'Níl. Sin an scéal gan focal chuige ná uaidh.'

'Maith go leor. Cuir d'ainm leis. Anseo ar an líne seo.'

Agus bhí crith ar láimh an spíodóra ag scríobh a ainm dó.

XXIX

Maidin bhreá earraigh a bhí ann.[27] Bhí teach na cúirte i *Green Street* foscailte agus gach aon duine ina áit féin. Bhí an breitheamh ar an bhinse, lucht an choiste ins an bhocsa agus dlítheoirí is cléirigh ina suí thart – gach aon duine ag saothrú a pháighe lae.

'Tugtar na príosúnaigh i láthair,' arsa an breitheamh agus níor luaithe an chaint seo ráite ná tugadh ceathrar fear aniar as pasóid a bhí faoin urlár agus cuireadh isteach sa *dock* iad. Bhí iontas ar gach aon fhear den cheathrar cionn is nach raibh an cúigiú fear ina gcuideachta. Cá háit a raibh Carey? An tinn a bhí sé? An bás a fuair sé sa phríosún?

D'éirigh aturnae na Coróna agus bhain sé croitheadh as a ghuailleacha agus thoisigh sé. 'A uaisle, an cás atá le féacháil agaibh anseo, tá sé ar chás chomh coscarthach is a tháinig riamh i láthair cúirte le breith a thabhairt air. An dúnmharbhadh seo a rinneadh i bPáirc an Fhionnuisce ar an seiseadh lá de Bhealtaine seo a chuaigh thart. Bhí sé ar rud chomh millteanach is a tharlaigh riamh i dtír ar bith. Dá ndéantaí a leithéid i gceann de na tíortha cúil, in áit nach bhfuil ach daoine fiáine gan chéill gan réasún, b'fhéidir go mbeadh sé intuigthe. Ach nuair a smaoinímid gur i ndúiche d'Impireacht na Sasana a rinneadh é, cuireann sé crith ar ár gcroí agus ar ár n-anam. Is deacair machnamh air gan a ghabháil in éadóchas. Ach ní ceadmhach daoibh ligean don éadóchas buaidh a fháil oraibh, a uaisle. Caithfidh sibh an cás coscarthach a scrúdú gan titim i laige le tocht nó le déistin mar a dhéanfadh dochtúir móruchtúil scrúdú ar aicíd ghránna féacháil an rachadh aige a leigheas. Tiocfaidh fianaise anseo in bhur láthair a chruthós gur toisíodh ar an obair mhallaithe seo tá bliain go leith ó shin. Ní raibh siad ann ach an scaifte beag ach bhí neart airgid acu le caitheamh cé bith mar a fuair siad é. Cluinfidh sibh fianaisí a chruthós go dtug siad iarraidh mharfa ar Mr. Forster níos mó ná uair agus dhá uair. Cruthófar daoibh gur chaith siad an seiseadh lá de Bhealtaine sa Pháirc go tráthnóna agus a gcuid miodóg réidh acu ag feitheamh le Lord Frederick Cavendish agus le Mr. Burke, agus go raibh fear ansin agus carr gléasta aige ag fanacht go dtugadh sé na dúnmharfóirí ar shiúl nuair a bheadh an obair mhallaithe déanta acu … Rinneadh dúnmharbhadh millteanach an lá sin, a uaisle. Roiseadh beirt d'fheara fiúntacha nár choir is nár cháin riamh, an dá cheann urraidh a bhí ar Rialtas na tíre. Roiseadh agus gearradh ina gcusach iad i lár an lae ghil. Agus tá fianaise anseo againn a chruthós daoibh go bhfuil ceathrar de na dúnmharfóirí anseo sa *dock*. An scairtfidh mé ar an chéad fhianaise de chuid na Coróna: James Carey?'

Tháinig an spíodóir amach as coirnéal inteacht agus shiúil sé suas ar an léibheann. Chuir Joe Brady uaill as féin mar a chuirfeadh leon as agus thug sé iarraidh a theacht de léim amach thar na ráileacha. Ach beireadh thall is abhus air agus b'éigean dó suí go socair. Dá bhfaigheadh sé cead a chinn an mhaidin sin ar feadh chupla bomaite, ní fhágfadh sé an spíodóir le socrú ag duine ar bith eile.

Síneadh Bíobla chuig Carey agus thug sé an mionna: i bhfianaise Dé go n-inseodh sé an fhírinne, iomlán na fírinne agus gan a dhath ach an fhírinne! Thoisigh aturnae na Coróna a chur ceisteann air.

D'ainm is do shloinneadh?

– James Carey.

Cá haois thú?

– Seacht mbliana déag is fiche.

Cárb as thú?

– as Baile Átha Cliath.

An ann a chaith tú do shaol?

– Is ann.

Tá eolas agat ar chumann na n*Invincibles*?

– Tá.

An dtig leat a inse dúinn cá huair a cuireadh ar bun é?

– Fá Shamhain, 1881, nuair a cuireadh an *Land League* ar ceal.

An raibh baint ar bith ag an *Land League* le bunú na n*Invincibles*?

– Ní raibh.

An raibh baint ar bith leo ag aon duine de Pháirtí Pharnell?

– Ní raibh.

Tá tú cinnte de sin?

– Cinnte dearfa.

Cé a chuir cumann na n*Invincibles* ar bun?

– Mé féin agus Daniel Curley agus Joseph Brady.

Bhí an triúr agaibh 'bhur nArdchomhairle ar an chumann?

– Is fíor sin.

An raibh fear ar bith eile ar an Chomhairle sin?

– Bhí fear eile ann ach níl a fhios agam c'ainm a bhí air. Ní thug muid riamh air ach *Number One*.

Nach iontach a bhí muinín agat as fear agus gan fios a ainm agat?

– Dúirt Curley liom go raibh sé intaofa ach nár mhaith leis a ainm a inse.

An aithneofá *Number One* dá bhfeictheá é?

– D'aithneoinn, cinnte.

Cad é an chuid a bhí aige den dúnmharbhadh?

– Bhí sé ina cheann feadhna ar an iomlán againn an lá sin.

An raibh mórán fear i gCumann na n*Invincibles*?

– Tuairim ar scór go leith.

An raibh siad in áit ar bith taobh amuigh de Bhaile Átha Cliath?

– Ní raibh.

Cad é an cuspóir a bhí agaibh?

– Deireadh a chur le Parnell agus *Home Rule*.

Cad chuige?

– Bhí fuath againn air. Chonacthas dúinn nach raibh ceart ar bith aige ar a bheith ina cheann urraidh ar mhuintir na hÉireann.

Cad é an cineál arm a bhí agaibh?

– Sciana agus gunnaí glaice.

Cá bhfuair sibh na sciana?

– *Number One* a thug chugainn iad.

Cad é mar a fuair sibh aithne ar Lord Frederick Cavendish agus gan é in Éirinn ach ó mhaidin roimhe sin?

– Fuair mise aithne air ag *Westland Row* ag teacht isteach dó ar maidin. Bhí Comhairle na Cathrach ina araicis ansin ag cur fáilte roimhe.

Agus tusa ar dhuine acu?

– Mise ar dhuine acu.

Inis dúinn anois cad é mar a chaith sibh an lá ó sin go tráthnóna.

– Ag ól.

Agus anois inis an chuid eile den scéal don chúirt.

'Fuair muid scéala tráthnóna go raibh an dá Rúnaí istigh sa *Lodge*. Bhí muid ansin ag feitheamh lena dteacht amach. Sa deireadh nocht beirt fhear. Chuaigh mise suas an bealach a raibh siad ag teacht. D'aithin mé iad. Chomh luath is a chuaigh siad thart liom dhearg mé mo phíopa. Ba é sin an comhartha a bhí socair againn. Chomh luath agus a chonaic Curley agus Brady mé ag deargadh mo phíopa tháinig siad aníos in araicis na beirte agus rois siad leis na sciana iad nuair a tháinig siad a fhad leo. Bhí Kelly agus Fagan aníos ina ndiaidh le cuidiú leo dá mbíodh sé riachtanach. Thit an dá Rúnaí ina gcuid fola. Thug an t-iomlán againn léim ar charr Fitzharris agus d'imigh muid.'

Ansin d'éirigh an dlítheoir a bhí ag cosnamh na bpríosúnach agus thoisigh sé a chur ceisteann ar an fhianaise. Ach ní raibh gar ann. Ní thiocfadh leis biongadh a bhaint as. Bhí an scéal foghlamtha chomh maith sin aige is nárbh fhéidir lúb ar lár ar bith a fháil ann. Ní thiocfadh leis an chosantóir a dhath a dhéanamh ach a thabhairt le fios don chúirt gur bithiúnach déanta an fear a bhí ar a mhionna agus féacháil lena chur in iúl don choiste nár chóir aird a thabhairt air.

Chuir sé cupla ceist air.

Deir tú gur tú féin a chuir cumann na n*Invincibles* ar bun.

– Mé féin agus Daniel Curley agus Joseph Brady.

Bhí aithne agat ar Joseph Brady ó bhí sé ina ghasúr?

– Bhí.

Bhí sibh mór le chéile?

– Bhí.

Bhíodh sé go minic ar cuairt agat?

– Bhíodh.

Ag ithe ag do bhord agus ag ceannach milseán do do chuid páistí?

– Is fíor sin.

Is é a choinnigh duine de do chuid páistí le baisteadh?

– Is é.

Sin an gasúr a bhíodh ag cur ceist ort 'An bhfuil Doe ag teacht inniu, a dhaidí?

– An gasúr céanna.

Agus tá tú ag iarraidh Doe a chrochadh anois le do mhuineál féin a shábháil?

– Tá mé ag inse na fírinne.

'Anois, a uaisle,' arsa an dlítheoir tamall ina dhiaidh sin, 'caithfimid ceist a chur orainn féin cad é an seort fir é seo. De réir an scéil atá inste aige féin air féin chuir sé an cumann dúnmharfach seo ar bun. Thug sé a chairde isteach ann. Bhroslaigh sé iad leis na gníomharthaí millteanacha seo a dhéanamh. Ní theachaigh sé féin i gcontúirt. D'fhan sé ar thalamh shábháilte agus thug sé an comhartha do na fir eile. Má chreideann an Choróin an fhianaise sin cad chuige nach bhfuil an fear seo sa *dock*? Is ann ba chóir dó a bheith. Má tá sé seo ag inse na fírinne is é an coirpeach is mó a bhí ann é. Mar sin de caithfimid ceist a chur orainn féin ar cheart duine ar bith a chrochadh – ar cheart cat féin a chrochadh – ar fhianaise an tsómpla sin? Truaill bhocht gan chroí gan anam a phleanóladh dúnmharbhadh agus a d'fhanfadh as contúirt é féin. Cad é a dhéanfadh fear den chineál sin nuair a bheadh sé sa dol? Nach measann sibh, a uaisle, go mionnódh sé ar an chéad fhear a smaoineodh sé air ag iarraidh a mhuineál féin a shábháil ar shealán na croiche?'

Ach ní raibh gar ann. Bhí an rud ag an Rialtas a bhí siad a iarraidh – fianaise a chrochfadh cúigear nó seisear de na h*Invincibles*, bíodh siad ciontach nó ná bíodh. Agus, rud ab fhearr ná sin arís, fianaise a chruthódh do mhuintir na hÉireann nach raibh baint ar bith riamh ag a gcuid fear ceannais leis an dream seo. Nach raibh iontu ach drong bheag bithiúnach a raibh fuath acu ar an *Land League* agus ar *Home Rule*.

Mhínigh an breitheamh an fhianaise don choiste. Agus ní raibh sé dhá bhomaite ag caint go n-aithneodh daoine dalla an domhain go raibh na príosúnaigh daortha aige. Ba é an bharúil a bhí aige, a dúirt sé, gur mhionnaigh Carey an fhírinne. Bhí sé i gcónaí ar aon scéal amháin agus is annamh a bíos fear mar sin gan an fhírinne a bheith aige. Bhí craiceann na fírinne ar a chuid cainte. Dúirt fear a chosanta gur drochdhuine agus cladhaire a bhí ann. Ach is minic a rinne an drochdhuine aithreachas agus, más cladhaire a bhí ann, cad chuige nár imigh sé as an tír? Bhí sé mhí aige, agus gan amhras ar bith air, ó rinneadh an dúnmharbhadh go dtí an t-am ar beireadh air … Bhí an cás uilig ag brath ar fhianaise Charey. 'Le fiche focal a chur i bhfocal amháin, a uaisle,' ar seisean, 'is é an cás atá ag an chosnamh nárbh fhéidir le Carey an fhírinne a inse. Má chreideann sibhse sin caithfidh sibh na príosúnaigh a shaoradh. Mura gcreideann, caithfidh sibh a ndaoradh. Sin a bhfuil le rá agam fán chás. Agraim coimirce Dé ar bhur gcomhairle.'

Ní raibh an coiste mórán le leathuair istigh go dtáinig siad amach ar ais. Thost an uile dhuine. Chluinfeá na daoine ag tarraingt a n-anála. Agus ansin aon fhocal amháin. Ciontach.

Thoisigh an breitheamh ansin agus rinne sé seanmóir mhór, fhada, chráifeach. Bhí sé féin ar aon intinn leis an choiste. Ba mhillteanach an gníomh a bhí déanta ag na príosúnaigh. Fuair siad ceart agus cothrom agus an uile chabhair darbh fhéidir a thabhairt dóibh. Thug an Choróin dlítheoir dóibh lena gcosnamh nuair nach raibh sé d'acmhainn acu féin cosantóir a fhostó. Níor fágadh pointe ar bith gan lua a chuideodh leo. Féachadh iad ag dháréag dá gcineál féin agus teilgeadh chun báis iad. Rud a bhí ann nárbh fhuras a dhéanamh, breith bháis a thabhairt ar dhuine. Ach caithfear a dhéanamh. Mura ndéantaí, ní bheadh dlíodh ar bith ann. Ní bheadh ann ach cibé leis ar threise lámh. Bhí súil aige go ndéanfadh seo a súile do dhrochdhaoine ins an am a bhí le a theacht. Bhí súil aige go ndéanfadh na príosúnaigh aithreachas, go n-iarrfadh siad maithiúnas ar Dhia agus go bhfaigheadh siad sin!

Ansin tharraing sé air an bearád dubh agus theilg sé na príosúnaigh chun báis.

An oíche sin bhí máthair Joe Brady agus a níon ina suí os cionn beochán tineadh agus an bheirt ag caoineadh. Bhí an mháthair ag gol go híseal ach thigeadh rachtanna millteanacha ar an mhnaoi óig. 'Orú, mo dheartháir agus mo dheartháir! Nach truaigh mé 'do dhiaidh! Orú, a Joe, nach truaigh tú trí seachtainí ó anocht! Nach truaigh tú ag gabháil a luí agus a fhios agat go bhfuil an crochadóir ansin le do chrochadh ar maidin!'

'Ba chuma liom féin i dtaca le holc murab é aon rud amháin,' arsa an mháthair. 'Ach an scéala a bhí ar na páipéir – go raibh an t-iomlán acu ag spíodóireacht ar a chéile. Gur thoiligh gach aon fhear acu an rud a rinne Carey a dhéanamh ach gurbh é Carey a toghadh leis an Choróin. Tá sin ag dódh an chroí in mo chliabh. Mo mhac ina spíodóir. Tá a fhios ag Dia gur cruaidh atá íde mo linbh ag goilleadh orm – ní thuigeann tusa é, a Neansaí – ach b'fhearr liom é seacht mbás a fháil ná a bheo a ligean leis an spíodóireacht. B'fhéidir le Dia nach bhfuil ann ach bréag. Tá an saol mór ag iarraidh a chur in iúl nach raibh údarás ar bith ag na h*Invincibles*. Nach raibh iontu ach scaifte beag dúnmharfóirí nár mhaith leo saoirse ag Éirinn. Tá a fhios againn go bhfuil an bhréag sin chomh damanta le aon bhréag dár cumadh riamh. B'fhéidir nach bhfuil fírinne ar bith i scéal na spíodóireachta ach oiread. Dá bhfaighinn cead a ghabháil chun cainte le Joe. D'inseodh mo leanbh an fhírinne domh.'

'Gheobhaidh tú cead a ghabháil a dh'amharc air, a mháthair,' arsa an bhean óg. 'Ach tá eagla orm nach bhfaigheann tú cead caint ar bith den chineál sin a dhéanamh leis.'

Cupla lá ina dhiaidh sin tugadh cead don mháthair a ghabháil isteach chun an phríosúin a dh'amharc ar a mac. Ba trom a coiscéim agus ba bhrónach a croí ar a bealach go Cill Mhaighneann. Dá bhfaigheadh sí faill ceist a chur ar a leanbh an raibh sé ag spíodóireacht, agus dá n-abradh sé i modh fírinne nach raibh, ba mhór an faoiseamh dá croí é. Chaoinfeadh sí é ar ndóigh. Chaoinfeadh sí go bog brónach é gach aon uair a smaoineodh sí air. Ach bhéarfadh an caoineadh sin sólás di.

Ligeadh isteach chun an phríosúin í agus tugadh a mac ionsuirthi. Fuair an tocht buaidh uirthi nuair a chonaic sí chuici é agus thoisigh sí a chaoineadh go cráite. 'Órú, a leanbh,' ar sise, 'nach truaigh mé agus nach ró-thruaigh!'

'Seo anois, a mháthair,' ar seisean agus píochán ina ghlór, 'ná bíodh brón ort. Caithfidh an uile dhuine bás a fháil. Ansin nuair a chasfar ar a chéile arís sinn, ní scarfaimid níos mó.'

'Ó, a Mhaighdean gheal Mhuire, is cruaidh an fhéacháil í,' ar sise agus tháinig racht eile caointe uirthi. Ansin tháinig sí chuici féin agus thoisigh sí a chomhrá go stuama.

'An mbíonn an sagart istigh agat?'

'Dhá uair sa lá, a mháthair,' arsa an príosúnach. 'Agus am ar bith eile ar mian liom cur fána choinne. Agus bhí bean rialta ar cuairt agam inné. Aingeal as na flaithis, a mháthair, má tá aingeal ar bith ar an tsaol seo. An sólás agus an uchtach a thug sí domh níl léamh ná scríobh air. Níl an bás scáfar ar chor ar bith ach nuair atá sé i bhfad uait.'

Thug an chaint seo sólás mór don mháthair. Ach bhí an rud eile ag déanamh imní di. Arbh fhíor an scéala a bhí ar na páipéir? An scéala a bhí i mbéal an bhig is an mhóir agus a bhí creidte ag an tsaol. An raibh a mac ina spíodóir? Ar thairg sé mionnú ar a chuid comrádaithe, ag iarraidh a bheo féin a shábháil? Bhí oifigeach de chuid an phríosúin sa láthair agus ba doiligh mórán a rá. Ina dhiaidh sin, bhéarfadh sí iarraidh air. B'fhéidir nach gcuirfeadh an t-oifigeach cosc ar bith léi. B'fhéidir gur duine nádúrtha a bhí ann agus go raibh truaigh aige dóibh.

'An rud is mó atá 'mo mhearú,' ar sise, 'an scéala a bhí ar na páipéir.'

'Gabhaim pardún, a bhean mhodhúil,' arsa an t-oifigeach, 'ach ní thig liom cead a thabhairt duit labhairt ar rud ar bith mar sin. Bhéarfainn dá mba ar mo mhian a bheadh. Ach níl neart agam air.'

Agus b'éigean don tseanmhnaoi imeacht mar a tháinig sí agus néal dorcha os a cionn.

An lá arna mhárach tháinig an bhean rialta arís ar cuairt chuig an phríosúnach. Ní raibh sa tseomra ach iad féin ina mbeirt. Bhí sé mar an gcéanna nuair a thigeadh an sagart isteach. Ní raibh gnoithe ar bith le garda ag sagart ná ag mnaoi rialta. Ní bheadh siad ag caint ar ghnoithe stáit le príosúnach a bhí teilgthe chun báis agus gan de shaol aige ach cupla seachtain.

Chaith an bhean rialta tamall fada ag caint leis ar an bheatha shuthain agus ar ghlóir na bhflaitheas. Ansin chuaigh an bheirt ar a nglúine agus dúirt siad an Paidrín. Ansin thoisigh an bhean rialta a chur ceisteann air fána mhuintir. An raibh siad mórán de theaghlach ann? An raibh a athair is a mháthair beo?

'Bhí mo mháthair agam ar cuairt inné,' arsa an príosúnach. 'Tá a croí á bhriseadh agus ní fá m'oidheadhsa. Ach tá rud inteacht eile ar a hintinn.'

‘Cad é eile a bheadh ar a hintinn?’ arsa an bhean rialta. ‘Níl uirthi ach an brón nádúrtha a bheadh ar mháthair ar bith ar an ócáid.’

‘Tá rud inteacht eile lena chois sin ag déanamh trioblóide di, a shiúr. D’aithin mé uirthi é.’

‘Cá bhfuil sí ina cónaí?’ arsa an bhean rialta.

D’inis an príosúnach di.

‘B’fhíor duit,’ ar sise an dara lá a thug sí cuairt ar an phríosúnach. ‘Bhí an scéala ar na páipéir agus tá sé i mbéal na tíre go raibh sibh ag coimhlint le chéile ag iarraidh spíodóireacht a dhéanamh, ach gurbh é Carey a toghadh. Sin an cheist ba mhian le do mháthair a chur ort. Dúirt mise léi nár chreid mé féin é. Ach gheall mé di go dtabharfainn scéala chuici ó do bhéal féin.’

‘Mo mháthair bhocht,’ arsa an príosúnach agus tocht air. ‘Bhí a fhios agam go raibh rud inteacht ag dódh an chroí aisti. Agus nach méanra domh féin agus di gur tusa a tháinig anseo, a shiúr. Is é Dia a sheol an bealach thú.’

‘Bhail anois,’ arsa an bhean rialta, ‘scéal ar bith ar mian leat a chur chuig do mháthair, bhéarfaidh mise chuici é.’

‘Go dtuga Dia a luach duit, a shiúr. Níor smaoinigh aon fhear againn riamh ar iarraidh a thabhairt ar ár mbeo a shábháil le spíodóireacht. D’inis Superintendent Mallon fiche uair domh go raibh an t-eolas uilig aige agus go mbeadh seans ar mo bheo agam dá dtugainn fianaise. Ach bhí sé chomh maith aige a bheith ag caint leis an ghealaigh. Thig leat an scéal sin a inse do mo mháthair, a shiúr.’

‘Inseoidh, agus is maith liom agam le hinse é,’ arsa an bhean rialta.

An dara huair a tháinig an tseanbhean a dh’amharc ar a mac, bhí athrach ar a dreach. Bhí cuma bhrúite, bhrónach uirthi, ar ndóigh. Ach ní raibh an scíon scáfar ina súile a bhí iontu an chéad lá. Bhí sólás mór ag a croí … Bhí leanbh aici. Thóg sí é ó laige go neart. Agus bhí sé ag imeacht uaithi i mbláth a óige. Bhí sé teilgthe chun báis. Chrochfaí é fá cheann seachtaine eile. Ba chruaidh an fhéacháil é. Ach ní raibh sé ina spíodóir!

'Ná smaoinigh ar chor ar bith ar an mhuintir a thug iarraidh míchliú a chur ort,' arsa an bhean rialta an tráthnóna deireanach. 'Ná hamharc feasta ar an tsaol bheag, shuarach seo. Amharc in airde ar gheaftaí na bhflaitheas. Tá siad foscailte ag fanacht leat. Beidh tú ins na flaithis tráthnóna amárach. Tá mé cinnte go mbeidh. Slán agat.'

'Mo sheacht mbeannacht agus beannacht Dé leat, a shiúr dhíleas. Agus achaine amháin eile. Tabhair cuairt ar mo mháthair amárach agus tabhair amharc uirthi ar ríocht Dé mar a thug tú domhsa.'

'Bhéarfaidh mé cuairt cinnte uirthi,' arsa an bhean rialta. Agus d'imigh sí.

Tráthnóna an lá arna mhárach thug sí cuairt ar mháthair an fhir a bhí marbh mar a gheall sí. Bhí an mháthair agus an níon ina suí ar dhá thaoibh na tineadh agus dreach brónach orthu.

'Tá an scéala deireanach leat inniu chugainn, a shiúr,' arsa an mháthair agus shil na súile uirthi.

'Ná bíodh brón oraibh,' arsa an bhean rialta. 'Fuair Joe dea-bhás. Tá sé geal ins na flaithis inniu.'

Tháinig racht millteanach caointe ar an mhnaoi óig.

'Orú, a shiúr dhíleas, nach truaigh mé. Ní fheicfidh mé choíche é.'

'Tífidh, le cuidiú Dé. Tá sé romhat sna flaithis.'

'Ach tá sé marbh. Tá Joe marbh. Chroch siad ar maidin inniu é. Ó, a Dhia, an mhaidin sin! An brat dubh ag gabháil in airde ar an chrann os cionn an phríosúin!'

'Bíodh foighid agat, a leanbh, agus bhéarfaidh Dia agus an Mhaighdean Mhuire sólás duit.'

'Níl neart agam air, a shiúr. Ná bí ina dhiaidh orm. Ní thuigeann tú mo bhrón, a shiúr. Mo dheartháir a chroch siad ar maidin inniu. Mo dheartháir a d'éirigh aníos in mo chuideachta. Mo dheartháir ba mheasa liom ná a raibh ar an domhan.'

'Ní mhairfidh an brón millteanach seo ach tamall,' arsa an bhean rialta. 'Dá maireadh, gheobhadh na daoine bás den bhuaireamh. Cuir do dhóchas ins an Mhaighdean Mhuire. Tuigeann sí do bhrón agus bhéarfaidh sí faoiseamh duit.'

D'imigh sí ag tarraingt ar a clochar agus a rún féin i bhfolach ina croí. Níor dhúirt sí riamh: 'Tuigim do bhrón go maith. Bhí a mhacasamhail orm féin an seachtú lá de Bhealtaine anuraidh nuair a fuair mé scéala gur marbhadh mo dheartháir Thomas H. Burke.'

XXX

New York,
May 25th, 1883.
A Shiobhán, a chroí,
Scríobhfainn chugat roimhe seo ach, más iontach le rá é, shíl mé go rachainn chun an bhaile seal tamaill. Ach, mar a deireadh mo mháthair mhór, ní mar a shíltear ach mar a chinntear.
Nach millteanach an rud a tharlaigh in Éirinn ar na mallaibh. Crochadh na n*Invincibles* atá mé a mhaíomh agus an dóigh a dtearn Carey spíodóireacht orthu. Agus ní hé sin an chuid ba mheasa de ach an dóigh ar tugadh iarraidh míchliú a chur orthu le cois a gcur chun báis. Ar ndóigh, ní raibh Sasain riamh sásta le bás Éireannaigh de chineál na n*Invincibles*. Chaithfeadh sí i gcónaí míchliú a chur orthu, a thabhairt le fios don tsaol gur drochdhaoine a bhí iontu, ar eagla go dtiocfadh aon duine ina ndiaidh a dhéanfadh aithris orthu. Is fada an liosta é. Bhí seachtar ban i gcuideachta a chéile ag Seán Ó Néill. Ba mhac díomhnais Aodh. Bhí Eoghan Rua in éadan na hEaglaise. Ní raibh Dia ar bith ag na fir a bhí ag troid i '98. Chuir Tone lámh ina bhás féin. Bhí Mitchel ar mire. Ag aithris ar Gharibaldi a bhí na Fíníní. Agus bhí na h*Invincibles* ag coimhlint le chéile ag spíodóireacht nuair a beireadh orthu.

Agus ní dhéanfadh duine iontas de Shasain. Sin an port a bhí riamh aici. Ach reic páipéir na Sasana an scéal seo fada leitheadach. Agus rinne páipéir na tíre seo aithris orthu. Is beag nach raibh sé creidte agam féin, cé gur dhoiligh liom a chreidbheáil, go dtí go gcuala mé ó urra mhaith nach raibh ann ach bréaga óna thús go dtína dheireadh. Bhí fir i mBaile Átha Cliath nuair a marbhadh Burke is Cavendish agus tá siad anois ins an tír seo. Bhí mé ag caint le fear acu tá cupla lá ó shin. Bhí aithne mhaith aige ar Joe Brady agus ar Dan Curley. Níor chreid sé riamh go ndéanfadh ceachtar acu spíodóireacht dá mbeadh seacht mbeo le sábháil acu as a dhéanamh. Ach tháinig an fhírinne amach ina dhiaidh sin cé nár cuireadh ar pháipéar ar bith í. Ach bhí teach na cúirte lán nuair a d'aidmhigh oifigeach na bpéas nár thairg aon duine riamh spíodóireacht a dhéanamh ach Carey.

Carey gránna! Chluinim nach drochdhuine a bhí ann ach gur créatúr beaguchtúil a bhí ann agus gur scanraigh sé nuair a tháinig báire na fola. Níl a fhios agam cá rachaidh sé anois. Ní fhanfaidh sé in Éirinn ar scor ar bith. Ní ligfeadh an eagla dó fanacht. Agus b'eagal dó. Mhuirfeadh fear inteacht é. Agus dá marbhadh féin, é tuillte aige. Ach cuirfidh siad ar shiúl é go dtí an cearn is faide ar shiúl ar an domhan. Beidh neart airgid aige, airgead fola. Beidh saol fir uasail aige agus ainm úr air. Ach ní abórainn go mbeidh sé sábháilte. Gheobhaidh fear inteacht aithne air. Bhí a phioctúir ar pháipéir Mheiriceá. Tá ceann acu agam féin. Sílim go n-aithneoinn ar an phioctúir é dá gcastaí orm é.

B'fhéidir go dtabharfainn ruaig go hÉirinn ar an bhliain seo chugainn má bhím beo. Bíonn cumhaidh orm in amanna ag smaoineamh ar an bhaile. Aréir féin a bhí mé ag brionglóidigh ar an léana ghlas atá ar ghualainn Chnoc Fola, an áit ar ghnách liom suí fada ó shin, tráthnóna samhraidh, agus mo mháthair mhór ag scéalaíocht domh.

Mo sheacht mbeannacht chugat,
Padaí.

XXXI

Bhí cúigear fear ina suí i seomra dhruidte i mBaile Átha Cliath oíche amháin i lár mhí na Bealtaine, 1883. Bhí triúr acu ina suí ag tábla i lár an tseomra agus beirt eile ina suí i leataoibh. Rinne siad tamall beag comhráidh ar tús agus ansin dúirt fear dá raibh ag an tábla go raibh an t-am acu na gnoithe a bhí idir lámha acu a shocrú. Agus bhí sin acu idir lámha gnoithe duibheagánach. Bhí féacháil le cur acu ar fhear agus breith bháis le tabhairt acu ar fhear dá measadh siad go raibh sé ciontach ins an choir a bhí curtha síos dó.

Ní raibh an fear seo i láthair na cúirte a bhí le breithiúnas a thabhairt air. Bhí sé ina chónaí i mbeairic agus ní ligfeadh an eagla dó a ghabháil amach thar doras. Bhí sé cuachta istigh ansin agus eagla roimh sholas an lae air, agus é ag feitheamh go cruaidh leis an lá a gcuirfí ar bord loinge é agus go dteithfeadh sé go dtí an cearn ab fhaide ar shiúl ar an domhan.

An triúr a bhí ag tabhairt breithiúnais air rinne siad a chás a mhionscrúdú go maith. Bhí beirt eile ag cuidiú leo, fear ag ciontú agus fear ag cosnamh.

An cosantóir an chéad fhear a labhair. 'Ná déantar rud ar bith le toibinne,' ar seisean. 'Más fealltóir James Carey, tá an bás tuillte aige. Ach, murab ea, is mór an éagóir pionós ar bith a chur air. Sílim go dtig liom a chruthú gur fear é a raibh grá dá thír féin aige agus fuath na namhad aige ar ansmacht na Sasana. Bhí aithne ag cuid agaibh air, agus tá a fhios agaibh nach ag cur i gcéill a bhíodh sé nuair a bhíodh sé ag mallachtaigh ar Shasain. Tá a fhios againn fosta gur chaith sé na blianta ag obair ar son na hÉireann agus gur minic a rinne sé neamart ina chuid oibre féin dá thairbhe, rud a d'fhág dóigh bhocht ar a mhnaoi is ar a theaghlach. Bheadh Carey ina sháith den tsaol inniu dá ndéanadh sé an rud a rinne na mílte fear eile – aire a thabhairt dá ghnoithe féin agus a bheith umhal do riail na Sasana. Tá a fhios againn go dtearn sé spíodóireacht agus gur chuir an spíodóireacht sin chun na croiche cuid de na fir ab fhearr a bhí riamh in Éirinn. Ach ní raibh neart aige air. Bhí croí meata aige. Bhí sin tuigthe acu féin nó níor chuir siad riamh in áit chontúirteach é. Ansin beireadh ar scaifte acu agus chuir Mallon in iúl dó go raibh an t-iomlán léir acu ag spíodóireacht, nach raibh ach cé ab fhearr. Tháinig oiread eagla ar an truaill bhoicht is gur ghéill sé. Is dóiche gur hinseadh an scéal céanna don chuid eile acu. Agus, má chreid siad é, b'éigean dó gur dhóigh sé an croí ina gcliabh. Ach fir mhillteanacha a bhí iontu sin. Dúirt gach aon fhear acu leis féin 'is cuma cé a bheas ina spíodóir, ach ní bheidh mise,' agus chuaigh siad chun na croiche. Tá a fhios againn fosta go raibh an spíodóireacht déanta roimhe sin, go raibh an t-eolas uilig ag Mallon agus nach raibh de dhíth air ach fear a mhionnódh leis. Mura mbíodh le rá ag Mallon ach 'tá an t-iomlán eile ag spíodóireacht' b'fhuras a thuigbheáil gur dóiche gur cleas a bhí sé a imirt. Ach nuair a tháinig Mallon chuig Carey agus d'inis sé dó gach rud a tharlaigh ó chuaigh sé féin go *Westland Row* ar maidin, ó sin gur imigh sé ar charr Skin the Goat tráthnóna, cad é eile a chreidfeadh Carey ach go raibh deireadh inste ag an chuid eile acu. Agus chreathnaigh an duine bocht oiread is go dtug sé iarraidh a bheith inchurtha le cách, féacháil an sábhóladh sé a bheo dó. Ar an ábhar sin ní raibh neart aige air agus b'éagóir a chur chun báis.'

Ansin d'éirigh an fear eile. 'Tá truaigh agamsa do Charey!' ar seisean. 'Is mór eagla an bháis ag fear ar bith, ach is millteanach an rud é ag cladhaire. Ach bhí muid i gcogadh le Sasain agus saighdiúir ar bith riamh a d'fheall in am teangmhála, sin an breithiúnas a tugadh air, ba chuma cad é an truaigh a bhí ag lucht a dhaortha dó. Cad chuige, agus fios aige go raibh an oiread sin eagla air, a dteachaigh sé riamh ins na h*Invincibles*? Cad chuige, an chéad lá a bhíthear sa tóir ar Forster, cad chuige an lá sin, nuair a chonaic Carey an dóigh ar loic sé féin, nár dhúirt sé leis an chuid eile go raibh eagla air agus imeacht as na h*Invincibles*? Níl a fhios ag fear ar bith cad é a dhéanfas sé féin nuair a chuirfear an fhéacháil cheart air. Ach bhí a fhios ag Carey roimhe é. Chuaigh sé chun na Páirce an lá sin agus fios aige istigh ina chroí go bhfeallfadh sé dá dtaradh air. Ansin níor leor leis spíodóireacht a dhéanamh ar a chuid comrádaithe. Mhionnaigh sé bréaga a dhéanfas dochar mór don tír seo agus a choinneos faoi chrann smola í go ceann fada go leor. Dúirt sé gurbh é féin is cupla fear eile a chuir ar bun na h*Invincibles* agus nach raibh ach scór go leith fear san iomlán. An rud a bhí Sasain ag iarraidh a chur in iúl don tsaol. An bhréag a reic sí ar fud an domhain ar eagla go mbeadh a fhios gurbh iad Páirtí Pharnell agus lucht an *Land League* a chuir na h*Invincibles* ar bun agus a d'ordaigh dóibh a ghabháil i muinín na miodóige nuair a caitheadh Teachtaí na hÉireann amach as an *House of Commons* i Londún. Sin an dochar is mó a rinne Carey (agus gan fiachadh air a dhéanamh lena bheo a shábháil). Chuidigh sé le Sasain stair bhréige a chumadh. Chuidigh sé léi a chur in iúl don tsaol nach raibh ins na h*Invincibles* ach lán doirn de dhúnmharfóirí fiáine a rinne an gníomh mallaithe seo de gheall ar deireadh a chur le síochaimh agus le saoirse nuair a bhí an dá chuid ag teacht chugainn as an *Kilmainham Treaty* ... Ar an ábhar sin deirimse gur cheart Carey a chur chun báis. Agus, mura gcuirtear chun báis é, nach bhfuil maith d'fhear ar bith a rá go lá bhreithe Dé gur chóir oiread is aon bhuille amháin a bhualadh ar mhaithe le hÉirinn.'

Chuir an triúr eile a gcomhairleacha i gceann a chéile agus thug siad breith bháis ar an spíodóir.

'Anois,' arsa fear acu tamall ina dhiaidh sin, 'caithfimid scéala a chur go Meiriceá. Ní bheadh maith d'aon fhear as an tír seo Carey a leanstan. D'aithneofaí é.'

'Beidh an t-ádh orainn mura n-imí sé as Éirinn i nganfhios dúinn,' arsa fear eile.

'Ní bheidh moill air imeacht i nganfhios dúinn,' arsa an chéad fhear, 'nó, sa chás sin de, imeacht os coinne ár súl i lár an lae ghil ach a sháith de gharda a bheith leis, rud is dóiche a bheas. Ach is cuma. Coinneoimid súil ghéar ar a mhnaoi is ar a theaghlach. Caithfear a leanúint cé bith áit a rachas siad. Tiocfaidh seisean ionsorthu nuair a mheasfas sé go bhfuil sé a fhad ó bhaile is nach bhfuil aithne ag aon duine air.'

'Bean ab fhearr fá choinne na hoibre sin.'

'Bean, ar ndóigh, agus tá sí againn bean a chuirfeas lorg Mrs. Carey agus nach ligeann as a hamharc í dá dtéadh sí trí huaire thart ar an domhan.'

Bhí sé déanach san oíche sula raibh gach aon phointe socair acu. Oíche dheas, chiúin a bhí ann agus dreach maránta ar an ghealaigh. Bhí Carey ina luí ina chodladh i mbeairic amuigh ar imeall na cathrach agus gan a fhios aige go raibh a chinniúint á snaidhmeadh fá chupla míle de.

XXXII

Fuair lucht an *IRB* i Meiriceá scéala go raibh Carey teilgthe chun báis agus bhí scaifte acu cruinn i gcuideachta oíche amháin agus iad i gcomhairle fán dóigh ab fhearr leis an bhreith a chomhlíonadh. Bhí sé socair acu go n-imeodh fear ag tarraingt go Sasain leis an chéad bhád. Ba dóiche gur bealach na Sasana a d'imeodh bean Charey agus a teaghlach. Leanfaí iadsan cé bith áit a rachadh siad.

Ach cé a rachadh sa tóir ar an spíodóir agus a mhuirfeadh é? Obair chontúirteach a bheadh ann. Cé bith fear a rachadh ní raibh ach seans beag, lag aige go dtiocfadh sé slán as an ghábhadh. An fear a bhí i gceannas an chruinnithe, labhair sé. 'Tá mé ag smaoineamh ar na gnoithe seo le dhá lá,' ar seisean. 'Níl fear ar bith anseo anocht nach mbeadh toilteanach ar ghabháil i gceann na hoibre. Tá mé cinnte de sin. Tá a fhios agam anois dá gcuirinn ceist cé a leanfas Carey agus a mhuirfeas é, déarfadh gach aon fhear 'Rachaidh mise,' agus bheimis a fhad chun deiridh is a bhí muid riamh. Mar sin de déarfainn gur fearr dúinn crainn a chaitheamh. Agus cé bith a dtiocfaidh sé ar a chrann toiseoidh sé a dhéanamh réidh ar béal maidine.'

Dúirt an t-iomlán acu as béal a chéile gurbh é sin an dóigh ab fhearr. Seachtar a bhí siad ann. Thug an ceann comhairle leis seacht gcnaipe d'aon mhéid agus d'aon déanamh amháin. Bhí sé cinn de na cnaipí geal bán agus an ceann eile dubh. Thug sé leis mála folamh ansin agus chuir sé na seacht gcnaipe isteach ann agus chroith é. Bhí an t-iomlán réidh. Ní raibh le déanamh ach na crainn a tharraingt.

Cuireadh as na solais. Chuir fear ar a sheal a lámh isteach sa mhála agus thug sé leis cnaipe. Nuair a bhí an ceann deireanach tarraingthe, lasadh an solas. D'fhoscail gach aon fhear a dhorn agus d'amharc sé ar an chnaipe a bhí ar a bhois. Bhí, ar ndóigh, cnaipí bána, ag seisear acu. Agus an cnaipe dubh ag fear óg nach raibh os cionn má bhí sé cupla bliain is fiche. 'Agamsa atá sé,' ar seisean, agus píochán ina ghlór.

'Agatsa atá sé an iarraidh seo,' arsa an ceann comhairle. 'Ar do chrann a tháinig Carey a leanstan agus a mharbhadh. Beidh tú anseo san oíche amárach go bhfaighe tú gach aon rud dá mbeidh de dhíth ort, airgead agus arm agus pioctúirí. Tá pioctúir Charey againn agus pioctúir a mhná. Ach chomh dóiche lena athrach gur bhain Carey an fhéasóg de féin roimhe seo. Ach is furas an fhéasóg a bhaint de phioctúir dá bhfuil againn. Dhéanfar sin amárach in oifig an *Irish World*. B'fhearrde dhuit bean a bheith leat ar an bhealach,' ar seisean leis an ógfhear, 'ar eagla nár leor bean Bhaile Átha Cliath.'

'Níl bean ar bith agam le a bheith liom,' arsa an stócach. 'Níl aon duine de mo mhuintir ins an tír seo ach mé féin.' Bhí dath bán san aghaidh air, ach, má bhí féin, níor loic sé. Bhí sé ag iarraidh buaidh a fháil ar an eagla a tháinig air nuair a fuair sé an cnaipe dubh ar a bhois. 'Ach cinnte le Dia,' ar seisean, 'gheofar bean inteacht a bheas soghluaiste le a ghabháil i gceann an turais.'

'Gheofar cinnte,' arsa an fear eile, 'ach shíl mé go raibh aithne agat ar bhean de do mhuintir féin a bheadh leat.'

Bhí fear mór, ard ina measc agus gan é ag labhairt. Tamall roimhe sin nuair a chuir sé a lámh isteach sa mhála agus thóg sé cnaipe idir a mhéara, ní raibh sé saor ó eagla. Fuair sé sin cnaipe cruaidh, cadránta nuair a thóg sé idir a mhéara é. Agus an tamall a bhí sé ina sheasamh sa dorchadas agus an cnaipe i gcúl a dhoirn aige, bhí buille a chroí féin le mothachtáil aige. Agus nuair a lasadh an solas agus fuair sé cnaipe bán ina bhois, fuair sé faoiseamh. Ach tháinig truaigh aige don stócach ar thit an crann air.

An té a mbeadh aithne agus eolas aige ar an fhear ard, scaoilte seo, ba deacair leis a chreidbheáil go gcuirfeadh rud ar bith beaguchtach air. Is iomaí uair ina shaol a bhí an fear céanna i gcontúirt. Ach ar dhóigh inteacht níorbh ionann gábhadh ar bith dá raibh sé riamh ann agus an gábhadh a bheadh roimhe dá dtiteadh sé ar a chrann Carey a leanstan agus a chur chun báis. Smaoinigh sé ar an lá a bhí sé ag gabháil suas malacha Fredericksburg agus ceathaideacha luaidhe ag leagan fear ar gach taobh de. Ach ní raibh sé leis féin sa teangmháil sin. Bhí na mílte fear ina chuideachta. Agus má bhí siad ag titim ar gach taobh de féin bhí arm ina láimh agus díbhirge ina chroí agus dóchas aige as a chinniúint. Níorbh ionann sin ar chor ar bith agus an gábhadh a bheadh roimh an té a d'imeodh leis féin idir dhá dtír agus a mhuirfeadh spíodóir de chuid na Sasana. Ba deacair a dhéanamh agus éaló ina dhiaidh sin. Ba dóiche go mbéarfaí air agus chuirfí chun báis é. Bás na croiche!

Shuigh an t-iomlán thart fán tinidh ansin agus thoisigh siad a chomhrá. An stócach a tharraing crann dubh na héirice, bhí sé ag caint is ag gáirí mar a bheadh sé ag iarraidh a chur in iúl nach raibh eagla dá laghad air. Bhí neart comhráidh ag an chuid eile fosta, uilig ach fear amháin, an fear ard, scaoilte. Bhí seisean ina shuí ag amharc isteach sa tinidh agus gan é ag labhairt. Bhí sé ag amharc ar phioctúirí a bhí idir na haibhleoga. Chonaic sé cnoc lom, leacach agus an fharraige isteach go dtína bhun. Cnoc Fola a bhí ann. D'aithin sé an tseanbhean agus an gasúr a bhí ina suí ar léana bheag, ghlas ar ghualainn an chnoic. Bhí sé ag éisteacht leis an chomhrá a bhí acu. Bhí an tseanbhean ag caint ar an fhear a rinne spíodóireacht ar Wolfe Tone i Leitir Ceanainn agus an gasúr ag rá gurbh iontach nach raibh fear ar bith de phór Dálach le fáil i dTír Chonaill a bhainfeadh éiric as an spíodóir.

'Cad chuige nach dteachaigh m'athair mór soir agus a mharbhadh?' arsa an gasúr. 'Nárbh é Art Óg Ó Dónaill an fear ba láidre agus ab fhearr i gceann bata sa chontae? Nach minic a dúirt tú féin go mbuailfeadh sé lucht aonaigh lena bhata draighin? Cad chuige nach dteachaigh sé soir go Leitir Ceanainn agus an spíodóir a mharbhadh?'

'Bíodh ciall agat, a thaiscidh. Cad é an mhaith a dhéanfadh bata draighin in éadan gunnaí is baignéidí?'

'Nach dtiocfadh leis a theacht ar an spíodóir nuair nach mbeadh aon duine lena chosnamh?'

'Bhéarfaí ansin air agus chrochfaí é.'

'Cad é mar a chrochtar duine, a mháthair mhór?'

'As a mhuineál.'

'An bhfaca tú aon duine riamh á chrochadh?'

'Maise, ní fhaca, chan dá éileamh.'

'Cad é a rinne siad le Tone ansin?'

'Thug siad leo é agus mharbh siad é.'

'Dá mbínnse i Leitir Ceanainn an lá sin, mhuirfinn an spíodóir.'

'Bíodh ciall agat, a leanbh.'

'Siúd an fhírinne. Dá mbínn ann agus mé mór, ní fhágfadh George Hill teach ósta Sheáin Uí Éigeartaigh go bhfágadh sé ina chorp é. Bhéarfainn liom piostal agus chuirfinn urchar fríd an chroí aige.'

'Nach tostach an mhaise duit anocht é, a Dhálaigh?' arsa fear acu sa deireadh leis an fhear a bhí ag amharc isteach sa tinidh.

D'amharc sé sin thart go tobann agus labhair sé lán chomh tobann. 'A fheara,' ar seisean, 'iarraim oraibh a ghabháil i gcomhairle arís agus cead a thabhairt domhsa a ghabháil in áit an stócaigh seo.'

'Rachaidh mise mé féin,' arsa an stócach go móruchtúil. 'Ar mo chrann a tháinig agus cad chuige a rachadh fear ar bith in m'áit?'

'Eadraibh féin é,' arsa an ceann comhairle.

'Bhail,' arsa an Dálach, 'níl an stócach seo ach i dtús a shaoil. Tá an chuid is fearr de mo shaolsa caite. Rud eile de, níl cúram ar bith orm. Ní hionann is an stócach seo a bhfuil a mháthair agus teaghlach lag páistí ag feitheamh le litir uaidh agus cupla punta a chuideos greim bídh a cheannach dóibh. Ná síleadh sé anois go bhfuil mé ag cur síos beaguchtaigh dó. Aithním air go rachadh sé sa tóir ar Charey go fonnmhar agus go muirfeadh sé é an chéad áiméar a gheobhadh sé. Ach tá mise ag iarraidh air mé féin a ligean ina áit.'

Sa deireradh thoiligh an stócach agus socradh go rachadh Pádraig Ó Dónaill ar thóir an spíodóra agus go muirfeadh sé é.

Bhí sé féin agus an stócach leo féin nuair a bhí an cruinniú thart. 'Rachainn cinnte ó thit sé ar mo chrann,' arsa an stócach. 'Rachainn agus chuirfinn piléar fríd a chroí an chéad talamh ina gcasfaí orm é.'

'Tá a fhios sin agam,' arsa an Dálach. 'D'aithin mé ort é.'

'Bhail anois,' arsa an stócach, 'caithfidh mé an méid seo a aidmheáil duit: bhí eagla orm.'

'Eagla ort?' arsa an Dálach.

'Bhí,' arsa an stócach. 'Nuair a lasadh an solas agus fuair mé an cnaipe dubh i gcroí mo bhoise, ní raibh ann ach nár thit mé as mo sheasamh ar mhéad is a scanraigh mé. Ach fuair mé buaidh ar an tallann chloíte sin agus tháinig mé chugam féin.'

'Bhí eagla ormsa fosta,' arsa an Dálach. 'Sin an fáth ar iarr mé orthu mo ligean in d'áit.'

'Sin scéal iontach. Ní thuigim ar chor ar bith é. Eagla ort agus ansin thoiligh tú ar ghabháil nuair a thit sé ar chrann fir eile.'

'Sin an fhírinne,' arsa an Dálach. 'Murab é go dtáinig eagla orm, ní rachainn in d'áit ar chor ar bith. Ní bheadh achasán ar bith agam le tabhairt domh féin. Shílfinn go raibh m'oibleagáid comhlíonta agam nuair a bhí mé ar fhear den scaifte, agus go rachainn go fonnmhar dá dtiteadh sé ar mo chrann. Ach nuair a bhí an cnaipe i gcroí mo bhoise agam sa dorchadas, chonacthas domh go raibh sé 'mo dhódh. Tháinig crith orm ar mhéad is a scanraigh mé. Agus nuair a lasadh an solas agus fuair mé cnaipe bán agam fuair mé faoiseamh. Ansin smaoinigh mé ar an bhaile agus ar mo shinsir. Cad é a dhéanfadh fear ar bith acu dá mbeadh sé in m'áit? Ansin smaoinigh mé ar an am a raibh mé in mo ghasúr thiar i nGaoth Dobhair. Mé 'mo shuí ar léana bheag, ghlas ar ghualainn Chnoc Fola agus an tseanbhean ag inse domh fán lá a rinne George Hill spíodóireacht ar Tone i Leitir Ceanainn. Ba mhór an t-iontas liom gur ligeadh an spíodóir as Leitir Ceanainn lena bheo. Dúirt an tseanbhean nárbh fhéidir a dhéanamh nó go gcrochfaí an té a dhéanfadh é. Dúirt mise gur chuma liom, dá mbeinn i mbun mo mhéid agus mé i Leitir Ceanainn an lá sin nach n-imeodh George Hill beo as Leitir Ceanainn. Tháinig an t-iomlán de sin ar ais chugam, agus tháinig brón agus náire orm. Smaoinigh mé go raibh tallann Dálach ionam nuair a bhí mé 'mo ghasúr ach gur imigh sé nuair a d'éirigh mé mór agus nach raibh ionam ach cladhaire meata. Sin an fáth ar iarr mé ortsa agus orthusan mo ligean in d'áit agus dá ndiúltthaí mé, bheinn fá imní go lá mo bháis.'

Cupla seachtain ina dhiaidh sin bhí long mhór de chuid Mheiriceá ag tarraingt aniar ar chóstaí na hÉireann agus Pádraig Ó Dónaill ar bord uirthi. An bealach ó thuaidh a tháinig sé agus bhí tráthnóna galánta ann nuair a bhí siad ag seoladh thart taobh amuigh de Thoraigh. Bhí an tEaragal le feiceáil aige isteach uaidh. Trí bliana fichead roimhe sin bhí sé ina sheasamh ar bord loinge agus a chúl le hÉirinn! Chuimhnigh sé go raibh sé ag amharc ar an Earagal go dtí nach raibh sé ach 'mar a bheadh scáile i mbuidéal' ann. Tá sé ag teacht ar ais anois agus an tEaragal ag nochtadh chuige. An tEaragal, rí na gcnoc. Smaoinigh sé ar gach uair ar shiúil sé as Dún Lúiche go raibh sé thuas ar fhíorbharr an chnoic. Bhí dáimh as cuimse leis an Earagal aige. Dá mbíodh a chnámha in Éirinn i ndiaidh a bháis, ar bharr an chnoic seo ab fhearr leis a bheith sínte. An cnoc uasal, álainn a mbíonn aoibh mhaiseach air le héirí gréine maidin shamhraidh agus an suíomh gealach órbhuí ar bharra a bheann oíche fhómhair! An seasódh sé ar bharr an chnoic sin go brách arís? An bhfeicfeadh sé choíche arís é? B'fhéidir go mbeadh faill aige cuairt a thabhairt ar Ghaoth Dobhair sula n-imíodh sé thart ar an domhan i ndiaidh Charey. Bhí sé uilig ag brath ar an scéala a bheadh fána choinne i Londún.

Chomh luath is a shroich sé Londún chuaigh sé caol díreach go dtí a leithéid seo de theach. Bhíthear ag feitheamh leis ansin agus ní raibh moill air é féin a chur in aithne.

Fuair sé iomlán eolais ansin. Níor chorraigh Mrs. Carey as Baile Átha Cliath go fóill. Agus ní bheadh sí ag imeacht go ceann seachtaine eile. Bhí an t-eolas cinnte acu as Baile Átha Cliath.

'Rachaidh mé go hÉirinn go ceann chupla lá,' arsa an Dálach, agus d'inis sé cá mbeadh sé dá dtaradh scéala ar bith roimhe sin.

'Ní fhágfaidh sí Baile Átha Cliath go ceann seachtaine eile,' arsa an bhean a bhí ag caint leis. 'Níl muidinne muid féin gan lucht eolais. Tá siad againn in áiteacha nach samhóladh Rialtas na Sasana choíche … Fá cheann seachtaine eile fuígfidh Mrs. Carey agus a clann Baile Átha Cliath agus tiocfaidh siad anseo go Londún. Beidh bean as Baile Átha Cliath ar a lorg go raibh siad anseo. Rachaidh sí a fhad is atá ann má bhíonn féim leis. Ach b'fhearr an garda a athrach i Londún ar eagla go dtabharfadh Mrs. Carey fá dear an bhean seo á comóradh ró-fhada ar a hastar.'

'Rachaidh mé de rása go hÉirinn nuair atá an fhaill ann,' ar seisean leis féin. 'Dá bhfaighinn bean ar bith a bheadh liom ar an bhealach, ba mhaith a cuidiú agam le súil a choinneáil ar bhean Charey agus gan ligean di cor a chur orm go dtara an spíodóir é féin i láthair.' Cén bhean a rachadh leis? An rachadh a dheirfiúr Máire leis? Nó a' mb'fhearr gan a dhath a inse d'aon duine dá mhuintir féin? Rachaidh mé go hÉirinn ar scor ar bith,' ar seisean, 'mura mbeadh ann ach le Siobhán a fheiceáil.'

XXXIII

Bhí an soitheach ina luí leis an chéidh i nDún Laoghaire maidin shamhraidh agus na pasantóirí ag gabháil ar bord. Bhí bean amháin i measc na bpasantóir a raibh a sáith idir lámha aici nó bhí seachtar páistí léi agus an mhórchuid acu mion. Bhí cruach mhór bagáiste léi mar a bheadh le duine a bheadh ag brath imirce fhada a dhéanamh. Go Londún a bhí sí ag gabháil de réir an seoladh a bhí ar a cuid málaí. Mrs. Margaret Power, London via Holyhead.

Bhí aon ghasúr amháin ar theaghlach Mrs. Power a gcuirfeá sonrú ann. Bhí sé tuairim is ar cheithre bliana agus gruag chatach, bhán air. Nuair a bhí sé istigh ar an tsoitheach thoisigh sé a chaoineadh agus a fhiafraí cá raibh a athair. Cá háit a dteachaigh sé? Cad chuige nach raibh sé leo? ... Bheadh truaigh agat don mháthair ag iarraidh ciall a chur ins an tachrán . Nó mheasfá gur baintreach a bhí inti nuair a tífeá an chulaith de shíoda dhubh a bhí uirthi. ‘Tiocfaidh d’athair fá cheann chupla lá,’ a deireadh sí i gcogar leis an leanbh, ‘agus mála mór milseán leis.’ Agus bhí cuma uirthi go raibh sí imníoch mar a bíos bean ar ócáid den chineál nuair a chuireas tachrán gan chéill ceist nach féidir freagar fírinneach a thabhairt uirthi.

Ach má ba bhaintreach Mrs. Power, níor bhaintreach bhocht í agus, cé go raibh an gasúr beag ag cur ceisteanna coscarthacha uirthi, ní raibh sí ina díol truaighe chomh mór le fiche baintreach eile ar chuala tú iomrá orthu. Bhí neart airgid aici. B’fhuras sin a aithne ar an éadach a bhí uirthi féin is ar a clainn. D’aithneofá é ar na málaí a tugadh síos chun an chábáin ionsuirthi. D’aithneofá é ar an ómós a bhí fána coinne ag an bhanmhaor nuair a bhí siad ag feistiú an chábáin. D’aithneofá nach raibh le déanamh ag Mrs. Power ach a méar a chur ar chnaipe am ar bith sa lá nó san oíche agus go mbeadh seirbhíseach ina rith ag freastal uirthi.

Bhí Mrs. Power ina seasamh ar bhord na loinge agus í ag amharc ar thalamh na hÉireann ag imeacht uaithi. B’fhuras a aithne ar a dreach go raibh cumhaidh uirthi. Cumhaidh den chineál a bíos ar dhuine nuair a bíos sé ag imeacht as a thír dhúchais agus gan súil le pilleadh aige. Bhí an gasúr catach ina shuí ar na cláraí ag a cosa. I gceann tamaill d’amharc sé aníos san aghaidh ar a mháthair.

‘A mhamaí,’ ar seisean, ‘deir Máire go mbeidh *daddy* ag fanacht linn ar an chladach thall.’

‘Beidh, cinnte, a leanbh.’

‘Agus nach mbeidh milseáin aige fá mo choinne?’

‘Beidh, lán mála.’

‘A mhamaí, cá bhfuil Doe?’

‘Tífidh tú amárach é.’

‘An mbeidh sé i gcuideachta *dhaddy*?’

‘Beidh,’ arsa Mrs. Power agus crith le haithne ar a glór.

‘A mhamaí, deir Máire gur crochadh Doe.’

'Siúil leat go gcuire mé a luí thú,' arsa an mháthair ag tógáil an linbh de rúchladh agus á iomchar síos chun an chábáin.

'A mhamaí, nach bhfanfaidh tú agam?'

'Fanfad, cinnte. Coisreac thú féin anois agus abair d'urnaí. 'Sé do bheatha, a Mhuire ... ar uair ár mbáis. Áiméan. Anois an chuid eile: *God bless ...*'

'*God bless mammy and daddy – and Doe.*'

'Druid do shúile anois agus codlaigh.'

'A mhamaí, cá háit a bhfuil Doe crochta? An crochta ar thairne ar thaoibh an bhalla atá sé?'

'Codlaigh anois, mar a bheadh gasúr maith ann.'

'Ach, a mhamaí, tá Doe crochta ar thaoibh an bhalla. Iarrfaidh mise ar *dhaddy* seasamh ar cathaoir agus é a thabhairt anuas chugam.'

'Fuist,' arsa an mháthair i gcogar scáfar agus thoisigh sí a chealgadh an linbh.

Ní raibh James Power ar an chladach thall in araicis a theaghlaigh nuair a chuaigh siad anonn. Bhí sé i mBaile Átha Cliath nuair a d'fhág siad Éire ach ní thearn sé a gcomóradh. Dhá lá ina dhiaidh sin chuaigh sé féin ar bord i nDún Laoghaire. Tháinig sé go Dún Laoghaire i gcóiste dhruidte agus garda trom d'fheara armáilte air agus Superintendent Mallon ar fhear acu. Bhí dreach brúite ar James Power. Bhí sé míshásta. Chonacthas dó go raibh éagóir déanta air.

'I ndiaidh a dtearn mé,' ar seisean go míshásta, 'sin mo bhuíochas. Ní bhfuair mé ach leath mo chuid airgid agus ag Dia atá a fhios cá huair a gheobhas mé an chuid eile, má gheibhim ar chor ar bith.'

'Gheobhaidh tú an chuid eile nuair a rachas tú go bun an rása,' arsa Mallon. 'Sin an rud a shocair an Rialtas. Agus ná bíodh eagla ar bith ort nó dhéanfar an gealltanas sin a chomhlíonadh.'

'Agus ansin,' arsa Power, 'iad 'mo ligean ar shiúl liom féin gan aon duine le mo chosnamh.'

'Ní thiocfadh linn garda a chur leat ó seo chun na hAfraice,' arsa Mallon ag déanamh leafa gáire.

'Diabhal a mbeidh de mhoill orthu mo chur ar long cogaidh agus neart acu ag gabháil an bealach,' arsa Power go nimhneach. 'Dá mbeinn 'mo phríosúnach agus eagla orthu go n-imeoinn orthu, b'fhuras garda a fháil a bhéarfadh thart ar an domhan mé. Ach is cuma leo anois cad é a éireos domh. Tá mo chuid oibre déanta agam. Níl gnoithe liom feasta.'

'Níl contúirt ar bith ort,' arsa Mallon. 'Níl aithne ag aon duine ort ins an tír a bhfuil tú ag tarraingt uirthi. Tá gráinnín maith airgid agat agus, de réir mar a chluinim, tá teacht i láthair agus déanamh gnoithe ionat. Ní thiocfaidh cúig bliana choíche go mbí tú in do sháith den tsaol agus modh is urraim ag gach aon duine duit ... Is fearr duit a theacht amach anseo agus an chuid eile den bhealach chun an bháid a shiúl leat féin. Is amhlaidh is lú a chuirfear sonrú ionat. Tá beirt a bhfuil culaith fir tíre orthu thíos ar an chéidh. Beidh siad leat go gcuire siad isteach ar an bhád thú. Bíodh uchtach agat; níl contúirt ar bith feasta ort.'

Chuaigh Power ar bord agus chuaigh sé síos chun a chábáin. Bhí sé mar a bheadh eagla air fanacht ar uachtar go n-imíodh an soitheach amach ón chéidh. Ansin tháinig sé aníos agus sheasaigh sé agus a dhá uilinn ar na ráileacha agus é ag amharc ar Éirinn ag éaló uaidh. Bhí cumhaidh air ag imeacht. D'amharc sé trasna na báighe ar Bhinn Éadair. Bhí a chroí istigh sa chnocán seo. Fá bharr na mbeann udaí thall a bhíodh sé ag cuartú neadrach nuair a bhí sé ina ghasúr. B'iomaí tráthnóna breá Domhnaigh a chaith sé ansin nuair a bhí sé ina stócach agus ní ba mhoille ná sin arís nuair a fuair sé aithne ar Joe Brady.

Chonaic sé an méid a bhí caite dá shaol mar a bheadh sé daite ina phioctúirí ar bharr na farraige agus an long ina rith thart leo. Bhí sé ag éirí aníos ina stócach nuair a bhí na

Fíníní ag déanamh réidh le a ghabháil chun teangmhála. Bhí dóchas ina chroí an t-am sin. Bhíodh sé ag síorléamh fá Tone agus fá Emmet agus fá Mhitchel, agus uchtach aige go mbeadh sé féin inchurtha le aon fhear acu nuair a thiocfadh an uair. Tháinig an uair sa deireadh ach chreathnaigh a chroí. Chonaic sé sealán na croiche ina bhrionglóidí. Scanraigh sé an lá a bhí siad sa tóir ar Forster. Fuair sé buaidh air féin ina dhiaidh sin agus dhearg sé a phíopa lá na Páirce cé go raibh crith ar a láimh. Ansin tháinig an diabhal saolta sin Mallon air agus ghearr sé an croí ina ghiotaí aige. Sa deireadh ghéill an duine bocht agus mhionnaigh sé de réir mar a hiarradh air. 'Tá mé ag imeacht inniu,' ar seisean leis féin, 'agus ní fheicfidh mé mo thír dhúchais choíche arís. Tá mé ag imeacht agus cupla míle punta in mo phóca. Tá a oiread eile fá mo choinne nuair a rachas mé go bun an rása. Ach nach beag is fiú é ag an té atá díbeartha go deo as a thír dhúchais agus gan aige ach luach fola lena choinneáil beo ar an choigrígh. Nár mhéanra do Mhitchel! Nár mhéanra domhsa dá mbeinn ag imeacht mar a d'imigh Mitchel. An oíche dheireanach a chaith sé in Éirinn, mar Mhitchel, tháinig Edward Walsh i nganfhios chuige agus phóg sé a lámh. D'imigh Mitchel ar a bhealach go Bermuda agus beannacht a chinidh leis. Tá mise ag imeacht agus mallacht mo chinidh liom. Ní phógfaidh fear ar bith mo lámh anocht. Ach tá na mílte fear in Éirinn a chuirfeadh scian fríd mo chroí dá mbeadh an áiméar acu … Mo sheacht mallacht ar an chinniúint a chuir an bhail seo orm.'

Chuaigh sé síos chun a chábáin agus d'ól sé tarraingt a chinn as buidéal uisce bheatha a bhí ansin. Ansin nigh sé a aghaidh as uisce fuar ar eagla go n-aithneofaí lorg na ndeor ar a shúile.

XXXIV

Bhí Siobhán Thuathail Mhóir ag cur an eallaigh chun an bhaile tráthnóna samhraidh agus nuair a bhí sí ag teacht anuas taobh na malacha os cionn an tí, tí sí an bhean aníos chuici. D'aithin Siobhán í síos uaithi. Máire Mhicheáil Airt a bhí ann.

Baineadh léim as Siobhán. Ní tháinig Máire Mhicheáil Airt anoir as Mín an Chladaigh fán am seo de lá gan gnoithe speisialta a bheith aici. Bhí scéala inteacht léi. Ach cé leis eile a mbainfeadh an scéala sin ach le Padaí? Arbh é scéala a bháis a bhí ann? Bhí sí chóir a bheith cinnte go raibh Padaí marbh. Samhladh di an rud a déarfadh an Sagart 'ac Pháidín an Domhnach ina dhiaidh sin ar an altóir i nDoirí Beaga: 'Paidir is Áivé Maria le Pádraig Ó Dónaill, as Glaise Chú lá den tsaol, a fuair bás i Meiriceá.'

'An a dhath atá contráilte?' arsa Siobhán go scaollmhar nuair a tháinig an bheirt bhan fá fhad scairte dá chéile.

'Ní hea, glóir do Dhia,' arsa an bhean eile. 'Ach,' ar sise tamall beag ina dhiaidh sin, 'mura bhfuil drochscéal agam, tá scéal iontach agam. Tá Padaí in Éirinn.'

'Cad é a dúirt tú?' arsa Siobhán agus a croí ag preabadaigh.

'Tá,' arsa Máire, 'tá sé i gCill Mhic Néanáin. Chuir sé scéala chugam le Mánas Chonaill Óig. Bhí Mánas amuigh le lód coirce.'

Tháinig imní ar Shiobhán. Ní raibh sé mórán le mí roimhe sin ó scríobh Padaí chuici as Meiriceá agus níor dhúirt sé go raibh rún ar bith aige a theacht go hÉirinn. Cinnte le Dia bhí a fhios aige san am sin go raibh sé ag teacht nó bhí sé féin anall ins na sála ag an litir. Tháinig sé go hÉirinn agus isteach go Cill Mhic Néanáin. Agus níor chuir sé scéala an uair sin féin chuici. D'fhág sé le hinse di é ag duine eile.

'Litir a chuir sé chugam,' arsa Máire, 'agus chuir sí tuilleadh is mo sháith iontais orm. Thug sé ceann eile don teachtaire fá do choinnese,' ar sise ag tarraingt litre amach as a hothras agus á síneadh ionsar Shiobhán.

Rug Siobhán ar an litir agus bhris sí í. Bhí crith ar a méara agus í ag iarraidh an páipéar a tharraingt amach as an chlúdach ... 'Seo scéal iontach,' ar sise agus léigh sí an litir athuair.

> Kilmacrenan,
> June 27th, 1882.
> A Shiobhán, a chroí,
> Beidh do sheacht sáith iontais ort nuair a gheobhas tú an litir seo. Aréir a tháinig mé an fad seo agus beidh mé ag imeacht arís fá cheann chupla lá. Níl faill agam a ghabháil síos go Gaoth Dobhair an iarraidh seo, agus, ar ndóigh, ba mhaith liom d'fheiceáil nó b'fhéidir go mb'fhada arís go mbeimis chomh deas dá chéile is atáimid anois. Tar aníos amárach má thig leat. Chuir mé scéala chuig mo dheirfiúr Máire ag iarraidh uirthi a theacht aníos fosta. Tá gnoithe speisialta agam léi. Ní aithneoidh sí mé, ar ndóigh, nó ní raibh sí ach i gceann a cúig mblian nuair a d'imigh mé. Ach tá mé ag dúil go n-aithneoidh mé féin is tusa a chéile go fóill. Bíodh an bheirt agaibh aníos le carr na litreach as an 'Chúirt.' Ní bheidh a fhios nach ag teacht go Tobar an Dúin atá sibh.
> Padaí.

'Níl a fhios agam cad é is ciall de seo ar chor ar bith,' arsa Máire Mhicheáil Airt nuair a bhí na litreacha léite acu. 'Tá mo chroí ag inse domh go bhfuil rud inteacht contráilte. Dá mbeadh duine ann nach mbeadh dáimh ar bith ann le muintir ná le baile, b'fhéidir go mbeadh sé intuigthe. Ach Padaí s'againne nár lig aon Nollaig thart le fiche bliain gan litir is airgead a chur chun an bhaile. Agus é i gcónaí ag cur tuairisc mhuintir Ghaoth Dobhair. Nach doiligh ciall ar bith a bhaint as an rud atá sé a dhéanamh an iarraidh seo? Dá mbeadh mo mháthair beo inniu,' ar sise agus an gol ag briseadh uirthi, 'ní chreidfeadh sí an scéala seo. Déarfadh sí nárbh é Padaí a bhí ann ar chor ar bith ach duine inteacht a bhí ag iarraidh mealladh a bhaint asainn. Ní chreidfinn féin é murab é go n-aithním lorg a láimhe. Nó ba é an chiall a bhí agam, nuair a tífeadh Padaí amharc ar bharr an Earagail go dtiocfadh sé go Gaoth Dobhair dá mba i ndán is go gcaithfeadh sé an bealach a shiúl ar a dhá ghlún.'

'Scéal iontach é,' arsa Siobhán go gruama. Agus sin ar dhúirt sí. Ní raibh rud ar bith aici le rá. Tífeadh sí Padaí an lá arna mhárach. Gheobhadh sí aon amharc amháin eile air. Agus d'imeodh sé. Agus níor dhóiche go bhfeicfeadh sí go brách arís é.

'An mbeidh tú liom amárach go Cill Mhic Néanáin?' arsa Máire nuair ab fhada léi a bhí Siobhán gan labhairt.

'Le cuidiú Dé,' arsa Siobhán.

'Maith go leor,' arsa Máire. 'Beidh mé anoir go luath ar maidin.'

Níor chodail Siobhán aon néal an oíche sin. Bhí lúcháir agus imní agus eagla uirthi i gcuideachta a chéile. Tífeadh sí Padaí amárach. Thiocfadh sé chuici amach as an dorchadas mar a thiocfadh soilse san oíche. Chuirfeadh sé loinnir ins an tsaol ar feadh bomaite bhig. Ansin rachadh an solas as agus ní bheadh ann ach síordhorchadas go brách ina dhiaidh.

Ar maidin an lá arna mhárach bhí beirt bhan ag an 'Chúirt' i dtrátha a naoi a chlog ag fanacht le carr na litreach a theacht an fad sin ar an bhealach go Leitir Ceanainn. Dúirt siad gur go Tobar an Dúin a bhí siad ag gabháil nuair a casadh aon duine fiosrach ina slí. Agus, ar ndóigh, ba mhaith an leithscéal astair é ag muintir íochtar tíre nó bhí sé de ghnás riamh anall ag na daoine turas Thobar an Dúin a dhéanamh uair i gceann na bliana.

Maidin bhreá shamhraidh a bhí ann. Chuaigh an bheirt bhan ar an charr agus d'imigh. An té a mbeadh spéis aige in áilleacht tíre chuirfeadh an mhaidin chéanna aoibhneas ar a chroí. Bhí Loch na Cuinge chomh ciúin le leac ghloine agus bhí míle dealramh i mbeanna Chró Nimhe faoi sholas na gréine. Bhí an tEaragal ar an taoibh eile agus loinnir mhaiseach ina ghnúis. Ní chreidfeadh duine choíche go raibh a cheann i bhfolach riamh aige faoi scamall dhubh ceo. Ach ní raibh mórán spéise ins an radharc seo ag an bheirt bhan a bhí mar phasantóirí le carr na litreach. B'fhéidir nach mbeadh mórán spéise acu ann ar scor ar bith nó bhí sé neamhiontach acu. Ach bhí rud eile ar a n-intinn an mhaidin seo. Bhí an bheirt acu ag smaoineamh ar an rud a bhí á dtabhairt an bealach.

Níor mhó ná gur chumhan le Máire Mhicheáil Airt an t-am ar imigh Padaí go Meiriceá ach bhí cuimhne ghlinn ag Siobhán ar an lá sin agus cad chuige nach mbeadh? Suas an mhalaidh sin os cionn Dhún Lúiche shiúil sí lena thaoibh dhá bhliain is fiche roimhe sin. Ansin ar bhruach Loch an Ghainimh a scar sí leis. Nár mhaith a cuimhne air! Nach raibh an chaint a dúirt sé ina cluasa go fóill! 'A Shiobhán Thuathail Mhóir tá mé ag iarraidh ort arís a bheith ag teacht liom go Meiriceá. Gabh suas ar thaoibh an chairr anois agus níl aon fhear i bpobal Ghaoth Dobhair a bhéarfas ort a theacht anuas ar ais.' Dhiúltaigh sí é an lá sin. Ní raibh a sáith uchtaigh aici ina dhiaidh sin. Dá mbíodh sé ar ais aici nuair a bhí sé ag imeacht uaithi síos an mhalaidh ag tarraingt go Mín an Draighin, rachadh sí leis dh'ainneoin an tsaoil mhóir … Níl a fhios agam cad é a déarfas sé inniu liom? Cad chuige ar chuir sé fá mo choinne? Cad chuige a dtáinig sé go Cill Mhic Néanáin agus gan a theacht chun an bhaile? Cad é an rún diamhrach a bhí ina chroí?

D'imigh siad leo ar sodar go raibh siad i Mín an Draighin. As sin amach portaigh na Loiste agus soir an Tearmann. Tamall i ndiaidh an mheán lae shroich siad Cill Mhic Néanáin. Tháinig an bheirt anuas den charr agus d'amharc siad thart ach ní raibh aon duine le feiceáil acu ach na corrdhuine a bíos i sráidbhaile den chineál nuair a bíos strainséirí ag teacht nó ag imeacht. Sa deireadh d'amharc Siobhán suas bealach an tí ósta. 'Ó, siúd thuas é. Aithním a chruthaíocht.'

Ba é a bhí ann gan bhréig. Tháinig sé anuas ina n-araicis agus chroith sé lámh go carthanach leo. 'Ní aithneoinn choíche thú, a Mháire,' ar seisean lena dheirfiúr. 'Ach, cá bhfuil mar a d'aithneoinn agus nach raibh tú ach i gceann do chúig mblian ag imeacht domh? Fuist, an fáinne pósta sin a tím ar do mhéar?'

'Sea,' ar sise, dar leat go cotúil. 'Tá mé pósta le cupla mí.'

'Ní raibh a fhios sin agam,' arsa Padaí go gruama.

'Scríobh mé chugat,' arsa an deirfiúr. 'Ach, ar ndóigh, bhí tú ar shiúl as thall sula dteachaigh mo litir anonn.'

'Ní raibh a fhios agam go raibh tú pósta,' ar seisean. 'Dá mbeadh a fhios, ní chuirfinn fá do choinne ar chor ar bith. Ach rachaimid isteach as an ghréin go bhfaighe sibh greim le hithe.'

Níor dhúirt sé mórán le Siobhán. Leis an deirfiúr a bhí sé ag caint. Bhí cuma air nach raibh sé sásta lena pósadh. Níor chuir sé ceist uirthi cén fear a fuair sí. Dá gcuireadh, thiocfadh léi a rá leis go bhfuair fear de dhuine is de dhaoine – mac de Mhánas Rua Ó Dúgáin as Mín an Chladaigh. Ach ba é an chuma a bhí air go raibh sé míshásta cionn is gur phós sí fear ar bith. Ansin bhuail smaoineamh í. Bhí cleamhnas déanta aige di i Meiriceá. Anall fána coinne a tháinig sé agus fá choinne Shiobhána. Bheadh an dá bhainis acu aon lá amháin. Ach cad é mar a bhí a fhios aige go mbeadh sí sásta leis an fhear a bhí toite aige di? Arbh fhéidir go mbeadh sé chomh gann sin i ndearcadh?

Mura raibh seisean ag comhrá féin le Siobhán bhí sé ag amharc uirthi le ruball a shúl. Ba mhillteanach an t-athrach a tháinig uirthi, dar leis. Bhí imir liath ina gruaig agus loinnir na hóige ar shiúl as a haghaidh. Ní aithneodh sé choíche í dá gcastaí air í san áit nach mbeadh sé ag súil léi. Nár mhór an t-arthach a tháinig ar an ainnir álainn a d'fhág sé ar bhruach Loch an Ghainimh dhá bhliain is fiche roimhe sin. Ach dhá bhliain is fiche! B'fhada an tamall é i saol duine!

Chuaigh an triúr acu isteach sa teach ósta.

XXXV

Tamall ina dhiaidh sin bhí siad ina suí i seomra agus iad i ndiaidh a gcuid a dhéanamh. Bhí Padaí ina shuí ag caitheamh tobaca agus an bheirt bhan ina suí os a choinne thall faoin fhuinneoig.

'Níl maith ionaibh ag comhrá,' arsa Padaí. 'Níl scéaltaí nuaidhe ar bith libh chugam aníos as Gaoth Dobhair.'

An deirfiúr a thug freagar air. 'Siúil linn síos nuair atá tú an fad seo agus gheobhaidh tú na scéaltaí nuaidhe uilig. Agus tífidh tú do sheanchomharsanaigh agus do chairde gaoil. Is orthu a bheas an lúcháir romhat.'

'Ní thiocfadh liom. Níl faill agam.'

'Siúil leat síos mura gcaitheá ann ach seachtain.'

'Is mé féin a rachadh go fonnmhar dá mbeadh an fhaill ann. Ach níl. Caithfidh mé pilleadh ar ais go Doire anóirthear.'

'A Dhia, a Phadaí,' arsa an deirfiúr, 'cad é an deifre mhillteanach atá ort? Cad chuige a gcaithfidh tú pilleadh i ndiaidh a theacht an fad seo? I ndiaidh a theacht ar amharc an Earagail. Dá mbeadh do mháthair beo ní chreidfeadh sí ón tsaol go dtiocfá ar amharc an Earagail gan a theacht go Gaoth Dobhair.'

'Mar a dúirt mé leat, a Mháire, níl faill agam,' ar seisean. 'Caithfidh mé imeacht ar ais anóirthear. Shíl mé go mb'fhéidir go mbeifeá liom agus gur mhaith do chuidiú agam. Ní raibh a fhios agam go raibh tú pósta. Dá mbeadh a fhios, ní chuirfinn cuireadh anseo ort. Ní thig leat a bheith liom anois dá mbeadh sé dh'fhonn féin ort.'

'Faoi Dhia, a Phadaí,' arsa Máire, 'cá bhfuil do thriall? Cad é an gnoithe a bhí agat liom? Nó cad é an cuidiú a mheas tú a thiocfadh liom a thabhairt duit?'

'Inseoidh mé sin don bheirt agaibh,' ar seisean, 'má gheallann sibh go ndéanfaidh sibh rún air.'

Dúirt siad go ndéanfadh.

D'éirigh Padaí agus chas sé an eochair sa ghlas a bhí ar an doras. Shuigh sé ar ais ar a chathaoir agus dhearg sé a phíopa.

'Anois,' arsa an deirfiúr, 'inis dúinn cá bhfuil do thriall.'

'Go Londún an chéad uair,' ar seisean. 'Níl a fhios agam cá háit eile ina dhiaidh sin.'

Ag éirí diamhrach, duibheagánach a bhí an scéal in áit a bheith ag éirí soiléir.

'Agus cad é an gnoithe a bhí agat liomsa?' arsa an deirfiúr.

Bhain Padaí an píopa as a bhéal agus d'amharc sé trasna an tseomra mar a bheadh sé ag stánadh ar rud inteacht taobh amuigh den fhuinneoig.

'Caithfidh mé fear a chur chun báis,' ar seisean mar a bheadh sé ag caint leis féin.

'A Dhia, a Phadaí, ná bí ag magadh orainn,' arsa an deirfiúr. Ach, má dúirt féin, bhí a fhios aici nár chosúil a ghnúis le gnúis fir a bheadh ag déanamh grinn.

'Ní magadh ar bith é,' ar seisean go stuama.

'Faoi Dhia, a Phadaí, cad é atá ag teacht ort?'

'Tá mé ag inse daoibh go gcaithfidh mé fear a chur chun báis,' ar seisean, 'agus ní cosúil duitse go gcreideann tú mé. Ach siúd an fhírinne.'

'Agus cé atá le cur chun báis agat nó cad é a rinne sé ort?'

'Ar chuala sibh iomrá riamh ar fhear darbh ainm Carey?' arsa Padaí.

'Sin an fear a rinne spíodóireacht ar na h*Invincibles*?' arsa Siobhán.

'An fear céanna,' arsa Padaí. 'Teilgeadh chun báis é agus ar mo chrannsa a tháinig an breithiúnas a chur i ngníomh.'

'Chluin an tAthair Síoraí sin!' arsa an deirfiúr agus bhris an gol uirthi. Níor labhair Siobhán ach tháinig dath bán san aghaidh uirthi agus fuair sí greim ar chúl na cathaoireach mar a dhéanfadh duine a bheadh ag titim.

'Bíodh foighde agus uchtach agat,' arsa Padaí ag tabhairt aghaidh anonn ar an deirfiúr. 'Ar mo chrann a tháinig sé Carey a chur chun báis agus sin a bhfuil de. Níl maith d'aon duine a bheith ag borchaoineadh ná ag mairgnigh. Caithfidh mise an t-iomaire atá romham a threabhadh.'

Idir sin is tráthas tháinig na mná chucu féin. Thoisigh Máire Mhicheáil Airt a smaoineamh. Ní raibh gar dóibh féacháil le Padaí a chur thar a dhóigh. Chaithfeadh siad pilleadh ar ais go Gaoth Dobhair an lá arna mhárach agus níor dhóiche go bhfeicfeadh siad choíche é. Ba mhaith léi an tamall beag gearr a bhí fágtha a chaitheamh i gcuideachta a dearthára. Ach an raibh comhrá fá rún ar bith aige le déanamh le Siobhán? Bhí an bheirt geallmhar ar a chéile tráth dá saol agus murab é gur cuireadh eatarthu ní bheadh seo mar seo anois. Ach anois féin b'fhéidir go raibh oiread den tseanghrá beo iontu go fóill is gur mhaith leo slán a fhágáil ag a chéile agus cupla focal a rá nach gcluinfeadh aon duine ach iad féin! D'éirigh sí ina seasamh.

'Sílim go rachaidh mé siar anseo leathuair bheag a dh'amharc ar mo mhnaoi mhuinteartha,' ar sise.

'Maith go leor,' arsa Padaí. 'Rachaimidinne soir go Carraig an Dúin.'

'Beidh mé soir 'bhur ndiaidh idir seo is tráthas,' arsa an deirfiúr, agus d'imigh sí.

'Rachaimid soir chun na Carraige,' arsa Padaí le Siobhán nuair a fágadh leo féin iad. 'Chonaic tú roimhe í, creidim?'

'Chonaic mé uaim ón Tobar í,' arsa Siobhán. 'Ach ní raibh mé riamh níos deise di ná sin.'

'Rachaimid suas go suímid thuas ar a mullach inniu,' arsa Padaí. Agus amach leo.

'Nach galánta an radharc atá anseo?' arsa Padaí tamall ina dhiaidh sin agus iad ina suí thuas ar mhullach na Carraige.

'Tá sé deas go leor,' arsa Siobhán, 'ach níl sé chomh hálainn le Gaoth Dobhair.'

'Ach dearc an seanchas atá ag baint leis an áit seo,' arsa Padaí, agus tháinig coinnle ar a shúile. 'Sin thall Loch Gartáin. Thall ar bhruach an locha sin a rugadh Colm Cille, an Dálach ab éifeachtaí den iomlán acu. Siúd thíos seanbhallóg na heaglaise an áit a mbíodh sé ag urnaí nuair a bhaist páistí an bhaile Colm Cille air. Agus an charraig seo a bhfuil muid 'ár suí uirthi. Seo an áit ar corónaíodh ríte Dálach ar feadh na gcéadtaí blian. Bhí siad uilig anseo, fear i ndiaidh an fhir eile acu, Gofraidh agus Toirealach an Fhíona, Mánas agus Aodh Rua agus an chuid eile acu.'

'Is minic a chuir sé iontas orm, a Phadaí,' ar sise, 'cá háit a bhfuair tú eolas ar na rudaí seo!'

'Fuair i Meiriceá,' arsa Padaí. 'Ní fhaigheann daoine mórán eolais ar sheanchas na hÉireann ins an bhaile. Is é rud a tugadh iarraidh a cheilt orainn, ar eagla go mbeadh cuimhne againn ar éifeacht ár sinsear agus go mbeimis ag smaoineamh gur chóir dúinn an éifeacht sin a thabhairt ar ais. Agus ar eagla go mbeadh fios ár n-éagóra againn agus go bhféachfaimis le héiric a bhaint amach. Ach an fear a rachas go Meiriceá níl moill air an t-eolas a fháil a coinníodh ceilte sa bhaile air. Ar scoil oíche i Meiriceá a fuair mise an méid eolais atá agam ar stair na hÉireann.'

Mhair sé tamall mór, fada ag caint ar an téad seo. Ach ní raibh Siobhán ag labhairt ach corrfhocal. Ní hionann sin is a rá nach raibh suim ina ghlórthaí aici. Ach bhí rud inteacht ar a hintinn, rud inteacht ba mhaith léi a rá agus nach dtiocfadh léi.

Sa deireadh, ar sise i nglór íseal: 'Cad é an cuidiú a mheas tú a thiocfadh le do dheirfiúr Máire a thabhairt duit? Nó cad chuige ar mhaith leat leat í?'

'Inseoidh mé sin duit,' ar seisean, 'ó tharlaigh gur chuir tú an cheist orm. Níl a fhios againn cá bhfuil Carey. Níl a fhios againn cá rachaidh sé. Tá sé gardáilte i mbeairic inteacht agus is dóiche go gcuirfidh siad ar shiúl ar long cogaidh é. Ach cé bith áit a rachaidh sé tarrónaidh sé a bhean is a chlann air. Tá siadsan i mBaile Átha Cliath agus beidh siad ag imeacht go Londún lá de na laetha seo. Beidh bean as Baile Átha Cliath cos ar chois go Londún leo. Sin an gnoithe a bhí agam le Máire. Caithfidh mise bean Charey a leanstan go dtí go ndéana sí cónaí san áit atá daite dóibh, cé bith cearn den domhan a bhfuil an áit sin. Agus caithfidh mé fanacht ar na gaobhair aici go dtara seisean. Agus ansin ...'

'Sílim go dtuigim anois cad é an gnoithe a bhí le Máire agat,' arsa Siobhán.

'Tuigeann, ar ndóigh,' ar seisean. 'B'fhuras do bhean Charey cor a chur orm nó ar fhear ar bith. Ach ní bheadh amhras ar bith aici ar mhnaoi. Agus b'fhusa don mhnaoi súil a choinneáil uirthi ná d'fhear. Shíl mé go mbeadh Máire liom. Ní raibh a fhios agam go raibh sí pósta. Dá mbeadh a fhios, ní iarrfainn uirthi é. Dá mbeadh sí ag iarraidh a ghabháil anois, ní ligfinn liom í. Tá a cúram féin uirthi agus is é a dualgas fanacht ina bhun.'

'Agus níl bean ar bith anois a bheas leat?'

'Gheobhaidh siad bean inteacht i Londún a rachas liom. B'fhéidir an bhean a leanfas Mrs. Carey as Baile Átha Cliath. Ach b'fhearr liom bean de mo mhuintir féin.'

'A Phadaí,' arsa Siobhán, agus bhain stad di.

'Cad é?' ar seisean.

'Ó, rud ar bith.'

'Cad é a bhí tú ag brath a rá?'

'Ó, is cuma.'

'Abair cé bith atá le rá agat, a bhean. B'fhéidir nach gcasfaí ar a chéile go brách arís sinn.'

'Beidh mise leat,' arsa Siobhán.

'Tusa!' ar seisean agus an dubhiontas air.

'Mise,' arsa Siobhán. 'Beidh mise leat cé nár fhág mé an baile riamh agus nach bhfuil mórán maith ionam. Ach dhéanfaidh mé mo dhícheall.'

'Ach, a Shiobhán,' ar seisean, 'ní dóiche go dtigimse beo as an ghábhadh seo.'

'Sin mar is córtha domh a bheith leat.'

'A Shiobhán,' ar seisean, agus tocht le haithne ar a ghlór, 'dá mbeinn chomh heolach ort tá seachtain ó shin is atá mé anois, thiocfainn nuair a bhí an fhaill ann agus d'iarrfainn ort mo phósadh.'

'Níl maith a bheith ag caint air sin anois,' ar sise agus tháinig lasair bheag, éadrom ina gruaidh. 'Beidh mé leat má mheasann tú go bhfuil maith ar bith ionam fá choinne na hoibre.'

'Ní bheidh ar chor ar bith,' ar seisean. 'Bhainfí an chiall is measa as do ghníomh. Chuirfí míchliú ort féin is ormsa. Sin an fáth ar mhaith liom mo dheirfiúr féin a bheith liom. Smaoinigh ar an dóigh a mbeifí ag baint an chraicinn díot thíos sa bhaile. Rachadh an bhréag fada leitheadach agus chreidfí í. Bhéarfaí amach thú ar bhéala na haltóra. Agus chuirfí míchliú ormsa mar an gcéanna. Ba mhaith acu é mar scéal. Rachadh sé thart ar an domhan. An fear a mharbh Carey. Ní raibh ann ach murdaróir drochmheasúil nach raibh ciall ná creideamh aige. Bhí sé ar shiúl is bean leis agus gan iad pósta ar chor ar bith. Sin an rud a déarfadh na páipéir. Sin an rud a déarfadh an dlítheoir a bheadh 'mo dhaoradh. Déarfadh an breitheamh, ar ndóigh, gur diabhal saolta a bhí ionam a raibh bean agam nár liom féin. Ach d'iarrfadh sé (go hionraice, má b'fhíor dó féin) ar an choiste gan bacadh leis an chuid sin de mo pheacaí marfa ach m'fhéacháil as dúnmharbhadh sa chruth is go dtuigfeadh an saol mór nach raibh ionam ach coirpeach gránna nár ghéill do dhlíodh Dé ach oiread le dlíodh ar bith eile.'

'Ó, bhail,' ar sise, 'más eagla roimh do chliú féin atá ort, ní iarrfaidh mé a bheith leat.'

'Ní mo chliú féin is mó atá ag cur bhuartha orm dh'ainneoin a bhfuil ráite agam ach do chliúsa. Ní bheadh trócaire ar bith ins na daoine. Ní bheadh ann ach an t-ainm ba mheasa a bhí ina gceann a thabhairt ort, agus is tearc duine a smaointeodh gur cheart fanacht le do cháineadh go bhfeicfí an raibh an chliú sin tuillte agat.'

Thiontóigh Siobhán thart a haghaidh agus d'amharc sí idir an dá shúil air. Ní raibh tocht ar bith ina glór. Bhí a súile chomh cruaidh leis an iarann.

'A Phadaí Mhicheáil Airt,' ar sise, 'an gcuirfeá thusa síos domh nó an samhólthá in do chroí go ndéanfainn rud ar bith ar an astar seo a chuirfeadh smál ar m'anam nó a thabhódh míchliú domh i láthair Dé?'

'Ní shamhólainn, a Shiobhán.'

'Maith go leor. Beidh mé leat. Tá dhá bhliain is fiche ó shin, thíos ansin ag cladach Loch an Ghainimh, d'iarr tú orm a bheith leat go ráileacha na haltóra, agus dhiúltaigh mé. Agus anois ó tharlaigh nach dtig liom a ghabháil leat chun na haltóra, rachaidh mé leat go bun na croiche más í an chroch atá i ndán duit. Agus abradh lucht na cúlchainte a rogha rud. Ní hacu atá eochair na bhflaitheas.'

'A Shiobhán,' ar seisean, 'níl do leithéid eile ar an domhan chláir. Seo chugainn Máire,' ar seisean, ag amharc anonn ar an bhealach mhór. 'Bí léi síos chun an tí ósta. Beidh mise síos 'bhur ndiaidh.'

'A Dhia, a Shiobhán, nach millteanach an scéal é seo,' arsa Máire ar a mbealach chun an tsráidbhaile. 'Níl a fhios agam an raibh seo fána choinne. Nach mairg nár ligeadh duit a phósadh fada ó shin.'

'Dá mbeinn pósta féin air,' arsa Siobhán, 'ba doiligh liom féacháil le bacáil a chur air.'

'Cad chuige a n-abair tú sin?' arsa Máire.

'Ní thuigeann aon duine in Éirinn Padaí Mhicheáil Airt mar a thuigimse é,' arsa Siobhán. 'Níl a dhath eile ar a intinn le fiche bliain ach Éire. Agus tá mé ag déanamh nach bhfuil buaireamh ar bith air gur ar a chrann a tháinig an obair seo a dhéanamh.'

'Ach nach truaigh é ag imeacht leis féin ar a leithéid d'ócáid,' arsa Máire. 'Murab é go bhfuil mo chúram féin orm níl mé cinnte nach mbeinn leis. Is doiligh a ligean ar shiúl leis féin.'

'Níl sé ag imeacht leis féin,' arsa Siobhán.

'Agus cé a bheas leis?'

'Mise.'

'Cad é a dúirt tú?'

'Siúd an rud a dúirt mé,' arsa Siobhán, ag toiseacht is ag inse di.

'Bhail, íosfar ó chnámha loma sibh i nGaoth Dobhair,' arsa Máire.

'Abradh siad a rogha rud liomsa,' arsa Siobhán. 'Is cuma cad é a déarfas siad liom. Agus ní thig leo féin ná le daoine ar bith eile míchliú a chur ar Phadaí Mhicheáil Airt. Beidh aithreachas orthu fána gcuid cúlchainte nuair a éireos bladhaire os cionn Ghaoth Dobhair a tífear gach aon chearn ó seo go croí Mheiriceá.'

Chaith Padaí Mhicheáil Airt tamall fada ina shuí leis féin ar Charraig an Dúin. D'fhan sé ansin gur luigh an ghrian. Ba í seo an oíche dheireanach aige i ndúiche a shinsear. Cá huair a thiocfadh sé ar ais nó an dtiocfadh sé ar ais choíche? Cad é a bhí i ndán d'Éirinn? An leanfaí den troid? Níor dhóiche go leanfaí. Bhí spiorad na náisiúntachta ag fáil bháis. 'Bhí na feirmeoirí ag fáil a gcuid talaimh agus nuair a bheas sé acu,' ar seisean leis féin, 'dhéanfar dearmad d'oidhríocht uasail ár gcinidh. Fá cheann scór eile blian ní mó ná go mbeidh cuimhne ar bith ar an tsean-náisiún. Na fir a bheas ag obair ins na páirceanna sin os mo choinne, ní bheidh siad ag smaoineamh ar fhear ar bith ach ar na fir a d'fhág an talamh saor ó chíos acu. Ní chuirfidh siad paidir le hainm aon fhir eile. Ní bheidh a fhios acu go raibh aon fhear riamh ann. Ní bheidh a fhios ag na húspairí santacha gur bheannaigh Colm Cille an t-iomaire a bhfuil siad ag spréadh aoiligh air. Ní bheidh a fhios acu go raibh Ó Dónaill riamh ina shuí ar an Charraig seo agus coróin rí ar a cheann. Ní bheidh a fhios acu go raibh Lá Chúl Dreimhne ná Lá Chreadhrán Cille ann. Ná Lá Leifir inar loiteadh sinn, ná Lá an Chorrshléibhe iar gcloí na ngall … Agus ina dhiaidh sin tá cineál de dhóchas agam nach é an t-éag atá i ndán d'Éirinn. Beidh fear inteacht i gcónaí sa tír a mbeidh aislingí aige. Fear inteacht nach leor leis mar rosc catha *The Land for the People*. Fear corr inteacht a bheas ar shiúl leis féin in áiteacha uaigneacha agus meas amadáin ag an tsaol air. Is mór an rud a thig le aon fhear amháin a dhéanamh.'

Chuaigh an ghrian a luí agus tháinig loinnir chorcair i mbarra na gcnoc. Bhí Loch Gartáin chomh ciúin le clár agus dreach uaigneach ag teacht ar a craiceann fá bhun beann. Bhí iascaire ag teacht chun an bhaile ón Leanainn agus é sásta leis an ghallach breac a bhí marbh leis. Bhí buachaillí na mbó ag cur a gcuid eallaigh chun an bhaile agus iad ag gabháil cheoil. Agus thuas ar Charraig an Dúin bhí an fear deireanach de laochra Dálach i ndeabhaidh leis an chinniúint.

XXXVI

Seachtain ina dhiaidh sin tháinig Mrs. Power agus a clann den traein i Euston. Bhí sí giota maith as Baile Átha Cliath san am seo. I gceann chupla lá eile bheadh sí féin agus a clann is a céile ar bord loinge. Agus ansin bheadh suaimhneas ag a croí. Na slóite síoraí ag an stáisiún ach ní shamhólthá go raibh aon duine ann a raibh a shúil uirthi. Bhí daoine ann a tháinig as Baile Átha Cliath. Chonaic sí cuid acu ar an bhád. Chonaic sí bean dóighiúil a raibh éideadh feiceálach uirthi agus coiscéim éadrom léi. Ní raibh an bhean sin ach ag gabháil lena gnoithe. Ach níor shamhail Mrs. Power riamh gur ar a loing féin a bhí sí agus go leanfadh sí í go gcuirtí Mrs. Power in aithne do dhaoine a dhéanfadh a comóradh an chuid eile den bhealach.

Dhá lá ina dhiaidh sin bhí an *Kinfauns Castle* ina luí leis an chéidh i Londún agus na daoine ag gabháil ar bord.

Bhí Padaí Mhicheáil Airt agus Siobhán ar na chéad daoine a chuaigh ar bord i ndiaidh Mrs. Power. Sheasaigh an bheirt ag amharc amach thar thaoibh na loinge. Bhí siad, dar leat, ag breathnú ar na slóite a bhí amuigh ar an chéidh. Ach bhí súil ghéar aimsithe ar cheann an droichid i rith an ama. D'fhan an bheirt ina seasamh ansin go raibh deireadh ar bord agus gur tógadh an droichead.

Séideadh adharc agus thoisigh na hinnill a chur creatha fríd chorp an tsoithigh. D'éirigh maistreadh de chúr gheal taobh thiar dá deireadh agus thoisigh sí a theannadh amach ón chéidh go fadálach. As a chéile thoisigh sí a thógáil siúil agus sheol léi go státúil síos béal an chuain. Bhí na mílte árthach ó sin go bun na spéire, cuid ag teacht is cuid ag imeacht. Soitheach amháin ag imeacht le lasta saighdiúr a bhí ag imeacht a sciúrsáil na bhfear dubh san Afraic. Ceann ag gabháil chun na hIndia agus lasta de bhratóga cadáis léi agus ceann eile ag teacht anall as an tír sin le cófraí óir. Bhí an *Kinfauns Castle* ar a bealach go *Capetown* agus fear as Gaoth Dobhair ar bord uirthi. Agus an té nach mbeadh fios a rúin aige shílfeadh sé gur ag imeacht a chuartú lá oibre a bhí sé mar a d'imigh muintir Ghaoth Dobhair leis na céadtaí blian.

'Caithfidh tú súil ghéar a choinneáil uirthi,' arsa Padaí le Siobhán idir sin is an oíche.

'Nach bhfuil sí ar bord anois?' arsa Siobhán. 'Agus ní thig léi imeacht orainn mura dté sí de léim thar an taoibh.'

'Thiocfadh léi cor a chur go fóill ort agus gan í féin a bháitheadh,' arsa Padaí. 'Rachaidh an soitheach seo isteach i gcupla cuan eile ar a bealach siar ó dheas.'

'Ní raibh a fhios sin agam,' arsa Siobhán agus tháinig aiféaltas uirthi fána cuid aineolais.

'Rachaidh,' arsa Padaí, 'agus b'fhéidir gur i dtír a chuirfí Mrs. Power. B'fhéidir nach bhfuil anseo ach cleas, ag iarraidh tóir a chur ar seachrán.'

'Ach nach dtiocfadh leo a cur i dtír i gceann de na bádaí beaga?' arsa Siobhán.

'Is géarchúiseach an mhaise duit é,' arsa Padaí. 'Smaoinigh mé féin ar an rud chéanna. Má ní siad sin tá deireadh leis an tóir an iarraidh seo agus caithfear toiseacht go húrnuaidh. Ach, ar ndóigh, níl neart air sin againne.'

An lá arna mhárach bhuail siad isteach i gcupla cuan eile. Tháinig scaifte pasantóir ar bord ach ní tháinig an té a rabhthar ag feitheamh leis. An oíche sin, nuair a bhí siad taobh amuigh de Dartmouth stop an soitheach. Ní rabhthar ag cur Mrs. Power i dtír nó bhí sí ina luí. Cad chuige ar stop an soitheach nó cad é a bhí contráilte? Chuaigh cuid de na pasantóirí suas ar uachtar agus gan iad saor ó eagla. 'An a dhath atá cearr?' arsa bean a bhí ann le mairnéalach a casadh uirthi. 'Níl a dhath cearr, a bhean uasal,' ar seisean, 'ach d'fhobair go mbeadh. Bád iascaireachta a bhí amuigh ansin romhainn agus ní fhaca muid í go raibh muid chóir a bheith ina mullach. Murab é chomh gasta is a bhain sé an siúl di seo ní fheicfí aon fhear acu beo ná marbh choíche.'

Ach ní fhaca aon duine de na pasantóirí an bád ag teacht isteach go suaimhneach go taoibh na loinge. Ní fhaca siad an dréimire rópaí a ligeadh síos ná an fear a tháinig aníos agus a sháith eagla air go gcaillfeadh sé a ghreim agus go dtitfeadh sé san fharraige.

Ní raibh Mrs. Power léi féin an lá arna mhárach. Bhí a céile fir ina cuideachta.

Bhreathnaigh Padaí Mhicheáil Airt James Power go géar ar feadh tamaill. Ansin chuaigh sé síos chun a chábáin agus isteach. Dhruid sé an doras agus chuir an glas air. D'fhoscail sé mála a bhí aige agus bhain amach dhá phioctúir as. Bhreathnaigh sé iad tamall beag. Ansin chuir sé isteach ar ais iad agus chuir an glas ar an mhála.

'Is é atá ann cinnte,' ar seisean le Siobhán idir sin is tráthas. 'D'aithneoinn ar na pioctúirí é dá mbeadh gan a bhean a bheith anseo ar chor ar bith. Is dóiche go síleann sé go bhfuil sé as aithne ó bhain sé an fhéasóg de féin.'

'Is fearr duit na pioctúirí a thabhairt domhsa anois,' arsa Siobhán.

'Cad é an gnoithe atá agatsa leo?'

'Is cuma. Bhéarfaidh mise aire dóibh chomh maith is a bhéarfá féin.'

'Tá a fhios agam cad é atá in do cheann,' arsa Padaí. 'Eagla gur throm an fhianaise in m'aghaidh iad dá mbeirtí orm agus a bhfáil agam nuair a bheadh an teangmháil thart. Agus níl coir ar do dhearcadh ach oiread. Bhéarfaidh mé duit iad.'

Bhí an phasóid fada agus fuair na pasantóirí aithne ar a chéile. Roimh sheachtain bhíodh Siobhán agus Mrs. Power ag comhrá le chéile agus an bheirt fhear mar an gcéanna. Bhí siadsan iontach mór le chéile. Bhí dúil mhór i gcomhrá agus i gcuideachta ag Power agus, ar an ócáid a bhí ann, ní raibh doicheall ar bith ag Padaí Mhicheáil Airt roimh a chaidreamh.

Chuir Power ceist lá amháin air ar de thógáil Mheiriceá é. Smaoinigh Padaí air féin go tobann. Dá n-abradh sé gurbh ea, cad é mar a mhíneodh sé an dóigh ar tharlaigh cailín Éireannach ina deirfiúr aige.

'Sílidh mórán daoine gur Meiriceánach mé,' ar seisean. 'Chuaigh mé anonn 'mo ghasúr agus chaith mé a fhad thall is go bhfuil glór na tíre sin in mo cheann. Ach ní shéanfainn Éire go fóill.'

'Cá háit san Afraic a bhfuil tú ag brath a ghabháil?' arsa Power.

'Rachaidh mé go *Capetown* ar scor ar bith,' arsa Padaí. 'Sin an áit a bhfuil mo dheirfiúr ag gabháil. Bhí sí ann roimhe ar feadh cupla bliain.'

'Mura bhfuil sé gan mhúineadh agam an cheist a chur,' arsa Power, 'cad é an cineál oibre a bíos idir lámha agat?'

'Níl ar chor ar bith,' arsa Padaí. 'Mianadóir atá ionam agus tá iomrá mór le deisceart na hAfraice san am i láthair.'

'Níl mé cinnte de dhúiche *Capetown*,' arsa Power. 'Ach dá dtéitheá soir go Natal, b'fhuras duit neart oibre a fháil. Go Natal atá mé féin ag gabháil. Ba cheart duit a bheith liom.'

'B'fhéidir go rachainn,' arsa Padaí. 'Is ionann is an cás domh é, creidim. Ach níl mé cinnte go fóill. Caithfidh mé mo dheirfiúr a fhágáil i g*Capetown*, is é sin, mura dtuga mé liom i rith an bhealaigh í. B'fhéidir nár mhaith léi fanacht 'mo dhiaidh ó tharlaigh gur gheall mé di go mbainfinn fúm san áit a mbeadh sí.'

'Tabhair leat cinnte í,' arsa Power.

'An ndéanfaidh an bád seo mórán moille i g*Capetown*?' arsa Padaí.

'Sin a fhad is a rachas sí,' arsa Power. 'Caithfidh tú a ghabháil ar bhád eile a bhéarfas soir go Natal thú.'

Lá eile tamall ina dhiaidh sin bhí siad ina suí ar dhá chathaoir ar an bhord uachtarach agus iad ag comhrá is ag caitheamh tobaca. Tráthnóna ciúin, te a bhí ann amach i ndeireadh an tsamhraidh.

'An talamh sin a tím amuigh ag bun na spéire?' arsa Power.

'Shílfeadh duine gurb ea,' arsa Padaí. 'Ba mhaith is ba nuaidh sin talamh de chineál ar bith a fheiceáil anois. Éiríonn duine tuirseach ar phasóid fhada mar seo is gan le feiceáil agat ach spéir is farraige lá i ndiaidh an lae eile.'

'Is fíor sin,' arsa Power, 'ach gur mór an gar an aimsir mhaith. Níl a fhios agam cá bhfuil muid ar chor ar bith nó cén talamh é siúd amuigh?'

'Ach oiread leis an fhear atá sa ghealaigh is níl a fhios agam,' arsa Padaí.

Le sin tháinig Sasanach anuas a fhad leo. 'An bhfuil a fhios agatsa cén talamh é siúd amuigh?' arsa Power.

'Anois go díreach a chuir mé féin ceist ar dhuine de na mairnéalaigh,' arsa an Sasanach agus loinnir lúcháireach ina shúile. 'Sin ansin St. Helena agaibh. An áit ar chuir muid Napoleon go bhfuair sé faill aithreachais, má bhí rún aithreachais riamh ag an diabhal bhradach.'

'Níl sibh gan éacht agaibh le maíomh as,' arsa Power go colgach. 'Choinnigh sibh istigh i seanchró cháidheach é go dtug sibh a bhás. B'fhiúntach an rud fear a chrochadh.'

'Ní bhfuair sé a dhath ach an rud a bhí saothraithe aige,' arsa an Sasanach. 'Thug sé iarraidh an domhan mór a chur faoina chosa. Ach bhain Sasain an gus as, cé gur thréamanta é.'

'An diabhal go dtuga buíochas di agus leath na hEorpa ag cuidiú léi,' arsa Power. 'Tá a fhios agaibh istigh i gceartlár bhur gcroí gurb é an t-ocras a bhuail an Fhrainc ach nach é Wellington. Ní raibh sibh riamh inchurtha leis na Francaigh ar dhóigh ar bith agus ní bheidh go deo. Bhí na mílte Wellington ar an tsaol ach ní raibh ann ach aon Napoleon amháin.'

'Ní bheidh an Fhrainc éifeachtach choíche,' arsa an Sasanach. 'Níl siad dlisteanach dá chéile. Níl ciall ar bith d'onóir acu mar atá ag na Sasanaigh.'

'Cad é a dúirt tú?' arsa Power.

'Siúd an rud a dúirt mé,' arsa an Sasanach. 'Díolfaidh Francach a thír lá ar bith ar airgead. An t-am is mó a raibh siad ag déanamh mórtais as Napoleon, bhí na mílte acu ar theann a ndíchill ag spíodóireacht air. Ní thiocfaidh aon tír in éifeacht go deo a mbeidh spíodóirí inti.'

Tháinig dath bán san aghaidh ar Phower agus ní raibh sin i nganfhios don Dálach. Ach tháinig Power chuige féin nuair a thuig sé nach raibh ann ag an tSasanach ach urchar an daill.

Ba ghairid gur imigh an Sasanach agus thoisigh Power a chur thairis. 'Mo sheacht mallacht agus mallacht Dé orthu,' ar seisean go tintrí. 'Ní bheidh ifreann lán go raibh siad ann. Iadsan ag caint ar éifeacht agus ar onóir. Na mangairí suaracha nach dtearn éifeacht ar bith riamh ach oiread saibhris a chruinniú le mangaireacht is a dhíolfadh saighdiúirí an domhain le troid ar a son. Cuireann siad i mbarr mo chéille mé nuair a smaoiním ar an bhail a thug siad ar ár dtír féin.'

'Ní raibh mórán faill smaointe agam féin ar na gnoithe, ná mórán eolais agam. D'fhág mé Éire nuair a bhí mé 'mo stócach. Ar scor ar bith, cad é domhsa Éire? Ar ndóigh, dá mbeadh sí saor ar béal maidine ní bheadh seilbh agamsa ar aon fhód dá cuid talaimh. Chaithfinn imeacht i mbéal mo chinn mar atá mé ag imeacht anois.'

'Is iomaí fear nach raibh aon fhód de thalamh a thíre aige agus a fuair bás ag troid ar a son,' arsa Power.

'Mar bhí siad gan chéill,' arsa Padaí. 'Níor cheart cogadh ar bith a bheith ann. Sin an éagóir is mó a bhí ar an tsaol riamh. Rógairí ag tógáil bruíne fá airgead agus amadáin bhochta ag déanamh na troda.'

'Sin *socialism*,' arsa Power.

'Tabhair do rogha ainm air,' arsa Padaí, 'ach ní throidfinnse choíche ar son lucht saibhris. Má tá achrann le socrú le troid acu, troideadh siad féin.'

'Ní thiocfaimis le chéile sa tseanchas sin,' arsa Power.

'A chiall féin ag gach aon duine,' arsa an fear eile.

I gceann na haimsire tháinig an soitheach go *Capetown* agus chuaigh na pasantóirí i dtír. Bhí sé socair ag Padaí an t-am seo go rachadh sé féin is Siobhán go Natal. Chuir siad faisnéis cá huair a bheadh soitheach ag gabháil an bealach sin agus fuair siad amach go mbeadh ceann ag seoladh i dtrátha an mheán lae an lá arna mhárach. Chuaigh Power agus Padaí síos chun na céadh gur chuir fear acu a chuid bagáiste ar bord agus gur cheannaigh an fear eile dhá thicéad. 'An Melrose,' arsa an cléireach a bhí san oifig. '12.15 amárach.'

Chaith siad an oíche sin i g*Capetown* agus chuaigh siad ar bord an lá arna mhárach.

'Chuala mé scéala nach raibh súil agam leis,' arsa Padaí nuair a fuair sé faill cainte le Siobhán.

'Cad é a chuala tú?' arsa Siobhán agus d'éirigh sí bán san aghaidh.

'Chuala mé go raibh an scéala ar an *Capetown Star* inné go raibh Carey ag teacht an fad sin ar an *Kilfauns Castle*. Shíl mé go dtiocfadh liom páipéar an lae inné a fháil ach níor mhaith liom mórán cuartaithe a dhéanamh ar eagla go gcuirfí sonrú ionam. Is dóiche go bhfuil a fhios aige féin. Agus, má tá, beidh garda ina araicis nuair a shroichfeas sé Natal.'

'Agus ansin?' arsa Siobhán.

'Ní ligfidh mé an fad sin é gan a chur chun tosaigh air,' arsa Padaí. 'Cad é a fhios agat nach bhfuil barúil aige díom i rith an ama? Cad chuige a dtabharfadh sé cuireadh domhsa, agus mé fuar, coimhthíoch aige, a bheith leis go Natal? Dúirt sé liom aon uair amháin má bhí mé gann in airgead go raibh dornán le spáráil aige féin. Cad chuige a mbeadh sé chomh garach sin le fear nach raibh aithne ná eolas aige air?'

'Murab é sin ligfeá dó a ghabháil i dtír?' arsa Siobhán.

'Ligfinn,' ar seisean, 'agus ina dhiaidh sin féin ní bheadh mo dheifre orm. Ba doiligh liom a mharbhadh gan seans a thabhairt dó ar a bheo. Is é an rún a bhí agam fanacht go bhfaighinn in áit uaigneach é agus ansin a rogha de dhá phiostal a thabhairt dó. Sin seans nach dtug sé féin do na fir a chuir sé chun na croiche … Ach ní thiocfadh liom sin a dhéanamh an iarraidh seo.'

Tráthnóna Dé Domhnaigh i dtrátha an ceathair a chlog. Bhí teas marfach ann agus an mhórchuid de na pasantóirí ina luí ar a gcuid leapach ag déanamh a scíste agus ag seachnadh na gréine. Bhí scaifte acu sa chábán mhór ag iarraidh a dtart a chosc leis an bheagán leanna a bhíodh le fáil ó am go ham ar an tsoitheach. Bhí Padaí Mhicheáil Airt agus Mr. Power ina suí ag bord agus dhá ghloine leanna acu agus iad ag comhrá. Bhí Siobhán ina suí i leataoibh agus gan aici ach í féin agus í ag amharc faoina súil ar an bheirt fhear a bhí os a coinne. Bhí sí ag tabhairt cluaise do gach focal dá raibh ag teacht as a mbéal, féacháil cén focal a chuirfeadh an lasóg sa bharrach.

'Is iontach an duine thú, a Dhálaigh,' arsa Mr. Power.

'A chiall féin ag gach aon duine,' arsa Padaí.

'Ina dhiaidh sin, shílfeadh duine fear chomh heolach, intleachtach leat, go mbeadh spéis as cuimse ina thír féin aige agus fuath ar a namhaid aige.'

'An méid Sasanach a casadh ormsa riamh,' arsa Padaí, 'daoine breátha a bhí iontu. Agus ní raibh fáth ar bith go mbeadh fuath agam orthu.'

'Daoine breátha cinnte iad ach tú géilleadh dóibh,' arsa Power. 'Sin nós a bhí riamh acu. Do bhualadh agus do leagan agus siúl in do mhullach go dtí gur agair tú trócaire agus gur ghéill tú. Ansin do thógáil agus an fhuil a ní díot agus ceiríní a chur leis na cneácha a d'fhág siad féin ort. Tá siad iontach lách leis na hAlbanaigh ar an ábhar gur ghéill Albain. Tá siad ag céasadh na hÉireann cionn is nár aidmhigh Éire riamh go raibh ceart acu uirthi. Sin an rud is cúis le gach éagóir dá dtearn siad riamh orainn. Ní bheadh géarleanúint ná gorta orainn dá ndéanaimis an rud a rinne Albain agus géilleadh d'Impireacht na Sasana. A dhuine, dá ndéanadh ár sinsear mar sin é bheadh Cromal lách, carthanach leo.'

Bhí lámh an Dálaigh ag sleamhnú aníos in aice a bhrollaigh. 'B'fhearr d'Éirinn géilleadh fada ó shin ná an bhail atá uirthi,' ar seisean.

'Tá sí íseal go leor san am i láthair ach éireoidh sí arís,' arsa Power.

'Éireoidh sí mar a d'éireodh bocsálaí a mbeadh néal ina cheann go bhfaighe sí an dara buille a chuirfeas ar ais chun talaimh í.'

'Dona do dhóchas, a mhic.'

'Cá bhfuil mar a bheadh dóchas agam? Nár éirigh sí fiche uair agus nár leagadh ar ais í?'

'Is cuma. Ní theachaigh sí riamh in éadóchas agus níl tír ar bith buailte go dté sí in éadóchas. Agus éireoidh sí arís: tá sé romhat.'

'B'fhéidir. Ach dá mbeinnse i dtús mo shaoil ní bheadh lámh ar bith agam ann. Nach bhfeiceann tú an rud a tharlaigh le ár linn féin, in aimsir na bhFíníní. Bhí céad míle fear réidh le a ghabháil chun an chuibhrinn an dá luas is a leagfadh na hoifigigh Meiriceánach cos ar thalamh na hÉireann. Agus i rith an ama bhí iomlán an eolais i gCaisleán Bhaile Átha Cliath. Bhí an tír lofa le spíodóirí.'

Bhí Siobhán ag éisteacht lena croí féin ag preabadaigh.

'Ach cinnte le Dia,' arsa Power, 'dhéanfaidh aimsir na bhFínín a súile do mhuintir na hÉireann agus beidh siad ar a bhfaichill ar na spíodóirí. Sin an chéad rud ba chóir a dhéanamh – a ghabháil sa tóir ar na spíodóirí agus an méid acu a mbeadh cruthú orthu a thabhairt amach agus a mharbhadh. Bhí aithne ar chuid acu in aimsir na bhFínín agus ligeadh cead a gcinn leo. Dá bhfaighthí duisín acu ina luí marbh ar thaobhanna na mbealtach mór maidin inteacht, deirimse leatsa go gcuirfeadh sé eagla ar chuid eile agus go stadfadh an spíodóireacht.'

'An measann tú gur cheart spíodóir a chur chun báis?' arsa Padaí.

'Cad é eile a dhéanfaí leo?' arsa Power. 'Cad é eile a rinneadh leo riamh i dtír ar bith a raibh rath uirthi? Ba cheart an uile fhear acu a chur chun báis áit ar bith a bhfaighfí greim orthu.'

'Sin do bhreith ort féin, a James Carey,' arsa Padaí, agus le luas lasrach tharraing sé piostal bheag, gheal amach as a phóca. Agus an mhuintir a bhí ag titim ina gcodladh ina gcuid leapach, chuala siad dhá urchar á scaoileadh go gasta i ndiaidh a chéile.

Rith Mrs. Carey amach as a cábán. Bhí a céile fir ina luí ar an urlár ag fáil bháis. Bhí Padaí Mhicheáil Airt ina sheasamh os a chionn agus Siobhán Thuathail Mhóir lena thaoibh.

'Mharbh tú m'fhear, a Dhálaigh,' ar sise.

'Ní raibh olc ná urchóid agam dó, a Mrs. Carey,' arsa Padaí. 'Tá mé buartha go mb'éigean domh a dhéanamh ach ní raibh neart air.'

Ní raibh faill aige an dara focal a rá gur beireadh air de lorg chúl a chinn. I bhfaiteadh na súl bhí ceathrar nó cúigear fear thart air agus choinnigh siad é go dtáinig cupla fear de na mairnéalaigh agus airm agus glais lámh leo. Bhí dreach scáfar orthu ag teacht isteach chun an chábáin dóibh mar a shílfeadh siad gur fear mire a bhí acu agus go muirfeadh sé roimhe is ina dhiaidh sula rachadh acu ceangal na gcúig gcaol a chur air. Ach ní raibh gnoithe ar bith le gunnaí ná le glais lámh acu. Shiúil Padaí amach leo go socair, suaimhneach. Bhí teangmháil na linne sin thart. Bhí an t-urchar deireanach scaoilte ag na h*Invincibles*.

XXXVII

Bhí muintir Ghaoth Dobhair ag teacht chun an bhaile ón aonach tráthnóna fá Lúnasa. Ar a mbealach soir chuaigh scaifte acu isteach tigh Shéamais Uí Earcáin go ndéanadh siad a gcaint is a gcomhrá. Bhí teach Shéamais ar fhód an bhealaigh mhóir agus teach mór airneáil agus cuartaíochta a bhí ann. Bhí scaifte ina suí thart an tráthnóna seo agus fonn maith comhráidh orthu idir fhir is mhná ach Séamas Chonaill Óig. Ní raibh seisean ag labhairt ach é ina shuí os coinne an dorais ag amharc siar ar luí na gréine. Bhí sé ansin agus gan cuma air go raibh suim ar bith aige sa chuideachta ná sa chomhrá aige. Ach an mhuintir a bhí eolach air ní raibh iontas ansin acu. Nó duine tostach a bhí riamh ann. I dtús a shaoil chuaigh sé go Meiriceá agus chaith sé tamall fada thall. Bhí sé in arm an Tuaiscirt in aimsir an chogaidh agus loiteadh go trom é. Ach b'annamh a chluintí ag aithris a chuid éachtaí é.

Líon an teach isteach an tráthnóna seo agus thoisigh an comhrá.

'Ba bhreá an bhó inlao a bhí thiar ag Conall Eoghain Chaitlíne inniu,' arsa duine amháin.

'Ba bhreá an chrág airgid a fuair sé uirthi,' arsa duine eile. 'Cúig phunta dhéag.'

'Ní bhfuair sé uirthi ach ceithre phunta dhéag,' arsa Bilí Mór 'ac Cnáimhsí. 'Bhí mé 'mo sheasamh ann nuair a díoladh í.'

'Ní raibh siúl ró-mhór ar eallach óg,' arsa Tomás Eoghain Fheargail.

'Bhí luach maith go leor ar ghamhna fireanna,' arsa Bilí Ó Colla.

'Is mór an t-athrach ar an tsaol é,' arsa bean an tí. 'Is cumhan liom an t-am nach bhfaighfí orthu ach luach an chraicinn, mar ghamhna fireanna.'

'Buíochas do Dhia go bhfuil an saol ag bisiú,' arsa Niall Chonchubhair Bháin.

'Tá sé de dhíobháil air bisiú ar dhóigh inteacht nó tá drocham in Albain,' arsa Séimí Mhicheáil Uí Fhearaigh. 'Fuair mé litir ón fhear s'againne Dé Sathairn seo a chuaigh thart agus deir sé go bhfuil cuid acu ar an bhealach mhór ó bhí an Fhéil' Eoin ann.'

Mhair siad tamall mór ag comhrá ar na rudaí a raibh suim acu iontu. Bhí iascaireacht throm ar an Chláidigh. Bheadh fómhar luath ann nó bhí imir bhuí ag teacht ar choirce cheana féin. Bhí scaifte mór uaisle ag baint fúthu sa 'Chúirt.' Ba bhreá an saol a bhí acu mar uaisle. Bhí muintir na n-oileán ag déanamh neart airgid ar na gliomaigh. Agus ba bhreá an siopa a bhí ag Tomás Bhidí Nig Aoidh i Mullach na Tulcha.

'Gach scéal i mbun scéil, ' arsa Nóra Chathaoir Bháin, 'bhí mé thiar i dtigh Thomáis an lá fá dheireadh ag iarraidh snátha agus casadh bean as na Rosa orm. Deir sí nach bhfuil ábhar cainte ar bith ag na daoine ó dhroichead Chroithlí go fearsaid Ghaoth Beara ach Padaí Mhicheáil Airt agus Siobhán Thuathail Mhóir. Tá an pobal náirithe acu. Ní bheidh tógáil ár gcinn choíche againn.'

'Nach raibh siad tógtha le chéile fada ó shin?'

'Bhí, ar ndóigh. D'iarr sé í tá dhá bhliain is fiche ó shin ach ní ligfeadh a muintir leis í.'

'Mo chreach nár chaith siad chuige í is ní bheadh pobal Ghaoth Dobhair náirithe inniu acu mar atá sé.'

'A Athair Shíoraí, nach í an ráta gan náire í,' arsa Sorcha Mhánais Thaidhg. 'Gan náire, gan ghrásta, gan chreideamh. Agus é féin chomh holc léi. Ar chuala aon duine riamh a leithéid? Imeacht le chéile gan phósadh gan cheangal mar a bheadh dhá Albanach ann.'

'Níorbh eagal do dhá Albanach a leithéid a dhéanamh,' arsa Bríd Eoin Shéarlais. 'Bheadh snaidhm de chineál inteacht orthusan.'

'B'fhéidir gur pósadh fá Dhoire iad,' arsa bean eile.

'Cad é mar a phósfaí i nDoire iad nó in áit ar bith eile ach i bparóiste Ghaoth Dobhair?' arsa Sorcha Mhánais Thaidhg.

'Nach dtiocfadh leo cead a fháil ón tSagart 'ac Pháidín thiar anseo?' arsa duine eile.

'B'fhéidir go dtiocfadh,' arsa fear de na fir, 'ach níor iarr siad é agus ní bhfuair siad é. Tá aithne agamsa ar fhear a bhí ag caint leis an tsagart. Dúirt an sagart leis nárbh fhéidir bean as Gaoth Dobhair a phósadh in áit ar bith ach i bparóiste Ghaoth Dobhair.'

Ba é seo an chéad uair a labhair Séamas Chonaill Óig. 'Nach eolach an mhaise do chuid de na daoine,' ar seisean. 'Agus nach mór muinín shagart na paróiste leo nuair a théid sé i gcomhairle leo fá rialacha na hEaglaise. Dá mbeinnse in áit an tSagairt 'ic Pháidín dhéanfainn seanmóir gach dara Domhnach ar an hochtú hAithne d'Aitheanta Dé. An té a bheir drochbharúil de dhuine, a bhaineas an chiall is measa as a ghníomh, a cháineas é, a chuireas bréag air nó a ní ithiomrá nó magadh air.'

Ní thug fear ar bith freagar air. Nó nuair a thigeadh cuil ar Shéamas Chonaill Óig ní raibh mórán fear sa phobal nárbh fhearr leo a ghabháil lena thaoibh ná a ghabháil ina dheabhaidh. Ach bhí na mná ní ba dána ná sin. 'Nach ceart atá an Teagasc Críosta agat,' arsa bean acu, ag déanamh gáire agus ag caochadh ar an chuid eile.

'Dá mbeadh rud beag níos mó den Teagasc Críosta againn agus níos lú den chúlchaint b'fhearrde dúinn é. Má tá an aithne cheart agamsa ar Phadaí Mhicheáil Airt ní thearn sé rud ar bith a bhéarfadh náire do Ghaoth Dobhair. Ar scor ar bith sílim nár chóir dúinn breithiúnas a thabhairt ar dhuine ar bith go bhfaighthear cruthú a chiontós é.'

'Ní tháinig páipéar ar bith an bealach seo inniu,' arsa Bilí Mór tamall ina dhiaidh sin.

'Chuaigh Donnchadh s'againne siar chun an Bhuna Bhig a cheannach piocóide,' arsa fear an tí. 'D'iarr mé air an *Journal* a cheannach go bhfeicimis cad é mar atáthar ag gabháil ar aghaidh le gnoithe an chíosa.'

'Ná bíodh eagla ar bith fá ghnoithe an chíosa ort,' arsa duine eile. 'Bainfidh Parnell a cheart dóibh. Ní raibh aon fhear eile riamh againn a bhí ábalta an cluiche a chur ar na Sasanaigh.'

'Bheadh an t-iomlán socair roimhe seo – *Home Rule* agus deireadh – murab é an *murder* millteanach sin a rinneadh anuraidh i mBaile Átha Cliath,' arsa Tomás Eoghain Fheargail.

'Is cosúil go bhfuil an tubaiste ag siúl linn,' arsa duine eile. 'Bhí *Home Rule* ar aghaidh boise againn murab é an drong mhallaithe.'

'D'íoc siad féin ar a shon,' arsa Bilí Mór.

'Ach an truaigh uilig gur ligeadh a cheann le Carey,' arsa Tomás Eoghain. 'An diabhal ba mheasa den iomlán acu. Eisean ba chúis den iomlán. Is iontach nár chroch siad é.'

'Ní raibh sé i ndlíodh acu,' arsa fear an tí go heolach. 'Gheall siad pardún don té a dhéanfadh spíodóireacht agus chaithfeadh siad a cheann a ligean leis. Mar sin féin, dá mbriseadh siad a ngealltanas agus a chrochadh, ní bhfaighfeá mórán in Éirinn a déarfadh gurbh olc a rinne siad é. Nó bhí sé tuillte aige a chrochadh seacht n-uaire dá mb'fhéidir é.'

'Ní abórainnse nó bhainfí éiric go fóill as,' arsa Bilí Ó Colla.

'Cé a bhainfeadh éiric as?' arsa Tomás Eoghain Fheargail. 'Beidh garda trom air gach aon áit a rachaidh sé. Ní bheadh dóigh ar bith le a theacht air ach fear inteacht é féin a chailleadh leis. Agus tá an cineál sin fear iontach gann ar an tsaol.'

Le sin isteach le Doiminic Chonaill Uí Fhríl.

'An raibh tú ar an aonach inniu, a Dhoiminic?' arsa fear an tí.

'Ní raibh,' arsa Doiminic go giorraisc. 'Ní raibh mo ghnoithe ann. An dtáinig an páipéar inniu?'

'Beidh an *Journal* le Donnchadh s'againne as an Bhun Bheag,' arsa fear an tí. 'Chuaigh sé siar fá choinne piocóide.'

'An bhfuil sé i bhfad ó d'imigh sé?' arsa Doiminic.

'Ba é a cheart a bheith anseo bomaite ar bith feasta,' arsa fear an tí. 'Suigh is dearg an píopa.'

Dá mbeifeá sa láthair an tráthnóna udaí chuirfeá ceist ort féin cad é an téirim a bhí ar Dhoiminic leis an pháipéar nuaíochta. An raibh a chuid den tsaol i ngeall aige ar mhargadh na stoc agus an mbeadh scéala ar an pháipéar a dhéanfadh toicí nó bochtán de? Ar cailleadh soitheach ar an fharraige agus an raibh sé ag feitheamh go critheaglach féacháil an raibh ainm a mhic ar aon duine den chuid a sábháladh? An raibh sé ina rí ar thír a bhí i gcogadh agus a choróin ag brath ar an chath a cuireadh inné roimhe sin? Cad é an scéala a raibh sé ag feitheamh leis? Cad é an cluiche mór a bhí ar na díslí ag Doiminic Chonaill Uí Fhríl? Tá, maise, dhá mhuic a bhí aige. Ní raibh siad ramhraithe aige ina shásamh agus ní bheadh go ceann seachtaine eile. Agus bhí eagla air go raibh an mhuicfheoil ag titim ar an mhargadh.

'Bhail, go díreach ó dúirt tú é,' arsa Bilí 'ac Colla, 'chuala mé gur thit siad trí scillinge an céad ó bhí Luan ann.'

'Chluin Dia sin!' arsa Doiminic. 'I ndiaidh a bhfuil caite agam leo. Mo chreach a chuaigh ina gceann riamh. Agus ní rachainn murab é an bhean sin agam. Ní raibh ann aici ach muca, muca, muca. Bhí an saol mór ag déanamh a saibhris ar mhuca. Tá muca anois aici!' ar seisean, ag éirí chun an dorais. 'Seo chugainn Donnchadh,' ar seisean.

'Cad é an scéala atá ar an pháipéar?' ar seisean nuair a tháinig an stócach isteach.

Shuigh Donnchadh ar stól i dtaoibh an tí agus tharraing an páipéar as a phóca.

''Bhfuil nuaíocht ar bith ann?' arsa fear an tí.

'Níl sé folamh,' arsa an mac.

'Cá mhéad atá ar na muca?' arsa Doiminic.

'Deich is trí phunta an céad,' arsa Donnchadh.

'Ní féidir sin,' arsa Doiminic.

'Bhail, mur' féidir,' arsa an stócach, 'níl neart agamsa ar an bhréig atá anseo. Ní mé a phriontáil an páipéar.'

'A Dhonnchaidh, bíodh múineadh ort leis an té a thiocfas isteach chugat,' arsa an mháthair.

'Tí an tAthair Síoraí mé,' arsa Doiminic. 'Tá mé scriosta acu. Is fearr domh William Bhilí a thabhairt anoir go marbha sé iad ar béal maidine. Ní bheidh luach na bláiche le fáil agam orthu má choinním seachtain eile iad.'

'Seo, ná caill d'uchtach, a Dhoiminic,' arsa Bilí Ó Colla. 'Níor cailleadh leath a dteachaigh i gcontúirt. Léigh an páipéar dúinn, a Dhonnchaidh,' ar seisean leis an stócach, is ná bí 'do shuí ansin á choinneáil agat féin.'

'Maith go leor,' arsa Donnchadh agus thoisigh sé.

JAMES CAREY SHOT DEAD
IRISH AMERICAN CHARGED WITH MURDER

'Cad é a dúirt mé libh?' arsa Bilí Ó Colla.

'Bhail,' arsa fear an tí, 'is iomaí gruaidh thirim a bheas ina dhiaidh. Nó, mar a dúirt mé ar ball, bhí sé tuillte aige. B'eisean ab údar d'iomlán an oilc.'

'Seo, léigh iomlán an scéil,' arsa Bilí Ó Colla.

'Shílfeá gur fearr libh bhur gcomhrá féin ná é,' arsa an stócach.

'Cad é an stod a tháinig inniu ort?' arsa an mháthair. 'Léigh an páipéar dúinn is ná bain a shult amach.'

On Sunday, July 29th, James Carey, the notorious leader and organiser of the 'Invincibles,' was shot dead off the South African coast, on board the British steamer Melrose, which had left Capetown, bound for Natal and Durban. It will be remembered that Carey, when arrested together with others, and charged with the murder of Burke and Cavendish, turned Queen's evidence on being promised a free pardon for his participation in the crime. As a result of his evidence five men were convicted of murder and executed, several others being sentenced to penal servitude for complicity.

On Monday before a special court in Capetown, an Irish American named Patrick O'Donnell, originally from Gweedore, Co. Donegal, was charged with the murder of Carey. It is alleged that O'Donnell, who was accompanied by his sister, tracked Carey from London. He sailed with Carey in the Kinfauns Castle from England to Capetown, and afterwards in the Melrose on the voyage to Natal. On Sunday, about four o'clock in the afternoon, Carey and O'Donnell were sitting in the main cabin, engaged in what seemed an ordinary conversation. Suddenly, it is alleged, O'Donnell whipped out a revolver and fired two shots at Carey at point-blank range. Carey got to his feet and made an attempt to run away when, it is alleged, O'Donnell followed him up and fired a third shot into his neck. Carey fell on the floor of the cabin and died within a few minutes.

It is expected that O'Donnell will be brought to England for trial, the investigations in the colonial court being only of a preliminary nature.

'Padaí Mhicheáil Airt,' arsa fear an tí.

'An marbh atá sé?' arsa bean an tí.

'Is ionann is an cás,' arsa an fear a raibh an páipéar aige, ag toiseacht is ag inse an scéil i nGaeilig.

'Cumhdach an Athar Shíoraí inniu orainn,' arsa Sorcha Mhánais Thaidhg.

'Dheamhan gur cheart é,' arsa Bilí Ó Colla.

'Bhí an sracadh fearúil riamh ina bhunadh,' arsa Tomás Beag.

'Ach, a Dhia, nach truaigh an duine bocht agus nach truaigh a mhuintir,' arsa Bríd Eoin Shéarlais. 'Agus Siobhán Thuathail Mhóir bhocht, an créatúr.'

Bhain Séamas Chonaill Óig an píopa as a bhéal agus thost a raibh sa teach go tobann. D'aithin siad ar a ghnúis go raibh sé ag brath a racht a ligean amach. Agus níor labhair Séamas Chonaill Óig riamh is mothú feirge air nár tugadh cead cainte dó go mbíodh a rabhán reaite.

'Anois,' arsa Séamas, 'b'fhéidir go ndéanfaimis aithreachas. Tá Padaí Mhicheáil Airt ite ó chnámha loma le mí ag cailleacha an phobail, fireann is baineann. Agus Siobhán Thuathail Mhóir, níl aon ainm ná aon bharúil dár tugadh ar aon mhnaoi riamh nach bhfuil tugtha uirthi. Tí sibh anois gur síleadh gur dheirfiúr dó í. Bhí a fhios agamsa gur cailín cneasta a bhí inti agus is minic le mí a cuireadh i mbarr mo chéille mé ag éisteacht leis na hainmneacha a bhíthear a thabhairt uirthi. I dtaca le Padaí Mhicheáil Airt de, bhí a fhios agam nach raibh aon deor fola ina chuisleanna ach deor uasal. Bhí aithne agamsa ar Phadaí Mhicheáil Airt,' ar seisean ag éirí ina sheasamh. 'Fuair mé aithne air san áit a chuirfeadh féachái ar fhear. Bhí mé sa chogadh ina chuideachta i Meiriceá. Agus rinne sé rud aon lá amháin in m'fhianaise a thug le fios nach raibh aon ordlach cloíte ina cholainn. B'éigean dúinn teitheadh an lá seo nó tháinig tinidh thréan orainn bealach nach raibh súil ar bith againn leis. Bhí an uile chineál fear inár gcuideachta nó ní raibh sé ach cupla seachtain roimhe sin ó rinne Stonewall Jackson criathar den *regiment* s'againn. Nuair a bhí muid ag teitheadh agus gan fear ar bith ag fanacht i mbun an fhir eile, thit *black* a bhí ann an áit a dteachaigh piléar sa scoróig aige. Bhí gach aon fhear ina rith thart leis an duine bhocht agus cuid acu ag léimnigh thairis. Chrom Padaí Mhicheáil Airt agus thóg sé ina sheasamh é. Ach ní raibh an fear dubh ábalta aon choiscéim a shiúl. Nár aifrí Dia orm é, nuair a tháinig mé chun tosaigh chuir mé búire ar Phadaí ag iarraidh air an fear gonta a fhágáil fá mhuinín Dé nó nach a tharrtháil a thiocfadh leis ar scor ar bith. Ach ní thug Padaí aird ar bith orm. Chuir sé an *black* ar a dhroim agus d'iomchair é trasna léana a bhí trí huaire chomh fairsing le léana Mhachaire Gathlán agus piléir ag titim ar gach taobh de chomh tiubh le cloch shneachta. Cá bhfuil an fear eile a dhéanfadh é ar mhaithe le *black*? Cá mhéad fear a dhéanfadh lena athair é gan trácht ar *bhlack*? Agus sin an fear a raibh sibh ag cúlchaint air. Má b'fhíor daoibh, ní raibh gnoithe ar bith chun na hAfraice aige ach ag teitheadh le mnaoi a bhí aige go mídhlisteanach. An mhuintir a bhí ag rá gur náirigh sé Gaoth Dobhair ba cheart dóibh a ghabháil ar a nglúine agus maithiúnas a iarraidh ar Dhia. Tógfar leacht go fóill i nGaoth Dobhair i gcuimhne Phadaí Mhicheáil Airt. Agus tiocfaidh daoine as gach cearn d'Éirinn agus anall as lár Mheiriceá go bhfeice siad an leacht sin agus go n-abra siad paidir ag a bhun.'

Nuair a bhí an rabhán seo curtha thairis ag Séamas tháinig sé aníos chun na tineadh agus chuir dealán ar a phíopa. Ansin shuigh sé thall faoin fhuinneoig agus dreach gruama air. Tháinig gruaim ar a raibh istigh agus stad an comhrá. Níor thráth comhráidh é. D'éirigh duine i ndiaidh an duine eile agus d'imigh siad … Roimh am luí an oíche sin bhí an scéala ar fud na paróiste agus daoine ina suí go tostach os cionn na luatha in gach aon teach ó Chroithlí go Mín an Chladaigh.

Amuigh i ndeisceart na hAfraice bhí Padaí Mhicheáil Airt istigh i gcill príosúin agus é ag amharc amach ar an ghréin idir barraí na fuinneoige. Mhair sé á coimheád go dteachaigh sí síos san fharraige. Nuair a chuaigh an timeall deireanach di as a amharc tháinig sé anall agus shín sé é féin ar an leabaidh.

Tuairim ar uair go leith ina dhiaidh sin chuaigh an ghrian a luí thiar ag ceann Uaighe. Tháinig dath liathbhán ar aghaidh an Earagail agus ba chosúil le taibhsí na néalta dubha a bhí ina seasamh ar ghuailleacha a chéile i gcúl Inis Oirthear.

XXXCVIII

Bhí Padaí Mhicheáil Airt i bpríosún i Sasain ag fanacht lena thriail. Ach ní theachaigh neamart ann. Chruinnigh Éireannaigh Mheiriceá deich míle punta agus bhí dhá dhlítheoir chéimiúla fostaithe fá choinne an chosanta, mar a bhí, Sir Charles Russell agus A. M. Sullivan. Agus ní raibh muintir Mheiriceá sásta leis an méid sin. Ba mhaith leo dlítheoir dá gcuid féin a bheith acu. Agus mura dtigeadh leis an príosúnach a thabhairt slán as an ghéibheann, thiocfadh leis rud beag den fhírinne a inse fá na h*Invincibles*, an rud a bhí Sasain ag iarraidh a cheilt ar an tsaol, agus rud nach n-abóradh dlítheoir ar bith as Sasain ná as Éirinn ar eagla go n-aifeorthaí air é ins an am a bhí le a theacht nuair a bheifí ag rann céimíochta.

Chuaigh eagarthóir an *Irish World* chuig dlítheoir iomráiteach, General Roger Pryor, agus dúirt leis gur chóir dó a ghabháil go Londún agus cuidiú leis an chosnamh.

'Rachainn agus míle fáilte,' arsa Pryor – nó bhí dáimh riamh anall aige féin agus ag a mhuintir le hÉirinn – 'ach tá eagla orm nach bhfaighinn cead cainte i gcúirt Shasanach.'

'Is doiligh dóibh do dhiúltú,' arsa an t-eagarthóir. 'Is ionann sin is a bheith díomúinte le Meiriceá. Tá *American citizen* á fhéacháil i Sasain agus dlítheoir as Meiriceá ag iarraidh cead labhairt ar a shon. Is doiligh do Shasain Meiriceá a dhiúltú ar an ócáid.'

'B'fhéidir gur agat atá an ceart,' arsa an dlítheoir. 'Ar scor ar bith is fiú féacháil leis. Ní bheimid ach buailte.'

'Maith thú,' arsa an fear eile. 'Mo bharúil go gcrochfaidh siad an Dálach cinnte má fhágtar a chosnamh i muinín na ndlítheoir atá thall againn. Ní ghéillfidh Sasain do rud ar bith mura ngéille sí do Mheiriceá. Is maith liom go bhfuil tú toilteanach ar ghabháil anonn. Agus mura n-éirí leat a dhath eile a dhéanamh, beidh gléas ort rud inteacht a rá a chuirfeas an fhírinne ina háit féin. Beidh gléas ort a inse i gcúirt Shasanach cad é mar a cuireadh tús leis na h*Invincibles*.'

Nuair a tháinig Pryor go Londún chuaigh sé i gcomhairle ar ndóigh leis an dá dhlítheoir a bhí ansin. Ach ní éistfeadh siad ar chor ar bith leis. 'Ní bheadh ciall ar bith le do ghnoithe,' arsa fear acu. 'Chuirfeá fearg ar bhreitheamh agus ar choiste. Agus ligfí amach an fhearg sin ar an fhear a bhí tú a chosnamh.'

'Níl mé cinnte de sin,' arsa an Meiriceánach.

'Agus an miste a fhiafraí díot cad é an cosnamh a bheadh agat?'

'Tá,' arsa Pryor, 'déarfainn gur cuireadh as Meiriceá é dh'aon ghnoithe leis an spíodóir a mharbhadh. Nach dtearn sé ach an rud a hiarradh air. Go raibh fiche milliún daoine i Meiriceá ar a chúl agus nach rachadh a bhás ar sochar do Shasain.'

'Tá sé chomh maith agat a chrochadh le do dhá láimh féin nuair atá tú ina cheann,' arsa an fear eile go tarcaisneach.

'Agus cad é an cosnamh atá agaibhse?'

'Níl ach aon dóigh amháin lena shábháil ar an chroich,' arsa an Ruiséalach. 'Is é sin féacháil leis an rud atá tusa a rá a bhréagnú. Féacháil lena chruthú nach raibh aithne ná eolas ag an Dálach ar Charey. Ní raibh a fhios ag an Dálach cérbh é James Power go dtáinig siad go *Capetown*. Bhí an scéala ar pháipéar de chuid an bhaile sin an lá sula dtáinig an *Kinfauns Castle* chun an chuain. Bhí a fhios sin ag Carey agus tháinig eagla air. Bhí piostal ag an láimh aige agus é réidh lena tharraingt ar fhear ar bith a mbeadh eagla air roimhe. Bhí sé féin is an Dálach ar leathmheisce agus tharraing an comhrá achrann eatarthu. Labhair an Dálach go borb agus scanraigh Carey. Tharraing sé piostal as a phóca – fuarthas piostal Charey caite ar an urlár ina dhiaidh sin – agus thug sé iarraidh chaite ar an Dálach. Ach ba ghaiste an Dálach ná é. B'fhearr a chleachtadh ar airm tineadh. Tharraing sé amach a phiostal agus scaoil sé le Carey. Sin an rud atá leagtha amach againn.'

'Agus nuair a bheas deireadh ráite agaibh,' arsa Pryor, 'crochfar an príosúnach. Tá cúis chrochta tugtha ina éadan acu. Dá mb'fhíor an scéal atá agaibhse, nó dá mbeadh craiceann na fírinne air, nó é inchreidte ar dhóigh ar bith, ní bheadh cáipís ar bith ar an Dálach. Ní thearn sé ach an rud a dhéanfadh fear ar bith a bheadh ina áit – é féin a chosnamh nuair a tugadh iarraidh mharfa air. Ní chreidfidh coiste ar bith go raibh Carey chomh rugtha sin chun bruíne is go dtarrónadh sé piostal ar an chéad fhear a bhéarfadh súil ghruama air. Agus mura raibh an Dálach ach á chosnamh féin, cad chuige ar scaoil sé an tríú hurchar nuair a bhí cúl Charey leis agus é ag iarraidh teitheadh chomh tiubh géar is a thiocfadh leis?'

'Tá ár gcosnamh féin leagtha amach againne de réir dhlíodh na Sasana,' arsa an Ruiséalach go colgach. 'Ní thig linn a ghabháil i gcomhar le dlítheoir as tír eile nuair nach mbeadh dlíodh na tíre sin le míniú don chúirt.'

'Bhí eagla orm nach bhfaighinn cead pléideála,' arsa Pryor, 'agus dúirt mé sin sular fhág mé Meiriceá. Ach shíl mé go bhfágfaí mo dhiúltú ar an bhreitheamh. Dá bhfaighinnse cead pléideála níl mé ag maíomh nach dteilgfí Pádraig Ó Dónaill chun báis. Ach teilgfear anois cinnte é agus crochfar é. Agus ní bheidh déanta agaibhse ach gur chuidigh sibh le Sasain míchliú a chur air.'

An deichiú lá fichead de Shamhain, 1883. Bhí teach cúirte an *Old Bailey* lán ó chúl go doras cé go raibh Rialtas na Sasana ag cur i gcéill nach raibh anseo ach dúnmharbhadh coitianta. Ba é James Carey a marbhadh ach ní raibh ansin ach taisme. Ní raibh baint ar bith ag an dúnmharbhadh le gnoithe náisiúnta aige agus níor chóir d'aon duine a rá go raibh. Bhí an breitheamh ina shuí ar an bhinse agus dreach air chomh hionraice le Solamh Mac Dáibhidh. Ní raibh ar a intinn, dar leat, ach dlíodh na tíre a chomhlíonadh mar ba chóir. An dlíodh a chur i bhfeidhm gan scáth gan eagla ach, san am chéanna, gan ligean do Choróin ná do choiste éagóir dá laghad a dhéanamh ar an phríosúnach. Bhí na dlítheoirí ansin agus a gcuid cás réidh acu ar gach taobh. Bhí Dónall Mhicheáil Airt ann, ina shuí thall i leataoibh agus é ag amharc anall ar a dhearthár le súil ghradamach, imníoch. Agus bhí Siobhán Thuathail Mhóir ag a thaoibh agus dath an bháis uirthi.

D'éirigh dlítheoir na Coróna agus chuir sé tús ar an chás. 'Tá an príosúnach seo i láthair na cúirte,' ar seisean, 'agus é curtha síos dó go dtearn sé dúnmharbhadh.' Thoisigh sé ansin gur mhínigh sé an cás óna thús go dtína dheireadh. Dúirt sé gur chuala an saol mór iomrá ar James Carey. Truaill ghránna a bhí ann. Ba é a bharúil nach raibh aon duine ar an tsaol riamh ba mheasa ná é. Ach, de réir dhlíodh na Sasana, bhí oiread de cheart ar a bheo ag an drochdhuine is a bhí ag an dea-dhuine. Bhí mórán scéaltach ar na páipéir le cupla mí roimhe sin fán dúnmharbhadh seo. Dúradh go laethúil go dtáinig an príosúnach dh'aon ghnoithe as Meiriceá – gur cuireadh anall é – le Carey a mharbhadh. Ní raibh an Choróin ag maíomh go raibh rún ar bith den chineál seo ag an phríosúnach nuair a d'fhág sé Londún. Ní raibh aithne ná eolas aige ar Charey. Ní raibh ann ach go mbíodh siad ag caint is ag comhrá mar a bíos pasantóirí i gcónaí ar phasóid fhada. Bhí fianaisí aige a chruthódh go dteachaigh an príosúnach agus Carey chun feirge le chéile agus iad ag díospóireacht, gur tharraing an príosúnach amach piostal agus gur scaoil sé dhá urchar le Carey, agus gur chuir sé an tríú ceann ann i gcúl a mhuineáil nuair a bhí Carey ag teitheadh. B'ionann sin is dúnmharbhadh toilteanach nó ní raibh contúirt ar bith ar an phríosúnach. Níor leagadh barr méir air. Níor tugadh iarraidh bhuailte air. Ní thearnadh rud ar bith air murar labhradh go tarcaisneach leis. Agus an té a mhuirfeadh duine as siocair chomh beag sin, bhí dúnmharbhadh toilteanach déanta aige!

Ba í bean Charey an chéad fhianaise a tugadh i láthair. Mhionnaigh sí go raibh sí ina luí ina cábán ag déanamh a scíste nuair a chuala sí na hurchair. Rith sí amach agus an chéad rud a chuala sí: 'Tá mé marbh, a Mhaggie,' agus chonaic sí a céile ina luí ina chuid fola. Tháinig an Dálach a fhad léi agus, ar seisean: 'Ní raibh olc ná urchóid agam dó, a Mrs. Carey,' ar seisean. 'Tá mé buartha go mb'éigean a dhéanamh.'

Seo drochfhianaise. Níl sé ag fóirstean don Choróin ná don chosnamh. Ba mhaith leo araon a chur i gcéill nach raibh rún ar bith marfa ag an Dálach nuair a d'fhág sé Londún. Ach cuirfidh Solamh Mac Dáibhidh plán mín ar an scéal seo nuair a thiocfas a sheal féin.

Scairteadh ar mhac Charey. D'inis seisean an scéal mar a d'inis a mháthair roimhe sin é. Agus ansin thoisigh lucht a chosanta. Bhí piostal ar iomchar le Carey i rith an bhealaigh. Fuarthas caite ar urlár an chábáin í nuair a bhí an marfach thart. Bhí sí aige an t-am seo. Thug sé iarraidh an Dálach a mharbhadh. Toisíodh a chur ceisteann ar an stócach.

'Bhí piostal ag d'athair?'

'Bhí.'

'Tá a fhios agat go bhfuarthas ina luí ar an urlár í nuair a bhí an marbhadh déanta.'

'Tá a fhios agam.'

'Cad é a chas ansin í?'

'Mé féin a chaith ann í. Thit sí as mo lámha ar mhéad is a scanraigh mé nuair a chonaic mé m'athair ina luí ar an urlár ina chuid fola.'

'Cá háit a gcoinníodh d'athair an phiostal?'

'I mála a bhí i gcábán mo mháthara.'

'An raibh glas i gcónaí ar an mhála seo?'

'Bhí.'

'Cé aige a raibh an eochair?'

'Ag m'athair.'

'Ag d'athair i gcónaí?'

'Is aige.'

'Ní raibh an eochair riamh ar iomchar agatsa?'

'Ní raibh riamh.'

'Agus anois cad é mar a chuaigh agat an phiostal a fháil?'

Dar le mórán dá raibh sa láthair, is ábalta an fear thú, a Sir Charles Russell, Q.C. Shíl Carey óg go raibh sé féin cliste, agus bhí. Ach tá sé sa dol an iarraidh seo. Níl bealach éalóidh aige. Cruthóidh Sir Charles go bhfuil an stócach ag mionnú bréag. Fágfaidh sin a fhianaise gan bhrí ó thús deireadh. Ní chreidfear gur aige a bhí an phiostal ar chor ar bith ach ag a athair. Cad é a bhí an t-athair a dhéanamh léi? Tá, ag tabhairt iarraidh mharfa ar Phádraig Ó Dónaill. B'éigean don Dálach é féin a chosnamh. Níor choir ar bith sin dó. Beidh cead a chinn leis roimh thrí lá!

'Fá bhrí do mhionna, cad é mar a chuaigh agat an phiostal a fháil?'

'Bhain mé amach as an mhála í.'

'Agus an glas air?'

'Bhain.'

Tá an stócach seo ag gabháil thar an mheasarthacht.

'Ar bhris tú an glas?'

'Níor bhris.'

'Ní thearn tú poll ar an mhála?'

'Ní thearn.'

'Bhail anois, inis don chúirt cad é mar a chuaigh agat an phiostal a bhaint amach as.'

'Tá, thiocfadh leat dhá thaoibh an bhéalbhaigh a tharraingt amach ó chéile ag na cinn – ins an lár a bhí an glas air – agus do lámh a chur isteach ann.'

Tá an gasúr seo thar a bheith cliste ach teannfaidh Sir Charles go fóill air!

'Agus bhí faill agat an mála a mhionscrúdú agus a theacht ar dhóigh lena fhoscladh ó scaoileadh an chéad urchar go dtí gur scaoileadh an tríú ceann?'

'Bhí a fhios agam le fada roimhe sin. Chonaic mé m'athair ag baint amach páipéar as i mBaile Átha Cliath lá amháin a bhí an eochair caillte.'

Agus bhí ribíní déanta, leis an fhírinne, ag an ghasúr den dol a bhí thart air ag Sir Charles Russell, Q.C.

'Ceist amháin eile agamsa ort,' arsa dlítheoir na Coróna. 'Cad é an gnoithe a bhí leis an phiostail agat?'

'Go dtugainn do m'athair é nó go scaoilinn féin leis an fhear a bhí á ionsaí.'

'Agus níor scaoil?'

'Níor scaoil. Tháinig barraíocht eagla agus cearthaí orm nuair a chonaic mé m'athair ina luí ina chuid fola agus thit an phiostal as mo láimh.'

Nuair a bhí iomlán na fianaise tugtha d'éirigh an Ruiséalach arís. Dúirt sé nach raibh fianaise ar bith ag an Choróin leis an phríosúnach a dhaoradh. D'iarr sé ar an choiste gan muinín ar bith a bheith acu as fianaise Charey Óig. 'Ní raibh fáth ná siocair ag an Dálach le Carey a mharbhadh,' ar seisean. 'Níor dhúirt an Choróin riamh go raibh. Bhí eagla ar Charey go raibh an saol mór sa tóir air. Bhí an oiread sin eagla air is gur éirigh sé ina James Power sular fhág sé talamh na hÉireann. Níl rud ar bith is cinnte ná gur tharraing sé amach an phiostal nuair a d'éirigh sé féin is an Dálach searbh le chéile sa díospóireacht.

Mhionnaigh an gasúr go raibh an phiostal istigh i mála ghlasálta ach go dtiocfadh leat do lámh a chur isteach idir an dá bhéalbhach ag an choirnéal. An gcreidfeadh duine ar bith an scéal sin? An gcreidfeadh aon duine go raibh mála le fear a bhí ag imeacht fá eagla idir dhá dtír agus gan de ghlas air ach mar a deir an gasúr seo? Bhí Carey ag teitheadh as a thír dhúchais féin. Bhí eagla ar an duine bhocht go rabhthar ar a lorg. Bhí an oiread sin eagla air is gur athraigh sé a ainm agus gur bhain sé an fhéasóg de féin, ag iarraidh é féin a chur as aithne. Agus anois, fear a bhí chomh faichilleach sin, an gcreideann duine ar bith go mbeadh mála béalfhoscailte leis, agus a chuid páipéar agus a chuid airgid agus arm tineadh ann? Bhí páistí aige agus cuid acu mion, gan chéill. Bhí siad amach agus isteach sa chábán seo. Mura mbeadh ann ach sin féin, an bhfágfadh fear ar bith piostal lódáilte san áit a raibh contúirt go bhfaigheadh a pháistí í agus go muirfeadh duine acu é féin nó aon duine eile léi? Níl ciall ná réasún leis, a uaisle. Ag Carey é féin a bhí an phiostal. Tharraing sé amach as a phóca í. Murab é gur tharraing, ní bhfaighfí ar an urlár í. Murab é gur ghaiste an lámh a bhí ag an Dálach agus gur ghéire an tsúil a bhí aige, ní hé a bheadh sa *dock* anseo inniu ach Carey.'

Bhí dóchas ag Siobhán Thuathail Mhóir nuair a shuigh an Ruiséalach i ndiaidh a chuid cainte a chríochnú. Dar léi féin, is ábalta amach an fear é. Is breá an cainteoir é. Is leis a thig craiceann na fírinne a chur ar an bhréig. Murab é go raibh mé le Padaí ó Charraig an Dúin go *Capetown*, shílfinn nár chan an fear sin aon fhocal ach an fhírinne ó thoisigh sé a chaint. B'fhéidir le Dia go sílfeadh lucht an choiste sin!

Ach níor mhair an dóchas ach seal beag, gearr. D'éirigh dlítheoir na Coróna agus rinne sé píosaí miona de chás an Ruiséalaigh. Nuair a bhí sé réidh déarfadh duine go raibh sealán na croiche fá mhuineál Phádraig Uí Dhónaill. Ach níorbh aige a bhí an focal deireanach. Bhí Solamh Mac Dáibhidh le labhairt go fóill. Aigesean a bhí an fhianaise a mhionscrúdú agus an dlíodh a mhíniú don choiste. Aigesean a bhí an príosúnach le saoradh nó daoradh.

Tráthnóna Dé Luain, le clapsholas, a thoisigh an breitheamh. Fear intleachtach a bhí ann agus fear a raibh neart eolais aige ar dhlíodh a thíre. Ach, dá fheabhas a intleacht agus dá mhéad a chuid léinn, bhí cás idir lámha aige a bhéarfadh a sháith dó. Bhí aige le treoir a thabhairt do dhá chloiginn déag d'fheara coitianta. Ní thiocfadh leis a rá leo: 'Crochaidh an príosúnach nó tharraing sé umhail an tsaoil ar an éagóir atáthar a dhéanamh ar a thír dhúchais.' Chaithfí Pádraig Ó Dónaill a chur chun báis. Ba é sin an fáth ar tugadh go Sasain é – ar eagla, dá bhféachfaí i g*Capetown* é, go mbeadh fir ar an choiste a mbeadh dáimh le hÉirinn acu. B'fhuras a theilgean chun báis, ar ndóigh, dá gcruthaíthí go dtáinig sé dh'aon ghnoithe as Meiriceá le Carey a mharbhadh. Ach b'ionann sin is a aidmheáil don tsaol mhór go raibh Éireannaigh Mheiriceá taobh thiar de na h*Invincibles*. Chaithfí sin a choinneáil ceilte. Agus nuair a choinneofaí, bheadh sé deacair go leor a thabhairt ar an choiste a thuigbheáil gur mharbh an príosúnach fear nach raibh olc ná urchóid aige dó, is é sin mura á chosnamh féin a bhí sé. Agus má b'ea, bhí sé neamhchorthach.

'I dtús báire,' arsa an breitheamh, 'caithfidh mé iarraidh oraibh dearmad a dhéanamh den mhéid eolais a fuair sibh ar na páipéir fá chliú an phríosúnaigh. Tá a fhios againn gur duine gan fhiúntas é. Tá a fhios againn gur imigh sé as Éirinn agus bean leis nach raibh ina céile dhlisteanach aige agus gur imigh siad ag tarraingt ar na tíortha fiáine, an áit nach mbeadh aon duine le hachasán a thabhairt dóibh.' A Dhia, dar le Siobhán, nach iontach nach n-éiríonn Padaí agus bréagach a thabhairt dó! 'Ach,' arsa an breitheamh, 'níl baint ar bith agaibh leis an chuid sin dá shaol. Caithfidh sibh sin a fhágáil ag Dia. Níl sibh á fhéacháil as coir ar bith ach as dúnmharbhadh.

'Tá sé follasach as an fhianaise nach raibh aithne ag an phríosúnach ar Charey. Ní thug an Choróin iarraidh am ar bith ar a chur i gcéill go raibh. Is fíor gur mhionnaigh Mrs. Carey go dtug an príosúnach a hainm féin uirthi, agus gur dhúirt sé nach raibh olc ná urchóid dá fear aige, go raibh sé buartha go mb'éigean dó a dhéanamh ach go gcaithfeadh sé a dhualgas a chomhlíonadh. Ach bean ar bith a léimfeadh amach as a codladh agus a gheobhadh a céile fir ina luí ag fáil bháis ina chuid fola, ní bheadh a fhios aici mar ba cheart cad é a dúirt duine ar bith. Thug fear an chosanta iarraidh a chruthú daoibh nach raibh ciall ar bith leis an scéal a d'inis Carey Óg. Ach tá an stócach sin ar fhear chomh céillí dá aois is a chuala mé riamh ar a mhionna. Tá craiceann na fírinne ar an scéal a d'inis sé. Ní raibh an phiostal ina phóca ag Carey – ina dhiaidh sin a tugadh chun tosaigh í – agus ní raibh contúirt ar bith ar an Dálach. Níl ciall ar bith lena shamhailt gur á chosnamh féin a bhí sé. Má b'ea, cad chuige ar lean sé Carey agus ar scaoil sé an tríú hurchar leis agus Carey ag iarraidh teitheadh? Sin cruthú go raibh sé ag iarraidh a mharbhadh. Deir lucht an chosanta gurbh é Carey a thug iarraidh an chéad bhuille a bhualadh. Ach níl cruthú ar bith acu leis. An bhean seo a bhí leis an phríosúnach, bhí sí i láthair i rith an ama. Thiocfadh léise a inse cé a chuir tús leis an bhruín. Chluinim go bhfuil sí i Sasain san am i láthair agus níor iarr lucht an chosanta uirthi riamh fianaise a thabhairt.'

Ba tuatach an dearmad a rinne Solamh Mac Dáibhidh an iarraidh seo. De réir na cliú a chuir sé le Siobhán Thuathail Mhóir tamall roimhe sin, bean gan náire gan ghrásta a bhí inti. Agus nach mionnódh bean den chineál sin an bhréag chomh réidh leis an fhírinne? Ach ná bímis ró-chruaidh ar Sholamh. Is doiligh dó cuimhneamh ar gach rud. Tá aige le hÉireannach a theilgean chun a chrochta agus a dhéanamh sa dóigh is fearr a fhóirfeas do Shasain.

Chuaigh lucht an choiste isteach ina seomra agus thoisigh siad a scrúdú na comhairle a tugadh dóibh. Ní raibh rún ar bith ag Pádraig Ó Dónaill an marbhadh a dhéanamh nuair a d'fhág sé Sasain. Ní raibh baint ar bith aige le Fíníní ná le *dynamiters* as Meiriceá. Bhí sin soiléir. Ach cad chuige ar mharbh sé Carey? Cad é an fáth a bhí aige leis? Bhí fáth inteacht aige leis má ba dúnmharbhadh toilteanach é. Nuair a bhí tamall fada caite acu ag meabhrú agus ag caibideáil, tháinig siad amach chun na cúirte agus chuir ceist ar an bhreitheamh cad é an fáth a bhí leis an mharbhadh. An raibh eagla ar an phríosúnach go muirfeadh Carey é?

Dúirt an breitheamh nach raibh agus dúirt sé cuid mhór eile. Agus b'ionann é is go dteachaigh an príosúnach agus an fear a marbhadh i bhfeirg le chéile.

D'imigh an coiste isteach ar ais ach bhí siad i gcruachás arís. Chuaigh beirt fhear chun feirge le chéile agus mharbh fear acu an fear eile go tobann. Nach bhféadfaí a rá nach raibh ann ach *manslaughter*? Seo amach an dara huair iad. Nárbh iad na bómáin iad!

'Ní fhéadfaí,' arsa an breitheamh go colgach. 'Agus b'fhéidir go bhféadfaí murab é gur scaoil an príosúnach an tríú hurchar agus Carey ag teitheadh.'

Chuaigh an coiste isteach an tríú huair. Ní raibh moill an iarraidh seo orthu. Ní raibh an príosúnach i gcontúirt a mharfa. Ar an ábhar sin níorbh fhéidir a cheann a ligean leis. Ní raibh cead acu a rá gur *manslaughter* a bhí ann. Ní raibh an dara rogha fágtha.

Seo amach iad an tríú huair. Bhí sé ag teannadh suas ar am luí an t-am seo ach bhí teach na cúirte lán i rith an ama. Chluinfeá na daoine ag tarraingt a n-anála nuair a bhí cléireach na cúirte ag síneadh píosa de pháipéar ionsar an bhreitheamh. Cé acu focal de dhá fhocal a bhí scríofa ar an pháipéar seo?

'Ciontach.'

Rinneadh osna thall is abhus i dteach na cúirte agus chualathas scread bheag, lagbhríoch an áit ar thit bean i laige.

Chonaic Padaí an bhean ag titim i laige. Bhí sí thall os a choinne. Chonaic sé a dheartháir Dónall ag iarraidh a tógáil. An raibh sí marbh? Ar mharbh an focal sin í?

'An bhfuil a dhath agat le rá?' arsa an breitheamh. Ach níor chuala an príosúnach ar chor ar bith é.

Ansin thoisigh an breitheamh agus rinne sé seanmóir fhada. Bhí sé ag teacht le breith an choiste. Fuair an príosúnach triail ionraice. Níor fágadh a dhath gan rá dá bhféadfaí a rá ina leith. Níor fhág an coiste pointe ar bith gan scrúdú … Mharbh an príosúnach fear nach dtearn a dhath air ach masla chainte a thabhairt dó. Níorbh fhéidir ainm ar bith eile a thabhairt ar an choir sin ach dúnmharbhadh. Bhí súil aige go ndéanfadh an príosúnach aithreachas ina pheacaí ins an am a bhí fágtha ar an tsaol seo aige.

Agus tharraing sé air bearád dubh agus theilg sé an príosúnach chun báis.

Bhí Padaí Mhicheáil Airt aige féin an t-am seo.

'An bhfuil cead agam cupla focal a rá, a thiarna?' ar seisean.

'Níl,' arsa an breitheamh.

Le sin, tháinig tallann tintrí Dálach ar Phadaí, tallann mar a tháinig ar a shinsir go minic gach áit ó Chúl Dreimhne chun an Chorrshléibhe. Agus chuir sé a sheanscairt as féin:

'*Three cheers for old Ireland! Goodbye, United States! To hell with the British and the British Crown*!'

Ní bhfuair sé faill a dhath eile a rá. Beireadh thall is abhus air agus tarraingeadh siar pasóid é agus isteach sa chóiste dhubh a bhí ag fanacht ag an doras lena thabhairt ar ais go Newgate.[28]

XXXIX

Ar an seachtú lá déag de mhí na Nollag, 1883, bhí Pádraig Ó Dónaill le crochadh. Bhí Éireannaigh Mheiriceá ar a ndícheall is ar a ndúthracht féacháil arbh fhéidir a phardún a fháil. Bhí daoine céimiúla as tíortha eile fosta ag iarraidh cur leis an achaine. Lá de na laetha sin fuair Victoria, banríon, litir as an Fhrainc. Cén Francach a bheadh chomh mórluachach as féin is go scríobhfadh sé chuig banrín uasail na Sasana? Duine dá clainn, b'fhéidir, a bhí ag caitheamh an gheimhridh ar an Riviera.

D'fhoscail sí an litir agus d'amharc sí ar an ainm a bhí léi. Victor Hugo! An scríbhneoir ab iomráití san Eoraip. Cad é a bhí ag cur bhuartha air? Tá, ag agra na banríona ag iarraidh uirthi a chomhairliú dá Rialtas gan Pádraig Ó Dónaill a chur chun báis.

Cérbh é Pádraig Ó Dónaill? Éireannach a bhí ann. Cad é a bhí déanta aige? Mharbh sé James Carey. Ba mhór an gar gur marbhadh é ó tharla nach dtiocfadh leo a chrochadh mar a chroch siad an chuid eile de na h*Invincibles*. Agus an tÉireannach a mharbh é as spíodóireacht, ba cheart eisean a chrochadh fosta. Cad chuige a ligfí a bheo le hÉireannach ar bith a chiontófaí de réir dlí? Nach barraíocht mhór acu a bhí ar an tsaol go fóill i ndiaidh an méid acu a tugadh as an bhealach blianta na Gorta. Ach achaine ó Victor Hugo! Ní thiocfadh léi a dhiúltú go giorraisc. Chaithfeadh sí a ghabháil i gcomhairle le Gladstone.

Chuaigh agus míníodh di nárbh fhéidir a bheo a ligean le Pádraig Ó Dónaill. Go dtearn sé droch-choir in aghaidh na hImpireachta. Go raibh sé ins na Fíníní i Meiriceá agus gur cuireadh anall é le héiric a bhaint as an fhear a mhionnaigh ar an droing a mharbh Burke is Cavendish. Ach go mb'éigean sin a choinneáil ceilte ar mhaithe le *prestige* na Sasana.

Scríobh an bhanríon ar ais chuig Victor Hugo. Bhí sí buartha go gcaithfeadh sí a dhiúltú fána achaine ach ní raibh cumhacht ar bith aici … Chaithfí an dlíodh a chomhlíonadh!

An seiseadh lá déag de mhí na Nollag ligeadh Siobhán Thuathail Mhóir isteach go príosún Newgate. D'fhan sí istigh ar feadh leathuaire agus rinne sí féin agus Padaí a gcomhrá i nGaeilig. Choinnigh Siobhán cúl ar na deora leisc tocht a chur ar an fhear a bhí ag gabháil chun na croiche ar maidin an lá arna mhárach. Ach ní raibh cuma ar Phadaí go raibh tocht ar bith air. Bhí sé ag caint is ag comhrá mar a bheadh sé aon lá riamh.

'Tá an t-am caite,' arsa an t-oifigeach sa deireadh.

'Gabh chun an bhaile anois agus beidh Dónall ag caint leat amach anseo. Tá mo thiomna aige. Mo sheacht mbeannacht leat agus coisreacadh Dé ort.'

Shín Siobhán a lámh chuige. Choinnigh sé greim ar na méara tamall beag. Ach b'éigean dóibh scaradh. I gceann bomaite eile bhí sí ina seasamh taobh amuigh den gheafta agus í ag stánadh go scaollmhar ar an phríosún ina sheasamh ina chnap dhorcha idir í is an spéir.

Níor chodail sí mórán an oíche sin. Sula dteachaigh sí a luí d'iarr sí ar mhuintir an tí ósta a muscladh leath i ndiaidh a cúig. Níor chodail sí gur bhuail clog a bhí in aice léi ceithre bhuille. Bhí sí ina luí ansin ag smaoineamh ar Phadaí. An raibh sé ina chodladh? Fá cheann chupla uair eile scairteofaí air … An mhaidin dheireanach!

Sa deireadh thit sí ina codladh. Bhí sí ag brionglóidigh. Ag brionglóidigh go raibh sí i ndiaidh muscladh as brionglóid scáfar. Go raibh sí ina suí ag taoibh Phadaí ar ghrianán Chnoc Fola. Gur leag sí a ceann ar a ghualainn agus gur thit sí ina codladh. Agus go raibh sí ag brionglóidigh go raibh sí i Londún agus Padaí le crochadh ar maidin. Chonacthas di gur mhuscail sí agus í iontach scanraithe. Agus nuair a tháinig sí chuici féin go dtug sí míle buíochas do Dhia nach raibh ann ach brionglóid. Bhí Padaí ina shuí ag a taoibh. Ní raibh Gaoth Dobhair riamh roimhe chomh hálainn is a bhí sé. Bhí aoibhneas ar muir agus ar tír ó bharr an Earagail go bun na spéire. Bhí siad ansin leo féin agus gan timpeall orthu ach uaigneas agus aoibhneas. Ní raibh an Melrose riamh ann ná cúirt ná coiste ná fianaisí ná breitheamh ná bearád dubh. Ní raibh ins an rudaí sin uilig ach tromluí a tháinig uirthi … Bhí fear amuigh thíos ag an chladach agus é ag cóiriú báid. Ní raibh aon bhuille de chasúr dá raibh sé a tharraingt nach raibh le cluinstean go soiléir aici. Bhí trup na mbuillí ag éirí ní ba chruaidhe! Sa deireadh mhothaigh sí duine ag breith greim gualann uirthi agus á croitheadh. Cailín de chuid an tí ósta a bhí ann.

'Gabhaim pardún ach tá sé leath i ndiaidh a cúig.'

D'amharc Siobhán go scaollmhar uirthi aníos as an leabaidh.

'D'iarr tú orm do mhuscladh leath i ndiaidh a cúig,' arsa an cailín.

'Ó, a Dhia na Glóire,' arsa Siobhán.

'An tinn atá tú?' arsa an cailín.

'Ní hea,' arsa Siobhán, ag teacht chuici féin. 'Tá mé buíoch díot.'

'Cad é a bheas le do bhricfeasta agat?'

'Tá mé ag gabháil chun an aifrinn 'mo throscadh.'

'Ach ní rachaidh tú amach a leithéid de mhaidin gan greim de chineál inteacht a chaitheamh?'

'Tá mé ag gabháil chun comaoineach.'

'Cad é rud sin?'

D'inis Siobhán di chomh maith is a tháinig léi agus d'imigh an cailín amach as an tseomra.

D'éirigh Siobhán agus chuaigh sí anonn go dtí an fhuinneog. Thóg sí coirnéal na dallóige agus d'amharc sí amach. Bhí ceo trom ann agus dath buí ar sholais na sráide …

Chuir sí uirthi a cuid éadaigh agus tháinig sí anuas an staighre. Ní raibh i bhfad le siúl go teach an phobail aici.

Ar ghabháil amach di mhothaigh sí fuacht tais, nimhneach na maidine, an fuacht marfach sin nach bhfuil le mothachtáil in áit ar bith ach i Londún maidin cheo sa gheimhreadh.

Ní raibh mórán i dteach an phobail. Ní raibh ann ach beirt fhear agus tuairim ar dhuisín ban. Bhí dhá choinnil lasta ar an altóir agus an chuid eile den teach doiléir. Tháinig an sagart amach ar an altóir agus thoisigh sé ar an Aifreann. Ba dóiche go raibh Aifreann Phadaí i séipéal an phríosúin san am chéanna. An tAifreann deireanach a d'éistfeadh sé. D'fhéadfadh Aifreann eile a bheith ann dá mbeadh sé sa chinniúint. An tAifreann a bhí ins na haislingí a chum sí di féin i dtús a saoil. An tAifreann i nDoirí Beaga agus í féin is Padaí á bpósadh. An pobal ag teacht amach agus ag croitheadh lámh leo. An comóradh ag imeacht ar carranna go Gort an Choirce agus cupla *melodeon* leo! ... Ach sula raibh an tAifreann thart tháinig sí chuici féin agus fuair sí an sólás sin a gheibh duine nuair atá deireadh caillte ar an tsaol seo aige agus a ligeas sé a thaca go hiomlán ar Dhia.

Ar theacht amach as teach an phobail di chuaigh sí caol díreach go Newgate. A seacht a chlog cothrom! Uair eile atá ar an tsaol seo ag Padaí Mhicheáil Airt. Agus bhí fad na síoraíochta ins an uair sin ag an té nach raibh a dhath eile le déanamh aige ach ag amharc ar chlog an phríosúin ag cuntas na mbomaití ceann i ndiaidh an chinn eile.

Ar an taoibh istigh den bhalla dhorcha sin bhí Padaí Mhicheáil Airt agus é ag comhrá leis an tsagart. Éireannach a bhí sa tsagart chéanna agus bhí toil mhór ag an phríosúnach dó. 'Bhí rún agam labhairt ar an scafall, a shagairt,' arsa Padaí.

'Ná labhair,' arsa an sagart. 'Anois nuair atá d'anam déanta go maith agat ná déan rud ar bith a thógfadh d'intinn den tsíoraíocht agus tú ag gabháil i láthair Dé.'

'Ní thiocfadh fearg ar bith orm, a shagairt,' arsa Padaí. 'Ach ba mhaith liom cupla focal den fhírinne a inse don tsaol ón scafall ó tharla nár tugadh cead domh a rá sa chúirt.'

'Ná cuireadh sin buaireamh ar bith ort,' arsa an sagart. 'Tiocfaidh an fhírinne ina háit féin.'

'Maith go leor, a shagairt. Géillim do do chomhairle.'

Bhí an slua ag cruinniú taobh amuigh agus iad ag caint is ag gáirí. Tháinig fear amháin chun tosaigh agus d'fhiafraigh cé a bhíthear a chrochadh.

'A b- hIrish murderer,' arsa duine acu ag tabhairt freagair air.

Tháinig an t-am agus shiúil Pádraig Ó Dónaill amach as a chill ag tarraingt ar an scafall. D'fhág sé slán ag an tsagart. Ansin ceangladh a lámha ar chúl a chinn agus tugadh suas an dréimire é …

Bhí sé fá bhomaite den hocht agus slua mór cruinn ar an tsráid os coinne an phríosúin.

'The blighter is 'aving 'is neck fitted,' arsa duine acu. Agus thoisigh na gáirí ar gach taobh de.

Ní raibh fágtha ach aon bhomaite amháin … Leathbhomaite … ceathrú bomaite … Ansin bhuail clog an phríosúin an chéad bhuille, buille cruaidh, cadránta a chuir an t-aer ar crith.

'Órú, a Phadaí go deo,' arsa Siobhán ag ligean scread chaointe aisti féin.

An mhuintir a bhí timpeall uirthi, thoisigh siad a gháirí. Thug seanbhean bhearnach a bhí ann drochainm uirthi. Thoisigh cuid eile á brú anonn is anall. B'éigean di teitheadh amach go himeall an chruinnithe. Thug péas leis trasna na sráide í. Labhair sé léi go cineálta agus d'aithin sí ar a chaint gurbh Éireannach é. Chuir sé isteach i ndoras í agus sheasaigh sé féin taobh amuigh di.

'A Íosa, déan trócaire air,' ar seisean nuair a chonaic siad an brat dubh ag gabháil in airde. 'Síos an bealach seo,' ar seisean léi tamall ina dhiaidh sin.

'Tá mé buíoch díot, a chonstábla,' ar sise, buartha is mar a bhí sí. 'Mhuirfí mé murab é thú.'

'*British fair play*,' arsa an péas ag tiontó uaithi.

D'fhág Siobhán Londún an mhaidin sin, í féin is Dónall Mhicheáil Airt, ag tarraingt go hÉirinn. Idir sin is tráthnóna cheannaigh Dónall páipéar. Ní raibh ann ach cupla focal fána dheartháir.

> *An Irishman named Patrick O'Donnell was executed this morning in Newgate Prison, London. The execution was carried out without incident. At the inquest held subsequently, the prison doctor testified to having made a post mortem examination of the body. Death, he said, was due to strangulation, caused by judicial hanging. A verdict was returned in accordance with the medical testimony.*

Ar maidin an lá arna mhárach ar theacht go Baile Átha Cliath dóibh cheannaigh Dónall an *Freeman* ó ghasúr a bhí ag díol páipéar ag an stáisiún. Ní raibh ann fá Phadaí ach an méid a bhí ar pháipéar na Sasana. Ach bhí ceannlíntí móra, troma trasna ar bharr an phríomhleathanaigh. Cruinniú a bhí i mBaile Átha Cliath aréir roimhe sin.[29] Tugadh dhá fhichead míle punta mar phronntanas do Pharnell mar chomhartha buíochais ar an obair a bhí déanta aige. hÓladh sláinte na hÉireann agus rinneadh óráidí a bhain macalla as ballaí an Rotunda. Tháinig sreangscéaltaí chucu as gach cearn den domhan. Dúirt Harry Toal go raibh gnoithe na talún ar shéala a bheith socair acu agus gur ghairid ina dhiaidh sin go mbeadh *Home Rule* acu. 'Bheadh sí againn roimhe seo,' ar seisean, 'murab é an gníomh mallaithe a rinne na h*Invincibles*. An fear a chuir na h*Invincibles* ar bun, mar a bhí, Carey, rinne sé spíodóireacht orthu. D'íoc sé féin ar a shon sin. Agus cé nach bhfuil báidh ar bith againn le dúnmharbhadh, is cuma cé a mhuirfeas nó cé a mhuirfear, caithfear a aidmheáil nach raibh truaigh ag mórán de mhuintir na hÉireann do James Carey. Nó ní raibh dáimh ag Éirinn riamh le spíodóir.'

XXXX

Lá feannach, fuar a bhí ann agus an ghaoth isteach ón fharraige. Bhí culaith gheal sneachta ar an Earagal óna bharr go dtína bhun. B'fhuar agus ba diolba an dreach a bhí ar dhúiche Ghaoth Dobhair an mhaidin sin. Ní raibh gas d'fhéar ghlas le feiceáil ag fás. Ní raibh ann ach portach lom in áiteacha agus in áiteacha eile cuibhrinn bheaga, dhubha agus claíocha de chlocha, cruinne, geala eatarthu. Maidin pholltach a bhí inti. Maidin ar mhaith le duine móin an lae agus díoladh an dinnéara de phreátaí a bheith istigh aige.

Ach cé gur léanmhar an mhaidin í níor fhan mórán de mhuintir Ghaoth Dobhair istigh de chois na tineadh. Níor fhan aon duine istigh ach an té a bhí tinn nó an té a bhí chomh haosta is nach raibh astar ar bith ann. D'éirigh siad go luath an mhaidin seo. Bhí cuid acu ar a gcois i bhfad sula dtáinig solas an lae. Bhí siad ag teacht isteach ó bhun an Earagail agus ceathaideacha cloch shneachta ag baint na súl astu. Bhí cuid ag teacht anuas ó mhullach an Toir. Bhí siad ag teacht aniar as Cnoc an Stolaire, aníos as an Mhachaire Loiscthe, anoir as Glaise Chú agus Mín an Chladaigh. Agus an t-iomlán acu ag tarraingt go Baile Bhraighní.

Ní raibh oiread de mhuintir Ghaoth Dobhair riamh cruinn in aon áit amháin is a bhí ar shráid Bhaile Bhraighní an lá seo. Agus cad é a thug ansin iad? Tá, lá tórraimh a bhí ann. Ach ní tórramh mar gach tórramh a bhí ann. Cé a bhíthear a chur? Ní rabhthar ag cur aon duine. Ach nach raibh cónair acu agus ceathrar Dálach á hiomchar? Bhí, ar ndóigh, cónair acu. Ach ní raibh corp ar bith inti. Tórramh Phadaí Mhicheáil Airt!

Nuair a bhí Dónall Mhicheáil Airt ag amharc ar a dhearthái i bpríosún Newgate, d'iarr sé orthu a chorp a ligean leis. Ba mhaith an corp féin i dtaca le holc. Chuirfí i reilig choisreactha é. Shínfí a chnámha ar bhruach na farraige i Machaire Gathlán. B'ansin a bhí Micheál Airt agus Art curtha. An áit a raibh cnámha a shinsear sínte faoin ghainimh siobháin ó chaill Dálaigh seilbh ar bhántaí méithe an Lagáin agus b'éigean dóibh teitheadh go Gaoth Dobhair. Ba mhór an sólás é dá mbeadh Padaí curtha anseo. Thiocfadh a mhuintir féin agus chuirfeadh siad paidir leis. Bheadh sé ina luí in áit álainn. Ní bheadh uaigneas ná cumhaidh air. Bheadh a chairde gaoil ar a ghaobhair agus 'bheadh sé ag éisteacht lena nglórthaí faoi na fóide is é sínte.'

Shíl muintir Ghaoth Dobhair go bhfaigheadh siad an corp. Bhí siad ag dúil leis. Ach ba é sin an dúil gan fháil acu. Cé bith eile a dhéanfadh Sasain ní ligfeadh sí corp an Dálaigh go hÉirinn. '*While Ireland holds these graves, Ireland unfree will never be at peace*,' arsa Éireannach éifeachtach deich mbliana fichead ina dhiaidh sin. Ba mhaith a bhí sin tuigthe ag na Sasanaigh. Agus níorbh eagal dóibh go ligfeadh siad corp Phádraig Uí Dhónaill uathu nuair a bhí sé 'de dhlíodh' acu a chaitheamh síos i bpoll ag bun bhalla an phríosúin agus crág aoil a chroitheadh air.

Ach bheadh tórramh inteacht ag muintir Ghaoth Dobhair, tórramh a mbeadh cuimhne air a fhad is a mhairfeadh aon duine dá raibh beo an lá sin. Bhí gasraí beaga, costarnochta ansin an lá sin. Tá cuid acu beo i nGaoth Dobhair go fóill agus iad ina seandaoine. 'Bhí mé ann agus mé 'mo ghasúr,' a déarfas fear acu leat go dtí an lá a bhfuil inniu ann. 'An slua daoine ba mhó a bhí riamh sa phobal. Nuair a bhí toiseach an tórraimh ag gabháil síos léana Mhachaire Gathlán bhí a dheireadh i Mullach na Tulcha. Ní dhéanfaidh mé dearmad den lá sin go dté mé i dtalamh.'

Agus, ar ndóigh, níorbh iontas ar bith cuimhne a bheith ag muintir Ghaoth Dobhair ar an tórramh sin. Níor thórramh mar gach tórramh a bhí ann. Ní raibh corp ar bith ann.

I dtrátha an mheán lae bhí an slua réidh le himeacht as Baile Bhraighní. Tugadh amach an chónair as tigh Dhónaill Mhicheáil Airt agus cuireadh trasna ar cathaoireacha ag an doras í. Ar ócáid den chineál seo cuirtear 'cúig paidreacha agus cúig Áivé Máiria leis an anam a bhí ins an chorp atá anseo i láthair lena ghlóir a mhéadú, a phiantaí a laghdú agus an bealach a réiteach dó go ríocht na bhflaitheas.' Ansin croitear an t-uisce coisreactha ar an chónair agus tá an tórramh réidh le himeacht. An lá seo tháinig seanduine chun tosaigh agus soitheach uisce choisreactha leis agus dlaíóg chocháin lena croitheadh. 'Cúig paidreacha agus cúig Áivé Máiria leis an anam a bhí –.' Bhain stad de. Tháinig crith ar an tslua. Chuimhnigh siad nach raibh corp Phadaí Mhicheáil Airt acu ar chor ar bith. Nach raibh acu ach cónair fholamh.

'Cúig paidreacha agus cúig Áivé Máiria le hanam Phadaí Mhicheáil Airt, lena ghlóir a mhéadú, a phiantaí a laghdú agus an bealach a réiteach dó go ríocht na bhflaitheas. Ár nAthair atá ar neamh ...'

Nuair a bhí an urnaí ráite agus an t-uisce coisreactha croite, tháinig ceathrar fear chun tosaigh agus thóg siad an chónair ar a nguailleacha. Ceathrar Dálach a bhí iontu, ar ndóigh, nó níor tógadh aon duine riamh 'ar na maidí' i nGaoth Dobhair ach le ceathrar dá shloinneadh féin. Agus b'olc an lá a thiocfadh ar fhear de Dhálach i dTír Chonaill nach bhfaighfí ceathrar dá chineadh lena chónair a thógáil ón doras. Seachtain roimhe sin cuireadh Padaí Mhicheáil Airt taobh istigh de bhallaí dorcha Newgate. Ní raibh tórramh ar bith leis. Ní raibh aon duine lena chorp a thógáil ach cupla oifigeach de chuid an phríosúin a chuir ar bara é gur iomchair siad é go bruach an phoill a bhí thall ag bun an bhalla.

B'fhada go bhfaighfí an fhaill
Dá mba thiar i dTír Chonaill.

Dá mba thiar i nGaoth Dobhair a bheadh tórramh Phadaí Mhicheáil Airt b'fhuras ceathrar Dálach a fháil a thógfadh a chónair ón doras. Nó bhí oiread acu i nGaoth Dobhair an lá sin is a d'iomchóradh í as Baile Bhraighní go reilig Mhachaire Gathlán.

Tháinig an tórramh go Doirí Beaga agus as Doirí Beaga go Mullach na Tulcha. Ansin chor siad síos ag tarraingt go Machaire Gathlán. Léana lom léana Mhachaire Gathlán lá ar bith sa bhliain. Ach bhí sé thar a bheith lom an lá seo agus bhí faobhar ar leith ar an ghaoith.

Shiúil lucht an tórraimh leo go fadálach go raibh a ndeireadh thíos ag an reilig. D'fhoscail fear acu bothán beag a bhí ann agus thug sé amach cupla spád agus sluasaid.

'Cá háit a bhfuil páirtí Airt Óig curtha?'

'Thall sa choirnéal udaí thall.'

'Tá an ceart agat, tá cros Mhicheáil Airt ina seasamh ansin go fóill.'

'Cá háit ar fearr dúinn a dhéanamh?'

'Ar an taoibh seo abhus. Anseo sínte lena athair.'

Chaith triúr d'fheara láidre díobh a gcótaí agus thoisigh siad a thochailt. Agus níor bhain déanamh na huaighe i bhfad astu.

'Faichill imeall na cónrach sin.'

'Sin cónair Mhicheáil Airt.'

'Glanaidh rud beag eile an taobh seo abhus ... Mar sin ... Tá sibh domhain go leor.'

Tháinig na fir aníos as an uaigh. Bhí gach aon rud déanta ach an t-adhlacadh. Agus bhí an t-adhlacadh sin uaigneach. Ní raibh corp ar bith acu.

Cuireadh rópaí fán chónair agus ligeadh síos í. Croitheadh an t-uisce coisreactha arís agus cuireadh paidir le hanam an té a bhí ar shlua na marbh. Ansin líonadh an uaigh. Rinneadh maoil den ghainimh os a cionn agus cuireadh scratha glasa uirthi.

Nuair a bhí siad ag brath aghaidh a thabhairt ar an bhaile, tháinig seanduine a bhí ann anall a fhad le Séamas

Chonaill Óig. 'A Shéamais, ba cheart duit cupla focal a rá leo sula n-imí siad.'

'Bhí mé féin ag smaoineamh gur cheart cupla focal a rá,' arsa Séamas. 'Ach níl ciall ar bith do rud mar sin agamsa. Is fearr daoibh labhairt leis an mháistir 'ac Suibhne. Tá sé in áit inteacht sa chruinniú.'

'Is fearr thú féin, a Shéamais, ná míle máistir scoile,' arsa an seanduine. 'Tusa a raibh aithne agat air. Tusa a raibh dóchas agat as. Tusa a chosain é nuair a bhí daoine ainbhiosacha ag cúlchaint air.'

'Maith go leor,' arsa Séamas.

'A mhuintir mo phobail,' ar seisean, ag tabhairt aghaidh ar an chruinniú, 'níor tugadh corp Phadaí Mhicheáil Airt dúinn le cur anseo inniu. Ach b'fhéidir gurbh amhlaidh ab fhaide a bheadh cuimhne ar an tórramh seo. Thug muintir Ghaoth Dobhair onóir inniu do Phadaí Mhicheáil Airt. Agus ba chloíte iad féin mura dtugadh. Nó ní Padaí Mhicheáil Airt as Gaoth Dobhair é feasta ach Pádraig Ó Dónaill as Éirinn. Beannacht Dé lena anam. Sin a bhfuil le rá agam.'

Thug an slua aghaidh aníos ar Mhullach na Tulcha. Bhí an tráthnóna ag teacht agus bealach fada le siúl ag cuid acu sula mbíodh siad sa bhaile.

D'fhan corrdhuine sa reilig ar feadh tamaill i ndiaidh lucht an tórraimh imeacht. Bhí siad ar a nglúine ar na huaigheanna thall is abhus, ag cur paidir lena muintir a bhí curtha ansin. D'imigh siad seo féin, duine i ndiaidh an duine eile, go dtí nach raibh fágtha sa deireadh ach aon bhean amháin – Siobhán Thuathail Mhóir. Bhí sí ar a glúine ag uaigh Phadaí Mhicheáil Airt agus í ag gol … I dtrátha am luí tháinig sí aníos an mhachaire mar a bheadh taibhse ann agus coiscéim mhalltriallach léi.

XXXXI

Domhnach breá samhraidh a bhí ann agus na slóite síoraí ag tarraingt ar reilig Ghlas Naíon. Dá mbeifeá ansin an lá sin chuirfeá ceist cérbh é an tÉireannach éifeachtach a rabhthar ag tabhairt a chnámha chun na reilige. Agus d'inseofaí duit nach raibh ann ach ainm tórraimh, nach raibh corp ar bith leo.

Leath bealaigh síos, thar thaoibh an chabhsa láir, bhí leacht mór agus brat bán anuas air. Ní bheadh a fhios agat cé dó ar tógadh an leacht seo go dtí go mbainfí an brat de. Ach ní bheadh agat le fanacht i bhfad. Tháinig fear chun tosaigh agus scaoil sé na sreangáin. Ansin thóg sé an brat agus chonaic na daoine an scríbhinn a bhí ar an leacht.

In Memory of
PATRICK O'DONNELL
Who heroically gave his life for Ireland,
In London, England, on 17th December, 1883.
Not tears but prayers for the dead who died for Ireland.
This monument was erected by the grateful admirers of his heroism in the United States of America through the Irish World.

'Ní Padaí Mhicheáil Airt as Gaoth Dobhair é feasta ach Pádraig Ó Dónaill as Éirinn,' arsa doirneálach garbh, glas cupla bliain roimhe sin i reilig Mhachaire Gathlán. B'fhíor é. Ní raibh an Dálach i bhfad marbh go raibh a iomrá ar fud na hÉireann. Níl aon bhaile ó Mhálainn go Cionn tSáile a rachfá isteach ann lá aonaigh nach gcluinfeá fear ag gabháil cheoil.

My name is Pat O'Donnell, I come from Donegal,
I am, you know, a deadly foe to traitors one and all.
For the shooting of James Carey I was tried in London town,
And now upon the scaffold high my life I must lay down.

Bhí seo ag déanamh imní do Rialtas na Sasana. Thriail siad Pádraig Ó Dónaill as dúnmharbhadh agus chroch siad é. Thug siad iarraidh ar gach taobh – lucht a chosanta agus lucht a dhaortha – ar a chur in iúl don tsaol nach raibh baint ar bith ag an Dálach leis na h*Invincibles*. Ní raibh aithne ar bith aige ar Charey, má b'fhíor. Ní raibh ann ach go dteachaigh an bheirt chun feirge le chéile agus gur mharbh fear acu an fear eile. Ach i ndiaidh ar dhúirt dlítheoirí agus breitheamh agus lucht páipéar nuaíochta, níor chreid muintir na hÉireann an scéal seo. Dá gcreideadh, dhéanfadh siad neamhiontas de. Ach bhíthear ag caint ar Phat O'Donnell ó cheann go ceann na tíre. Bhíthear ag déanamh ceoil de agus ag beannachtaigh lena anam. Agus de bharr ar an iomlán bhí meas agus urraim dó ag Éireannaigh Mheiriceá. Thug siad féin le fios go raibh nuair a thóg siad leacht ina chuimhne i reilig Ghlas Naíon. Tá cupla bliain ó shin cuireadh 'dúnmharfóir gránna' i bpríosún Newgate. Agus anois tá leacht galánta marmair i gcuimhne an dúnmharfóra seo i reilig Ghlas Naíon. Tá an onóir agus an urraim chéanna aige atá ag Allen, Larkin and O'Brien.[30] Tá daoine ag teacht chun na reilige agus ag cur paidir lena anam. Tá sé ar an liosta lena shinsir, le Gofraidh is le hAodh Rua is le Mánas an Phíce. Tá na milliúin Éireannach ag caint air i Meiriceá agus an t*Irish World* ag rá go raibh sé ar fhear chomh móruchtúil is a bhí riamh in Éirinn. Agus ansin na focla atá ar a leacht; '*Who heroically gave his life for Ireland!*' Nár ghairid an réim a bhí ag an bhréig.

Caithfear rud inteacht a dhéanamh nó, mura ndéantar, tá contúirt ann go dtiocfaidh fir eile chun tosaigh a dhéanfas aithris ar na h*Invincibles*. Caithfear cleas eile a imirt agus imeorthar é. Níl an *grand old man* ina chodladh.

XXXXII

Is é féin nach bhfuil ina chodladh. Bhí sé ag imirt a chleasa agus á imirt go hintleachtach. D'éirigh leis maith go leor dallamullóg a chur ar chuid mhóir de mhuintir na hÉirinn cupla bliain roimhe sin nuair a chuaigh sé chun socraithe le Parnell agus bhris sé Buckshot Forster. D'éirigh leis a chur i gcéill go raibh aithreachas air fán drochíde a thug sé d'Éirinn ins na blianta a chuaigh thart. Agus bhí sé creidte ag mórán daoine in Éirinn gurbh é Parnell a thug chun aithreachais é, go bhfuair Parnell a bhuaidh sa teangmháil.

Agus bhí Gladstone ag meabhrú agus é ag imirt a chluiche. 'Shíl mé tá cupla bliain ó shin go raibh sé creidte ag an tsaol gur dhrong bheag dóibh féin na h*Invincibles* agus nach raibh baint ar bith ag Páirtí Pharnell ná ag an *Land League* leo. Ach i ndiaidh mo dhícheall a dhéanamh níor éirigh liom. Caithfidh mé cleas eile a imirt an iarraidh seo. Tá *Home Rule* geallta d'Éirinn agam. Ní thuigeann muintir na hÉireann an cineál *Home Rule* a gheobhas siad gurb é rud a cheangólas sé den Impireacht iad níos daingne ná a bhí siad riamh. Ach sin mar is fearr é. Tá dóchas mór acu as *Home Rule*. Sílidh an mhórchuid acu gurb í a leigheasfas gach galar dá bhfuil ar a dtír. Tá sin creidte ag Parnell fosta. Tá sé i bhfách le *Home Rule*. Níor mhaith leis achrann ar bith a bheith idir é féin is muintir na Sasana anois. Caithfear rud inteacht a dhéanamh a chuirfeas eagla orthu go bhfuil an t-achrann ag teacht. Cuirfimid síos dóibh go raibh an t-iomlán acu – Páirtí Pharnell agus lucht ceannais an *Land League* rannpháirteach i ngnoithe na n*Invincibles*. Ar ndóigh, tá a fhios againn go raibh. Ach cuirfimid síos dóibh é ar dhóigh nach mbeidh moill orthu a shéanadh. Cruthóidh sin don tsaol nach raibh ins na h*Invincibles* ach drong bheag de dhúnmharfóirí mallaithe nach raibh cúl cinn ná údarás ar bith acu. Bhí an t-am ag an Phríomhrúnaí a bheith anseo bomaite ar bith feasta: tá an traein istigh le leathuair.'

Níorbh fhada go dtáinig an fear a raibh Gladstone ag feitheamh leis. 'Tá gach rud réidh agam,' ar seisean. 'Dhéanfaidh Pigott rud ar bith ar airgead. Tá litir scríofa aige le cur chuig eagarthóir an *Times* am ar bith a n-iarrfar air é.'

'Sílidh sé féin, ar ndóigh, go gcreideann an Rialtas gur ag inse na fírinne atá sé?' arsa Gladstone.

'Sílidh, cinnte. Ní bheadh maith ar bith mura síleadh. Dhéanfadh sé scéala ar an iomlán againn dá dtaradh air.'

''Bhfuil cóip de na litreacha agat?'

'Tá, cinnte,' arsa an Rúnaí. 'Ní thiocfainn anseo gan iad.'

'Tím,' arsa Gladstone ag breith orthu agus á léamh. 'Nach aistíoch an litriú atá aige ar *hesitancy*?'

'Sin an rud a tím. Agus b'fhéidir go mbeadh sin féin úsáideach lena chruthú gur litir bhréige í.'

'Ach, ar ndóigh, níl muid ina mhuinín sin?'

'Ní dhéanfadh sé gnoithe dá mbeadh, gan a fhios nach mbeadh an litriú ceart aige lá na cúirte. Beidh sé furas go leor a chruthú nár scríobh Parnell aon cheann de na litreacha sin riamh. Is furas a chruthú go dtearn Pigott a mhacasamhail seo roimhe agus gur aithris sé lorg láimhe daoine le páipéar tana. Agus tá fianaise againn a chruthós gur aidmhigh Pigott tamall roimhe sin go raibh sé ag brath litreacha den chineál sin a scríobh agus deireadh a chur le réim Pharnell.'

'Tá an t-iomlán réidh agat,' arsa Gladstone. 'Féadtar na litreacha sin a chur chuig an *Times* lá ar bith feasta.'

'Ach caithfimid deich mbliana i bpríosún a thabhairt do Phigott nuair a chruthófar a ghnoithe air,' arsa an Rúnaí.

'Níl neart air sin,' arsa Gladstone, agus dreach brónach air. Ach níorbh é sin an rud a bhí ar a chroí ar chor ar bith ach seo: 'Ní miste liom é a chrochadh nuair a bheas a chuid oibre déanta aige. A chrochadh ba chóir a dhéanamh dá mb'fhéidir é ar chor ar bith.'

Agus oíche amháin seachtain ina dhiaidh sin bhí foireann an *London Times* iontach gnoitheach. Bhí obair mhór idir lámha acu, ceannlínte le leagan amach, altanna speisialta le scríobh, profa le scrúdú agus le mionscrúdú ... Sa deireadh bhí an t-iomlán réidh. Síos chuig na clódóirí leis. Beidh sé ar an tsráid ar maidin agus na gasraí ag scairteadh *London Times* seanard a gcinn nuair a bheas muintir na cathrach ag muscladh as a gcodladh. Beidh sé in Éirinn tráthnóna. Amárach beidh na sreangáin gnoitheach i Meiriceá agus beidh an scéala gach aon áit ó New York go San Francisco.

Parnellism and Crime

Tháinig sé ar lucht leanúna Pharnell mar a thiocfadh splanc as an spéir orthu. Bhí Éire faoi chrann smola. Bhí mallacht Dé uirthi. Shíl muid go raibh *Home Rule* ag an doras againn. Shíl muid go n-éireodh le Parnell an cath a chur an iarraidh seo. Ach tá deireadh go deo lena réim ina dhiaidh seo. Nach air a bhí an mífhortún nuair a bhí baint ar bith aige leis na h*Invincibles* an chéad lá riamh!

Bhí corrfhear i bPáirtí Pharnell a chuaigh ar crith le heagla nuair a thug siad an chéad spléachadh ar an pháipéar an mhaidin seo. Bhí iomlán an eolais ag Rialtas na Sasana. Bhí a fhios acu cé a chuir tús leis na h*Invincibles*, cé a thug airm agus airgead dóibh, cé a d'ordaigh dóibh fir ceannais an Rialtais a mharbhadh. Crochadh cúigear an t-am sin. Ach, anois, chrochfaí duisín eile, ar a laghad!

Ach nuair a léigh siad an páipéar go bun an leathanaigh, tháinig uchtach bheag chucu. Nó ba chosúil nach raibh an t-eolas ceart ag lucht an Rialtais. Bhí rud amháin a raibh cuid acu cinnte de: níor scríobh Parnell na litreacha sin riamh. Litreacha bréige a bhí iontu. Ach cad é mar ab fhéidir sin a chruthú?

Chuaigh cupla lá thart agus ansin tháinig scéala a thug uchtach do dhaoine: shéan Parnell nár scríobh sé na litreacha. Agus thoiligh Rialtas na Sasana ar choimisiún a chur ar bun leis an chás a scrúdú.

Mhair an chúirt sin corradh le sé mhí. Bhí Sir Charles Russell ag pléideáil do Pharnell is dá Pháirtí. Déarfadh daoine go dtearn sé obair éifeachtach. Ach is dó ab fhusa. Bhí a fhios aige gurbh é Pigott é féin a scríobh na litreacha. Bhí a fhios aige go raibh Pigott sa dol agus nach raibh le déanamh ach an dol a theannadh. Cé gur chliste an ceastóraí é, sháirigh glan air cupla bliain roimhe sin tabhairt ar Charey Óg a rá go raibh piostal ag a athair agus go dtug sé iarraidh chaite ar Phádraig Ó Dónaill. Ach ní raibh moill ar bith air an bhréag a chruthú ar fhear na bréige nuair a bhí a fhios aige gur bréag a bhí ann.

Trí lá a mhair Pigott ar a mhionna agus Sir Charles ag cur ceisteann air i rith an ama. An lá deireanach bhí an duine bocht ag gabháil in eabar ar gach aon choiscéim.

'Scríobh tú focla inné mar a d'iarr mé ort?'

'Rinne mé sin.'

'Scríobh tú an focal *hesitancy*. An mbaineann tú úsáid go minic as?'

'Is minic a bhain.'

'Bhail, níl sé litrithe mar is ceart agat.'

'Nach bhfuil?'

'Níl. Tá e agat in áit ar cheart a a bheith. Anois amharc arís ar an litir seo atá fágtha ar Pharnell. Tá an earráid chéanna i litriú an fhocail a rinne tusa inné. An bhfeiceann tú sin?'

'Tím, ach is annamh duine a litríos an focal sin mar is ceart.'

Bhí a fhios aige an tráthnóna sin go raibh sé sa dol. Ní raibh ach aon rud amháin le déanamh aige – imeacht. D'aidmheodh sé an fhírinne i láthair fianaise agus d'imeodh sé. Chuaigh sé trasna go Calais an oíche sin agus ó sin go príomhchathair na Spáinne. Ach ní ligfeadh Sasain dó fanacht anseo. Chaithfeadh sé a theacht ar ais agus Parnell agus a Pháirtí a shaoradh. Agus nuair a bheadh sin déanta aige chuirfí a chnámha i gceangal.

Tráthnóna amháin tháinig beirt de chuid péas Mhadrid, agus fear teanga leo, isteach sa teach ósta ina raibh sé ag baint faoi.

'An tusa Roland Ponsonby?'

'Is mé.'

'*Alias* Richard Pigott ... Tá barántas againn anseo le breith ort agus do choinneáil go dtara péas na Sasana fá do choinne. Siúil leat!'

'Beidh mé libh anois. Fanaidh go bhfaighe mé mo chóta mór.'

Chuaigh sé isteach chun a sheomra. D'fhoscail sé a mhála agus bhain sé amach piostal bheag, gheal as. Chuala na péas urchar. Rith siad isteach ina dhiaidh. Bhí Richard Pigott ina luí ar an urlár, marbh.

Chroith Gladstone lámh charthanach le Parnell. 'Is ábhar áthais agam go dtáinig an fhírinne ina háit féin agus gur éirigh leat féin agus le do Pháirtí an mhíchliú ghránna a cuireadh oraibh a bhréagnú. Ar dhóigh, is maith an rud go raibh na litreacha udaí ar an *Times*. Nó bhí sé creidte ag mórán daoine i Sasain is in Éirinn – cé nár chreid mé féin riamh é – go raibh lámh inteacht agaibh i ngnoithe na n*Invincibles*. Gheobhadh an scéal seo greim ar intinn na ndaoine. Ach nuair a canadh os ard é tugadh caoi daoibh le sibh féin a shaoradh os coinne an tsaoil. Is fearr i bhfad an seans atá ag *Home Rule* anois ná a bhí nuair a bhíothas a rá os íseal ar fud na Ríochta go raibh sibh páirteach i ndúnmharbhadh. Ní bheidh a oiread in bhur n-aghaidh sa Pharlaimint anois is a bhí sna blianta a chuaigh thart. Beidh gléas orainn oibriú as lámha a chéile feasta. Agus tá súil agam go rachaidh againn, eadrainn, carthanas a shnaidhmeadh idir Sasain is Éire an iarraidh seo.'

Ansin, ina intinn féin: 'Má bheir tú trioblóid ar bith eile dúinn mar a thug tú roimhe, imeoraimid an cárta cúil – Mrs. O'Shea.'

Tráthnona doineanta sna Faoilligh a bhí ann ach ní raibh doineann ná fuacht ag goilleadh ar mhuintir Bhaile Átha Cliath. Bhí Parnell ag teacht chun na cathrach agus é ina laoch má bhí sé riamh amhlaidh. Aníos as *Avondale* a bhí sé ag teacht agus bhí cúig chéad marcach ar shiúl síos ina araicis … Le coim na hoíche tháinig Parnell agus lucht a chomóraidh isteach go Baile Átha Cliath. Bhí na sráideanna plódaithe le daoine. Agus nuair a nocht a gceann feadhna chucu thóg siad gáir mhaíte a chuir abhainn na Life ar crith fána cuid bruach.

An tráth céanna sin bhí Skin the Goat sínte ar leabaidh chláir i bpríosún Dartmoor agus a chnámha nimhneach i ndiaidh a bheith ag obair sna coracha ó mhaidin roimhe sin.

Agus bhí Siobhán Thuathail Mhóir thíos ar an uaigneas i reilig Mhachaire Gathlán, ag gol ar 'uaigh' Phádraig Uí Dhónaill. Bhí sí ansin léi féin go dtáinig an dorchadas agus gan ach tuargan tonn fá bheanna agus scréach scaollmhar an chrotaigh mar chomhbháidh caoinidh 'ag an bhean a fuair faill ar an bhfeart.'

CRÍOCH

1 Nollaig 1945, 8–15.

2 Níor foilsíodh aon leabhar le Máire ó *Feara Fáil* [1933] go dtí *Thiar i dTír Chonaill* [1940]. Sna daichidí foilsíodh na leabhair seo a leanas leis: *Thiar i dTír Chonaill* [1940], *Nuair a Bhí Mé Óg* [1942], *Rann na Feirsde* [1942*], *An Aibidil a Rinne Cadmus* [1944] nach bhfuil ann ach scéal a foilsíodh mar leabhrán, *Saoghal Corrach* [1945*], *Scéal Úr agus Sean-Scéal* [1945] agus *An Teach nár Tógadh* [1948]. Ní hionann sin is a rá gur cumadh na leabhair sin sna daichidí nó is eol dúinn gur foilsíodh cuid mhaith d'ábhar na leabhar sin i dtréimhseacháin sular foilsíodh i leabhair iad.

3 Bhí Pádraig Mac Coiligh ina cheann foirne i Seomra na Long i dTeach an Chustaim agus bhí Máire ag obair faoi ar feadh na mblianta.

4 *Inniu* (18/2/1977).

5 13/12/1969, 1.

6 Nollaig Mac Congáil, *Máire: Clár Saothair* (Coiscéim, 1990) 56.

7 15/9/1951, 6.

8 Scríobh sé leabhar ar laochra na hÉireann, mar atá: *Feara Fáil* (Cló-lucht 'An Scrúduightheoir,' Dún Dealgan, 1933), an t-úrscéal *Mo Dhá Róisín* (Dún Dealgan, 1921*), agus neart gearrscéalta agus aistí a bhfuil téama an tírghrá iontu.

9 *Saol Corrach* (Cló Mercier, 1981) 26.

10 *The Kerryman* (15/3/1930).

11 *Saol Corrach* (Cló Mercier, 1981) 18.

12 J.L. McCracken, 'The Death of the Informer James Carey: a Fenian Revenge Killing?' In D.P. McCracken, (ed.), *Southern African-Irish Studies*, 3, 1996. N. Ó Dónaill, 'Dálach Ghaoth Dobhair,' *Donegal Annual*, 1960. V. O'Donnell, 'Pat O'Donnell', in *O'Donnell Abú*, 17, 1991. J.L. McCracken, 'The Fate of an Infamous Informer' in *History Ireland*, Issue 2 (Summer 2001) Vol. 9. Tiomnaíodh an dara heagrán de *Scáthlán*, Dónall P. Ó Baoill (eag.), *Iris Chumann Staire agus Seanchais Ghaoth Dobhair* (1983) i gcuimhne ar Phádraig Mhicheáil Airt Uí Dhónaill. Tá aistí cuimsitheacha ar ghnéithe éagsúla de chúlra agus de shaol Phádraig Mhicheáil Airt san eagrán sin. Teresa O'Donnell, 'Skin the Goat's Curse on James Carey: Narrating the story of the Phoenix Park Murders through Contemporary Broadside Ballads' in *Crimes, Violence and the Irish in the Nineteenth Century*, eds. Kyle Hughes and Donald MacRaild (Liverpool University Press, 2017) 243–263. Senan Molony, *The Phoenix Park Murders:*

Conspiracy, Betrayal and Retribution (Mercier Press, 2006); Shane Kenna, *The Invincibles: The Phoenix Park Assassinations and the Conspiracy that Shook an Empire* (O'Brien Press, 2019). D'fhoilsigh Seán Ó Cuirreáin leabhar údarásach staire *The Queen v Patrick O'Donnell* (Four Courts Press, 2021) ar ar bhunaigh TG4 scannán faisnéise sa bhliain 2022.

13 As óráid a thug Charles Stewart Parnell i gCorcaigh ar 21 Eanáir, 1885.

14 Jeanne A. Flood, 'The Forster Family and the Irish Famine' in *Quaker History*, Vol. 84, No. 2 (Fall 1995) 116–30.

15 'To the Small Farmers of Ireland' in *The United Irishman* (4/3/1848, 56).

16 Tá cuntas as Gaeilge ag Máire ar an chuid eile seo den scéal seo ina leabhar *Feara Fáil* (Cló-lucht 'An Scrúduightheoir,' Dún Dealgan, 1933) 116–7.

17 Seumas MacManus, *The Story of the Irish Race* (Cosimo, 2005), 597–8, f/n 3.

18 William Rooney, 'Men of the West.'

19 *Letter to the Protestant Farmers, Labourers, and Artizans of the North of Ireland*, No. II.

20 'Lá an Bhriste Mhóir: Sgéal Bholfe Tone gá Innsint ag Máire,' *An Phoblacht* (20/6/1931).

21 Tá cuntas ar 'The Westport Meeting' ar an *Freeman's Journal* (9/6/1879, 7).

22 Thomas Carlyle.

23 I mí Dheireadh an Fhómhair in 1881 ag sluachorraíl a d'eagraigh an *Land League* i mBéal an Mhuirthead, maraíodh an bheirt bhan seo agus gortaíodh go leor eile.

24 Katherine O'Shea. Féach, Pádraig Ó Snodaigh, *Ó Pharnell go Queenie* (Coiscéim, 1991).

25 Maidir leis an dúnmharú seo, féach, *The Connaught Telegraph* (27/5/1882, 3).

26 Féach, *Freeman's Journal* (10/5/1882, 7).

27 'The Alleged Assassination Conspiracy' in *Irish Examiner* (5/2/1883, 2). As sin amach bhí cuntais faoin chás ar na nuachtáin.

28 Tá cuntas cuimsitheach ar an chás in *The Nation* (5/1/1884, 4).

29 12/12/1883, 5.

30 *Manchester Martyrs.*